KB058902

수속성의 마법사

제1부
중앙 연방편

쿠보 타다시 ─글
메바루 ─일러스트

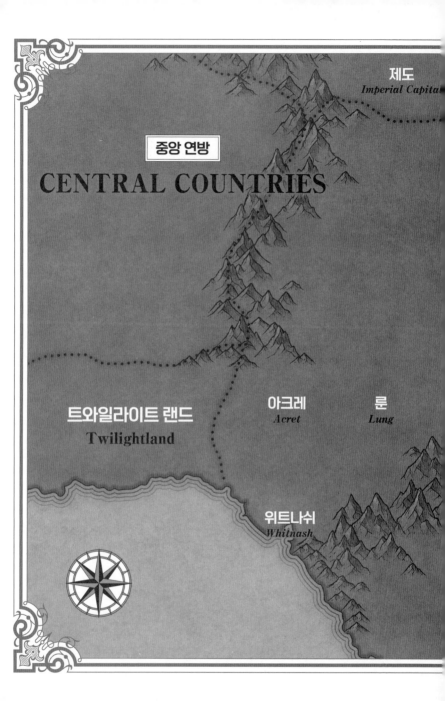

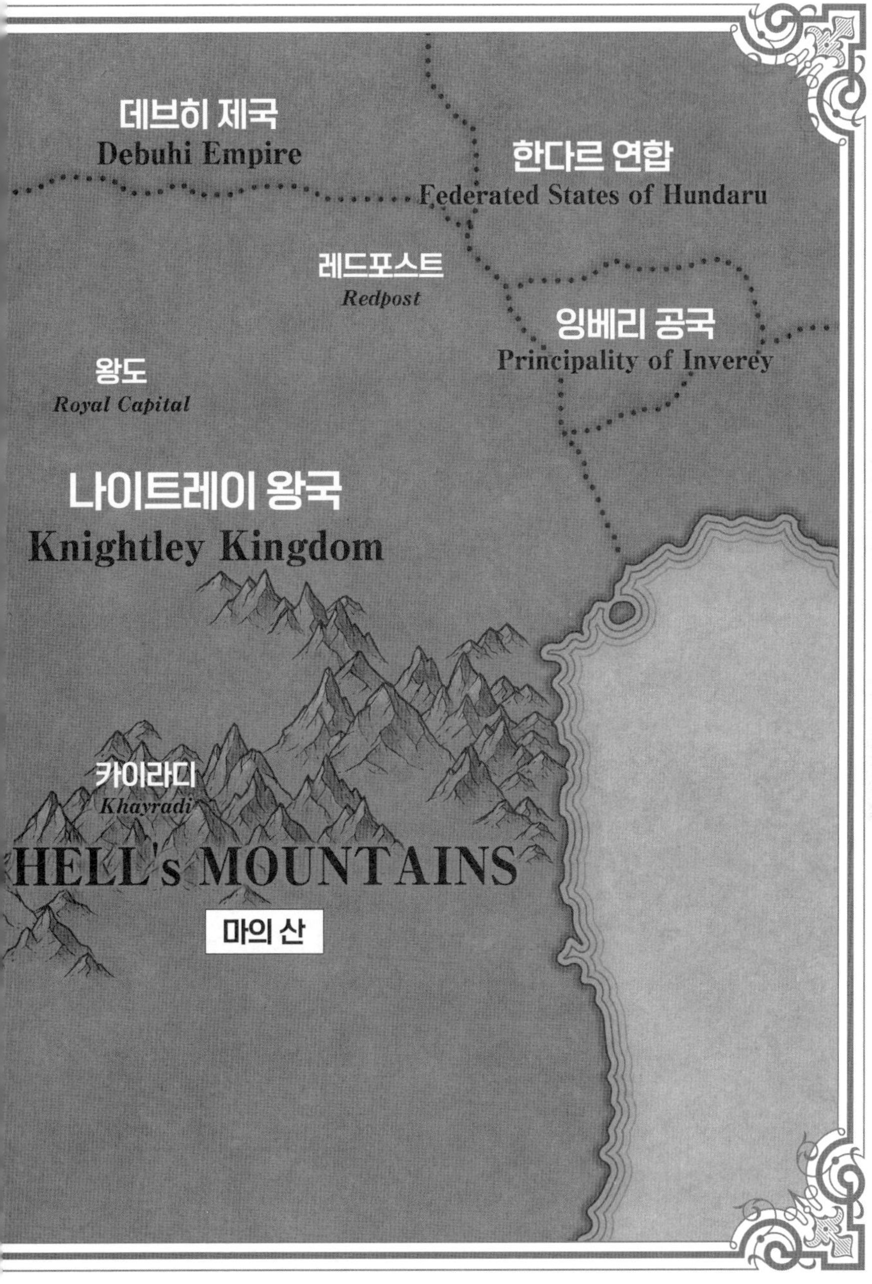
데브히 제국
Debuhi Empire
한다르 연합
Federated States of Hundaru
레드포스트
Redpost
잉베리 공국
Principality of Inverey
왕도
Royal Capital
나이트레이 왕국
Knightley Kingdom
카이라디
Khayradi
HELL's MOUNTAINS
마의 산

[오스카]

화속성 마법사.
『폭염의 마법사』라는 별칭으로
유명하다. 미카엘이 이르길 료의 앞길을
가로막는다고 하는데……?
외전 《화속성 마법사》의 주인공.

[피오나 루빈 보르미네사]

데브히 제국 제11 황녀. 황실 마법사단 단장.
막내딸로서 현 황제의 사랑을 독차지하고 있다.
오스카와는 심상치 않은 인연이 있는
듯한데……?

소속불명

[레오놀]

악마. 말도 안 되게 강하다. 전투광이며
료와의 전투가 마음에 든 모양.

[듀라한]

물의 요정왕. 료의 검술 스승. 료를
마음에 들어 하며 그에게 검과 로브를
선물했다.

[미카엘]

지구 기준으로 천사와 비슷한 존재.
료가 전생할 때 설명자 역.

모험자 길드

[휴 맥글러스]

룬의 모험자 길드의 마스터. 신장
195cm에 험악한 인상.

[니나]

룬의 모험자 길드의 접수 직원.
룬의 모험자들에게는 아이돌 같은 존재.

스위치백

[라]

C급 모험자. 검사.
파티 『스위치백』 리더.

풍

[세라]

엘프 B급 모험자.
파티 『풍』의 유일한 멤버로
바람 마법사이자 초절기교 검사.
연령은 비밀.

Characters/등장인물 소개

붉은 검

[아벨]

B급 모험자. 검사. 파티「붉은 검」리더.
26살. 뭔가 비밀이 있는 듯한데……?

[린]

B급 모험자. 풍속성 마법사.
「붉은 검」멤버. 키가 아담하다.

[리햐]

B급 모험자. 신관.「붉은 검」멤버.
구슬이 굴러가는 듯한 미성의 소유자.

[워렌]

B급 모험자. 방패기사.「붉은 검」멤버.
과묵하고 2m가 넘는 거한.

[미하라 료]

주인공. D급 모험자. 수속성 마법사.
전생 시 수속성 마법 재능과 불로
능력을 부여받았다. 영원한 19살.
좋아하는 것은 개그와 커피.

10호실

[닐스]

E급 모험자. 검사. 길드 숙소 10호실
멤버. 20살. 성정이 거칠지만 동료를
아낀다.

[에토]

E급 모험자. 신관. 10호실 멤버. 19살.
체력이 없는 게 약점.

[아몬]

F급 모험자. 검사. 10호실 멤버. 16살.
10호실의 상식인.

제1부 중앙 연방편 III

외전 화속성 마법사Ⅲ

본문, 컬러 일러스트_메바루

제1부 중앙 연방편Ⅲ

프롤로그

"아~ 이 다이닝 세트도 버리기 어려운데…… 근데 이쪽 소파도 좋네요. 이 스탠드도 마음에 들고…… 어쩌지……. 그래, 역시소파가 낫겠죠. 응, 이 소파로 부탁합니다."

"네, 감사합니다."

료가 그렇게 말하자 부드러운 분위기의 남성 직원이 상냥한 미소를 지으며 고개를 숙였다. 물건이 좋은 가게는 점원의 접객도좋은 법이다.

료의 뒤에서는 아벨이 가격표를 보고 뺨을 움찔거렸지만, 그사실은 아무도 눈치채지 못했다…….

룬의 거리 북쪽 최북단. 영주관과 커다란 저택이 즐비한 이곳근방은 고급 상점들이 즐비한 이른바 상류층 사람들이 찾는 일대였다.

료 같은 일개 평민은 발을 들일 수도 없는…… 곳은 아니다. 영주관에서 세라와 모의전을 하고 있었기에 이 근처는 자주 지나다니고 있었다.

응, 뭐 그냥 지나다니는 것뿐이지만…….

하지만 그렇기 때문에 고품질 가구를 취급하고 있는 매장을 알고 있었던 것이다.

"아벨, 정말 괜찮아요? 집들이 선물로 가구를 다 사주고."

"아, 응. 그 정도야 뭐. 료에겐 늘 신세를 지고 있으니까 가구 한두 개쯤은 별거 아냐……."

아벨의 얼굴이 아주 살짝 굳어진 것은 어쩔 수 없는 일이었다. "좋아하는 가게로 가도 돼"라고 말했을 뿐인데…… 설마 료가 저런 고급 매장을 알고 있었고, 저런 고급 소파를 선택할 것이라고는…… 예상하지 못했다.

당초 예상했던 금액보다 한 자릿수 높아지다니…….

"그래도 덕분에 좋은 걸 샀어요. 역시 50만 플로린짜리 소파를 직접 살 일은 많이 없으니까요."

그랬다. 50만 플로린의 소파…… 엔화로 환산하면 백만 엔 정도일까……. 질 좋은 고급 소파인 것임엔 분명했다.

"그, 그렇구나……. 다행이네."

아벨에게는 예상 밖의 지출이었지만, 료가 기뻐하는 모습을 보니 나쁘지 않다는 생각이 들었다. 선물이라는 것은 자고로 받은 상대가 기뻐해 주는 것이 최고다.

두 사람은 고급 가구점을 나와 남쪽으로 향했다. 특별히 목적지가 있는 것은 아니었지만 이 거리의 북쪽 지역에선 이제 별다른 용무가 없었다. 하나같이 고급 매장들뿐이라 지갑에 결코 건전한 지역이라고도 할 수 없고…….

"좋아요, 멋진 소파를 사줬으니 『카페 드 쇼콜라』에서 케이크 세트 정도는 사드릴게요."

료의 뜻밖의 제안에 따라 두 사람의 행선지가 결정되었다.

"아까 그 소파는 가게가 집까지 가져다주는 거지?"

"네. 내일 오후에 배달해준대요. 그러니 오전에 집 청소를 해놔야 해요."

"아니, 이사한 지 한 달밖에 안 됐는데 얼마나 더러워졌다고……."

기합이 들어간 청소 선언을 하는 료를 향해 그렇게까지 할 필요가 있느냐며 반박하는 아벨.

"아벨은 숙소에 사니까 그런 말을 할 수 있는 거죠. 그냥 놔둬도 숙소 사람이 청소를 해주니까요. 혼자 살면 그럴 수 없어요."

료는 검지를 세우고 그것을 옆으로 흔들면서, 쯧쯧 하는 소리를 내고 있다.

"뭐…… 깨끗하게 해 두는 건 좋은 일이니까."

"맞아요, 맞아요."

"아, 맞다. 그 전에 일단 료에게 전해둘 말이 있어."

"뭐예요? 헉, 설마 이제 와서 사실은 돈이 없으니까 아까 그 소파는 직접 사라고 하지는……."

"그럴 리가 없잖아! 이래 봬도 B급 모험자야. 나름대로 저축해둔 돈은 있어!"

"으음~, 그럼 뭐죠? 돈 이외의 주제로 아벨이 진지한 이야기를 한다는 건 상상이 안 되는데……."

"료 안에서 내 이미지는 어떻게 돼 있는 거야."

"당연히 수전노 검사!"

"……아까 그 소파 반품할까?"

"미안해요, 아벨은 훌륭한 사람이에요. 아벨은 착한 검사예요!"

"……."

두 사람의 대화는 좀처럼 진행되지 않았다…….

아벨은 한숨을 크게 한 번 내쉬고는 말을 이었다.

"뭐, 됐어. 얘기라는 건 그거야. 예전에 우리가 관여했던 외국에서 온 첩보에 관한 거."

"외국에서 온 첩보? 아아…… 두 번 연루됐죠. 첫 번째는 아벨 귀환 축하 파티에 오지 않은 네 명을 어둠 속에서 쓰러뜨렸고, 두 번째엔 역시 아벨 귀환 축하 파티에 오지 않았을 것 같은 집단의 집을 위병들과 습격했어요."

"틀리진 않았지만…… 그렇게 말하면 엄청난 오해를 불러일으킬 것 같은데……."

"진실은 그 무엇보다도 설득력이 있죠. 룬의 거리의 실력자 아벨…… 아니, 어둠의 실력자 아벨…… 거역하는 자는 쥐도 새도 모르게 없애버리는 무서운 남자일지도 몰라요."

"아니야!"

역시 두 사람의 대화는 좀처럼 진행되지 않았다…….

아벨은 다시 한번 큰 한숨을 내쉬며 말을 이었다.

"그 첫 번째 네 명 말이야. 결국 탈옥한 것 같아."

"맙소사! 꽤 실력이 있나 보네요."

"뭐, 일제히 습격하려다가 료의 얼음벽에 튕겨 나가고 얼음 창에 맞고…… 그렇게 아무것도 못 하고 기절해서 실력이 있는지 없는지는 모르겠지만."

"하지만 그 후 집을 습격했을 때 도망친 사람들보다는…… 뭐랄까, 근접전은 강해 보이던데요?"

료가 팔짱을 끼고 살짝 잘난 척하듯 논평을 했다.

"그래? 겨우 그걸로 알 수 있다고?"

"생각해 보세요, 덤벼들 때도 네 명 동시에 달려들었잖아요? 아마 그런 거리라든가 으슥한 곳에서 벌어지는 전투? 야습? 뭐, 그런 거에 익숙한 사람들인 것 같았어요. 그쪽 계통의 훈련을 받은 사람들."

"아…… 그건 그럴지도 몰라. 탈옥되기 전에 조사를 한 전문관이 있다는데, 군 같은 곳에서 정규 암살훈련을 받은 사람일 가능성을 지적했다더라."

"뭐죠……, 정규 암살훈련이라니……."

아벨의 설명에 료가 작게 고개를 흔들며 대답했다.

"있는 거지, 그런 놈들이. 잘 알려지지 않았지만 제국에 말이야."

아벨도 작게 고개를 흔들며 말했다.

"제국? 연합이 아니라?"

"그래, 제국. 잡은 네 사람은 연합 소속 길드카드를 갖고 있었지만 아마 그건 위장일 거야."

"그렇게까지 하는 건가요……."

"그렇게까지 하는 거지. 아마 그놈들은 제국 제20군. 탁 트인 평지에서의 전투가 아니라 시가지, 건물 내, 산악지대 혹은 삼림 등 장애물이 많은 지형에서의 전투에 특화된, 제국군의 비장의 패라고도 할 수 있는 집단이겠지. 겉으로 드러난 패가 폭염의 마법사가 있는 황제 마법사단이라면 숨겨진 패는 제국 제20군. 통칭 그림자 군."

"실로 중2병스러운 네이밍."

아벨의 마지막 한마디에 눈을 동그랗게 뜨고 놀라는 료. 부대의 이름에 그런 이름을 붙이다니…… 하지만 조금 생각하고는 곧 놀랄 필요가 없다는 것을 깨달았다.

뭐니뭐니해도 나라 이름에 '데브히(뚱보)'라는 이름을 붙이는 사람들이니까.

"데브히 제국은 어떻게 해도 데브히 제국이네요……."

료의 중얼거림은 아벨에게도 들렸지만 아벨은 아무 말도 하지 않았다.

다만 작게 고개를 흔들었을 뿐이었다…….

◆

거리 북쪽에서 카페 드 쇼콜라가 있는 남쪽으로 향하던 두 사람이 위병 초소 앞을 지나간 것은 아마도 우연일 것이다. 적어도 케이크 세트를 사주기 싫어진 료가 꾸민 음모는 아니었다.

위병 초소 입구에서 위병들이 나가려던 것도 우연이었고, 그 지휘관이 이전 포획 활동 때의 지휘관이었던 니무르 대장이었던 것도…… 아마도 우연일 것이다.

우연이 세 번이나 겹친 것도…… 우연…… 일 것이다.

"아벨, 마침 잘 왔다!"

"니무르? 뭔가 어수선하네. 설마 또 수색이라든가 포획 같은 일이 있는 건……."

"정확해. 안 그래도 방금 막 황금파도에 심부름꾼을 보낸 참이 었다."

니무르 대장은 웃으며 그렇게 말했다. 그리고 아벨 옆에 있던 수속성 마법사도 알아차렸다.

"오, 그쪽에 있는 건 료 맞지? 저번에는 미안했다. 터무니없는 놈과 맞닥뜨려 버려서……."

푸른 눈의 남자와의 조우했던 전투에서 니무르 대장은 부하 한 명을 잃었다. 그에겐 역시 슬픈 기억이었던 것일까, 이번에는 얼 굴을 살짝 찡그리며 그 전투에 휘말린 료에게 사과했다. 물론 그 전투 바로 직후에도 사과를 받았기 때문에 료는 전혀 신경 쓰지 않았다.

"아뇨……."

위병대 쪽에서 꽤 많은 포상금도 받았고.

"어때, 두 사람 모두. 또 한 번 포획에 협조해 주지 않겠어? 물 론 보수는 후하게 쳐줄게."

이리하여 료와 아벨은 두 번째 범인 잡기에 협력하게 된 것이 었다…….

◆

료와 아벨을 포함한 위병 20명은 동문과 가까운 식당 주위를 둘러싸고 있었다.

"열 명 전원 있습니다."

정찰대의 보고에 고개를 끄덕이는 니무르 대장.

"우리는 정면으로 간다. 지타, 네 명을 데리고 뒤로 돌아가. 아벨이랑 료도 뒤로 돌아가서 도망가는 놈이 있으면 잡아줘. 다치게 하는 건 상관없지만 죽지 않게만 해주면 고맙겠군."

니무르 대장의 말에 고개를 끄덕이는 아벨.

료는 중얼거렸다.

"어디선가 본 광경이네요……. 이게 바로 데자뷰……."

료와 다른 사람들이 뒤로 돌아간 후 1분 뒤, 앞쪽 입구에서 파괴음이 들렸다. 돌입이 시작된 것이다.

실내에서 난무하는 노호, 그리고 칼부림 소리.

이후, 료가 상상한 대로라면 앞으로 일어날 일은…….

뒷문으로 세 사람이 뛰쳐나왔다. 위병대는 아니다. 그렇다면…….

"으헉!"

얼음 바닥으로 인해 미끄러져 넘어졌다. 넘어진 3명을 기절시키고 위병대가 그들을 구속했다.

다음 순간.

2층 창문이 깨지고 거기서도 한 남자가 뛰어나왔다.

"〈아이시클 랜스〉."

뛰어나온 남자의 발에 얼음 창을 쳐서 균형을 잃게 했다.

남자는 머리부터 땅으로 떨어져 료 앞에서 기절했다. 료는 망설였다. 구속하기 위한 끈은 들고 있다. 들고 있지만…….

파직.

다른 창문으로 한 사람이 더 튀어나왔다. 그리고 동문 쪽으로 뛰어 달아났다.

"쫓겠습니다!"

위병대 지타는 그렇게 외치더니 뒤쫓기 시작했다.

"잠깐, 기다려! 젠장, 나도 쫓는다."

아벨이 달려나가려고 했다.

"아벨!"

료가 날카로운 목소리로 외쳤다. 좀처럼 없는 일이다.

그 목소리는 아벨의 귀에도 당연히 들렸고…… 아벨도 곧 떠올렸다. 저번에 이런 상황에서 쫓은 다음 어떻게 됐는지. 누가 있었는지를.

"료도 같이 와줘!"

아벨의 말에 료는 고개를 끄덕였고 눈앞에 떨어진 채 기절해 있는 남자는 방치해두기로 했다. 남은 위병대의 누군가가 구속해 줄 것이다.

그보다도…….

료와 아벨은 달려가기 시작했다.

지난번과 달리 모퉁이는 금방이었다. 그곳을 돌자…… 위병대 지타가 남자를 붙잡고 있었다.

거기까진 좋았다. 그 광경은 괜찮았다.

하지만 거기서 끝나지 않았다.

지터와 그들 앞에…… 홀로 서 있는 인물이 있었다. 보라색 머리, 파랗게 빛나는 안광의…… 여성.

"어머?"

그 여자가 그렇게 중얼거린 소리가 들린 것 같았다. 모퉁이에서 나온 료와 아벨을 알아차리고 목소리를 낸 듯했다.

료도 아벨도 처음 만났을 여자. 그랬다. 만난 기억은 없다. 만난 기억은 없지만 누군지 알 것 같았다……. 더 정확히 말하자면 누구와 동류인지는 알 것 같았다.

아벨은 검에 손을 대지 않았지만 보라색 머리의 여성이 있다는 것을 인식하고 있었다.

료도 이미 〈수동 소나〉로 주위 상황을 살피고 있다.

"다른 건 없어요. 다시 말해 그때 그 남자는 가까이 없습니다……."

료가 속삭이고 아벨은 고개를 끄덕였다.

그랬다. 보라색 머리와 파랗게 빛나는 안광……. 예전에 비슷한 상황에서 남자와 대치했었다. 전투도 했다. 상당한 강적이었다.

"아벨 씨, 잡았으니 옮기는 것 좀 도와주세요!"

지타가 외쳤고 아벨이 지타 쪽을 향했다.

료도 저도 모르게 지타 쪽을 향했다.

향해 버렸다. 그래, 향하고 만 것이다…….

이내 정신을 차리고 시선을 정면으로 돌렸지만 늦었다. 푸른 눈의 여인은 이미 사라진 뒤였다.

료가 작게 한숨을 내쉬었다. 그 한숨에 아벨도 정면을 보고 여자가 사라진 것을 깨달았다.

"아까…… 있었지?"

"네, 있었어요."

"잘못 본 거 아니지?"

"네, 잘못 본 거 아니에요."

아벨의 물음에 료는 자신 있게 대답했다.

시각이라면 환상을 봤을 가능성도 있다. 하지만 〈수동 소나〉로도 여성의 존재는 감지되었다. 그렇다면 환상이 아니다.

"그건 그렇고…… 제 집 바로 근처에 저런 살벌한 사람들이 있다니 무섭네요. 대체 아벨은 뭘 하고 있는 거예요."

"왜 난데."

"B급 모험자니까 저런 무서운 사람들은 제대로 처리해줘야죠. 월급도 많이 받고 있잖아요."

"월급을 주는 게 료는 아니잖아!"

료의 항의에 반박하는 아벨.

누구나 평화를 원하고 있을 텐데…… 세계는 여러모로 복잡하다.

료가 세계 평화의 어려움을 뼈저리게 절감한 순간이었다.

◆

"쯧…… 한 번 더 룬의 거리로 가라기에 온 건데…… 역시『이상값』이 나오잖아. 여기는 틀렸네. 그건 그렇고……."

보라색 머리에 파란 눈을 가진 그 여자가 마차 안에서 중얼거렸다.

"그 두 사람…… 그때 그 검사랑 마법사지? 뭐, 당연히 룬의 거리에 살고 있기야 하겠지만, 이런 짧은 체류 동안 다시 만나다니…… 인식 저해 마법식을 쓰고 있었으니 환상이라고 생각하겠지만……. 그래, 인식 저해를 전개했으니까! 그런데도 율리우스는 '보였으니까 죽일 수밖에 없었다'고 하질 않나, 하여간 의미를 모르겠다니까. 그나마 율리우스가 같이 있지 않아서 다행이야. 있었다면 분명 싸웠겠지……. 율리우스, 왕국 동부에 갔다던데 혼자서 괜찮을까……. 걸핏하면 힘으로 해결하려고 하니까…… 이래서 남자란 곤란하다는 거야."

그리고는 큰 한숨을 한 번 내쉬고는 말을 이었다.

"룬도 끝났으니 쫓아가는 편이 좋을까……. 고민되네."

용사의 방문

데브히 제국 제도 마르크돌프는 새벽부터 내리기 시작한 눈으로 인해 은은한 흰빛으로 물들어 있었다.

중앙연방 제일로 손꼽히는 거대 경제권의 중심인 제도의 거리. 하지만 인적은 결코 많지 않았다.

마치 제국 전체의 경기 악화를 상징하기라도 하듯이.

제도 중앙을 남북으로 가르는 큰길, 그 끝이 다다르는 곳은 제국 전체의 중심, 황성.

황성의 주인 황제 루퍼트 6세는 집정 한스 키르히호프 백작에게서 하나의 보고를 받았다.

"용사가 도착했다고?"

"네. 아까 황성에 도착하신 뒤 약정에 따라 폐하께 알현을 청하고 있습니다."

루퍼트 6세는 내키지 않는다는 듯한 분위기를 풍기며 되물었고, 집정 한스는 이해는 하지만 어쩔 수 없다는 얼굴로 답했다.

"일전 국경을 넘었다는 보고가 있었지. 일주일 전인가. 그렇다면 어디에도 들르지 않고 제도까지 일직선으로 왔다는 말이군."

"그렇습니다. 명확한 어떤 목적이 있겠지만…… 알현을 바라고 있을 뿐 목적의 방향은 불분명합니다."

역시 루퍼트의 얼굴은 내키지 않아 보였다. 용사라니, 누가 봐도 귀찮은 일을 달고 올 것 같은 존재가 아닌가. 루퍼트는 그렇게 생각했다.

"그 약정이라고 하는 건 뭐지? 나는 용사와 약정이 있다는 말 같은 건 들어본 적도 없다만……."

"저도 몰랐습니다. 그래서 황성 도서관 사서장인 취란 공에게 알아봐달라고 부탁하니 약 300년 전 아직 왕국이던 시절, 국왕 카를 12세 폐하가 용사에게 보증서를 부여했다는 기록이 있었습니다."

"삼백 년…… 오래됐군. 내용은?"

"시대를 불문하고 용사에게 협력하겠다, 라고."

그 말을 들은 루퍼트 6세가 커다란 한숨을 내쉬었다.

"정말이지 성가시군. 뭐, 알현이라는 형식으로 협력은 해주지. 그 후의 협력은 용사인지 뭔지가 요구하는 내용에 달려 있겠지만 말야."

◆

약식 알현이었기에 본래라면 죽 늘어서 있었을 정신들은 이번에 거의 없었다. 단상 아래에서는 용사 로먼을 필두로 나머지 파티원 6명이 한쪽 무릎을 꿇고 황제 루퍼트 6세의 말이 떨어지기를 기다리고 있었다.

"용사 로먼 공과 그의 동료들은 고개를 들라."

집정 한스 키르히호프 백작이 그렇게 말하자 용사 파티 멤버들은 예를 갖춰 고개를 들었다.

"용사 로먼, 그리고 동료들, 오느라 고생 많았다."

루퍼트 6세가 말을 걸었다.

"감읍할 따름입니다."

이에 용사 파티 중 최연장자인 성직자 그레이엄이 답했다.

파티의 리더는 용사 로먼이었지만, 아직 19세로 결코 경험이 풍부하다 할 수 없었기에 대외적인 상황에선 연장자인 그레이엄이 절충역을 하는 경우가 많았다.

"이 알현은 약식이니 너무 긴장할 필요는 없다. 용사 로먼 공 일행이 우리 제국을 찾아준 것은 대단히 명예로운 일이긴 하나, 그 이유를 물어봐도 되겠는가."

황제 루퍼트 6세는 마음속의 불쾌감은 조금도 드러내지 않고 반대로 정중하게 물었다.

"폭염의 마법사로 유명하신 오스카 루스카 공에게 한 수 배움을 청하기 위해 제도를 찾았습니다."

용사 로먼은 강단 있는 눈빛으로 루퍼트 6세를 바라보며 대답했다.

국가에 따라서는, 혹은 권력자에 따라서는 이는 매우 불경한 행위라고도 할 수 있었다. 그래서 파티 멤버들은 조마조마한 심정으로 로먼을 지켜보았다.

"흠, 오스카와의 모의전이라."

루퍼트로서는 상당히 의외의 제안이었다. 왜 용사가 오스카와 싸우고 싶어 하는 것일까?

"오스카 루스카 공이라고 하면 모험자로서도 매우 고명하신 분이지요. 그래서 우선적으로 모험자 길드를 방문하였는데, 이미 군에 입적해 계셔서 더는 길드에 올 일은 없을 거라는 말을 들었 습니다. 그런 연유로 황제 폐하의 허락을 구하고자 이렇게 실례 를 무릅쓰고 방문한 것입니다."

성직자 그레이엄이 알현을 요청한 이유를 설명했다.

루퍼트 6세가 한스 쪽을 바라보며 물었다.

"한스, 오스카는 뭘 하고 있지?"

"오스카 공은 마법 연습장에서 지내고 계십니다."

한스에게서 예상대로의 대답을 들은 루퍼트가 생각에 잠겼다.

'연습장에 있는 것은 늘 있는 일. 그렇다고는 하지만…… 사단 의 지도는 전부 피오나 쪽에 맡기고 본인은 제4 마법 연습장에만 박혀 있다니. 위트나쉬 건으로 상당히 영향을 받은 것 같군……. 그 상황에서 피오나를 무사히 지켜냈으니 잘 대처한 편이지만, 납득할 수 없다는 건가. 뭐, 어쨌든 이걸로 또 한 번 강해지겠지. 그건 좋은 일이야……. 그렇게 생각하면 강해진 오스카의 힘을 시험하는 용도로 이 용사 일행을 사용할 수 있지 않을까?'

"좋다, 용사 로먼 공의 희망을 들어주도록 하지. 연습장 방문을 허가한다. 하지만 연습장은 제도와 조금 떨어져 있으니 오늘 밤 은 성에서 편히 쉬고 내일 떠나도록 해라. 마차를 준비해서 보내 주도록 하마."

"황제 폐하의 후의에 감사드립니다."

용사 로먼이 깊이 고개를 숙였다.

◆

"용사가 온다고?"

황제 마법사단장 피오나 루빈 보르네미사가 부관 마리에게 되물었다.

"네, 황성에서 연락이 왔습니다. 이쪽이 연락문입니다."

부관 마리는 그렇게 말하더니 피오나에게 연락문을 건넸다. 피오나는 그것을 여러 번 다시 읽었다.

"아버님은 대체 무슨 생각이신 건지. 이 연습장에 외국인을 들일 수 있는 허가를 내준 것도 모자라서 스승님과의 모의전까지 허가하다니…… 유르겐, 스승님은 평소랑 다름없어?"

"네. 부장은 오늘도 평소와 다름없이 제4 연습장에 혼자 틀어박혀 계십니다."

피오나의 물음에 부장 오스카의 부관인 유르겐이 답했다.

어제 오늘 일이 아니라 위트나쉬에서 돌아온 뒤 매일이다. 벌써 한 달이 넘었다. 아침 식사는 함께 하고 아침 보고 역시 피오나에게 직접 하지만, 이후에는 혼자 제4 연습장에 틀어박힌다.

물론 사단장인 피오나가 허락한 것이었기에 문제는 없었다. 사단원 지도와 훈련도 피오나를 중심으로 부관 마리, 유르겐과 각중대장이 맡아 진행하고 있으니 오스카가 없어도 지장은 없다. 그러한 시스템이 구축된 것이다.

"뭐. 스승님은 어쩔 수 없지. 가끔 저러시니까."

오랜 시간 함께해오며 피오나는 알고 있었다. 오스카가 지거나 큰 실수를 한 후엔 늘 그런 행동을 취한다는 것을.

자신의 마법의 힘이 부족하다는 것을 절감했을 때 오스카는 홀로 틀어박혔다.

'졌을 때의 굴욕을 떠올리며 분노에 몸을 내맡기는 거라고 스승님이 전에 말씀하셨었지. 여러 번 그 광경을 떠올리면서 뇌에 새기고, 스스로를 불태우는 불꽃을 이미지화한다. 그것을 통해 강해진다고. 실제로 그 과정을 거친 후의 스승님은 나도 알 수 있을 정도로 강해진다……. 특히 마법의 위력과 생성 속도의 향상이 비정상적일 정도로 강해져. 내게도 해보라고 하셨지만 전혀 변하지 않았어……. 솔직히 전혀 이해할 수 없는 일인데…… 스승님만이 할 수 있는 일인 건가? 그것만이 아니라 뭔가…… 마법의 심오한 무언가와 관련된 것 같은 기분이 들어……. 스승님이 나오면 언젠가 차분하게 대화해보자.'

최근에는 오스카가 마법에 관한 한 궁지에 몰리는 경우가 없었기 때문에 피오나조차 오랜만에 보는 광경이었다. 반년 전부터 소집된 사단원은 물론 두 사람의 부관이 된 지 1년 반 된 마리, 2년이 훌쩍 넘은 유르겐도 오스카의 이 행동은 처음 보는 것이었기에 당황하고 있었다.

"가끔 있었군요……."

오스카의 부관인 유르겐이 중얼거렸다. 하지만 어쩔 수 없는 일이었기에 깊이 생각하지 않으려고 했다.

"내일 점심 이후에 용사 일행이 도착할 것 같아. 스승님이 상대해줄지 어떨진 모르겠지만 사단원과 모의전을 해도 좋겠지. 거기에 필요한 준비와 그들이 묵을 곳을 마련해 줘."

"알겠습니다."

부관 마리가 고개를 숙였다. 일단 용사를 맞이하는 미팅은 그렇게 종료된 것이었다.

◆

제도에서 연습장으로 향하는 마차 안에는 용사 로먼과 그의 파티원 총 7명이 느긋하게 앉아 있었다.

"이렇게 거대한 마차는 본 적 없어요."

"말이 열 마리라니. 오랜 시간 훈련을 한 말이 아니면 어렵겠죠."

저마다 마차를 칭찬하고 있다. 하지만 그중에 딱 한 명, 만사가 귀찮다는 표정을 짓고 있는 남성이 있었다.

"이봐, 로먼. 진짜로 가는 거야? 중앙연방 마법 수준이 얼마나 낮은데. 나나 알리시아 발끝에도 못 미칠 정도라고. 가봐야 헛수고라니까."

그런 말을 한 사람은 화속성 마법사 고든. 나이는 23세. 거만한 말투였지만 그 정도의 실적을 서방국가에서 모험자로서 쌓아오고 있었다.

중앙연방 마법사에 대한 낮은 평가는 서방제국 혹은 동방제국 마법사들 사이에서는 최근 반세기 넘도록 상식에 가까운 일이었다.

"네. 꼭 지도를 받고 싶습니다."

용사 로먼의 마음속에서 가볍게 여기고 있던 악마 레오놀과의 기억이 무겁게 스쳤다.

"그, 레오놀이라 했나? 그놈이 말한 게 사실이라고는 할 수 없 잖아? 네놈보다 만 배나 강하다니……. 그런 인간이 대체 어디 있 겠어. 서방제국에서 강한 녀석들은 대충 다 알고 있고, 그중에서 너와 호각이라면 몰라도 압도할 놈은 없어. 그건 사실이야. 그러 니 중앙연방으로 간다는 것까지는, 뭐 이해하겠는데…… 그렇다 해도 그 강한 녀석이 마법사는 아닐 것 같은데?"

"하지만 고든, 중앙연방에서 지금 제일 유명한 모험자 혹은 강 한 모험자라고 하면 가장 먼저 거론되는 게 폭염의 마법사예요. 어쩌면 제가 원하는 사람과는 다를지도 모르지만, 강해지기 위한 어떤 단서를 잡을 수 있을지도 몰라요. 이기적인 말이라는 건 알 고 있습니다. 하지만 조금만 더 함께해 주세요."

용사 로먼은 그렇게 말하며 깊이 고개를 숙였다.

이렇게 정면으로 나오면 더는 누구도 그를 말릴 수 없었다. 로 먼 이외의 용사 파티 6명은 모두 그것을 질릴 정도로 경험해왔다.

"하아……."

고든은 깊은, 정말이지 깊은 한숨을 내쉬며 말했다.

"알았어……. 뭐, 마음대로 해."

고개 숙인 로먼의 머리칼을 손으로 헝클어뜨린 고든이 로먼의 요청을 받아들였다.

"네, 감사합니다."

로먼이 빙그레 웃었다.

이 미소가 용사 파티의 모든 이들을 이어주고 있다는 자각은 아직 로먼에게는 없었다.

◆

아침, 제도를 떠나 도중에 점심 휴식을 사이에 두고 용사 일행이 제4 마법 연습장에 도착한 것은 오후 2시가 넘어서였다.

이들을 제도에서 호위해온 근위 기사단은 일행의 마차가 연습장 터에 들어서자 아무 말도 없이 빠르게 되돌아갔다. 용사 일행은 몰랐지만, 마법 연습장은 특별히 허가된 사람 이외의 출입은 엄격히 제한되고 있으며 섣불리 들어갔다간 가차없는 마법 포격을 당한다는 소문까지 나 있는 곳이었다.

물론 그것은 그저 소문이다.

다만 소문이 도는 것도 어쩔 수 없다……. 마법 연습장이 외부인에게 그렇게 느낄 만한 분위기를 자아내는 장소인 것 또한 사실이었으니까…….

용사 로먼이 마차의 문을 열고 내리자 그곳에는 세 명의 남녀가 서 있었다.

"용사 로먼 공, 잘 오셨습니다. 마법 연습장에 방문하신 것을 환영합니다. 저는 제국 황제 마법사단장 피오나 루빈 보르네미사입니다. 로먼 공 및 일행분들을 환영하는 바입니다."

그렇게 말한 피오나는 가슴에 손을 얹고 제국식 경례를 했다.

"화, 환대해 주셔서 감사합니다."

로먼은 간신히 그 말만을 내뱉었다.

피오나를 보는 눈빛이 멍하다는 것을 척후인 모리스는 눈치챘다. 그리고 팔꿈치로 절충역인 성직자 그레이엄의 옆구리를 쿡쿡 찌르며 속삭였다.

"그레이엄, 로먼이."

그것만으로 그레이엄에게는 전해진 듯했다.

"저는 절충역을 맡고 있는 그레이엄이라고 합니다. 황녀 전하, 직접 환대해 주셔서 감사합니다."

그레이엄이 로먼 옆에 서서 인사를 건넸다.

"어…… 황녀님이었어?"

그런 중얼거림이 그레이엄 뒤에서 들려왔다. 목소리로 보아 풍속성 마법사 알리시아일 것이다. 그레이엄은 속으로 한숨을 쉬면서도 표정에는 흔들림이 없었다.

"정중한 인사 고맙군. 이곳은 궁이 아닌 군 연습장. 이후로는 격식 차린 예법이나 말은 필요 없다. 내 뒤에 있는 것은 부관 마리와 유르겐. 지내는 동안 여러분을 보필해줄 예정이다. 그렇다고는 해도 연습장인 만큼 불편한 점이 많을 거 생각한다만, 그 부분은 미리 사과해두지."

어조를 바꾼 피오나가 그렇게 말하고는 뒤에 있는 마리와 유르겐을 소개했다.

"물론입니다. 폭염의 마법사님의 지도 부탁은 저희 쪽에서 청한 일. 불편함 따위는 개의치 마시지요. 그런데…… 저기, 오스카 공은?"

"음. 오스카 부장은 현재 개별 훈련 중이다. 내일 아침에는 내게 보고를 하러 올 테니 모두의 내방 소식은 그때 전하게 되겠군. 오스카와의 대련은 잠시 기다려 줄 수 있을까, 용사 공?"

마지막에 갑자기 말을 걸어와 로먼은 당황했다.

"네, 네. 신경 쓰지 마세요."

"그렇군. 로먼 공의 너그러운 배려 고맙게 받아들이지."

이리하여 피오나는 오스카가 늦어지는 것에 대한 명분을 세우는 데 성공했다.

'로먼…… 아직 젊군요.'

이 자리에서 그 사실을 깨달은 사람은 그레이엄뿐이었다. 그는 마음속으로 한숨을 내쉬었다.

"여러분도 반나절 동안 마차에서 지내느라 피곤하겠지. 별관 쪽에 방을 준비해뒀으니 푹 쉬도록. 마리가 안내해 줄 거다."

"황녀 전하, 잠시만 기다려주세요."

피오나의 제의를 가로막은 것은 용사 로먼이었다.

"로먼 공, 뭐지?"

"가능하다면 연습을 보여주실 수 없겠습니까?"

"호오……."

로먼의 제안에 아주 살짝 눈을 가늘게 뜨는 피오나.

"황제 폐하께서 허락하신 것은 오스카와의 모의전이라고 들었는데…… 사단의 연습을 볼 수 있는 허가도 주어졌나?"

"아…… 아뇨……."

로먼이 저도 모르게 고개를 숙였다. 확실히 황제 루퍼트 6세가 허가한 것은 오스카와의 모의전이다.

"송구하오나…… 황제 폐하께서는 저희가 연습장에 들어가는 것을 허락하셨습니다. 그건 즉 바꿔 말해 훈련의 견학도 허용됐다, 저희는 그런 의미로 받아들이고 방문하였습니다."

그 대화에 끼어든 것은 그레이엄이었다.

물론 파티 내에서 그렇게까지 깊게 논의한 것은 아니었지만, 여기까지 와서 훈련을 보지 못한다면 그 역시 현실적으로 곤란한 문제였다. 게다가 목적했던 오스카는 언제 모의전을 할 수 있을지 모른다. 그렇다면 시간을 때우기도 쉽지 않을 것이다.

"흠…… 그럼 이렇게 하지. 그쪽 대표와 이쪽 대표가 마법전을 벌여서 납득할 만한 실력이라면 훈련을 보여주겠다. 훈련을 보여줄 만한 가치가 있는 자들이라는 것을 사단원들에게 증명할 수 있을까? 어때, 용사 공?"

피오나는 다시 용사 로먼에게로 말을 돌렸다.

그레이엄이 절충역이라는 것을 전하기는 했으나 **용사**의 파티인 이상 용사 로먼이 중심인 것은 틀림없는 사실. 그리고 로먼은 경험 부족과 피오나의 아름다움에 마음이 상당히 들뜬 상태였다.

'이 황녀는 경험이 없는 로먼을 집요하게 물고 늘어지는군. 제일 피하고 싶은 상황인데.'

그레이엄은 오늘 몇 번째인지 모를 한숨을 속으로 내쉬었다.

하지만 로먼이 대답하는 것보다 빨리, 그레이엄이 끼어드는 것보다도 빨리, 다른 인물이 멋대로 대답을 해버렸다.

"그 얘기 받아들이지. 내가 나가겠다."

용사 일행의 화속성 마법사인 고든이었다.

'열등한 중앙연방 마법사에게 무시당하고 그냥 넘어갈 수 있겠냐. 압도적인 힘을 보여줘서 이 황녀님의 코를 납작하게 해주겠어.'

고든은 자신만만했다. 이렇게 되면 더는 말릴 수가 없었다.

"그쪽 마법사님이 대표로군. 그럼 이대로 연습장 안으로 가지요."

피오나는 빙그레 웃더니 앞장서서 걷기 시작했다.

완전히 피오나의 페이스에 말려들어 나아가는 용사 일행. 하지만 페이스에 말려들었다는 것을 깨닫고 있는 것은 그레이엄뿐. 오히려 다른 일행들 중에는 흥미진진한 표정을 짓고 있는 사람마저 있다.

그것이 그레이엄을 한층 더 초조하게 했다.

'로먼뿐만 아니라 고든까지! 애초에 왜 그런 마법전을 벌여야만 하는 거냐고! 사단원들에게 증명한다고? 논리가 엉망진창이지 않나! 하지만…… 이제 와서 무슨 말을 해도 이미 늦었다……. 용사 파티인 우리가 갖고 있는 실력을 상당 부분 드러내게 생겼군.'

그레이엄은 이 모든 일은 로먼이 강해지기 위해 어쩔 수 없는 일이라고 생각하며 각오를 다졌다.

◆

"우리 대표는…… 그래, 클림트, 당신을 대표로 하죠. 마법 모의전입니다."

"네!"

피오나에게 지명된 사람은 2중대에 소속된 스무 살의 젊은 청년이었다.

"고든 공은 화속성 마법사라고 합니다. 우리 쪽 클림트도 화속성 마법사입니다. 서로 배울 게 많을 거라 생각하는 바입니다. 그리고…… 그레이엄 공은 회복 계열이지요? 저희 쪽에도 우수한 회복역이 있으니…… 양쪽 다 즉사 이외라면 도움이 될 겁니다."

고든과 클림트, 그리고 입회 이외에는 모두 관중석 관람.

두 사람은 20미터 정도의 거리를 두고 대치했다.

"입회는 저 유르겐 바르텔이 합니다. 죽음에 이르는 공격은 불가. 입회자가 항복, 기절, 전투 지속 불가능이라고 판단했을 경우엔 경기는 종료됩니다. 고든 공, 준비는 되셨습니까?"

"그래."

유르겐의 물음에 고든이 퉁명스럽게 대답했다.

"클림트, 준비됐나요?"

"네. 부탁드립니다."

클림트는 고개를 끄덕이며 답했다.

"그럼 경기 시작!"

먼저 나선 것은 용사 파티 고든.

"〈파이어 볼〉."

애초부터 중앙연방 마법사 따위는 상대가 안 된다고 생각하고 있는 것이다. 선제공격으로 재빨리 끝내려는 심산이었다.

하지만…….

"〈파이어 볼〉."

고든이 쏜 〈파이어 볼〉에 클림트는 〈파이어 볼〉을 맞혀 상쇄시켰다.

"흥, 무영창 정도는 할 수 있다는 건가. 그럼 이건 어떠냐. 〈파이어 볼〉〈파이어 볼〉〈파이어 볼〉."

고든은 〈파이어 볼〉을 3연사했다.

하지만 역시…….

"〈파이어 볼〉〈파이어 볼〉〈파이어 볼〉."

마찬가지로 클림트도 〈파이어 볼〉 3연사로 맞대응했다.

"이……! 〈파이어 재블린〉〈파이어 재블린〉."

고든이 관통력 높은 〈파이어 재블린〉을 2연사.

이에 대해서도…….

"〈파이어 재블린〉〈파이어 재블린〉."

클림트도 〈파이어 재블린〉 2연사로 맞섰다.

여기서 고든이 분노했다.

"이제 됐어! 뒷일 따위 알 바 아냐! 〈블레이드 랭……〉."

"〈파이어 볼〉."

고든이 트리거 워드를 외우기도 전, 클림트가 〈파이어 볼〉을 날렸다.

"〈마법 장벽〉."

큰 기술을 중단하고 〈마법 장벽〉을 전개하여 〈파이어 볼〉을 요격.

영창 없이 트리거 워드만으로도 발동할 수 있다고는 해도, 큰 기술의 트리거 워드라면 발동까지 어느 정도의 시간이 걸린다. 〈파이어 볼〉이라면 1초 만에 생성·발사가 끝나지만, 큰 기술이라면 생성·발사에 3초는 필요하다, 라는 식이었다.

그래도 긴 영창을 외우는 것에 비하면 거의 신경이 쓰이지 않을 정도의 시간이지만…… 클림트는 그 짧은 시간에 〈파이어 볼〉을 쏘는 것으로 큰 기술의 생성을 방해해 왔다.

고든이 큰 기술을 쏘려고 하면 〈파이어 볼〉로 방해받고, 〈파이어 볼〉처럼 생성 속도가 빠른 마법을 쓰면 같은 마법으로 요격한다……. 고든 입장에서는 전혀 상정조차 못한 상황에 빠져 있었다.

'왜 저 녀석은 내 마법에 맞출 수 있는 거지? 내가 마법을 생성하기 시작한 다음에 반응하고 있는 걸 텐데……. 저놈의 마법 생성 속도가 나보다 빠르다는 건가……? 웃기지 마! 중앙연방의 마법사 놈들은 영창만 길고 위력은 빈약한 마법밖에 못 쓴다는 게 일반적인 상식이라고! 그런데도 영창 없이 나보다 빠른 속도로 마법 생성을 해? 그딴 걸 누가 인정할까 보냐!'

하지만 현실은, 고든의 모든 마법이 요격이나 방해를 받고 있는 상황이었다.

고든은 속으로 초조함을 느꼈지만 그것은 클림트도 마찬가지였다.

아니, 오히려 클림트가 더 초조했다. 경험 부족이 이유다.

사단에 들어온 지 반년. 제대로 마법을 쓸 수 있게 된 것은 사단에 들어온 이후부터였다. 마법 자체를 다루는 것은 사단에서 받은 피를 토하는 훈련 덕분에 숨 쉬듯이 원활하게 할 수 있게 되었지만, 대인 전투 경험은 결코 많다고 할 수 없었다.

물론 사단 훈련에서는 대인전투가 주를 이루지만 그것은 역시 훈련일 뿐이다.

이번의 고든처럼, 죽여버려도 어쩔 수 없다는 기세로 다가오는 사단원은 없다……. 부장을 제외하고.

사단은 결성된 지 반년밖에 안 되긴 했지만, 실제 전장 경험도 있고 마물 토벌도 여러 차례 거쳐왔다. 클림트도 마물 토벌 시 종군했다.

하지만 전장에는…… 그 이전 훈련에서 부상을 입고 피를 너무 많이 흘려버렸다. 부상 자체는 〈엑스트라 힐〉로 금방 나았지만, 흘린 피를 회복하는 데에 다소 시간이 걸려 참전하지 못했다.

즉, 다른 사단원에 비해 목숨이 경각을 다투는 경험이 적었다.

클림트도 그것을 자각하고 있었기에 어떻게든 극복하고 싶어 했지만, 사단이 전쟁터에 나가는 일은 결코 많지 않았다. 실제로 그 이후 클림트가 속한 2중대는 한 번도 대규모 전투에 파견되지 않았다.

경험이 부족한 클림트로서는 반쯤 교착된 이 상황을 어떻게 타파해야 할지 전혀 알 수 없었다.

이 이상 다른 수단을 늘릴 수도 없다.

마법의 생성 속도는 호각.

상대가 큰 기술을 사용한다면 아마 질 것이고, 경우에 따라서는 죽을지도 모른다……. 그렇다면 큰 기술만은 절대로 사용하게 해서는 안 된다.

클림트는 마음을 굳게 먹고 한 걸음을 내디뎠다.

마법을 부리며 한 걸음, 또 한 걸음 고든 쪽으로 걷기 시작했다.

'무, 무슨 생각을 하는 거야, 이 자식. 왜 다가와? 생성 속도는 자기가 위니까 그걸로 승부를 보겠다는 건가? 웃기지 말라 그래!'

고든의 마음속 외침이었다.

완전한 오해였다. 클림트는 그저 큰 기술을 발동할 여유를 주고 싶지 않았기에 거리를 좁히려고 한 것뿐인데…….

"〈파이어 볼〉〈파이어 볼〉〈파이어 볼〉〈파이어 볼〉〈파이어 볼〉…….."

클림트는 이제 완전히 〈파이어 볼〉 하나로 거리를 좁히고 있었다. 고든을 향해 〈파이어 볼〉을 날리며 한 걸음씩 다가갔다.

서로 간의 거리는 이미 10미터를 밑돌았다.

그때 갑자기 두 사람 사이의 땅이 터지고 흙먼지가 흩날렸다.

"어?"

클림트는 소리를 내면서도 순간 땅바닥에 몸을 숙였다.

그 순간, 클림트가 있던 자리를 불꽃 창이 꿰뚫었다.

황급히 몸을 일으키는 클림트였지만 늦었다. 눈앞에는 불꽃 창을 든 귀신 형상을 한 고든이 클림트에게 그 불꽃 창을 내려치기 직전이었다.

"거기까지!"

입회자인 유르겐의 날카로운 제지가 날아들었다.

"승자, 고든 공."

클림트는 생명을 구했다.

거칠게 숨을 헐떡이면서도 간신히 관중석에 있는 용사 파티 쪽으로 돌아가는 고든.

고든과 교대하듯 관중석에서 연습장으로 내려온 사람은 사단장 피오나였다.

"클림트, 수고했다."

진 채로 움직이지 못하는 클림트에게 피오나가 작게 말을 걸었다.

"전하, 기대에 미치지 못해 죄송합니다."

클림트는 황급히 일어서서 진 것을 사과했다.

모처럼 피오나가 자신을 사단 대표로 지명해줬는데 어이없이 져버린 것이 억울했다.

"괜찮다. 고든 공을 봐라."

"네?"

클림트는 피오나의 말에 관중석으로 돌아간 고든을 바라보았다. 하지만 딱히 뭔가가 있어 보이진 않았기에 피오나의 의도를 이해하지 못했다.

"고든 공은 이미 체력을 다 썼다. 하지만 클림트, 넌 아직 싸울 수 있지?"

"네. 한 판 더 할 수 있어요!"

"전장에서는 살아남는 것이 가장 중요하다. 그러기 위해서는 끝까지 싸워나가는 힘이 필요하지. 전쟁터의 마법사에게 가장 중요한 것은 그 힘이다. 그것이야말로 마법사의 지속 능력. 그리고 너는 그 지속 능력에서 용사 파티의 마법사보다 위라는 것을 보여주었다. 아주 잘했다."

피오나는 클림트를 칭찬했다.

"가, 감사합니다!"

"더 필요한 것은 경험이다. 앞으로도 차근차근 경험을 쌓아 나가도록."

그렇게 말한 피오나는 관중석으로 돌아갔다. 그 뒤를 쫓듯 클림트도 관중석에 있는 2중대로 돌아갔다.

칭찬하면서 실력을 향상시키는 것이 피오나의 지도법.

애초에 피오나가 클림트를 선택한 이유는…….

피오나에게 승패는 아무래도 상관없었다. 누가 이기든 지든 앞으로 해야 할 일에는 변함이 없을 테니까. 그렇다면 조금이라도 사단원에게 도움이 될 만한 전투가 좋을 것이었다. 클림트는 진검승부 경험이 부족하다. 그렇다면 여기서 경험을 쌓게 하자.

그것이 클림트가 선정된 이유. 그리고 클림트는 진검승부를 경험할 수 있었다.

피오나는 만족스러운 미소를 지어 보였다.

고든 대 클림트의 모의 전후.

결국 용사 파티의 풍속성 마법사 알리시아, 토속성 마법사 벨록, 마지막에는 무려 용사 로먼까지 일대일 모의전을 벌였다.

로먼의 상대는 기사 집안 계통으로, 어렸을 때부터 검을 즐겨 온

1중대장 에밀 피셔였는데…… 역시나 전혀 상대가 되지 않았다.

◆

다음 날 아침 용사 파티 일행은 따로 준비된 별관에서 아침 식사를 마쳤다.

피오나 일행 세 사람은 연습장 내 식당에서 아침을 먹은 뒤 사단장실에서 보고회를 열고 있었다.

그래, 셋이었다.

여느 때 같으면 제4 연습장에 틀어박혀 있는 부장 오스카도 아침 식사와 아침 보고에는 찾아왔는데, 오늘 아침에는 모습을 드러내지 않았다.

"전하, 부장 건은 어떻게 할까요?"

걱정스러운 기색을 얼굴에 띄운 부관 유르겐이 피오나에게 물었다.

"음, 아무것도 하지 말고 내버려 둬."

"괘, 괜찮을까요?"

"오늘쯤 나올 거야. 그 전조다."

피오나는 오스카가 드디어 마음을 추스르고 결론을 지었음을 이해하고 미소를 지으며 대답했다.

"스승님이 곧 나오는 거라면…… 오전 중에 단체전을 신청할까. 스승님이 한참 뒤에 나왔다면 언제 해도 상관없었겠지만…… 오늘, 내일이라도 나올 것 같으면 빠른 편이 좋겠지."

"부장이 나오시면 로먼 공이 부장밖에 안 볼 테니까요?"

"음. 우리가 로먼 공을 상대할 수 없게 된다. 그러면 아깝잖아?"

마리의 확인에 피오나는 웃으며 대답했다.

'부장의 복귀가 정해지니 전하께 미소가 돌아오셨네.'

마리는 속으로 기뻐했다.

◆

"오늘은 단체전을 하는 게 어떻겠냐는 말씀이지요?"

용사 파티의 절충역, 성직자 그레이엄이 피오나에게 확인했다.

괜한 소리를 하지 못하도록 용사 로먼은 몇 발짝 물러난 곳에서 다른 멤버들과 기다리고 있다.

'그레이엄 공도 고생이 많겠군.'

그 고생을 강요하고 있는 피오나 본인이 속으로 웃으며 생각했다.

"7대7은 어떤가? 그쪽 파티 수준에 맞는 전력을 일곱 명 갖추는 게 쉽지 않다는 건 알고 있지만, 용사파티와의 경기는 우리로서는 일생에 한 번도 하기 어려운 경험인 만큼 꼭 부탁드리고 싶군."

"아니요, 그쪽 사단이 우수한 인재를 거느리고 있다는 것은 어제 모의전을 통해 저희도 잘 알았습니다."

어제의 모의전은 마법전을 통해 고든, 알리시아, 벨록이라는 불, 바람, 흙이 싸웠다. 용사측이 전승을 거두긴 했으나 사단측도 상당히 선전한 결과를 얻었다.

화속성 마법사 고든은 자신뿐만 아니라 알리시아, 벨록도 손쉽게 승리하지 못한 것을 보고 완전히 인식을 바꾼 상태였다.

그만큼 차이가 없는 경기였던 것이다.

물론 용사와의 전투는 제외였다.

"알겠습니다. 7대7 모의전, 받아들이겠습니다."

그렇게 말한 그레이엄은 피오나에게 목례를 하고 뒤로 물러나 있던 파티원을 불러들였다.

"고맙군. 그보다 문제는 우리 쪽 멤버다. 어제는 계속 입회자로 있느라 불만이 많아 보였던 유르겐을 멤버로 넣겠다. 그렇게 되면 입회자가 다른 사람이 되는데 그레이엄 공, 괜찮겠나?"

'그렇게 나오는군!'

피오나의 제안을 듣고 그레이엄은 생각했다. 이들이 진심을 다해 이기고자 한다는 것을.

'부관이라고 하기에 전투능력이 전혀 없는 조정에 능한 인재이거나 반대로 일반 사단원을 압도하는 힘을 가진 자, 둘 중 하나일 거라 생각했는데 후자였군……. 이러면 꽤 벅찰 것 같은데…… 이쪽에 로먼이 있는 이상 큰 문제는 없겠지만…….'

"네. 물론 상관없습니다."

입회자 변경을 받아들이는 그레이엄.

"유르겐, 마리, 2중대장 닌, 3중대장 슈토크, 4중대장 엘자, 그리고 차석 치유사 마머. 입회자는 어제 로먼 공과 싸운 1중대장 에밀. 음, 멤버는 대충 이 정도인가."

"전하, 말씀 중 실례합니다. 사단측 멤버는 여섯 명밖에 없는

데⋯⋯."

피오나에게 조심스러운 기색으로 물어오는 부관 마리.

"물론 나도 나간다. 그러니 일곱 명이지."

"아아, 역시⋯⋯."

예상했던 대답에 고개를 푹 떨구는 마리. 부관인 마리로서는 피오나가 안전한 장소에 있어 주었으면 하는 마음이었다.

"부대 회복역으로 차석 마머를 들이긴 했지만 수석 치유사인 핀과 구호소대는 전원 대기하고 있다. 여간한 일이 일어나도 대응할 수 있을 테니 걱정하지 마."

그렇게 말한 피오나는 마리를 향해 빙긋 웃어 보였다.

"규칙은 어제와 거의 같습니다. 죽음에 이르는 공격은 불가. 입회자가 항복, 기절, 7명 전원이 전투 지속 불가능이라고 판단했을 경우엔 경기는 종료됩니다."

40미터 거리를 두고 용사 파티와 피오나 파티가 대치했다.

"시작부터 전력 포격. 용사 파티가 전력을 다하도록 만들어라."

피오나는 자신들의 파티를 향해 속삭였다.

그에 따라 1중대장 에밀의 목소리가 울려 퍼졌다.

"그럼 경기 시작!"

"〈라이트 재블린〉."

"〈파이어 재블린〉."

"〈소닉 블레이드〉."

"〈파이어 레이〉."

"〈풍일색〉."

"〈석창살간〉."

"〈천지붕락〉."

황제 마법사단 중에서도 최정예 7인의 전력 마법 포격.

전력을 다해 펼친 연습장의 마법 장벽이 일부 튕겨 나갔다.

굉음이 주변을 감싸고, 빛이 난무하고, 모래 연기가 일대를 뒤덮는다…….

"저…… 죽음에 이르는 공격은 금지……."

입회자인 1중대장 에밀의 말은 누구에게도 닿지 않았다…….

"단장이 〈천지붕락〉을 날렸어……."

"마리 씨도 유르겐 씨도 전력이야……."

"죽는 거 아냐, 이거?"

관중석에 자리를 잡은 사단원들이 놀라서 속삭였다.

용사 파티 쪽의 상황은 확인할 수 없었다. 잠시 후, 휘날린 모래 먼지가 가라앉으며 마침내 주위에서도 상황을 파악할 수 있었다.

"상처 하나 없어……."

관객석 중, 누구의 입에서 중얼거린 말이었을까……. 하지만 많은 사단원들이 품은 소감도 마찬가지였다. 경악.

마리의 〈풍일색〉, 유르겐의 〈석창살간〉, 그리고 피오나의 〈천지붕락〉. 그 모두가 집단용 공격 마법으로서는 제국 최강의 실력. 그것을 받고도 무사하다니…… 바로는 믿을 수 없었다.

하지만 그것은 어디까지나 관객석에 앉아 있던 사단원의 이야기. 연습장에 있는 피오나 파티 멤버는 당연하다는 표정을 짓고 있었다.

"〈마법 장벽〉은 부쉈는데 용사의 성검은 뚫지 못했군요."

중얼거린 것은 부관 유르겐이었다.

용사 파티의 선두에는 성검을 든 로먼이 서 있었다.

"으음…… 〈마법 장벽〉이 거의 견디지 못하고 소멸했습니다."

"생성한 흙벽도 도움이 안 됐군."

"바람 방벽도 저쪽 풍속성의 범위 공격에 닿은 것만으로 사라졌어……."

성직자 그레이엄, 토속성 벨록, 풍속성 알리시아가 각각 중얼거렸다.

"즉, 로먼이 성검으로 쳐내지 않았다면 아까의 일격에 모두 당했을 거라는 뜻이야!?"

"아니, 고든, 너도 〈마법 장벽〉 전개해."

고든의 분노에 찬 목소리에 척후 모리스가 지적했다.

"다들!"

용사 로먼의 목소리가 울려 퍼졌다.

"가감 없이 전력으로 간다."

로먼의 그 말에 파티 전원이 고개를 끄덕였다.

"갑니다! 〈파티 헤이스트〉 〈인챈트 윈드〉."

그때까지 한마디도 하지 않던 애쉬칸이 트리거 워드를 외자 용사 파티 전원이 바람에 휩싸였고, 용사 로먼의 성검과 척후 모리스의 단검이 초록빛으로 빛났다.

　헤이스트란 몸의 모든 움직임이 빨라진다, 라고 설명하는 것이 가장 가까울 것이다. 무기를 휘두르는 움직임, 공격을 피하는 움직임, 방어하는 움직임, 혹은 발놀림…… 그 모든 것이 풍속성 마법에 의해 빨라진다. 중앙연방에는 없는 마법이다.

　"전하, 그녀는 인챈터입니다. 용사 파티 전원의 속도가 올라갔습니다."

　"!"

　4중대장 엘자의 말에 놀라는 피오나 파티 멤버.

　전투에선 언제나 냉정하게, 그것을 신조로 삼는 피오나조차도 예외는 아니었다. 하지만 최대한 표정에는 드러내지 않았다.

　"중앙연방엔 없는 마법직이네. 온다!"

　피오나의 말과 동시에, 용사 파티 쪽에서 아까의 답례라는 듯 피오나 파티를 향해 마법 포격이 쏟아졌다.

　동시에 용사 로먼, 척후 모리스, 그리고 방금 인챈트를 건 풍속성 마법사 애쉬칸이 백병전을 노리고 달려들었다.

　맞받아친 것은 모리스를 상대로는 마리, 애쉬칸을 상대로는 유르겐.

　그리고 용사 로먼의 상대로는 피오나였다.

　"하필 황녀님이 로먼의 상대냐고……."

　저도 모르게 그런 말을 입에서 뱉은 것은 고든이다. 누가 봐도 무리잖아……. 고든은 그렇게 말을 이으려다…… 잇지 못했다.

파티의 거의 중간 지점에서 맞부딪힌 로먼과 피오나는 격렬한 검싸움을 펼쳤다.

로먼은 검사다.

게다가 용사다.

심지어 지금은 헤이스트에 의해 속도도 향상된 상태다.

하지만 그런 로먼을, 피오나는 조금도 물러서지 않고 굳건하게 맞대응하고 있다.

애초에 보통이라면 용사와 검을 겨루는 것 자체가 좀처럼 벌어지기 힘든 현상이었다.

용사 로먼이 들고 있는 성검 아스타르트. 이것과 부딪치면 일반적인 검은 단 일격에 부서진다.

하지만 피오나가 가진 검도 평범한 검은 아니었다.

황실이 자랑하는 두 자루의 마검 중 한 자루, 보검 레이븐.

한 자루 안에 바람과 불이라는 두 가지 속성을 지니고 있다는 신화급의 검.

먼 옛날 신들이 협력하여 만들었다는 전설을 가진 칠흑의 검.

대대로 황제가 찼다고 하는 검.

하지만 현 황제인 루퍼트 6세는 피오나에게 물려주었다.

얇은 검이라는 외관상 남성이 드는 것보다 여성이 드는 편이 더 잘 어울린다는 이유도 있었을지도 모른다. 하지만 과거 루퍼트는 주위 사람들에게 이렇게 말했었다. 보검 레이븐이 피오나를 마음에 들어 했기 때문이라고.

그 이상의 설명은 없었다. 황제 루퍼트에게 강력하게 주장할 수 있는 사람도 없었기에 그 이후로는 피오나가 계속 갖고 있었다.

보검 레이븐.

피오나가 열 살 때 하사받은 이후 8년, 그 대부분을 함께 보내
온, 어떻게 보면 파트너나 다름없었다. 그 파트너는 인생을 살면
서 좀처럼 싸울 일이 없는 수준의 상대를 앞에 두고 잠재 능력을
모두 해방하고 있었다.

보검 레이븐 자체에 깃든 풍속성에 의해 검속을 포함한 피오나
의 모든 움직임이 더욱 빨라졌다. 그야말로 유사 헤이스트 상태.

더욱이 피오나 본인이 갖고 있는 화속성 마법사로서의 자질을,
화속성도 동시에 품고 있는 레이븐이 끌어올려 준다. 그것은 검
싸움을 벌이는 사이 공격 마법을 쏜다는, 상상은 할 수 있어도 현
실에서는 불가능한 일을 가능하게 만들어주었다.

숨 쉬듯 마법을 쏜다……. 아니, 그 이상으로 매끄럽게 피오나
에게서 로먼을 향해 〈파이어 재블린〉이나 〈피어싱 파이어〉가 방
출되었다.

로먼 입장에서는 실로 벅찬 상황이었다.

단순하게 말해 피오나를 향한 자잘한 신경 소모가 늘고 있는 것
이다. 정확히는 받지 않고 피해야 할 공격이 늘고 있었다.

보통은 검싸움 중 마법을 쏘려고 하면 어쩔 수 없이 약간의 틈
이 생긴다.

그렇기 때문에 상대의 수준이 동등하거나 그 이상이라면 마법

을 쓰지 못하고, 상대가 보다 낮은 수준이라면 굳이 마법을 쓸 필요가 없다……. 결국 검싸움 중 마법을 쏜다는 현상 자체가 생겨날 일이 없는 것이다.

'하지만…… 황녀 전하는 그것을 하고 있다.'

격렬한 검싸움을 벌이던 용사 로먼은 눈을 휘둥그레 떴다. 검으로 싸우면서도 아주 매끄럽게 마법이 날아왔다.

검싸움을 거듭하면서 로먼은 싫어도 알아차릴 수밖에 없었다.

이 전투 스타일은 순간적인 기발함이나 즉석에서 고안한 것이 아닌, 지금까지의 오랜 훈련으로 수없이 쌓아 올린 결과라는 것을.

평소 훈련에서 검과 마법의 동시 공격을 훈련하고 있다는 것을.

피오나 본인은 네 살이 됐을 때부터 검을 배워왔다. 열 명의 다른 언니들은 누구 하나 그런 행동을 하지 않았는데, 피오나가 간청하여 아버지인 황제 루퍼트 6세에게 부탁한 결과였다.

왜 검 연습을 하고 싶다고 말하게 된 것일까? 루퍼트가 허리에 차고 있던 검을 보았기 때문이었다.

"이 레이븐 말이냐? 피오나가 열심히 검을 연습해서 제대로 휘두를 수 있게 되면 빌려주도록 하마."

루퍼트가 그때 한 말은 반은 농담이었지만 반은 진심이었다.

평생 갈 파트너와의 만남은 때때로 운명적으로 찾아오는 법이다. 루퍼트는 어쩌면 이것이 그런 것일지도 모른다는 것을 이미 그 시점에서 느끼고 있었다.

그리고 6년 후…… 피오나의 열 번째 생일날, 보검 레이븐은 피오나의 파트너가 되었다.

그것은 피오나가 가장 소중한 사람을 만나기 일주일 전의 일이었다.

네 살 때부터 단련해 열 살부터는 레이븐과 함께 단련해 온 피오나의 검술. 그 전력을 아는 사람은 사단 중에서도 스승인 오스카뿐이다.

하지만 오늘 사단원들 앞에서 그 전력을 모두 드러냈다.

"끝내준다……."

목이 멘 듯한 목소리가 관객석을 지배했다.

황제 마법사단은 당연하지만 모두가 마법사다. 하지만 마법사라고 근접전을 못 하는 것은 아니다.

마력이 떨어지면 거기서 끝.

적이 접근해오면 거기서 끝.

그런 취약한 집단이 살아남을 수 있을 리가 없다.

마법전에 강한 것은 당연하고 근접전도 강해야 한다. 그것이 전쟁터에서 황제 마법사단원이 가져야 하는 모습이었다.

그 선두에 선 사단장 피오나.

사단원도, 피오나가 검에도 강하다는 것은 알고 있었지만 이정도일 줄은 생각하지 못했다.

◆

중앙에서 로먼과 피오나의 검싸움이 펼쳐지는 동안 부관 마리도 척후 모리스와 근접전을 벌이고 있었다.

하지만 그것은, 어떤 의미로는 아주 기묘한 근접전이었다.

용사 파티의 모리스는 척후였다.

두 개의 단검을 양손에 들고, 그 가벼운 몸놀림을 이용해 싸운다. 그 때문에 비교적 정면으로 맞기보단 상대의 옆이나 배후로 돌아가 베는 공격이 주류인데…….

부관 마리를 상대로, 그녀는 뒤쪽으로 돌아가지 못했다.

아니, 정확히는 돌아가려고 했지만 쉽사리 제지당하고 있었다.

이는 결코 부관 마리의 속도가 빨라서 그런 것이 아니었다. 물론 여느 검사에 비하면 빠르지만 용사 파티에서 척후를 담당하고 있는 모리스에 비하면 늦었다.

하지만 뒤로 갈 수 없었다.

마리의 주위로 끊임없이 다운 버스트, 강력한 하강기류가 존재하고 있었기 때문이다.

풍속성 마법사인 마리의 전투 방식은 매우 특이했다. 자신의 주위에 거의 무의식적으로 강력한 다운 버스트를 발생시켜 상대의 움직임을 저해하면서 싸운다.

풍속 50미터의 바람이 불어닥치는 태풍 속에서 사람은 편하게 걸을 수 없는 법. 하지만 마리의 주위에서는 그런 바람이 위쪽에서 땅을 향해 항상 몰아치고 있었다.

몸놀림이 가볍다거나 무거운 것과는 상관없이 제대로 움직일 수조차 없는 것이다.

그리고 이는 가벼운 몸놀림을 신조로 삼고 있는 척후 모리스에게 있어서 최악의 상대라고 할 수 있었다.

'상황이 안 좋아. 하필이면 내 상대가 이런 녀석이라니 운이 없군…… 아니, 설마 이런 것까지 계산해서 이 사람을 나한테 보낸 건가? 저 황녀님, 곱상한 얼굴로 대체 무슨 악취미인지…….'

척후 모리스는 상대방이 정확히 자신을 겨냥할 수 없도록 한 곳에 머물지 않고 움직이며 공략법을 고민했다.

쉬익.

챙그랑.

투척용 칼을 던져 보았지만 역시 이 지긋지긋한 바람에 튕겨 나갔다.

'이거…… 어떻게 쓰러뜨려야 하지……. 다가갈 수도 없고, 투척용 칼도 닿지 않아……. 일단 내가 쓰러지지 않고 버티면서 다른 사람이 원군으로 오기를 기다려야 하나?'

본래 모리스는 척후다.

모험에서도 전투력을 기대하기보단 회복역인 그레이엄과 함께 죽지 않는 것이 역할, 그런 부분이 강했다.

물론 용사 파티의 일원이기에 주변의 웬만한 척후는 그 발밑에도 미치지 못할 수준의 전투력을 갖고 있기는 하지만, 파티의 다른 인원들에 비하면 역시 강하다고 할 순 없었다.

'완전히 막혔어…….'

모리스는 작게 한숨을 쉬었다.

근접전은 세 곳에서 발생하고 있었다.

중앙의 용사 로먼 대 피오나.

용사 파티 기준으로 봤을 때 왼쪽에 척후 모리스 대 마리.

그리고 오른쪽에 인챈터 애쉬칸 대 유르겐.

'인챈터'라는 직종은 중앙연방에는 없다.

애초에 인챈터란 대체 무엇인가.

마법에 의해 동료의 몸이나 무기에 '일시적으로' 속성이나 특성을 부가하는 것을 인챈트라고 한다.

그것을 전문으로 하는 마법직이 인챈터다.

왜 중앙연방에는 없는가? 이유는 간단하다. 인챈트의 마법 영창이 없기 때문이다.

료나 세라, 혹은 황제 마법사단의 이들은 영창 없이도 마법을 생성할 수 있지만, 이는 중앙연방 마법사들 중에서도 예외적인 존재였다. 실제로 같은 제국군에 소속된 마법사라도 황제 마법사단은 영창을 하지 않지만 제1부터 제8까지의 제국 마법군은 모두 영창을 했다.

황제 마법사단이 영창 없이 마법 발동을 일삼는 것은 오로지 피오나와 오스카의 신념 때문이었다.

영창을 하면 초보자도 쉽게 마법을 발동할 수 있다. 그에 따라 발동되는 마법의 위력은 누가 주창해도 거의 일정해진다. 하지만 영창을 할 시간이 필요하기 때문에 발동까지 시간이 걸린다. 이는 전투에 있어서는 치명적이라고 할 수 있다.

위력 또는 속도로 상대를 넘어서는 것……. 결국 마법전은 그 부분을 겨뤄야 하는 싸움이다. 그래서 강력하고 생성 속도가 빠른 마법을 쓰게 하기 위해 두 사람은 사단을 영창 없이 싸울 수 있도록 단련시켰다.

어쨌든, 그런 이유로 마법 영창이 없는 것이었기에 인챈트는 중앙연방에는 존재하지 않았다.

유르겐도 이번에 처음 보았다.

'전하와 엘자는 그레이엄이 봉술을 써서 접근전에 나올 가능성이 있다고 말했지만, 설마 풍속성 마법사 애쉬칸 공이 나올 줄이야. 게다가 그녀는 인챈터……. 과연, 쉽게 얻기 힘든 경험을 할 수 있겠어.'

유르겐이 상대하는 애쉬칸은 자신의 몸에 헤이스트를 걸치고 속도를 높여 손등과 발등을 이용하는 육탄전 스타일이었다.

실로 마법사답지 않은 전투 스타일이었지만, 분명 유르겐이 그렇게 말했다간 '당신에겐 듣고 싶지 않다'는 말을 들을 것이다.

유르겐은 정통 검술로 그것을 맞받아치고 있었으니까.

유르겐 바르텔은 바르텔 백작가의 둘째 아들이었다.

백작가의 가독은 여덟 살 연상인 형이 잇기로 되어 있었으나, 대대로 우수한 무인을 배출한 가문의 관습에 따라 그 역시 어릴 때부터 대부분의 무예를 단련해왔다. 그래서 어렸을 때부터 막연히 18세가 되면 제국 기사단에 들어갈 것이라고 생각했다.

실제로 어린 시절부터 검 솜씨도 범상치 않았다. 열다섯 살에 백작가 검술 지도역을 맡은 가정교사를 쓰러뜨렸고, 열여섯 살엔 아버지인 당주조차 적수가 되지 않을 정도였다.

열여덟 살 성인이 됐을 때, 유르겐 주위에 검으로 앞서는 사람은 여덟 살 위인 형밖에 없었다. 당시 형은 제국 기사 중에서도 최고위 실력자만이 뽑히는 황제 12기사로 이름을 올리고 있었다.

황제 12기사인 형과 훌륭한 승부를 벌인다. 게다가 이제 막 성인이 된 직후.

그런 인재가 황제 루퍼트 6세 눈에 들어오지 않았을 리가 없다. 상세한 주변 조사와 공청회 결과, 루퍼트는 그가 나이가 가까운 피오나와 오스카의 힘이 되어줄 것이라는 판단을 내렸다.

그리하여 유르겐은 오스카 밑으로 들어가 반년의 훈련 기간 동안 다양한 단련을 받았고 오스카의 부관으로서 피오나의 호위의 임무를 맡게 되었다.

그것은 피오나가 황제 마법사단 사단장으로 임명되기 2년도 전의 일······.

유르겐이 사용하는 검은 연습장에 비치된 날이 뭉툭한 일반 철검이다.

물론 이 모의전에서는 자신이 평소 사용하는 무구를 사용해도 무방하다. 그렇기 때문에 피오나는 보검 레이븐을 사용하고 있었고, 용사 로먼은 성검 아스타르트를 휘두르고 있었다.

하지만 유르겐은 자신이 공격 직전 멈추는 것에 서툴다는 것을 자각하고 있었기 때문에 만일 그대로 공격이 맞더라도 상대를 죽이지 않기 위해 날을 뭉툭하게 만든 검을 사용하고 있었다.

상사인 오스카가 들었다면 "그래, 굉장한 자신감이군" 하는 식의 핀잔을 들었겠지만, 서툰 것은 서툰 것이다, 어쩔 수 없다. 단순히 어쩔 수 없다는 말로 죽여 버리면 큰일이지 않은가.

유르겐에게 선택지는 없었다.

기본적으로 애쉬칸이 공격하고 유르겐이 받아내는 형태로 두 사람의 전투는 계속되었다.

애쉬칸의 싸움 실력은 상당했지만 유르겐이 보기에 파고들 여지는 있어 보였다. 남은 건 바로 그 타이밍이다. 타이밍을 놓치면 모든 것이 수포로 돌아간다. 그것은 무슨 일이든 똑같다.

유르겐은 애쉬칸의 공격을 받아내면서 그저 그 타이밍을 신중하게 재고 있었다.

성직자 그레이엄은 마음속으로 탄식을 금치 못했다.

'설마 이 정도일 줄이야. 근접전에 이렇게나 강한 마법 부대 따위 서방제국엔 없…… 아니, 거의 없다. 척후인 모리스가 결정타를 내지 못하는 것은 어쩔 수 없는 일이라 해도 애쉬칸까지 돌파하지 못하다니. 아니, 아니야. 돌파는커녕 로먼과 호각으로 겨루고 있다……. 저 황녀님은 대체 어떻게 된 거지? 사실 마법사가 아니라 검사…… 인 건가? 뭐, 지휘관이니까 불가능한 일은 아니지만. 아니, 그러고 보니 검싸움을 하는 와중에도 마법을 쏘고 있었으니 역시 마법사다……. 설마 로먼이 질 거라고는 생각하지 않지만 모든 이들이 교착 상태라니…….'

그레이엄에게도 지금 상황은 처음 겪는 일이었다.

'역시 내가 전선에 나갔어야 했나……. 그렇지만 회복역이 섣불리 전선에 나갔다가 만약 쓰러져 버리기라도 하면 여러모로 문제가……. 하지만 이 상황에서는 꼭 그렇다고도 할 수 없겠군. 가세해야겠지. 어디에 가세해야 할까. 아무리 그래도 로먼과 황녀님의 검싸움에 뛰어드는 것은 무리야. 두 사람의 무기가 무기인 만큼 손도 쓰지 못하고 잘게 썰려버릴지도 모른다. 그렇다고 모리스에게 강풍을 일으켜서 근접전인지 뭔지도 알 수 없어진 저곳에 가는 것도…… 저 바람을 피할 좋은 방법이 생각나지 않아. 그렇다면 소거법으로 애쉬칸과 부관 유르겐 공밖에 없는 건가…….'

그레이엄이 진땀을 빼며 고민하는 동안 사태는 움직였다.

애쉬칸은 깨달았다. 전투 개시 직후에 걸었던 〈파티 헤이스트〉가 시간이 지나면서 효과가 떨어지고 있다는 것을.

〈파티 헤이스트〉는 애쉬칸의 둘레 반경 5미터 이내에 있는 아군에게 헤이스트 효과를 걸어주는 마법이었다. 한번 걸면 반경 5미터를 벗어나더라도 일정 시간 동안 헤이스트 상태가 지속된다.

현재 애쉬칸의 5미터 이내에 아군은 없다.

포격전을 펼치고 있는 마법 공격직에는 굳이 필요하지 않았다.

황녀님과 싸우고 있는 로먼에게는 걸고 싶었으나 가까이 가는 것은 너무 무모했다.

폭풍 앞에 아무런 대책도 세우지 못하고 있는 모리스는 아마 헤이스트가 있어도 별로 소용없을 것이다.

그렇게 되면 필요한 것은 자신뿐이다.

하지만 눈앞의 검사는…… 그래, 이미 도저히 마법사라고는 생각되지 않는, 뛰어난 실력의 검사다. 그 폭염의 마법사 부관이라고 하는 사내는 방심하지도 빈틈을 내어주지도 않았다.

그 검사는 무언가를 노리고 있다.

그런 분위기가 있었다.

무엇을 노리는지는 모르지만 상대 눈동자의 움직임을 통해 애쉬칸은 그렇게 느끼고 있었다.

'잠깐 벗어나서 나한테 헤이스트를 다시 걸고 싶은데…… 그게 빈틈으로 보인다면 그 순간 마법을 쏠지, 아니면 무기를 던져 올지……. 확실하겐 모르겠지만 일단 머리 한구석에 넣어두자.'

잠시 후 딱 적당한 상황이 생겼다.

유르겐이 백스텝을 하는 순간 아주 잠깐이지만 발을 헛디딘 것이다.

'지금이다!'

그에 맞춰 애쉬칸도 크게 뒤로 물러나 거리를 두고는 땅에 닿기 전에 헤이스트를 걸었다.

"〈헤이스트〉."

"〈진흙〉."

그 타이밍에 맞춰 유르겐도 마법을 썼다.

애쉬칸의 예상대로.

공중에서 헤이스트를 걸고 착지하면 바로 반격이 가능했다. 그렇게 생각하고 있었다. 하지만 **토속성** 마법사 유르겐이 쏜 마법은 공격 마법이 아니라…….

푸욱.

착지하는 순간, 그곳의 땅이 진흙이 되어 있었다. 그대로 애쉬칸의 두 다리는 무릎 위까지 진흙에 파묻혔다.

"무슨……."

이렇게 되면 쉽사리 빠져나갈 수 없었다.

당연하게도 이 상황을 만들어낸 유르겐이 애쉬칸의 눈앞에 다가와 검을 목덜미에 들이댔다.

"……졌습니다."

애쉬칸은 패배를 인정했다.

그레이엄이 가세하려는 순간 애쉬칸이 진흙에 사로잡혀 패배.

"말도 안 돼……."

그레이엄은 때마침 가세하려던 차였기 때문에 그 순간을 모두 지켜보고 있었다.

애쉬칸이 크게 뒤로 날아가 착지하기 직전, 유르겐의 발밑에서 고속의 선이 뻗어 나가 애쉬칸의 착지점에서 작게 터졌다.

그리고 그곳에 작은 진흙땅이 생겨난 것이다.

'폭염의 마법사 부관인 유르겐 공, 역시 마법에 있어서도 일류다……. 이걸로 균형이 깨져 버렸어……. 게다가 이쪽이 불리한 방향으로. 이렇게 되면…… 도박이 되겠지만 어쩔 수 없지.'

"여러분, 모리스의 상대인 마리 씨부터 무너뜨리겠습니다."

"그건 상관없지만 어떻게 노릴 건데? 그리고 이쪽으로 포격해 오는 상대의 원거리 공격 마법은 어쩌고?"

고든이 그레이엄에게 확인했다.

"상대의 포격은 제가 받겠습니다. 마리 씨를 향한 공격은 위쪽에서입니다. 강렬한 하강 기류로 모리스의 움직임을 저해하고 있지만, 위쪽에서라면 바람의 영향을 받기 어려울 겁니다. 준비됐습니까? 셋, 둘, 하나, 지금입니다!"

"〈파이어 재블린〉."

"〈에어 버스터〉."

"〈석력〉."

화속성 고든, 풍속성 알리시아, 토속성 벨록의 동시 포격이 위쪽에서 마리를 향해 달려들었다.

동시에 피오나 파티 후위 진영에서 그 어느 때보다 강한 포격이 그레이엄 일행을 향해 날아왔다.

"〈절대 성역〉."

그레이엄이 주창한 것은 고위 성직자만이 사용할 수 있는 절대 마법 방어. 중앙연방의 고위 신관이 사용하는 〈성역 방진〉의 서방제국판이라 할 수 있는 것이었다.

그 효과는 〈성역 방진〉과 같이 모든 마법 공격을 막는다. 〈절대 성역〉 밖에서의 마법은 물론 안에서 쏘는 마법도 막기 때문에 세 사람의 포격 이후 생성했다.

그리고 세 사람의 마법 포격을 받은 마리는…… 쓰러져 있었다. 전투 속행 불능.

부관 유르겐은 한순간 판단이 늦어진 것을 후회했다.

상대하고 있던 인챈터를 항복시키고 겨우겨우 한 명 더 많은 상

태가 되었다. 그 이점을 살려 단숨에 치고 나가려던 차에 이번에
는 마리가 쓰러졌고…… 다시 같은 인원수가 되고 말았다.

쓰러진 마리는 전투 불능으로 판단되어 구호소대에 의해 연습
장 바깥으로 옮겨졌다. 수석 치유사 핀의 모습으로 보아 생명에
는 지장이 없어 보였다.

'너무 방심했구나, 마리……. 그건 그렇고 난감하게 됐군. 마리
의 바람 마법은 모의전에서도 사용하기 편리하지만 내 흙 마법
은…… 자칫하면 상대방에게 직격해버린다……. 사용하기 어렵
지만 어쩔 수 없지.'

아직 용사 파티는 방침이 정해지지 않은 듯했다. 공세를 펴려
면 빠를수록 좋았다.

그렇게 판단한 유르겐은 푸른 채광탄이 아닌 채사(彩砂)탄 세 개
를 쏘아 올렸다.

화속성 마법사 피오나와 오스카는 지휘용으로 본래의 채광탄
을 쏘지만 유르겐은 토속성 마법사다. 그래서 빛을 파랗게 반사
하는 파열탄, 즉 파열하는 모래를 쏘아 올렸다.

푸른빛 세 개.

그 의미는 공격하면서 최대 속력으로 전진.

유르겐의 구령 아래 피오나 파티의 후위 진영이 움직이기 시작
했다. 그리고 달리면서 용사 파티 후위를 향해 마법 공격.

유르겐이 이끄는 피오나 파티의 의도는 분명했다.

로먼과 피오나를 제외한 근접전에서의 결판.

그에 반해 용사 파티 후위가 채택한 전술은 토속성 마법으로 진

흙땅을 생성한 지체 전술. 다시 말해 시간 끌기다. 다가오고 있는 피오나 파티 후위를 향해 진흙땅을 생성해 진군 속도를 늦추고 있었다.

'무엇을 위한 시간 벌기지?'

유르겐은 그 의도를 읽을 수 없었다.

피오나 파티는 중앙에서 전투 중인 로먼과 피오나를 우회해, 위쪽에서 봤을 때 오른쪽, 즉 시계 반대 방향으로 용사 파티 후위를 향해 바짝 다가선 상태였다. 도중에 유르겐은 거기에 합류할 예정이었다.

그런 상황에서 무엇을 위한 시간 끌기인가?

'설마 전하와 용사의 전투가 끝나기를 기다리려는 것은 아니겠지……. 아직 균형은 깨지지 않았다. 그렇다면 대체 왜…….'

유르겐은 피오나와 로먼의 전투를 보고 한동안은 계속될 것이라고 판단했다.

그리고 문득 시선을 앞쪽으로 옮겼다.

그곳은 마리와 상대편 척후가 싸우던 곳…… 물론 아무도 없다.

"아무도 없어!?"

마리는 당연히 옮겨진 것이지만, 상대편 척후는?

"아뿔싸!"

유르겐의 입에서 터져 나온 말과 피오나 파티 후위 뒤편에서 혼란이 발생한 것은 동시였다.

용사 파티의 척후 모리스가, 움직이기 시작한 피오나 파티 후위보다 더 뒤쪽으로 돌아가 그곳을 덮친 것이다.

◆

　피오나 파티 후위는 혼란의 극에 달해 있었다.

　맨 끝에 있던 2중대장 닌이 목으로 날아든 손날 공격에 의해 의식을 잃고 전투 불능에 빠졌다. 다른 멤버들이 무슨 일이 일어나고 있는지 이해하기도 전에 이어서 차석 치유사 마머도 쓰러졌다.

　이런 부분은 척후 모리스의 진면목이라고도 할 수 있었다.

　정면에 대한 전투력은 확실히 용사 파티 중에서는 낮은 편이지만, 이러한 후방 교란, 암살, 혹은 사각지대를 통한 적 무력화는 모리스가 가장 잘하는 부분이었다.

　게다가 그러는 동안에도 용사 파티의 토속성 마법사인 벨록의 진흙 생성, 즉 지체 전술은 계속되고 있었다.

　척후였기에 지면의 상황이 좋지 못한 곳의 전투에도 익숙한 모리스는 그렇다 쳐도, 피오나 파티 일행은 놀라울 정도로 전력이 깎여 나갔다.

　벨록의 진흙땅 생성 이외의 공격 마법은 합류한 부관 유르겐의 흙벽에 의해 막고 있었지만 사태는 악화일로였다.

　발밑은 진흙땅. 거기에 한술 더 떠 척후 모리스는 연막을 쳤다. 발밑을 신경 쓰면서 연기 속에서 척후와 싸운다……. 그야말로 악몽과도 같은 상황이었다.

　"이건 더는……."

유르겐이 중얼거린 순간, 입회자인 1중대장 에밀의 목소리가 울려 퍼졌다.

"거기까지! 경기 종료. 승자는 용사 파티."

소리가 난 쪽을 보니 중앙에서 싸우던 피오나가 에밀에게 항복 통보를 전한 것 같았다.

"전하, 죄송합니다. 제가 좀 더 일찍 상대방의 의도를 알아차렸다면……."

"아니, 내가 로먼 공과의 전투에 눈이 먼 탓에 주위를 둘러볼 여유가 없었다. 지휘관 실격이야."

피오나가 그렇게 말하며 웃었다.

"모두에게 고생을 끼쳤군. 그러고 보니 마리가 실려 간 것 같던데……."

"회복 담당인 핀의 표정으로 봐선 문제는 없어 보였습니다. ……전하?"

유르겐이 피오나를 보았지만, 피오나의 시선은 관중석 맨 위에 머물러 있었다.

"스승님……."

그 시선 끝에는 황제 마법사단 부장 오스카 루스카의 모습이 있었다.

오스카가 관중석 최상단에서 한 계단 한 계단 내려감에 따라 사단원들이 일어나 경례를 했다.

그 광경만으로도 상황을 전혀 모르는 용사 로먼과 그 파티들은 내려오는 이가 범상치 않은 자임을 한눈에 알 수 있었다.

천천히, 하지만 너무 늦지 않게, 하지만 너무 빠르지도 않게.

200명에 가까운 사단원 전원의 경례를 받으면서 오스카는 피오나 앞에 도착했고, 천천히 한쪽 무릎을 꿇고 예를 취했다.

"전하. 오스카 루스카, 방금 복귀했습니다."

"잘 돌아왔다."

딱 거기까지의 대화였지만, 두 사람 사이에서는 남들은 알 수 없는 깊은 대화들이 오가고 있었다.

하지만 이 자리는 공개적인 장소. 사적인 대화는 나중에 하면 된다.

"부장에게 알려줄 것이 있다. 이쪽의 용사 로먼 공과 그의 파티가 어제부터 투숙하고 있다. 황제 폐하께서 그대와 로먼 공의 모의전을 허가하셨다는군."

"처음 뵙겠습니다. 로먼입니다."

피오나의 소개에 로먼이 답했다.

"데브히 제국 황제 마법사단 부장직을 맡고 있는 오스카 루스카입니다. 그런데 용사 공이라니……. 지금의 용사는 서방 국가에 계시다고 들었습니다만, 무슨 연유로 이 중앙연방에?"

"오스카 공에게 어떻게든 한 수 가르침을 받고자 하여 왔습니다."

로먼의 두 눈은 오스카를 정면으로 바라보았다.

일말의 흔들림 없이, 조금의 동요도 없이 똑바로.

"흠…… 하지만 저는 용사 공과 싸울 이유가 없습니다. 또 오랫동안 자리를 비웠기 때문에 할 일이 쌓여 있습니다. 그러니 모의전은 다음 기회에."

오스카는 로먼을 정면으로 마주보며 전투를 거절했다.

말문이 막혀버린 로먼.

"기다려주십시오."

말을 잇지 못하는 용사 로먼을 대신해 성직자 그레이엄이 대화에 끼어들었다.

"오스카 공. 저는 이 파티의 절충역을 맡고 있는 그레이엄이라고 합니다. 실례지만 황제 루퍼트 6세 폐하는 오스카 공과 로먼과의 모의전을 허가하셨습니다. 여기서 그걸 거부하시는 것은 도리가 아닌 것 같습니다만."

"황제 폐하께서는 어디까지나 **허가**를 내리셨을 뿐 싸우라고 **명령**하신 것은 아닙니다. 그렇지만 왜 상대가 반드시 저여야만 하는지, 거기에 납득할 만한 이유가 있다면 싸우지 못할 것도 없지요. 로먼 공, 어떻습니까?"

'이 녀석도 로먼에게 말을 돌리는 건가!'

어제 피오나가 한 짓을 부장 오스카에게도 당한 그레이엄은 마음속으로 몇십 번째인지 모를 한숨을 내쉬었다.

하지만 그것이 반드시 나쁜 것만은 아니라는 것을, 이후 그레이엄은 깨닫게 된다.

용사 로먼이 더듬더듬 말을 꺼내기 시작했다.

"부끄럽지만 저는 얼마 전 완패했습니다. 그것도…… 불시의 공격이나 속임수에 당한 것도 아니고, 수적으로 몰아붙여서 밀린 것도 아닌…… 일대일 전투에서요. 게다가 저는 동료들에게서 다양한 강화 마법을 받고 있는 상황이었음에도 말입니다. 그 상대는 마법사였는데…… 검사인 제 검은 스치는 것조차…… 불가능했습니다. 그 패배 이후 저는 제 자신을 더 단련하고 싶다는 생각을 했고, 그래서 중앙연방에서 강자로 이름을 떨치신 폭염의 마법사님이 계신 곳까지 오게 되었습니다."

용사 로먼을 패배하게 만든 자가 마법사였다는 대목에서 오스카는 미세하게 반응을 보였다. 오스카의 뇌리에 한 수속성 마법사의 모습이 떠올랐다.

"그 상대 마법사에 대해 자세히 듣고 싶습니다만."

"물론입니다. 한 수 가르쳐 주신 뒤라면 얼마든지."

오스카의 물음에 용사 로먼은 웃는 얼굴로 대답했다.

그 대답에 놀란 사람은 성직자 그레이엄이었다.

'설마 로먼이 이런 맞대응을 할 줄 알다니…….'

로먼이 조건을 달자 오스카는 아주 작게 입꼬리를 끌어올렸다.

"좋습니다. 하지만 그쪽은 방금 전투를 마치셨으니 점심 식사 후 1시에."

"감사합니다!"

◆

그리고 1시.

점심과 휴식을 마치고 다시 연습장.

용사 파티 7명과 피오나, 오스카 그리고 부관 유르겐이 아레나에 모여 있었다.

연습장 옆에 대기하고 있는 구호소대를 제외하면 나머지는 모두 관중석에 자리했다.

"입회는 저 유르겐 바르텔이 합니다. 죽음에 이르는 공격은 불가. 입회자가 항복, 기절, 전투 지속 불가능이라고 판단했을 경우엔 경기는 종료됩니다."

"그럼 나는 관중석에서 보도록 하지."

그렇게 말한 피오나는 관중석 쪽으로 걸어간다.

"그럼 저희도……."

그렇게 말한 그레이엄을 선두로 용사를 제외한 용사 파티 사람들이 관객석으로 걸어가려고 했다. 하지만 그때.

"아니, 당신들은 싸워주셔야 하지 않겠습니까."

오스카가 말했다.

"뭐?"

얼이 빠진 목소리로 되물은 것은 화속성 마법사 고든이다.

"일곱 명이 용사 파티 전원인 거지요? 그렇다면 다 같이 싸우지 않으면 의미가 없습니다."

"이봐, 당신, 자기가 무슨 말을 하는지 아는 거야?"

고든이 달려들듯 대꾸했다.

"고든, 언동에 주의하십시오."

그레이엄이 충고하고는 말을 이었다.

"하지만 오스카 공. 고든의 말도 일리가 있습니다. 7 대 1로는 아무리 폭염의 마법사라고 해도 제대로 된 경기는 되지 않을 것 같습니다."

"아까 7대 7 중간부터 봤는데, 여러분의 실력이 **그 정도**라면 어느 쪽이든 제대로 된 경기는 되지 않을 겁니다."

오스카는 어깨를 으쓱하면서 입매를 위로 끌어올렸다.

당연하게도 용사 파티 일각에서 노기가 끓어올랐다.

"부장이라는 분, 살짝 부추기는 것 같지?"

"단체전 때 동시 포격도 그렇고, 이 사단 사람들은 부추기는 데 능숙하네요."

척후 모리스와 바람 마법사 알리시아가 남자들에게 들리지 않는 대화를 나누며 서로 키득거리고 있었다. 두 사람의 대화를 들은 인챈터 애쉬칸도 말없이 고개를 끄덕였다.

"재밌네! 그럼 해줘야지! 로먼, 내가 먼저 나갈 테니까 손대지 마라!"

"일곱 명도 어렵다고 말했는데, 혼자서는 상대조차 안 되지 않을까요……."

고든이 소리쳤고, 그에 대해 오스카 역시 차갑게 대꾸했다.

"시끄러워! 그건 우리가 결정할 일이다. 이봐, 입회자. 빨리 시작해."

"하아…… 부장도 굳이 부추길 필요는 없잖습니까……. 뭐, 좋습니다. 그럼 서로 각자 위치에."

입회를 맡은 유르겐이 무척이나 깊은 한숨을 내쉬고는 서로를 시작 위치로 유도했다.

"각자 준비는 되셨습니까?"

오스카는 연습장이 비치된 칼날이 뭉툭해진 검을 오른손에 들었고, 그에 맞선 고든은 마법사의 지팡이를 들고 있었다.

"그럼 경기 시작."

"죽어라! 〈블레이드 랭 트라이던트〉."

고든이 외치자 지팡이 끝에서 세 개의 불꽃이 소용돌이를 일으키며 오스카에게 향했다. 이건 고든이 가진 일대일용 전투의 최강 주문.

개시하자마자 최강의 공격.

아무것도 하지 못하게 한 채 쓰러뜨릴 작정이었다. 아니, 그것을 떠나 성벽조차 구멍을 낸다는 불꽃의 소용돌이다. 일반적인 마법사가 상대였다면 즉사다.

하지만…… 오스카는 일반적인 마법사가 아니었다.

자신에게 들이닥치는 불꽃의 소용돌이를 오른손에 든 검으로 적당히 휘둘러 털어냈다. 그것만으로 불꽃의 소용돌이는 소멸했다.

"이게 무슨……! 말이 돼!?"

소리친 것은 물론 고든.

"이 정도라…… 어린애 장난이 따로 없군. 〈염괴〉."

"크헉!"

정신을 차려보니 고든의 명치에 사람 주먹만 한 불꽃 덩어리가 부딪쳤고, 고든은 신음을 참지 못하고 몸부림쳤다.

"지금, 대체 무슨 일이……."

성직자 그레이엄이 중얼거렸다.

고든의 배에 박혔던 불꽃 덩어리는 이미 사라졌다. 분명 어떤 마법이겠지만…… 그레이엄의 눈에는 마법의 발생도, 그 궤도도 전혀 보이지 않았던 것이다.

"뭐가 됐든 저런 건 맞고 싶지 않아요……."

바람 마법사 알리시아가 그레이엄 뒤에 숨으며 중얼거렸다.

"모두들! 나한테 강화 마법을 부탁해."

용사 로먼의 목소리에 파티 일행이 정신을 차렸다.

"〈파티 헤이스트〉〈인챈트 윈드〉."

"〈성스러운 갑옷〉."

"〈바람의 수호〉."

인챈터인 애쉬칸에 의한 〈인챈트〉를 시작으로 광속성의 그레이엄, 풍속성의 알리시아, 각각의 속성에서 로먼이 강화되었다.

인챈터를 통해 마법 속성을 강화한다……. 이 역시 〈인챈트〉의 특성 중 하나.

"과연, 그것이 〈인챈트〉로군. 확실히 중앙연방에는 없지."

오스카는 일말의 초조한 기색 없이 로먼 일행이 벌이는 일을 보고 있었다. 그 여유는 로먼에게 무심코 악마 레오놀을 떠올리게 했다.

로먼은 몇 차례 강하게 고개를 흔들어 레오놀의 기억을 머리에서 털어냈다.

"갑니다!"

그렇게 말한 로먼이 돌진했다.

크게 휘두른 성검 아스타르트를 사선으로 휘둘러 오스카의 어깻죽지를 향해 내리쳤다.

채앵.

단단한 금속에 맞은 듯한 소리를 내며 아스타르트가 크게 튕겨 나갔다.

"허?"

저도 모르게 로먼의 입에서 놀란 소리가 새어나왔다.

"뭐 하는 거지요, 용사 공? 검사인 이상 상대에게 검이 닿아야 이길 수 있습니다."

오스카가 다시금 부추겼다.

그에 반응하듯 로먼이 성검 아스타르트를 다시 겨눴고…….

베고, 베고, 또 벴다.

채앵. 챙. 챙.

하지만 모든 참격이 오스카 표면을 덮고 있는 무언가에 의해 튕겨 나갔다.

"어째서…….."

로먼은 저도 모르게 신음했다.

"뭐야, 뭐야, 대체 뭐냐고!"

로먼의 모든 참격이 오스카의 몸 표면에서 튕겨 나가는 모습은 용사 파티 멤버들에게도 똑똑히 보였다.

용사 로먼의 검은 단순한 검이 아니다.

서방제국에서 탄생한 용사에게 대대로 내려오는 성검 아스타르트다.

그 성검의 참격이 검이나 갑옷, 혹은 방패 등에 닿지도 못한 채 튕기고 있었다. 척후 모리스가 아니더라도 누구라도 놀랄 수밖에 없다.

"저건 〈마법 장벽〉과 〈물리 장벽〉을 겹쳐 놓은 〈장벽〉……."

바람 마법사 알리시아가 모리스에게 설명했다.

"〈물리 장벽〉이라는 건…… 검이나 화살 같은 물리 공격을 막는 마법이지? 하지만 그건 쉽게 깨지잖아. 기껏해야 화살 정도밖에 못 막는다고. 심지어 요즘엔 근접전으로 쓰는 사람도 없지 않나?"

"쉽게 깨지니까요. 실용적이지 않기 때문에 근접전에서 볼 일은 거의 없어요. 어쩌면 중앙연방의 〈물리 장벽〉이 단단할 가능성도 있지만……."

모리스의 확인에 고개를 끄덕이며 긍정하는 알리시아지만…….

"하지만 입회자인 부관 쪽도 살짝 놀란 표정으로 부장 쪽을 보고 있는 것 같은데……."

"네. 중앙연방이라 단단한 건 아마 아니겠죠. 저 부장, 오스카 공의 〈장벽〉이 비정상적일 뿐인 것 같아요."

두 사람 옆에서는 인챈터 애쉬칸이 말없이 뚫어져라 전투를 바라보고 있었다.

"하지만 검이 튕겨 나간다면 로먼은 못 이기는 거 아냐? 그건 좀 비겁하지 않아? 저 부장, 차분하고 잘생기고 분위기마저 좋은데, 로먼은 상대가 안 되잖아?"

"응, 모리스가 저런 스타일을 좋아한다는 건 알겠지만 다른 나라의 중요 인물이니까 손대진 마세요. 애초에 〈물리 장벽〉은 〈마법 장벽〉과 비교해도 무서울 정도로 마력 소비가 심해요. 안 쓰게 된 이유는 그것도 있죠. 그러니 물리와 마법을 겹쳐 놓은 저 〈장벽〉도 그렇게 오래 지속되진 않을 것 같은데…….."

"검사 대 마법사의 모의전이라 마법사만이 쓸 수 있는 기술을 써봤습니다. 마음에 드십니까?"

오스카가 아주 약간 입매를 끌어올리며 로먼에게 말했다.

"이게 대체……."

"그저 〈마법 장벽〉과 〈물리 장벽〉을 합친 겁니다. 무속성 마법이라 마법사라면 누구나 생성할 수 있지요."

"그렇다고 해도 너무 단단해요."

오스카의 별거 아니라는 듯한 설명에 얼이 나간 채 대답하는 로먼.

로먼도 〈마법 장벽〉과 〈물리 장벽〉 양쪽 다 알고는 있었다. 하지만 이 정도로 딱딱한 〈장벽〉 따위는 들은 적도 없다.

"제 '장벽'을 부수지 못한다면 마왕의 '장벽'은 더더욱 부술 수 없지 않겠습니까? 용사라고 하는 자가 그래서는 안 되잖아요?"

여기까지 와서도 더욱 도발해대는 오스카.

"큭."

분하다는 듯 얼굴을 찌푸리는 용사 로먼.

하지만 잠시 후, 표정이 일변했다. 결의를 다진 것이다.

"찌르게 된다면 죄송합니다."

그렇게 쏘아붙인 로먼은 자신이 가진 모든 기력과 마력을 성검 아스타르트에 담기 시작했다.

"그런 건 찌른 다음에나 생각하시죠."

표정 하나 바꾸지 않고 기다리는 오스카.

"갑니다!"

로먼은 단숨에 거리를 좁혀 혼신의 찌르기를 가했다.

콰직.

오스카의 〈장벽〉에 금이 갔다. 하지만 깨지진 않았다.

게다가 순식간에 금이 복구되어 원래대로 돌아갔다.

"이럴 수가……."

로먼의 입에서 저도 모르게 말이 튀어나왔다. 전력을 다한 일 격이었기에 몸이 버티지 못하고 한쪽 무릎을 꿇고 주저앉았다.

그 목덜미에 천천히, 오스카는 들고 있던 검을 가져갔다.

"거기까지! 승자, 오스카 부장."

그 순간 입회자인 유르겐의 목소리가 연습장에 울려 퍼졌다. 그리고 사단원들의 찢어질 듯한 함성이 메아리쳤다.

어제부터 이어진 연패…… 아무리 용사 파티가 상대라고는 해 도 역시 사단원들의 마음속에 응어리가 남아 있었을 것이다.

첫 승리를 안겨다 준 부장 오스카를 보는 사단원들의 눈에는 신 앙이라고 해도 좋을 정도의 눈빛을 보내는 자까지 있었다.

"로먼 공, 당신은 젊습니다. 아직 강해질 수 있어요. 힘내도록 하세요."

"오스카 공, 공부가 되었습니다. 진정한 마법사 앞에서는 아무것도 할 수 없다는 걸 다시금 깨달았습니다. 감사합니다."

용사 로먼은 진심으로 감사를 전했다.

"그렇죠. 그럼 아까 로먼 공이 완패했다는 마법사에 대해 들려주시겠습니까?"

"물론입니다. 그자는 스스로를 레오놀이라고 칭하는, 여자? 아니 아마 인간은 아니겠지만 처음 보는 종족이었습니다. 오늘은 오스카 공의 〈장벽〉으로 제 검이 모두 막혔지만, 레오놀은 제 검을 모두 피했습니다. 그것도 여유롭게요."

로먼은 레오놀과의 전투를 떠올리며 오스카에게 이야기를 들려주었다.

"레오놀…… 모르는 사람의 이름이었군요. 기억해두죠."

흠, 하고 오스카는 고개를 끄덕이며 대화를 중단하려 했다.

"저기 오스카 공. 오스카 공께서 처음에 떠올리셨던 마법사는 대체 누구였습니까? 괜찮으시다면 알려주실 수 있을까요?"

"……나이트레이 왕국에 있는 수속성 마법사입니다. 놈과는 좀 여러 사정이 있어서요, 이 이상 말할 생각은 없습니다. 나쁘게 생각하진 마십시오."

오스카는 그 말만을 남기고는 관중석에서 내려온 피오나의 곁으로 걸어가는 것이었다.

윙스톤의『붉은 검』

나이트레이 왕국에서 B급 모험자는 초일류 모험자다.

순수한 전투력은 물론 영주들, 나아가 왕실에서도 신뢰할 만한 자들이라고 여겨지고 있다. 그래서 각지의 영주들로부터 지명 의뢰를 받아 나라 곳곳을 다니기도 했다.

룬 소속 B급 파티『붉은 검』도 룬 변경백의 지명 의뢰로 동부 최대 거리 윙스톤으로 향하고 있었다.

파티 리더이자 검사인 아벨.

절대 방어까지 펼칠 수 있다는 신관 리햐.

'부도(不倒)'라는 이명을 갖고 있으며 왕국에서도 손꼽히는 방패 기사 워렌.

그리고 열여덟 살에 궁중 마법사에 버금간다고 소문난 풍속성 마법사 린.

『붉은 검』을 구성하는 네 사람은 수많은 왕국 모험자 파티 중에서도 단연코 정점 중 하나라 할 수 있었다.

그렇다고 해서 모든 면에서 정점인 것은 아니다. 예를 들어 마법사의 경우 아무래도 전위직인 검사나 방패기사에 비해 지구력이 떨어졌다…….

"룬에서 윙스톤까지는 너무 멀어~."

풍속성 마법사 린은 지쳐 있었다. 어쩌면 키가 작아 한 걸음 내딛는 보폭이 작다는 것도 피로 상승과 관련이 있는지도 모른다.

……어디까지나 가능성의 이야기이지만.

"린, 얼마 안 남았어요. 이 페이스라면 저녁에는 도착할 수 있을 거예요. 도착하면 목욕을 하고 싶으니까 꼭 목욕탕이 있는 숙소로 해줘요, 아벨."

신관 리햐도 전위 두 사람에 비하면 상당히 지쳐 보였다. 그래도 린만큼은 아닌 것으로 미루어 보아, 역시 키가 작은 린은 내딛는 보폭이 작기 때문에 그 결과 걸음 수가 많아져서 피로가 빠르게 상승할 가능성이…….

'가능성은 있을지도 몰라.'

아벨은 그렇게 생각했지만 현명하게도 입 밖에 내는 짓은 하지 않았다.

하지만 그 순간 흠칫 놀랐다. 그 사고가 어딘가의 수속성 마법사의 사고 흐름과 비슷하다는 것을 깨달았기 때문이다. 알게 모르게 그에게 영향을 받은 것일지도 모른다……. 그는 살짝 머리를 흔들어 그 무서운 가능성을 떨쳐냈다.

입에서 나온 말은 그 생각과는 관련이 없는 것이다.

"알고 있어, 리햐. 숙소는 늘 가던 『하늘 물방울』이 좋겠지. 거기라면 원하는 만큼 목욕할 수 있을 테니까."

"좋아요! 역시 아벨, 뭘 좀 아네요."

아벨의 말에 환한 얼굴로 동의하는 리햐.

방패기사 워렌도 말없이 만족스럽다는 듯 고개를 끄덕이며 동의했다.

"거기라면 밥도 맛있으니까…… 힘낼게……."

피로가 극에 달한 린도 하늘 물방울의 맛있는 밥을 생각하며 힘차게 걷기 시작했다.

희망은 사람에게 힘을 준다.

그런 네 사람이 윙스톤에 도착해 무사히 『하늘 물방울』에 숙소를 잡은 것은 저녁 여섯 시 전이었다.

다음 날 아침.

"조식도 최고였어!"

이동 도중 피로에 시달리던 모습은 눈 씻고 봐도 찾아볼 수 없는 모습으로 린이 경쾌하게 외쳤다. 그 기쁨 섞인 외침에 워렌이 말없이 고개를 끄덕였다.

대식가인 꼬마 린과 비교적 소식가인 거한 워렌. 먹는 양은 누가 봐도 반대가 아닐까 싶을 정도로 차이가 심했다……. 아벨이나 리하는 보통보다 조금 많이 먹는 정도지만…… 상대적으로 보면 모험자는 꽤 잘 먹는 편이었다.

거기엔 남녀도 직업도 상관없다.

몸이 자본인 이상 잘 먹고 푹 쉰다. 그건 중요한 법이다.

그렇게 잘 챙겨먹고 푹 쉰 네 사람이 향한 곳은 윙스톤 정청이었다.

이곳 윙스톤은 슐즈베리 공작령의 중심도시이자 영도였다.

왕도에서 동부 국경 거리 레드포스트에 이르는 제2 가도는 왕국에서도 가장 교통량이 많은 길 중 하나였다. 윙스톤은 그 제2

가도에 걸쳐 있는 가장 큰 거리이자 왕국 동부 최대의 거리이기도 했다.

『붉은 검』이 받은 의뢰는 룬 변경백이 슐즈베리 공작가로 보내는 서장을 전달하는 것. 그것도 공작에게 직접 건네주라는 엄명이었다. 그래서 최종적으로는 공작저로 가야 했지만, 갑자기 방문한다고 해도 못 만날 가능성이 더 높았다.

왕국에서도 귀중한 B급 파티에, 룬 변경백이 직접 보증한 신분증을 가지고 있어도 말이다.

왕실까지 이어진 핏줄을 둔 슐즈베리 공작가 정도가 되면 당주를 직접 만나는 데에도 기술이 필요한 법이다. 세계는 단순하지 않다…….

그 기술 중 하나가 바로 정청 방문.

정청은 말 그대로 행정의 중심이자 최전방. 관료나 관리들이 몰려 있어 일반 거리의 주민들도 필요할 경우 방문하는 곳이다.

그러한 일반인들에 대해서는 대부분의 경우 한껏 오만한 태도를 보이지만, 룬 변경백 직인 증명서와 서장을 휴대한 인간이라면…….

"바, 바로 공작저로 연결해 드릴 테니 여기서 기다려 주십시오!"

그렇게 말한 정청 간부는 네 사람을 응접실로 안내하더니 허둥지둥 관계 각처에 연락을 취하기 시작했다. 옆방인 이 응접실에까지 그 소리가 들려왔다.

네 사람은 평온한 얼굴로 나온 차를 마셨다. 사실 앞으로 네 사람이 적극적으로 해야 할 것은 아무것도 없다. 조정이 끝나면 안내자를 따라 공작저로 올라가 슙즈베리 공작에게 직접 서장을 건네기만 하면 된다. 그걸로 끝.

그래, 평소대로라면 결코 어려운 일은 아니었다…….

기다린 지 30분.

"오래 기다리셨습니다. 지금부터 공작저 쪽으로 이동하겠습니다. 다만 영주님은 일정으로 인해 아침 일찍 저택을 나가신 상태라 저쪽에 가서도 한동안은 기다리셔야 할 것 같습니다만……."

아까의 정청 간부가 미안하다는 얼굴로 말했다. 룬 변경백 직인 신분증과 서장을 휴대한 자들…… 모험자이긴 하지만 그런 것과는 관계없다. 실수를 한다면 자신의 목이 날아갈 것이다.

유력 영주의 직인 신분증이라는 것은 그 정도로 무시할 수 없는 것이었다.

"아아, 괜찮아. 고마워."

문제없다는 듯 고개를 끄덕이는 아벨.

현 슙즈베리 공작 콘라드의 취미가 승마이고, 매일 오전 약간의 하인을 대동하고 말을 타러 간다는 것은 이미 알고 있었다.

전달해야 할 서장도 엄밀하게 언제까지라는 기한이 정해진 것은 아니었다.

그 정도로 긴급하고 중요한 경우라면 기사단을 움직여 전달한다……. 룬 변경백은 그러한 인물이다. 반대로 이번 서장은 어느 정도 중요한 것이긴 하지만 기사단을 움직여 전달할 만한 것은 아니며, 기한을 엄밀히 정할 필요도 없는 것이었다.

아벨은 전혀 초조해하지 않았다.

"감사합니다. 그럼 공작저 쪽으로 안내해 드리겠습니다."

정청 간부의 안내에 따라 네 사람은 공작저로 향하게 되었다.

정청과 공작저는 부지만 놓고 보자면 인접해 있었다.

공작저 부지는 놀라울 정도로 넓다. 그곳에 있는 사람들의 안전을 위해 정청과 공작저 사이에는 위병이 배치되어 있었고, 따라서 아무나 오갈 수 있는 것은 아니었다.

물론 네 사람의 일은 정청을 통해 이야기가 들어갔을 것이다. 간단한 서류 확인만을 마치더니 위병 3명이 앞장섰고 나머지 2명의 위병이 맨 뒤를 따르며 공작저 부지 안을 안내하기 시작했다.

위병은 안내역이자 감시역이다.

하지만 그런 일로 일일이 기분 상할 사람은 『붉은 검』에 없었다.

문제는 이들이 한참을 걸어 저택 입구에 도착했을 때 발생했다.

"어……?"

그 중얼거림은 누가 낸 것이었을까…… 정청 간부였을까, 5명의 위병이었을까. 누가 됐든 예사롭지 않은 상황임을 깨달은 것은 확실했다.

"뭔가 부산스럽네."

린이 속삭이자 옆에 있던 리햐가 말없이 고개를 끄덕였다.

확실하게 뭔가 예상치 못한 일이 일어났고, 그것을 대처하느라 다들 쫓기고 있었다…….

네 사람을 안내하던 정청 간부나 위병도 무슨 일이 일어나고 있는지 알지 못했다. 그 여섯 사람이 시선을 교환하더니…… 위병의 대장격으로 보이는 인물이 고개를 한 번 끄덕였다.

"안을 보고 오겠습니다. 잠시만 여기서 기다려 주시지요."

대장은 그렇게 말하고는 위병 한 명을 데리고 저택 안으로 들어갔다.

5분 뒤. 대장과 다른 한 사람이 당황하며 일행의 곁으로 돌아왔다.

"큰일 났다! 공작님이!"

슐즈베리 공작 콘라드의 시신이 공작저로 돌아온 것은 그로부터 한 시간 후였다. 그 사이 『붉은 검』 네 사람은 저택 안으로 들어가지 못하고 계속 앞에서 기다리고 있어야 했다. 어쩔 수 없는 일이라는 것은 이해할 수 있었다. 갑자기 모시던 주인이 타계하면 모든 부서가 혼란스러워지는 것은 당연한 일이었다.

"콘라드 님이 돌아가실 경우 후계는 어떻게 되는 걸까요?"

신관 리햐가 아벨에게 물었다.

"분명 아들 넷에 딸 하나가 있다고 들었어. 장남 앤드류 공부터 사남인 아윈 공까지……. 아윈 공은 이제 겨우 아홉 살쯤 됐을 거고. 뭐, 후계로 다툴 일은 없을 것 같긴 하지만……."

"뭘 모르네, 아벨. 모든 형제가 다 사이좋은 건 아니라고. 머지않아 피로 피를 씻어내는 상속 다툼이 일어날 가능성이 높아!"

아벨의 대답을 린이 팔짱을 끼고 부인했다.

그 모습이 왠지 모르게 어딘가 수속성 마법사를 연상시켰기에 아벨은 있는 그대로 말했다.

"요즘 린이 료를 닮아가는 느낌이야."

"어째서!"

아벨과 린의 대화를 들으며 쓴웃음을 짓던 리햐가 중얼거린 한마디에 주위 사람들이 굳었다.

"슐즈베리 공작에게 직접 전달하라고 엄명하신 서장은…… 누구에게 전달하면 되는 거지?"

"아…….."

그랬다. 슐즈베리 공작은 죽었다. 새 슐즈베리 공작이 결정되려면 왕실의 허가를 받아야 하기 때문에 몇 달은 걸린다.

아벨뿐만 아니라 린의 표정도 창백해지더니 곧 어둡게 가라앉았다…….

『붉은 검』 네 명이 들어온 곳은 1층 응접실이었다. 그리고 응대해준 사람은 장남인 앤드류.

"너무 오래 기다리시게 했군요. 정말 실례가 많았습니다."

"아뇨, 신경 쓰지 마세요. 그것보다 이번에는…… 유감입니다."

앤드류는 집안의 사정으로 저택 밖에서 몇 시간이나 기다리게 한 것에 대해 사과했고, 아벨은 공작이 죽은 것에 애도를 표했다.

장남 앤드류는 아벨보다 젊었다. 아벨이 가진 지식에 의하면 올해 스물두 살이었을 것이다. 룬 변경백의 서장을 가져왔다고는 하나 모험자를 향해서도 정중한 어조와 소홀함이 없는 그 태도에는 무척 호감이 갔다.

"그럼 외람되지만 슐즈베리 공작님의 대리로 룬 변경백의 서장을 받도록 하겠습니다."

"네, 잘 부탁드립니다."

이렇게 장남 앤드류에게 서장을 전달함으로써 『붉은 검』은 의뢰를 완수할 수 있었다.

린이 작게 안도의 한숨을 내쉬었던 것은 당연한 일이었다. 마찬가지로 리햐도. 그리고 워렌도.

네 사람은 수령증에 앤드류의 서명을 받은 뒤 공작저에서 나왔다. 일반적인 의뢰의 경우는 수령증에 사인을 필요는 없었지만, 이번 일 같은 직접 전달의 경우에는 필요했다. 게다가 이번에는 기묘한 일까지 벌어졌다.

수취인의 급사.

지위 상속까지는 상당한 시간이 걸린다. 이렇게 평소와 상황이 달라진 경우에는 보통 이상의 절차를 밟아 두는 편이 좋았다.

예를 들어 현지 모험자 길드를 통한 보고라든가…….

"윙스톤의 모험자 길드는 우리가 묵고 있는 『하늘 물방울』이랑 꽤 떨어져 있지?"

"네. 『하늘 물방울』은 동문 근처지만 모험자 길드는 어느 쪽인가 하면 서문과 더 가까워요."

아벨의 물음에 리햐가 막힘없이 대답했다. 리햐는 지리 감각이 좋아 거리의 지도 같은 것도 한번 보면 완벽하게 기억한다. 아벨에게는 없는 능력이자 모험자로서 큰 도움이 되는 능력이라고 할 수 있었다. 고위 모험자가 되면 여러 거리를 방문하는 것이 당연해지기 때문이었다.

사실 리햐는 왕도를 포함해 왕국 내 주요 거리의 지리를 거의 기억하고 있었다.

'일종의 천재라는 거지.'

아벨은 볼 때마다 그렇게 생각했다.

그런 리햐의 안내를 받아 윙스톤의 모험자 길드에 도착해 일련의 보고를 마친 『붉은 검』은 네 명 모두 완전히 풀려났다는 듯 후련한 표정을 짓고 있었다.

물론 이것으로 모든 의뢰가 끝난 것은 아니다.

"다음은 레드포스트네."

아벨이 말하자 리햐가 고개를 끄덕였고, 린이 작게 한숨을 내쉬었고, 워렌이 부드럽게 린의 어깨를 도닥였다. 슐즈베리 공작에게 보낸 것처럼 국경의 거리 레드포스트에도 룬 변경백의 서장을 전달하기로 되어 있었던 것이다.

그렇다고는 해도…….

"이대로 윙스톤에서 하루 더 자고 내일 떠나자."

공작저에서 문제가 있었기 때문에 상당한 시간을 소모하고 말았다. 그래서 이미 시각은 오후. 점심을 먹지 않고 떠난다고 해도 해가 떠 있는 동안 다음 거리까지 도달할 수 있을지는 단언할 수 없는 시간이었다.

그럴 바엔 하루 더 머물고 내일 아침에 거리를 떠나는 게 나았다. 그렇게 하면 확실하게 낮 중에 다음 거리에 도착한다. 향하는 곳은 왕국의 제2 가도. 어지간한 경우가 아니고서야 가도를 따라 거리가 형성되어 있어 야영도 필요 없는 길이었다.

물론 네 사람 모두 야영은 어렵지 않았다. 그렇지만 무리해서 야영을 하고 싶지는 않았다. 거리가 있다면 제대로 숙소에 머무르는 편이 낫다. 그래야 피로 회복을 기대할 수 있으니까.

그렇게 네 사람은 늦은 점심을 먹을 곳을 찾아 서문에서 조금 떨어진 거리를 걷고 있었다.

큰길에서 한 블록 뒤로 들어가 그보다 앞에 있는 다른 큰길로 나가기 위해 지나간 광장……. 예전에는 이곳에 건물 같은 게 서 있었다. 재건축을 위해 갱지로 만들어둔 것일까.

그곳을 지나가고자 들어선 순간…….

아벨은 보았다.

광장 안쪽에 있는 남자를.

"보라색 머리……."

아벨의 중얼거림은 다른 세 사람에게도 들렸다.

"왜 그래요, 아벨?"

리햐가 물었다.

린도 옆에서 고개를 갸우뚱했다.

워렌은 아벨의 시선을 따라 그 방향을 보았지만 역시 작게 고개를 갸웃했다.

그런 세 사람의 움직임은 놀라면서도 한순간에 주위의 기색을 탐지한 아벨을 알아차린 모습이었다.

"저 녀석이 안 보이는 거야?"

아벨은 광장 안쪽에 있는 보라색 머리의 남자에게서 시선을 떼지 않고 속삭이듯 말했다. 다행히 다른 기척은 없다. 룬의 거리에서 본 보라색 머리의 여자도 없다…… 아마도.

"아무도 없…… 지?"

"네, 안 보여요."

린도 리햐도 속삭이듯 답했고 워렌도 말없이 고개를 끄덕였다.

"진짜냐……."

아벨만 인식할 수 있는 듯했다.

"풍속성 마법이랑 연금술을 조합한 것 중에 인식 저해 효과를 발생시키는 로브가 있을 거야. 스승님도 예전에 만들었었고. 그런 거라면 일반적인 사람은 인식할 수 없지만 감각이 굉장히 예민한 사람은 알아차린다고 하니까…… 그런 효과를 가진 아이템을 몸에 지니고 있는 걸지도 몰라."

린이 생각해볼 수 있는 가능성을 제시했다.

확실히 아벨은 일반인보다 감각은 예리한 편이었다.

그리고…….

손 안의 상자를 조작하는 데 집중하고 있었던 것 같은 보라색 머리의 남자가 문득 고개를 들었다.

그리고 네 사람의 존재를 알아차렸다. 게다가 그저 누군가가 있다는 것을 알아차린 것뿐만 아니라…….

"넌 그때 그…….."

작지만 그렇게 말하는 목소리를 아벨의 귀는 확실하게 포착했다.

빛나는 푸른 눈은 역시 그때의 남자. 보라색 머리와 푸른 눈…….

작은 목소리 그대로 속삭이듯, 하지만 분노에 찬 목소리가 들려온다.

"빚은 갚아주마."

보라색 머리의 남자는 손에 들고 있던 상자를 품에 넣자마자 소리쳤다. 그야말로 문답 무용.

"〈콜스칼레〉."

선명하게 빛나는 세 개의 불꽃 덩어리가 남자에게서 발사되며 아벨을 노렸다.

"〈성역 방진〉."

아벨 앞에 쳐진 투명한 벽이 불꽃 덩어리를 모두 막아냈다.

리하에 의해 전개된 절대 마법 방어 〈성역 방진〉. 모든 물리 공격과 마법 공격을 막는다는 신의 기적.

리하는 조금 전까지 보라색 머리의 남자를 인식하지 못했지만 강력한 마법이 발생한 덕분에 인식할 수 있게 되었다.

인식 저해는 어디까지나 인식을 빗나가게 하는 정도의 저해 작용이기 때문에 한번 완전히 인식하게 되면 의식에서 다시 지우기란 거의 불가능에 가까웠다.

같은 이유로 린과 워렌도 보라색 머리를 가진 남자를 확실하게 인식하고 있었다.

"흥. 검사 한 명. 그때 마법사는 없는 건가? 제한 해제는 안 돼 있지만 너 혼자라면 문제없이 쓰러뜨릴 수 있다."

보라색 머리의 남자가 그렇게 말했다.

"무슨 말인지는 모르겠지만 무시당한다는 것만큼은 알겠네."

아벨은 그렇게 말하고는 검을 뽑아 든 뒤 지시를 내렸다.

"대형, 트라이앵글 원."

"네!"

린과 리햐가 이구동성으로 대답하고 워렌이 말없이 두 사람 앞에 진을 쳤다.

워렌이 삼각형 꼭짓점에, 오른쪽 뒤로는 리햐, 왼쪽 뒤로는 린. 그 셋이 트라이앵글을 형성한다. 그리고 아벨은 단독으로 움직인다.

그게 4인 대형, 트라이앵글 원.

그들은 B급 파티다. 어떤 적을 상대하더라도 싸울 수 있는 방법을 가지고 있었다. 그만큼의 경험을 쌓고 실적을 올려왔다.

적이 한 명일 때 이 '트라이앵글 원'이 채택된다는 것은 그 단한 명의 적이 가진 공격력이 놀라울 정도로 강력하며, 동시에 그적을 아벨이 혼자 상대하겠다는 의미를 갖고 있었다.

어디까지나 워렌은 리햐와 린을 지키는 것이 역할. 리햐와 린은, 원거리를 통한 지원. 예를 들어 아벨이 크게 뒤로 날아가 거리를 벌린 틈을 노려 공격 마법으로 적을 쏜다든가 하는 것.

아벨은 알고 있었다. 눈앞의 남자의 경이로운 이동 속도를. 그래서 동료의 몸을 워렌에게 맡겼다. 워렌이라면 어떤 상대라도 지켜낼 것이다.

그랬다. 동료의 안전을 믿고 맡길 수 있으면 뒤를 신경 쓰지 않아도 된다.

자신은 전력을 다해 적과 싸울 뿐!

거기서 더는 왜 싸우는가, 싸움을 피할 수도 있지는 않았을까…… 라는 생각은 이미 없었다. 그런 것을 생각할 수 있는 시점은 이미 지났다고 해야 할까.

아벨도 검사였다.

그리고 눈앞의 남자는 괴물 그 자체.

아벨이 인식한 순간 이미 눈앞에 와 있었다.

"칫."

혀를 차는 것조차 어려울 만큼, 순식간에 시작되는 검싸움.

채앵, 챙, 챙.

비정상적인 속도로 뛰어든 남자, 곧바로 3연격, 그것으로 두 사람의 싸움의 막이 올랐다.

백스텝으로 거리를 벌리면 마법 공격이 날아온다는 것은 지난번 싸움을 통해 알고 있었다. 그땐 그것을 막고 카운터 어택을 걸었지만…….

이번에는 거리를 벌리지 않는다!

오른쪽에서 사선으로 들어온 남자의 참격을 검으로 흘리면서, 동시에 몸을 비스듬히 돌려 중심을 오른발로 옮기고 왼발을 뒤쪽으로 당겼다.

자연스럽게 남자의 왼쪽으로 나온 형태. 단숨에 남자의 목을 베어내려 했다.

하지만 보라색 머리 남자 역시 만만치 않다. 더킹처럼 상체를 앞으로 숙여 아벨에게서 온 검을 피하더니 부자연스러운 자세 그대로 왼손 하나만을 이용해 크게 검을 휘두른다.

백스텝으로 피하는 아벨.

둘의 거리가 멀어졌다!

"〈라피스〉."

남자가 주문을 외자 아벨 앞으로 네 개의 돌창이 생겨났다.

아벨은 한 번 백스텝을 했지만 곧바로 남자를 향해 돌진했다.

거리를 두면 마법을 사용한다……. 예상했던 전개!

검을 옆으로 휘둘러 생성된 돌창 전부를 한꺼번에 모두 소멸시켰다.

"이게 무슨!"

남자의 놀란 목소리.

근접전을 벌이는 와중 그렇게 소리를 칠 여유는 없다. 그럼에도 무심코 터져버린 목소리.

아벨이 남자의 상정을 완전히 뛰어넘었다는 증거.

그래도 완전히 무너지지 않은 보라색 머리의 남자. 아벨의 검을 하나하나 모두 받아쳐낸다.

"칫."

아벨이 혀를 찼다.

아벨은 알고 있었다. 이런 상대는 강하고 성가시다는 것을. 신

중하게 한 번 한 번의 공격을 받아내다 보면 어느새 리듬을 되찾는다. 쉽게 무너지지 않는다.

강렬한 공격은 위협이다. 한순간에 승패를 결정할 수 있으니까.

견고한 방어는 성가시다. 한순간에 승패를 결정지을 수 없으니까.

그리고 절대 패배하지 않는다.

정상에 가까우면 가까울수록 방어에 능숙하다. 이는 검에 한정된 이야기가 아닌, 싸움에 해당되는 모든 사항에 공통되는 이야기였다.

만일의 경우에는 방어에만 철저하게 매진한 채로 상대에게 빈틈이 생기기를 기다리면 된다. 그러한 방법을 선택할 수 있다……. 스스로 그 사실을 받아들이는 것만으로도 차분하게 대응할 수 있고 그만큼 선택의 폭도 넓어진다. 그것이 위기를 극복하는 길로 이어진다는 것도 알고 있는 것이다.

그러니 방어를 잘하는 놈은 성가시다.

싸움이란 자고로 길어질수록 예상치 못한 요인이 얽혀 당사자를 불행하게 만든다. 그것은 개인전이든 집단전이든 마찬가지다.

아벨과 남자의 뒤로 아이들이 다가온 것은 우연이었을 것이다. 거리 안의 광장이다. 아이들이 놀기엔 최적의 장소다.

보라색 머리의 남자가 처음 있었던 광장 안쪽을 전장으로 삼았다면 깨달은 뒤에도 좀 더 여유가 있었을지도 모른다.

하지만 전장은 광장 입구 부근.

가장 먼저 아이들이 다가왔다는 것을 깨달은 것은 아벨이었다.

눈앞의 남자의 움직임뿐만 아니라 주위에도 신경을 쓰고 있었기 때문이다.

하지만 그로 인해 순간적으로 정신을 빼앗겼다.

그 순간 보라색 머리의 남자가 백스텝을 하며 거리를 벌렸다.

"이런……!"

이미 늦었다.

"〈뷔네아 그라체스〉."

남자가 외자 무수한 얼음 고드름이 생기며 아벨을 향해 날아갔다. 뒤에는 아이들이 있어 피할 수 없는 아벨을 향해!

"〈성역 방진〉."

신관 리햐가 펼친 두 번째 〈성역 방진〉……. 그것이 모든 얼음 고드름을 다시 튕겨냈다.

아벨조차도 놀랄 만큼 완벽한 타이밍.

먼저 정신을 차린 사람은 보라색 머리의 남자.

마치 순간 이동을 하듯, 아벨이 알아차렸을 때는 이미 눈앞에 있었고 검을 찔러왔다.

찌르고, 찌르고, 찌른다.

아벨은 사력을 다해 피했다.

이어진 남자의 연격.

완전히 공수가 바뀌었다.

왜? 전투의 리듬이 깨졌기 때문이다.

그래, 아벨의 전투의 리듬이 깨진 것이다.

아벨이 다친 것도, 남자의 힘이 늘어난 것도, 반대로 아벨의 힘이 떨어진 것도 아니다.

그저 아벨에게 예상치 못한 일이 벌어졌고, 그로 인해 그동안 새겨져 있던 전투의 리듬이 깨진 것뿐이다.

전투의 리듬이란 무엇인가?

스포츠 같은 것에서도 흔히 있다. '오늘은 묘하게 컨디션이 좋다', '뭘 해도 잘 된다' 혹은 '몸이 가볍다'……. 물론 바이오리듬과도 관련되어 있긴 하지만…….

잘 되어가다가도 이유 없이 어느 순간부터 잘 안 될 때가 있다. 누구나 경험해 본 적이 있을 것이다.

바이오리듬으로는 설명할 수 없는, 갑작스러운 마이너스 방향으로의 전환.

그런 모든 것이 다 리듬이었다.

물론 반드시 일방적인 것은 아니다. 싸우는 자 쌍방의 리듬이 서로 맞물리는 일이 드물게 있다……. 그럴 때에 이른바 명승부라는 것이 생겨난다.

아벨은 몰라도 보라색 머리의 남자는 명승부 따위는 바라지 않았다.

공수 교대, 아벨은 위기에 처했지만…… 버텨내고 있었다.

아벨은 검에 있어서 초일류. 당연히 방어도 견고하다. 위기에 빠져도 바로 설 수 있는 지력은 충분했다.

그리고 준비는 처음부터 되어 있었다.

트라이앵글을 형성하고 있는 세 사람을 곁눈질로 바라보았다.

그러자 그중 한 명이 작게 고개를 끄덕인다.

그것을 확인한 아벨은 보라색 머리 남자의 공격을 확실하게 검으로 받아내 크게 튕겨냈다. 동시에 크게 뒤쪽으로 거리를 벌렸다.

그 순간이었다.

"〈배럿 레인〉."

전투가 시작된 이래 줄곧 중얼거리듯 영창을 이어가던 풍속성 마법사 린이 마침내 트리거 워드를 외자 백 개가 넘는 투명화된 바람 탄환이 보라색 머리의 남자를 향해…… 착탄했다.

"큭……."

아벨에게는 남자의 흐릿한 목소리가 희미하게 들려왔다. 아마 스무 발 이상은 남자에 맞아 구멍투성이가 되었을 것이다.

그렇게 된 순간이 확실히 보였다. 그래, 보였다. 환상은 아니었을 것이다.

하지만…… 구멍투성이가 된 다음 순간…… 보라색 머리의 남자는 사라졌다.

"허?"

벙찐 소리를 내뱉은 것은 〈배럿 레인〉을 쏜 린. 하지만 리햐와 워렌도 놀란 채로 표정이 굳어 있었다.

"도망친…… 건가."

아벨의 중얼거림은 정말 작은 목소리였지만 다른 세 사람에게도 들렸다.

"도망칠 수 있어요?"

질문한 것은 리햐.

"아니, 모르겠어……. 그런 생각이 든 것뿐이야."

땅에는 보라색 사내가 입고 있던, 엉망이 됐을 것이 분명한 옷 조각 하나 남아 있지 않았다. 그래서 아벨은 〈전이〉이거나…… 그와 유사한 방법을 써서 사라진 것은 아닐까 생각한 것이다.

물론 그런 일이 가능한지 어떤지는 알 수 없다. 가능하다고 해도 어느 정도의 힘을 가진 자라야 그것이 가능한지도 모른다.

다만 한 가지, 아벨이 지금까지 알고 있는 보통 사람들 중엔 없다는 것만은 확실했다.

"뭐가 뭔지 알 수도 없는 저런 녀석의 상대 같은 건 하고 싶지 않은데……."

"이미 늦었어요."

린과 리햐가 이구동성으로 중얼거렸다…….

◆

이곳은 룬의 거리에서도 아득히 먼 북방.

"슐즈베리 공작저에 심어놓은 '씨앗'이 둘 다 배제됐다고?"

"네, 랜셔스 장군……."

보고를 하는 부관 앰버스의 안색은 좋지 못했다. 당연했다. 최우선 임무로 진행하고 있던 일이 실패했다는 보고를 하고 있는 것이다.

"왜, 그렇게 됐지?"

"슐즈베리 기사단의 부단장 및 재무부 장관인데, 슐즈베리 공작

대행을 맡은 앤드류 오르티스에 의해 둘 다 해임되었습니다……."

"그게 대체……."

보고를 받은 랜셔스 장군은 몇 번이나 고개를 흔들었다. 그러다가 문득 생각났다는 듯 말을 잇는다.

"선대 슐즈베리 공작의 사인이 사고사가 아닐 수 있다는 보고가 있었지?"

"네. 아까 그것에 대해서도 추가 보고가 있었습니다. 갑자기 공작이 타고 있던 말이 날뛰었다고 하는데, 안장 밑에 도자기 파편이 박혀 있었다고 합니다."

그 보고를 받은 랜셔스 장군이 흥, 하고 코웃음을 쳤다.

"옛날부터 흔히 있는 수법이지. 중간에 얇은 물주머니라도 넣어 두면 달린 이후 한참 있다가 찢겨져서 더 들키기 힘들 테지……."

"말씀하신 대로입니다.

"선대 공작은 계획된 살인인 건가. 누가…… 아니, 어리석은 질문이군. 우리가 아니라면 다른 쪽이겠지."

"역시…… 연합일까요?"

부관 앰버스가 물었고 랜셔스 장군은 말없이 고개를 끄덕였다.

슐즈베리 공작이라고 하면 왕국 동부의 요체라고도 할 수 있는 귀족이었다. 이유는 모르겠지만 연합은 왕국 동부의 치안을 어지럽히고 싶은 모양이었다.

"남부의 룬 쪽 재잠입은 끝났나?"

"네. 하지만 연달아 연합의 밀정이 잡힌 것인지 위병들의 순찰이 상당히 엄격해진 것으로 보입니다."

"하여간…… 연합도 처신을 좀 더 잘할 것이지, 여기까지 피해를 끼치면 어쩌자는 거야."

"……."

가상적국 중 한 곳을 향해 푸념하는 랜셔스 장군. 그에 대해 현명하게도 무언을 관철하는 앰버스.

"그러고 보니 처음 잡혔던 가밍엄 소대의 보고가 슬슬 올라올 때가 된 것 같은데."

"네. 그것에 관해서도 방금 도착하긴 했습니다만……."

드물게 부관 앰버스 치고는 말을 바로 잇지 못했다.

"어차피 잡힌 것 자체가 달갑지 않은 일이다. 이제 와서 무슨 일이 있다 해도 더 상할 기분도 없어."

"네. 보고 드리겠습니다. 가밍엄 소대가 거리에 숨어 있다가 순찰을 하고 있는 것으로 보이는 2명의 눈에 띄어 어쩔 수 없이 어둠 속으로 유인해 화근을 배제하려 했는데, 유인하여 4명이 동시에 덤벼든 순간 〈물리 장벽〉에 막혀 실패했다고 합니다."

"〈물리 장벽〉이라고? 4명의 동시 공격을 막아낼 정도의? 쉽게 믿기지는 않는군……. 그래서?"

"깨닫고 보니 위병초소의 감옥이었다고."

"뭐냐, 그건?"

앰버스의 보고에 와락 인상을 찌푸리며 되묻는 랜셔스 장군.

"공격이 실패한 이유는 알겠지만 소대가 쓰러진 이유는 전혀 모른다는 말인가?"

"네. 말씀하신 대로입니다."

"정말 기괴하군……. 룬의 위병대에 상당한 실력자가 있는 것인가……. 아니, 영지 기사단일지도 모르지, 그거라면 말이 되겠군. 정예로 이름 높은…… 기사단을 거느린 마법사였던 건가……."

랜셔스 장군은 혼잣말을 중얼거리며 생각을 이어갔다. 그리고 하나의 결론에 도달한다.

"2소대를 추가로 룬으로 보내라. 그 두 소대에는 기사단을 거느린 강력한 마법사의 신원을 알아내 조속히 보고하라고 전하도록. 신경 쓰이는군."

"알겠습니다."

랜셔스 장군의 명령에 목례한 부관 앰버스가 답했다.

"그나저나 이렇게 되면…… 순조로운 것은 왕도와 서부뿐인가?"

"네. 북부의 플리트윅 공작령은 급히 중지된 탓에……."

"아아. 황성에서 온 지시다. 우리도 모르는 뭔가가 있겠지. 북부는 됐어."

앰버스의 확인에 랜셔스 장군은 개의치 않고 고개를 끄덕였다.

황성의 지시라는 것은 곧 황제 폐하의 뜻이라는 뜻. 그들이 생각할 필요가 없는 일이었다.

"서부만큼은 절대로 벗어나지 마라. 절대로. 거길 진압하지 못하면 최종 국면에서 모든 것이 와해된다."

"서쪽 숲…… 말이군요."

얼굴을 찌푸린 랜셔스 장군이 엄명을 내렸고, 앰버스도 굳은 얼굴로 대답했다.

"그것들은 절대로 중앙에 관여해서는 안 된다. 서쪽 숲을 빠져나오게 되는 순간 우리 제국의 모든 계획이 무너진다."

"네……."

"아니……, 이렇게 된 이상 내가 직접 가야 하나."

"장군?"

랜셔스 장군의 중얼거림에 의아하게 묻는 앰버스.

"그래, 꼭 해야 할 일이라면 내가 전선에 설 수밖에."

랜셔스 장군이 일어나며 말을 이었다.

"왕국 서부에는 내가 직접 간다. 앰버스, 너는 제국 본토에 남아 후방 지원과 추가 전력 투입을 맡도록."

"알겠습니다."

"절대 실패할 수 없다. 우리 제국 제20군, 그림자 군의 이름을 걸고 말이지."

잉베리 공국으로

닐스, 에토, 아몬 파티『10호실』의 세 사람은 룬의 성벽 밖에 와 있었다.

"이번 일, 예정보다 일찍 돌아올 수 있어서 다행이야."

"료가 만들어준 마력 포션 덕분에 마력 회복에 걸리는 시간을 많이 단축할 수 있었으니까."

"이 크레이푸, 료 씨 입맛에도 맞으면 좋겠는데요⋯⋯."

료가 연금술 연습용으로 만든 마력 포션을 세 사람에게 시제품으로 제공했고, 그로 인해 의뢰를 예상보다 원활하게 끝마친 것이다.

그 고마운 마음을 담아 겸사겸사 료의 집으로 가기로 한 세 사람. 참고로 크레이프는 오는 도중에 룬의 거리에 새로 생긴 노점에서 사온 것이었다.

"오, 여기다. 동문에서는 역시 가깝네."

옆으로 널찍하고 문이 세 개 나 있는 독특한 집 앞에 이르자 닐스가 그렇게 말했다. 료의 새집이다. 중앙에 있는 문은 양쪽으로 열리며 이것이 정면 현관. 좌우 나머지 두 개는 말하자면 곁문인데⋯⋯.

"좋아, 오른쪽 문으로 들어가자."

"왜 굳이 가운데 문을 피해서 들어가는 건데⋯⋯."

어째서인지 중앙 현관으로 들어가지 않고 굳이 곁문으로 들어가려는 닐스. 그것을 가볍게 지적하는 에토.

"우리랑 료 사이잖아. 처음이라면 몰라도 여기 오는 게 벌써 몇 번째인데."

그렇게 말한 닐스가 오른쪽 문을 열었다.

그곳에는 꽤 넓은 테이블과 여러 개의 의자가 놓여 있었다. 그 의자에는 눈을 의심하는 광경…… 절세의 미녀가 책을 읽고 있었다.

창문으로 쏟아진 빛에 플래티넘 금발 머리가 반짝이고, 아주 살짝 기울어진 고개가 이 세상의 것 같지 않은 분위기를 자아냈다.

단지 그곳에 있는 것만으로도 주위의 공기조차 전혀 다른 것으로 바꿔버리는…… 미의 여신도 울고 갈 정도라고 하는 그 여성이 세 사람을 힐끗 쳐다보았다.

그때까지 굳어 있던 세 사람은 그것을 신호로 의식이 돌아왔다.

"실례했습니다!"

닐스가 그렇게 외치며 문을 닫았다.

거의 20초 정도, 아무도 입을 열지 않았다.

가까스로 입을 연 것은 역시 닐스였다.

"그게…… 집을 잘못 찾은 것 같아."

그렇게 말하고 발길을 돌리려고 했다.

"아니, 아니, 맞아. 료 집은 여기 맞다고."

그런 닐스의 어깨를 잡고 말린 건 에토.

"깜짝 놀랄 정도로 예쁜 여성분이 있었네요."

놀라긴 했지만 두 사람보다는 냉정한 말을 하는 아몬.

"그래, 그랬지. 저 여자, 환각은 아니지?"

닐스도 자신이 본 것이 사실인지 아닌지, 문을 닫은 지금에 와서는 자신이 없어진 것 같았다.

"좋아, 다시 한번 간다. 진정해라, 나."

아무도 중앙문으로 들어가자는 멀쩡한 제안을 하진 않았다. 에토도 재차 제안하지 않았다. 한번 실패하면 다시 시도해본다……. 10호실의 세 사람은 그런 자들이었다.

"실례합니다."

마치 길드 마스터 집무실에 들어갈 때처럼 공손한 어조로 문을 여는 닐스.

하지만 노크를 하지 않는다는 점이 역시 닐스다웠다…….

문을 열자 아까와 같은 광경이 펼쳐져 있었다. 의자에 앉아 이번에는 아예 처음부터 세 사람을 보고 있는 절세의 미녀.

네 명 중 누군가가 입을 열기 전에 안쪽에서 목소리가 들려왔다.

"으음~, 세라. 미안해요, 아까 그 연금 화합 말인데, 몇 번을 해도 잘 안 돼요. 다시 한번 보여줄…… 아, 닐스, 에토, 아몬, 어서 오세요."

나온 것은 집주인 료였다.

"이쪽은 B급 모험자 세라. 세라, 이 세 사람은 제 숙소 시절의 룸메이트, E급…… 아니지, 지금은 D급 파티인『10호실』의 닐스, 에토, 아몬이에요."

"반가워, 세라야. 그래, 너희들이 료의 룸메이트였던 애들이구나."

료의 설명에 세라는 한 번 크게 고개를 끄덕였다.

"니, 닐스입니다."

"에토입니다."

"아몬입니다."

너무 긴장한 나머지 자신의 이름밖에 말하지 못하는 세 사람.

이 룬의 거리에서 '세라'라고 하면 아벨이나 펠프스 이상으로 전설급 인물이었다. B급인 건 누구나 알지만 길드에 오는 일이 거의 없었기 때문이다.

세라는 문득 벽에 걸린 시계를 보았다.

"아, 벌써 시간이 이렇게 됐네. 료, 나는 관으로 돌아가 볼게. 또 봐. 거기 세 사람도 또 보자."

세라는 그렇게 말하고는 경쾌하게 나갔다.

그 순간, 세 사람은 묶여 있다 풀려나기라도 한 듯 움직이기 시작했다.

"료, 료, 아까 그 사람 그 '풍의 세라' 맞지? 왜 여기 있어?"

"세라 씨라고 하면 기사단 지도역. 풍기는 분위기가 달라······."

"료 씨 주변은 정말 놀라운 일들뿐이네요."

닐스, 에토, 아몬 각자 표현은 달랐지만 하나같이 놀란 모습이었다.

"세라한테 이것저것 배우고 있어요. 아까도 연금술을······."

료가 대답하자 닐스와 에토가 속닥거리며 대화를 나누기 시작했다.

"'세라'래. 이름으로만 부르다니······."

"어느새 그런 관계로······."

속닥거림이었지만 물론 료에게도 들렸다. 들리라고 한 말이니 당연하다면 당연하겠지만.

"아니, 저는 아벨을 부를 때도 이름만 부르는데요……."

고개를 떨구는 료. 그때 타이밍 좋게 아몬이 손에 들고 온 것을 내밀었다.

"그런 료 씨에게 간식을 가져왔어요. 룬의 거리에 노점이 나와 있더라고요."

"이건 크레이프! 그립네요~. 위트나쉬 거리에서 먹은 이후로 처음이에요. 그때는 축제라서 그런지 다른 동네에서 온 덩치 큰 아저씨가 팔고 있었는데 말이죠."

료는 그렇게 말하고는 한 입 베어 먹었다.

생크림과 끼워진 버내너와의 절묘한 조화. 그 모든 것을 부드럽게 감싸주는 크레이프 생지. 완벽한 하모니.

"위트나쉬와 같은 배합…… 맛있네요."

료가 만족스럽게 먹는 것을 보고 아몬도 기뻐했다.

"어제부터 룬의 거리에 나와 있는 것 같아요. 아까 살 때는 젊은 여자가 만들고 있었어요."

그렇게 말한 아몬은 노점의 자세한 장소를 료에게 알려줬다. 료는 내일 사러 가자고 마음속으로 굳게 다짐하는 것이었다.

◆

료와 네 사람이 크레이프를 먹고 있을 때, 모험자 길드의 길드 마스터 집무실에서는 열띤 교섭이 벌어지고 있었다.

"확실히 훌륭한 마석입니다. 게다가 거의 같은 크기의 바람 마석. 두 개에 10억이면 어떨까요?"

"게코 공, 무슨 그런 농담을 하십니까. 중앙연방을 다 뒤져봐도 아마 금세기 중에는 다시는 없을 매물일 겁니다. 두 개에 30억. 더 이상은 안 됩니다."

"아니, 마스터 맥글러스, 그건 좀 과하죠. 음~, 알겠습니다. 20억! 20억 내지요! 이걸로 좀 봐주세요."

"게코 공…… 저는 입이 무겁고 믿을 만한 상인인 당신이기 때문에 제안을 한 겁니다. 이건 영주님께서도 기대하고 계신 거래입니다. 룬 변경백에게도 크게 인상을 남길 수 있는 거래라고요. 그렇다고는 하지만 이쪽도 될 수 있는 데까지는 할인을 해드리죠. 더도 말고 28억. 이걸로 어떻습니까?"

이후에도 길드 마스터 휴 맥글러스와 상인 게코와의 열띤 교섭은 이어졌고, 결국 바람 마석 두 개에 26억 플로린이라는 금액으로 타결되었다.

"정말 좋은 거래를 했습니다."

"저야말로 구매해주셔서 감사합니다."

"그럼 닷새 후에 이 거리를 떠나 공국으로 돌아갈 테니 호위 쪽도 잘 부탁드립니다."

"알겠습니다. 모험자 다섯 명이었죠. 떠나시기 전날 다시 이쪽으로 오세요. 소개를 해드리겠습니다."

휴가 그렇게 말하고는 두 사람은 악수를 나눴고 상인 게코는 떠났다.

상인 게코는 잉베리 공국의 공식 어용 상인이었다.

잉베리 공국은 나이트레이 왕국의 남동쪽에 인접한 나라. 10년 전 일어난 『대전』 결과 삼대국 중 하나인 한다르 제국 연합의 속국에서 정식으로 독립한 소국이었다.

잉베리 공국에 있어 완전 독립은 오랜 숙원이었으며, 『대전』에 의해 그 독립을 이뤄낸 이후 급속히 발전해오고 있었다.

이 대전은 나이트레이 왕국 대 한다르 연합이라는, 중앙연방을 대표하는 강대국 간의 전면전이었다. 그래서 『대전(大戰)』이라고 불리우는데, 거기서 이름을 알린 사람이 휴 맥글러스 같은 사람들이었다.

덕분에 영웅 맥글러스의 이름은 잉베리 공국 내에서 매우 높은 인기를 구가하며 대전 후 10년이 지난 지금까지도 많은 이들의 존경을 받고 있다.

그런 영웅 맥글러스와 만족스러운 거래를 해낸 게코의 얼굴은 자연스레 달아올랐다.

'이렇게나 근사한 마석이라면 로리스 님도 만족하시겠지. 1년 전에 의뢰를 받았을 땐 나조차 어려울 거라 생각했는데…… 설마 마스터 맥글러스의 수중에 있었다니. 애초에 저 정도의 마석이 페어로 존재한다는 것 자체가 믿을 수 없는 일이야. 우리나라의 독립 유지를 위해서라도 어떻게든 무사히 전달해야만 한다.'

룬의 거리에서 공도(公都) 애버딘까지는 북동쪽 직선거리로 약

800킬로미터. 결코 가깝지 않다. 하지만 게코에게는 여러 번 오간 길이었다. 전속 호위대도 어렸을 때부터 봐 온 신뢰할 수 있는 자들뿐.

다만 이번 룬의 거리에 올 때 습격을 당해 20명의 호위대 중 5명이 돌아오지 못할 강을 건너고 말았다. 마차 열 대에 호위 열다섯 명이라면 일반적으로는 문제가 없었지만 이번에는 운반할 물건이 물건인 만큼 더욱 만전을 기해야 했다.

그것이 휴에게 모험자를 다섯 명 고용하고 싶다는 의뢰를 넣은 이유였다.

◆

"뭐? 아벨 쪽도 펠프스 쪽도 없어?"

"네.『붉은 검』은 영주님의 지명 의뢰로 동부 윙스톤에서 레드 포스트로 향하고 있습니다. 또『백의 여단』의 펠프스 씨 일행이 돌아오는 것도 2주 뒤입니다."

휴의 물음에 접수처 직원 니나가 대답했다.

휴는 곧바로 게코의 호위 의뢰를 처리하기 위해 나섰다. 하지만 실력 좋은, 그래서 제일 먼저 떠올린 B급 파티 두 곳 중 어느 쪽도 없다는 대답…….

"난감하네. 세라는 당연히 논외로 친다 해도……."

"마스터, 잉베리 공국 공도까지의 호위 의뢰는 편도로 20일입니다. 곧바로 돌아온다 해도 40일이나 거리를 비우는 것은 일반적인 파티라면 어려울 것 같습니다만……."

"아, 그렇긴 한데…… 이번엔 그걸 충분히 보충할 수 있을 정도의 금액이 지불될 거야. 공국 그 자체니까. 그러니 숙소 확보에 길드가 선금을 대신 내줘도 상관없어."

상당히 후한 행동을 선뜻 해도 된다고 허락하는 휴의 말에 나나는 깜짝 놀랐다. 반대로 말하면 공국에 있어 그만큼 중요한 의뢰라는 것이다.

"이 의뢰를 받을 만한 C급 파티는 얼마나 되지?"

"다섯 명을 딱 맞춘다고 하면 없습니다.『클라이스 님과 동료들』이 원래 6인 파티인데 그중 4명이 지금 룬에 있습니다. 나머지는 4인 파티인『스위치백』……."

"그래, 클라이스 쪽은 관두자. 스위치백이라고 하면 라가 있는 파티군. 그럼『스위치백』으로 할까. 하지만 네 명이라……."

"네. 라 씨가 아벨 씨를 존경해서『붉은 검』과 똑같이 4인 파티로 만든 것 같습니다……."

나나도 가볍게 한숨을 쉬며 대답했다.

"그런 부분은 안 따라 해도 되는데 말야……. 누군가 강한 솔로라도 있으면 빈 한 자리에 넣고 싶은데…… 애초에 솔로가 없지. 있다고 해도 세라 정도인가? 세라? 관? 마석……."

깊게 고민하던 휴가 생각의 심연 깊은 곳에서 좋은 것을 발견했다는 듯한 얼굴로 미소 지었다.

"마침 딱 좋은 솔로가 있었군."

다음 날.

혼자 사는 료의 아침은 빠르다.

우선 새벽, 마법 연습부터 시작된다.

지금 시도하고 있는 것은 브레이크 다운 돌파…… 의 전 단계.

브레이크 다운 돌파, 료가 멋대로 이름 지은 이 로망 전술에 대해 설명하자면…….

'세 개의 분신으로부터 소닉 블레이드를 발사해 뒤를 쫓는 형태로 돌격 공격을 실시하는 기술'…… 이라는 것 같다.

하지만 료는 수속성 마법사.

우선 풍속성인 소닉 블레이드는 발사할 수 없다. 그러므로 이것은 해당 사항 없음.

다음으로 '세 개의 분신'인데, 분신이라는 말이 의미 불명. 그래서 이 역시 해당 사항 없음.

그렇다면 남는 것은…… 돌격 공격뿐이다.

악마 레오놀이나 세라가 사용하는, 순간 이동인가 싶을 정도로 순식간에 상대방에게 뛰어드는 것. 이것을 수속성 마법으로 하고 싶었다.

길드의 숙소에 있을 때부터 달리기를 겸해 연습해왔지만…… 놀랄 정도로 어려웠다. 그 연습을 위해 료의 집 앞의 넓은 정원은 매일 아침 스케이트장으로 바뀐다. 〈아이스반〉에 의해 얼음 바닥이 되는 것이다.

그 위를 료가 〈워터 제트〉를 내뿜으며 시원스레 내달린다……. 그것이 이상.

그래, 이상······.

"아, 아얏."

"으억!"

"푸흡!"

"아야야야."

모두 료의 비명.

"왜 이렇게 어려운 거지······. 이세계 전생물에서는 발바닥에서 제트를 내보내기만 하면 날 수 있잖아. 게임에서도 하늘을 날 수 있는 신발만 있으면 날 수 있잖아!"

그건 픽션이기 때문입니다.

몸 전체를 사용한 이동, 그리고 최종적으로는 순간적인 이동이 가능해야 한다고 하면 몸의 후면 전체에서 〈워터 제트〉를 뿜어내야 했다. 다리 혹은 등에서만 한다면······ 나머지 부분이 압력으로 휘어져서 위험하기 때문이었다.

그건 알고 있었다. 어려운 점은 후면의 어느 부분에 어느 정도의 추진력을 할당할 것인가. 머리를 누르는 힘과 등을 누르는 힘의 균형은? 이런 식이었다.

현재로서는 모든 것이 감각에 의존한 어림짐작. 지금 기준으로 료의 접근 방식은······.

후면 전체에서 1024개의 〈워터 제트〉를 내보낸다.

하나하나의 〈워터 제트〉의 위력은 균일하게 한다.

그리고 뿜어내는 개수를 예를 들어 등은 300개, 오른쪽 어깨는 20개, 이런 식으로 배정해 본다.

그것을 기준으로 몇 개씩 내뿜는 곳을 이동시켜 보거나 하면서 최적의 밸런스를 찾아 나간다…….

이런 식이었다. 그런데 상당히 어렵다…….

현재로선 료의 〈워터 제트〉는 256개라면 순식간에 완벽하게 컨트롤할 수 있었다. 그 두 배인 512개라면 대체로 통제할 수는 있지만 순식간에 되지는 않는다. 그 두 배인 1024개라면 컨트롤할 수 있을 것 같긴 하지만 적잖은 시간이 걸린다.

기본적인 전투에서라면 별문제가 없는 이상 256개를 순식간에 다룰 수만 있어도 당황할 일은 전혀 없을 것이다.

그저 동경하는 것뿐이다.

로망이라는 것은 그런 것이다…….

그렇게 매일의 아침 일과가 된 과제를 해내고 있는 사이, 거리에서 아홉 시를 알리는 종이 들려왔다.

"아, 슬슬 나갈 준비 해야지."

이렇게 조금씩 조금씩 료는 '브레이크 다운 돌격'의 완성에 가까워져 갔다…… 아마…….

동문을 지나 한참을 걸어 어제 아몬에게서 들은 크레이프 가게 앞에 도착했다.

크레이프 가게는 열려 있었다. 하지만 그 옆에 있는 가게도 똑같이 궁금했다.

생긴 지 얼마 안 된 가게인 것 같다. 가게 천막 아래까지 활과 노가 늘어져 있다……. 어디선가 본 적이 있는 광경이었다.

그런 생각을 하는데 가게 안에서 한 노인이 나와 활을 더 늘어놓기 시작했다. 역시 본 적이 있는 인물이었다. 그래, 위트나쉬에서 에토에게 팔에 장착하는 연사식 노를 팔았던 주인장과 비슷했다.

료는 저도 모르게 말을 걸었다.

"저기, 실례합니다."

"네, 어서 오세요. ……일전에 뵌 적이 있지요. 위트나쉬에서 연사식 노를 구입하셨던 파티의 일행분."

놀랍게도 가게 주인은 료를 기억하고 있었다. 한번 만난 사람을 기억해두는 것은 장사를 하는 사람으로서 매우 중요한 일이긴 하지만…… 실제로 실행하기란 굉장히 어려운 법이다.

"네, 아브라함 루이 씨였죠."

"제 이름을 기억하고 계시는군요……."

료는 가게 주인의 이름을 기억하고 있었다. 그의 이름이 지구에서 유명한 시계사와 같은 이름이었기 때문이다. 그랬다. 눈앞의 주인은 멋진 노를 만들지만 취미로 시계도 만들고 있었다. 그것도 타의 추종을 불허하는 기계식 시계를.

"하지만 어르신은 위트나쉬에서 가게를 하고 있던 거 아닌가요?"

"네. 실은 위트나쉬의 영주님께 이전에 신세를 져서…… 그 인연으로 계속 위트나쉬에서 가게를 하고 있었는데, 이번 원유회일 때문에……."

"아아……."

원유회의 소동으로 위트나쉬의 영주는 교체되었고, 다른 귀족이 새로운 영주가 되었다는 소식을 료도 들은 상태였다.

"그래서 옛날부터 한 번쯤 살아보고 싶었던 변방 최대의 거리인 룬에 와본 것입니다. 원래라면 이제 가게를 닫고 여생을 보낼 나이지만…… 이거 부끄럽군요."

"아뇨, 꿈을 이루는데 나이 같은 건 신경 쓸 필요 없다고 생각해요. 멋지세요."

약간 수줍은 미소를 지으며 말하는 아브라함 루이에게 료는 진심을 담아 그렇게 말했다. 자신이 하고 싶은 일을 계속 해나간다……. 그것은 나이와 상관없이 훌륭하고 눈부신 일이라고 생각했다.

참고로 그 후 영주관에서 사람이 와서 가게 주인인 아브라함 루이는 룬 변경백이 있는 곳으로 향했는데…… 그것은 료는 전혀 알지 못하는 일이었다.

아브라함 루이를 떠나…… 떠난다고 해도 바로 옆 크레이프 가게로 이동해 크레이프를 산 료는 모험자 길드를 향해 걷기 시작했다.

"지구였다면 크레이프 자체는 본래 프랑스의 갈레트고, 루이 13세의 치세가 어쩌고 하는 삼총사 시절 서민들 사이에 이미 존재했던 음식이지만…… 이 크레이프는 생크림이나 바나나 같은 걸 끼운 완전한 디저트죠. 이쪽 스타일은 20세기 후반 시부야 다케시타 거리에서 시작됐다는 걸 감안하면…… 전생자의 향기가 나는군요……."

료는 중얼중얼 혼잣말을 하며 걸었고 길드에 도착할 무렵 이미 크레이프는 다 먹은 뒤였다.

"안녕하세요, 니나 씨."

"료 씨 오랜만이네요. 마스터가 집무실에서 기다리고 계십니다. 안내해 드리겠습니다."

료가 새 집으로 이사한 지 5개월, 길드에는 거의 얼굴을 내밀지 않았다.

'확실히 오랜만이네⋯⋯. 숙소에 있을 땐 의뢰를 받지 않아도 매일 식당 같은 데서 만났으니까.'

료는 속으로 쓴웃음을 지으며 니나를 따라갔다.

니나가 노크를 하고 길드 마스터 집무실의 문을 열었다.

"오, 료, 왔구나. 잠깐 거기 앉아서 기다려줘."

휴가 서류 작성을 마치고 료 앞에 앉은 것은 3분이 지나서였다.

"오늘 와달라고 한 건 네가 꼭 맡아줬으면 하는 의뢰가 있어서다. 아니, 잠깐만, 일단은 끝까지 들어줘."

료가 끼어들려고 하는 것을 손으로 제지한 휴가 설명을 이어갔다.

"상인의 호위 의뢰인데, 상인들이 운반하는 물건 중에 료와 아벨의 '그' 마석이 있다. 게다가 두 개를 샀어."

"그렇군요⋯⋯. 이전에 입금된 금액으로만 봐도 상당한 가격이 붙었겠네요."

"이번 건 꽤 커. 두 개면 료 주머니에 대략 열 자리 수의 금액이 들어가게 될 거다."

"열 자리…… 십억이 넘어……."

그것은 료에게도 예상 이상의 금액이었다.

"그래, 길드 수수료나 세금 종류를 다 뺀 뒤 실수령으로 말이지. 그리고 거래 상대인 상인, 그 녀석이 고국으로 돌아가는 걸 호위하면 되는데 내 오랜 지인이기도 해. 나라의 보따리상이긴 하지만, 그에 비하면 제대로 된 사람이니 그렇게 이상한 일은 없을 거다."

"알겠습니다. 그러면 시간은 며칠 정도 걸리는 건가요? 다른 나라로 가는 거면 시간이 많이 걸리겠죠?"

"뭐, 그렇지. 상인의 이름은 게코 공. 목적지는 동부 국경의 거리 레드포스트를 경유한 잉베리 공국 공도 애버딘이다. 룬의 거리를 기준으로 하면 북동쪽으로 8백 킬로미터 정도려나. 짐마차로 편도 20일 정도지. 기본적으로 게코 공이 전속으로 고용한 호위대가 있으니 그들과 협력하면 돼. 우리 쪽에서 제공할 모험자는 료, 바로 너. 그리고 라가 리더를 맡고 있는『스위치백』4명을 합해 모두 5명이다."

"아, 라 씨……."

아벨 귀환 축하 파티에서 경애해 마지않는 아벨을 데리고 돌아와 준 료를 무척이나 마음에 들어하며 한~참이나 수다가 이어졌던 검사다. 이후에도 길드나 식당에서 만나면 대화를 하기도 했으니 비교적 잘 아는 상대라고 할 수 있었다.

전혀 모르는 상대가 아니었기에 그 부분에서 료는 안심했다.

"스위치백 녀석들은 두말할 것 없는 C급 모험자다. 기본적으는 라 말대로만 하면 문제없을 거야. 국경을 넘는 의뢰는 보통 C급 이상 외엔 받을 수 없으니까, 료는 아직 왕국 안쪽밖에 돌아보지 않았겠지? 이번에는 외국이라고는 해도 우방국이다. 견문을 넓힐 좋은 기회라고 생각하고 가주지 않겠어?"

료는 새 집을 구한 뒤 줄곧 칩거하고 있었다……. 영주관과 도서관과 포식정은 제외하고.

가끔은 의뢰를 받아 다른 거리에 가보는 것도 좋을지도 모른다.

"알겠습니다. 그 의뢰, 받아들일게요."

"오, 그래. 다행이다. 사흘 뒤인 오전 10시에 게코 공을 소개해 주마. 출발은 그 다음 날이야."

◆

어제 상인 게코와의 인사도 별 탈 없이 마무리되고, 오늘부터 공도 애버딘을 향한 호위가 시작된다.

료는 집합 시각보다 일찍 집합 장소에 도착했다. 5분 전 행동은 기본입니다.

옷차림은 듀라한에게서 받은 평소의 로브. 아벨이 사준 옷 중에서도 튼튼하지만 그다지 비싸지 않은 옷, 부츠, 그리고 무라사메와 미카엘제 나이프를 벨트에 꽂고 있었다.

그리고 아벨과 여행했을 때 만든 가방을 조금 수선해서 어깨에 걸친 상태였다. 가방 안에는 집에서 만든 포션 종류나 쓸 일이 있을지도 모르는 소금이나 후추 같은, 부피가 크지 않은 조미료 등이 들어 있었다.

 동문 근처 집합 장소에서는 게코가 소유한 덮게 달린 10대의 짐마차와 호위대가 모여 출발 전 점검을 하고 있는 것 같았다.
 "아아, 료 씨, 안녕하세요."
 "게코 씨, 안녕하세요. 오늘부터 잘 부탁드립니다."
 그렇게 말한 료는 고개를 숙였다.
 상인 게코는 나라를 대표하는 대상인이다. 료의 이미지 안에서는 본점 회장 자리에 앉아 지시를 내리고 있을 것 같은 느낌이다.
 그런 상인이 직접 나서서 대상(隊商)을 이끌고 나라 사이를 오간다.
 그것이 신기해 어제 휴에게 확인해보니 "애버딘과 룬 사이가 이례적인 거지. 젊은 애들에게 경험을 쌓게 한다는 의미도 있는 것 같지만 게코 공에게 이 나라 간 왕래는 취미 같은 거다"라고……
 여러모로 특이한 대상인 듯했다. 하지만 인품은 좋아 보여서 료는 안심했다.
 "아뇨, 아뇨. 저야말로 잘 부탁드립니다. 그 마스터 맥글러스가 전투력으로서 전폭적인 신뢰를 가져도 된다고 말씀하셨을 정도니까요. 저희로서도 감사할 따름입니다. 먼저 저희 호위대장을 소개해 드리겠습니다. 막스!"
 상인 게코가 부르자, 그야말로 역전의 무장 그 자체라는 분위기를 가진 30대 중반의 창기사가 찾아왔다.
 "막스, 이쪽이 호위에 가담해 주실 모험자 료 씨입니다. 어제

애기했듯이 D급 모험가이지만 마스터 맥글러스가 보증하신 분입
니다."

"호위대 대장을 맡고 있는 막스다. 들었을진 모르겠지만 우리
가 여기 올 때 다섯 명이 당해서 말야. 이번엔 그 보충을 위해 부
르게 됐다. 주로 도움을 받는 건 전투가 벌어졌을 경우이거나 밤
의 불침번 정도일 거야. 뭐, 20일 전후로 같이 이동할 거고 이런
저런 일도 많겠지만 잘 부탁해."

그렇게 말한 막스는 료와 악수를 하고 준비를 하러 돌아갔다.

"뭐, 저런 느낌이지만 최근 5년간 우리 호위대를 이끌어줬지
요. 어지간한 일은 문제없이 해내는 우수한 녀석입니다."

게코는 그렇게 말하며 막스를 칭찬했다.

너무 붙임성 없는 사람이 호위 리더라면 어쩌나 고민하던 료였
기에, 겉보기에 상식적인 인물인 것에 안심했다.

그 후 료는 게코와 짐, 가는 길에 있는 거리, 가도에 대한 이야
기를 나누었다.

참고로 짐에 관해 이야기할 땐 마석에 대한 이야기는 일절 나
오지 않았다. 안전을 생각하면 당연할지도 모른다. 길드 마스터
가 추천한 모험자라고는 해도 귀중한 정보는 아는 사람이 적을수
록 안전성이 높아진다. 알릴 필요가 없다면 알리고 싶지 않은 법
이다.

이후 라가 이끄는 『스위치백』도 도착했다. 『스위치백』은 리더
검사인 라, 척후인 수, 풍속성 마법사 탄, 그리고 신관 누더 4명
으로 구성된 C급 파티다.

그런『스위치백』까지 가세한 일행은 룬의 거리를 나와 잉베리 공국 공도 애버딘을 향해 출발했다.

료는 라 일행과 함께 다섯 번째와 여섯 번째 마차 주변에 배치 되었다.

룬의 동문을 나와 가는 길은 중간까지는 카이라디로 향하는 것 과 같은 가도다. 집 근처도 지나가기에 료에게 있어 그곳은 익숙 한 길이었다.

그런 길에서 일행은 파발마와 스쳐 지나갔다.

"지금 그거, 영주관으로 향하는 파발마지?"

방금 스쳐 지나간 것을 본 라가 말했다.

"좀 신경 쓰이긴 하지만 우리랑은 상관없잖아."

가볍게 응수한 것은『스위치백』의 척후인 수.

나이는 24세, 다크 브라운의 머리를 뒤로 묶고 검은 눈을 동그 랗게 뜬 애교 있는 여성이다.

나이를 정확하게 알고 있는 것은 료에게 알려주었기 때문이다. "내쪽이 누나니까 말야"라고 굳이 언급한 것으로 보아 누나 행세 를 하고 싶은 듯 보였다.

하지만 달려간 파발마는…… 유감스럽게도 그들과 상관이 없 지 않았다.

파발마와 스쳐 지나간 지 3시간 후.

일행은 점심 휴식을 취하고 있었다. 거리에서 머물지 않는 한 식사는 보존식이 기본이었다.

호위 의뢰의 경우, 대부분은 고용자 측에서 식사를 준비해주었기에 이번에도 게코의 부하들에게서 육포 같은 것이 배급되었다.

그렇게 휴식을 취하고 있을 때 룬 쪽에서 말이 달려왔다.

망을 보던 호위대원이 말을 타고 온 자를 이끌고 게코 쪽으로 향하는 것이 료 쪽에서도 보였다.

"저거…… 룬의 거리 모험자 아냐?"

"네?"

라의 중얼거림에 료가 저도 모르게 반응했다. 당연히 무슨 일이 있어서 온 것이겠지만…….

부대 앞에서 그 모험자가 편지를 꺼내 게코에게 전해주고 있었다. 게코는 편지를 한 번 읽고는 그것을 호위대장 막스에게 건네더니 모험자를 향해 말했다.

"마스터 맥글러스에게 편지를 잘 받았다고 전해주세요."

그 대답을 들은 모험자는 말을 타고 룬 쪽으로 달려갔다.

그것을 배웅한 게코와 막스가 라 일행에게 다가왔다.

"라 씨, 지금 오신 분을 알고 계십니까?"

게코가 라에게 물었다.

"네. 룬의 거리의 D급 모험자 슈스나카였습니다. 뭔가 문제라도 있나요?"

"역시 그렇습니까. 그렇다면 이 편지는 마스터 맥글러스가 보낸 편지가 틀림없겠군요."

게코가 그렇게 말하고는 막스가 들고 있던 편지를 라에게 건네주었다.

"동가도의 로우대교가 붕괴? 이건……."

"룬의 거리를 나서자마자 곧바로 스쳐 지나갔던 파발마가 가져온 정보인 것 같습니다. 저희는 로우대교를 지날 예정이었습니다. 룬, 로우대교, 슬란제위, 하르월, 그리고 국경 쪽 거리 레드포스트까지, 이른바 동가도에 해당하는 곳이지요. 하지만 로우대교를 지나갈 수 없다고 하면…… 룬, 카이라디, 구가도, 슬란제위, 하르월, 레드포스트가 됩니다. 솔직히 현재의 구가도는 동쪽 가도에 비해 치안이 불안정합니다. 그 점을 여러분들도 의식하고 계셨으면 합니다."

"알겠습니다."

스위치백 멤버들과 료는 크게 고개를 끄덕였다.

카이라디에서 하룻밤을 묵은 일행은 드디어 구가도에 들어섰다.

남부에 있는 변경 최대 거리 룬과 왕국 동부 두 번째 규모의 슬란제위를 바로 이어주는 로우대교, 즉 동가도가 생긴 이후 구가도를 지나는 사람의 수는 상당히 줄어들었다.

그래도 과거에는 동부교역의 중심가도 중 하나였던 만큼 길의 폭은 넉넉했다.

"이 카이라디부터 동부 두 번째 규모를 자랑하는 슬란제위까지 대략 닷새. 중간에 묵을 만한 숙소는 없어."

라가 옆을 걷는 료에게 설명한다.

"이 길이 번성했을 땐 도중에 있는 마을도 꽤 발전해서 여관 마을처럼 되어 있었다는데…… 지금은 이미 농촌뿐인 곳이야."

"먹고 살기 힘든 세상이네요."

라의 설명에 료가 작게 고개를 흔들며 세상의 무정함을 한탄했다.

"그렇지만 이 대상, 게코 씨와 그 부하만 해도 20명이고, 호위대와 우리도 20명, 합계 40명의 대인원이니까 어차피 작은 숙소에서는 못 묵었겠지."

라는 그렇게 말하고 작게 어깨를 으쓱했다.

료에 비해 모험자로서의 경험을 훨씬 많이 쌓아온 라의 기준에서도 이 40명의 상인 집단은 많은 축에 속하는 것 같다.

"인원도 많고 호위가 많다는 것도 보여주면서 이동하고 있으니 도적들도 안 덮칠지도 몰라."

"도적!"

라가 료를 안심시키듯이 말하자 료가 조금 큰 소리를 냈다.

하지만 그것은 결코 도적에게 습격당할지도 모른다는 공포 때문이 아니라, '이세계라면 도적에게 습격당하고, 그것을 되갚아주는 게 인지상정이지!'라고 하는, 료 마음속 이세계 전생의 상상과 일치했기 때문이었다.

물론 라가 그런 것을 알 수 있을 리 만무했다. 그는 료가 도적을 두려워해 큰 소리를 외친 거라 해석하고는 그를 진정시키기 위해 말을 이었다.

"아니, 그러니까 도적이 안 덮칠지도 모른대도. 뭐, 그렇다 해도 방심은 금물이지만."

◆

　카이라디 거리를 떠난 지 이틀째 되는 날 아침까지는 아무런 문제가 없었다.

　하지만 점심 휴식에 들어간 직후, 료가 라에게 말을 걸었다.

　"아까부터 두 명 정도가 이 대상의 모습을 살피듯이 거리를 두고 따라오고 있어요."

　"뭐라고!?"

　료의 보고를 받은 라는 료를 데리고 호위대장 막스에게 갔다.

　"막스 씨, 두 명 정도 이 대상을 감시하는 녀석들이 있나 봅니다. 료가 그러는데요."

　"도적의 척후일지도 몰라. 료, 시선을 움직이지 말고 어디쯤 있는지 알려줘."

　"전방은 400미터 정도의 나무 위, 후방도 비슷한 거리의 지상. 각자 한 명씩이에요."

　료는 얼굴을 막스 쪽으로 돌린 채 파악한 정보를 전했다.

　"400미터…… 그렇게 멀리 있는 녀석을 잘도 알아차렸네."

　"수속성 마법 중에 딱 알맞은 마법이 있거든요."

　상상 이상으로 떨어진 지점에 있는 망꾼을 알아차린 것에 막스는 놀랐다.

　료의 경우 〈능동 소나〉를 사용하면 500미터 넘는 거리까지 파악할 수 있었다. 하지만 〈능동 소나〉는 상대가 예민한 사람일 경우 알아차릴 위험이 있다. 적어도 누군가가 탐색하고 있다는 사실은 상대방에게 알려진다.

실제로 과거 '봉랑'에 들어갔을 때, 처음에 〈능동 소나〉를 사용하자 악마 레오놀은 보이지 않는 거리에서 반격해 왔다.

그런 설계인 것이다.

하지만 이번처럼, 편의상 료가 〈수동 소나〉라는 이름을 붙인 이 수동적인 소나라면 상대가 눈치챌 일은 없었다.

세상에는 기척이라든가, 기척을 느낀다, 라는 말이 존재한다.

물론 21세기 지구에서도 과학적으로 정의된 것은 없다. 하지만 그 존재를 의심하는 사람은 거의 없을 것이다.

그것은 대상이 발하는 냄새이거나, 대상이 있음에 따라 생긴 공기 흐름의 변화이거나, 혹은 대상이 있음에 따라 생긴 소리의 전달 방법의 변화 등을 말한다. 논리적으로 설명은 가능하지만, 요소로서는 너무 극미하여 검증 실험을 하기 어려운 것이 아닐까 하고 료는 멋대로 생각했다.

어느 쪽이든 기척을 느끼는 쪽이 뭔가 행동을 하는 것은 아니었다.

대상이 움직이기 때문에, 혹은 거기에 존재하게 되었기 때문에 생겨난 변화를 느끼는 것이다…… 분명.

예를 들어 자신이 먼저 물속에 가만히 서 있다고 치자.

근방의 평평한 수면에서 물고기가 뛰면 어떻게 될까. 기다리면 물고기가 뛰면서 생긴 파문이 자신의 곁까지 찾아온다.

그것을 포착함으로써 튀어 오른 물고기의 크기는 물론 파도의 흔들림 정도를 통해 자신까지의 거리 등을 파악할 수 있다. 튀어 오른 물고기는 누군가가 자신의 존재를 포착했는지 아닌지 알 수 없다.

료의 〈수동 소나〉는 그 연장선상에 있는 것이었다.

공기 중에 떠다니는 물분자, 이것을 타고 오는 정보를 료는 분석했다. 지금까지 없었던 것이 생겨난 것에 의한 변화, 지금까지 없었던 자가 나타난 것에 의한 변화, 혹은 거기에 있던 자가 움직인 것에 의한 변화 등을.

호위대장 막스는 료와 라에게 지금까지와 같은 행동을 해 줄 것을 부탁하고는 호위대 척후에게 상대방을 관찰하게 했다.

일단 역할을 마친 두 사람은 동료들에게 돌아와 점심을 먹기 시작했다.

"조금은 도움이 된 것 같아 다행이네요."

"오, 상당히 떨어진 척후도 찾을 수 있다니 수속성 마법은 굉장하네."

료는 다소나마 감사를 받은 것에 안도했고, 라는 솔직하게 료의 탐색 능력을 칭찬했다.

"예전에 들은 적이 있는데 모험자 길드엔 저 말고 다른 수속성 마법사는 없는 거죠?"

"아아……. 그러고 보니 없네. 수속성 마법사는 모험자 같은 위험한 일보다는 거리에서 하는 일이나, 그야말로 이런 대상 같은 곳에서 수요가 있거든. 이 대상에도 호위대 말고 게코 공 부하 쪽에 수속성 마법을 쓸 수 있는 사람이 몇 명 있었을걸."

"그렇군요! 대상에 있으면 물을 따로 싣지 않아도 되겠네요!"

"그런 거지."

물을 마시는 것 외에도 손을 씻거나 오염을 제거하는 등 많은 상황에서 물이 필요하다. 수속성 마법사가 있으면 여행은 꽤 쾌적해질 것이다.

료가 둘러보니 확실히 수속성 마법을 사용해 물을 보충하고 있는 것으로 보이는 게코의 부하들이 눈에 들어왔다. 물론 한 번도 대화를 나눈 적은 없지만, 그 광경에 일방적인 친근감을 느끼는 료였다.

그날 저녁 대상은 야영 준비에 들어갔다.

야영지 중앙에서는 40인분의 저녁을 한꺼번에 만들고 있다. 대상 전용 가마솥에서 스프 계열의 음식이 만들어지는 모습이 료가 있는 곳에서도 보였다.

"호위 의뢰라고 하면 모험자는 세끼 모두 육포와 빵이 대부분이라고 들었는데…… 이 대상은 다르네요."

"아무래도 나라를 대표하는 상인과 그 전속 호위들이니까. 낮에는 육포 같은 거였는데 밤에는 다르네. 여행에 익숙하다고 할까, 사기를 잘 유지한다고 할까……. 게코 공이 긴 여행에서 음식의 중요성을 이해하고 있는 거겠지."

료의 말에 라는 이 대상의 우두머리인 게코가 다방면으로 우수함을 지적했다.

"역시 보통은 육포와 빵뿐인가요?"

"역시 보통은 육포와 빵뿐이지."

료의 확인에 라가 힘차게 고개를 끄덕였다.

거기에 호위대장 막스가 왔다.

"둘 다. 낮의 일 말인데 우리 척후가 확인해보니 틀림없이 도적의 척후라고 하는군. 습격을 한다면 오늘 밤부터 내일 밤 사이가 될 거다."

"낮에 습격할 수도 있어요?"

료가 무심코 물었다. 덮친다면 밤의 어둠을 틈타는 편이 성공률이 높지 않을까 생각했기 때문이다.

"도적 쪽이 전력이 더 많으니까, 모습을 보이면 싸우지 않고 항복할 거라 생각해서 낮에 나올 수도 있어. 그런 걸 가늠해보기 위해 척후가 있는 거니까."

"그렇군요⋯⋯."

싸우지 않고 이기는 것이야말로 최상.

"일단 야습 가능성을 염두에 두고 있어라. 그리고 료의 마법은 방어가 대단하다고 들었는데 사실인가?"

"그러고 보니 아벨 씨도 그러더라. 료가 얼음벽을 치면 손쓸 방도가 없다고."

막스의 물음에 라가 대답했다.

"얼음벽이라! 료, 상담할 게 있는데 야습을 받으면 제일 먼저 게코 씨한테 가주지 않겠어?"

"게코 씨에게요?"

"그래. 게코 씨와 그의 부하들은 야영할 때 한데 모여서 텐트를 치고 쉬고 있거든. 만일의 일이 생겼을 때 호위대가 쉽게 지킬 수 있도록 하기 위함이지. 만약 가능하다면 그들이 모여 있는 곳을 그 얼음벽으로 감싸서 지켜주면 고맙겠는데. 어때?"

이 대상에서 가장 먼저 지켜야 할 것은 게코 씨와 그 부하.

운반하는 물건도 물론 중요하긴 하지만 우선 인력 보호가 최우선이라는 것이다.

인재야말로 보물.

그야말로 장사의 본질…… 본래라면.

"물론 괜찮아요. 그럼 야습을 당하면 게코 씨 쪽에 가서 거기서 얼음벽을 치고 모두를 지키겠습니다."

"부탁하지. 그럼 우리도 후방 걱정 없이 싸울 수 있겠군."

그렇게 말한 막스가 호쾌한 미소를 지었다.

"그리고 불침번 순서는 어제와 같은 조로 나눴다."

그렇게 말한 호위대장 막스는 둘의 곁을 떠났다.

불침번은 전체 20명 기준 1조에 5명, 4조로 나뉘어 각자 2시간씩이었다.

"료는 첫 번째였나?"

"네. 첫 번째 담당이에요. 라 씨는 세 번째였나요?"

"그래. 두 시부터 네 시까지라나……. 제일 덮쳐올 것 같은 시간이란 말이지."

라는 쓴웃음을 지으며 그렇게 답했다.

게코 대상의 야영지에서 4킬로미터 정도 떨어진 동굴 입구에 남자들이 모여 있었다. 스물두 명의 남자들은 언뜻 보기에도 도적…… 까지는 아니더라도, 건전한 일을 하는 자들로는 보이지 않았다.

"호위는 스무 명인가…… 확실히 꽤 큰 부대네."

"그만큼 벌이도 많다는 뜻이지."

"들은 정보로는 15명이라고 했는데……."

"오차 범위야."

이 자리를 통솔하고 있는 남자는 왼쪽 눈에 화려한 상처가 있어서인지 다른 사람을 압도하는 분위기를 풍기고 있었다. 그가 입을 열었다.

"뭐, 좋아. 빼앗은 물건은 모두 우리가 써도 된다. 대신 원한이 있는 상인, 게코라고 하는 놈을 죽여달라는…… 이상한 의뢰다."

"그렇긴 한데 시간이나 짐마차 수의 정보도 그렇고 하나부터 열까지 모두 정확하잖아요."

"당연하지. 안 그랬다면 굳이 이런 구가도까지 출장을 나왔겠냐."

왼쪽 눈에 상처가 있는 남자는 그렇게 말하고는 손에 든 술을 들이켜며 말했다.

"야습은 여느 때처럼 세 시다. 준비해."

새벽 3시.

야영지까지 곧바로 이어진 거리. 꿈틀대는 그림자는 약 스물둘.

"좋아, 덮쳐!"

왼쪽 눈에 상처가 있는 남자가 구령을 내렸다.

도적들이 일제히 야영지로 돌진했다. 야영지를 둘러싸고 있던 천막을 베어내거나 밀어 넘어뜨리면서 도적들이 침입했다.

하지만…….

"아무도 없어!"

"화톳불이 켜져 있는데……."

"야, 어떻게 된 거야!"

그런 도적들의 목소리에 화답하듯 야영지 밖에서 화살과 마법이 날아들었다.

"큭, 속은 건가!"

"함정이다!"

도적들의 고함소리가 야영지 안에 난무했다. 화살과 마법에 의해 절반 넘게 쓰러지는 도적들.

"돌격해라!"

그때 호위대장 막스의 목소리가 울려 퍼졌고, 대상의 호위와 라 쪽의 모험자들이 전방위에서 야영지 중심을 향해 포위망을 단숨에 좁히며 근접전으로 이행했다.

치열하지만 거의 일방적이었던 전투는 5분도 채 걸리지 않아 종료.

그 사이 료가 행한 것은 시키는 대로 게코와 그의 부하인 합계

20명을 〈아이스 월〉로 둘러싸 안전을 확보하는 것뿐이었다.

게코의 부하 중에서 수속성 마법을 사용하고 있던 자들이 〈아이스 월〉을 손으로 만져보거나 손등으로 두드려보는 광경을 조금 흐뭇하다고 생각한 것은 비밀이다.

'어쨌든 위험에 처하는 일 없이 임무 완수. 다행이야, 다행.'

료는 그렇게 생각했다.

아무래도 료는 최근 룬의 거리에서 주위 사람에게서 전투광 취급을 받고 있는 게 아닐까 하는 생각이 들었다. 아마도 모의전 같은 걸 할 때 웃는 얼굴로 싸우고 있어서 그런 것 같은데…….

모의전 상대인 세라에게서도 "료는 즐겁다는 듯이 싸우네"라는 말을 웃는 얼굴로 들은 적이 있었다.

아니, 그건 세라도 마찬가지…….

결코 료만 전투광인 것은 아니다!

그렇게 큰 목소리로 외치고 싶은…… 료의 마음속 외침…….

일방적인 전투였기 때문에 호위대 및 모험자 쪽에 사망자나 중상자는 발생하지 않았다. 마지막 근접전에서 찰과상을 입은 사람이 두 명 나왔을 뿐이다.

반대로 도적 측은 22명 중 20명이 이미 사망했다. 항복한 두 사람도 정보를 빼내기 위해 죽이지 않았을 뿐이다.

"기본적으로는 도적을 잡으면 그 자리에서 전원을 죽입니다."

상인 게코는 전투가 끝나고 〈아이스 월〉을 해제한 료를 향해 그렇게 설명했다.

"바로 근처에 거리가 있다면 몰라도 애초에 그런 곳에서 도적이 습격을 할 리는 없으니…… 대부분 거리에서 떨어져 있지요. 그렇게 되면 거리까지 데려가기도 힘들고, 그때까지 무슨 일이 생길지 모르니까 말입니다. 그렇다고 그 자리에서 풀어주면 다른 대상이 습격당할 가능성이 있다……. 그런 이유로 중앙연방에서는 도적은 그 자리에서 죽이는 것이 불문율이 되었습니다."

설명하면서도 게코의 안색은 별로 좋다고는 할 수 없었다.

"범죄 노예라든가 그런 건 없나 보네요."

"네. 중앙연방에서는 인간 노예가 완전히 금지되어 있으니까요. 아인 노예도 제국 외에선 금지입니다. 살해라는 것은 윤리적으로도 그렇지만 경제적으로도 아깝다는 생각은 듭니다. 뭐, 그렇다고 노예로 삼는 것도…… 그건 그거대로 좀 아닌 것 같지만요."

경제적으로 아깝다…… 이런 사고방식을 보면 역시 상인답다고 할까.

노예가 완전 금지라는 것을 사실 료는 처음 알았다. 더불어 제국에서는 아인 노예가 있다는 것까지……. 그리고 아인이라는 말도 처음 들었다. 엘프나 드워프는 어디에 속할까?

"제국에서는 사람 외엔 다 아인입니다. 엘프도 드워프도……."

게코는 말로 형언하기 어려운 표정을 지으며 고개를 끄덕였다. 인간과 의사소통이 가능하고 기본적으로 이족보행을 하는 생물이 '아인'으로 정의되는 것 같았다. 그러니 이를테면 론도 숲 습지대에 있던 리저드맨 등은 아인으로 인정받지 못하기에 '마물'이라고 했다.

인간이 만든 국가이고 인간이 만든 법률이기 때문에 그런 것이리라.

료가 그런 식으로 게코와 이야기하고 있는데, 호위대장 막스가 부하 한 명을 데리고 왔다.

"게코 씨, 안전은 확보됐습니다. 주위에도 살아 있는 잔당은 없습니다."

"그렇군요, 수고했습니다. 그래서 남은 자들에게 뭔가 정보는 얻어냈나요?"

"그게…… 군, 직접 보고해."

막스는 그렇게 말하더니 뒤에 데리고 온 척후로 보이는 인물에게 명령했다.

"네. 그놈들은 동가도 부근에서 활동하는 『동쪽 늑대』라는 도적단이었습니다. 그런 녀석들이 왜 이 타이밍에 구가도에 있는지 신경 쓰여서 그 부분을 중점적으로 물어봤는데, 간부 쪽에서 정보가 들어왔다고 합니다. 오늘 마차 10대의 대상이 구가도를 지나간다고. 심지어 당분간 동가도는 통행이 금지될 거라는 것도요."

거기까지 들은 게코는 크게 놀랐다.

"설마 로우대교가 붕괴된 것도 사고가 아니라 누군가의 방해 공작?"

"네, 가능성은 있습니다."

게코의 궁금증을 막스가 긍정했다.

"하지만…… 로우대교는 요충지라 상당한 대규모의 주둔군이 지키고 있었을 텐데요. 공사하는 데만 5년 넘게 걸렸으니까요.

그 주둔군의 눈을 뚫고 함락시킨 자들이 있다고 하면…… 상당한 힘을 가진 세력일 겁니다. 게다가 이야기의 흐름상 우리를 노리고 있을 가능성이 있다……?"

게코는 입 밖으로 말하면서 여러 정보를 정리하는 것 같았다.

"안타깝게도 『동쪽 늑대』 녀석들에게 정보를 흘린 놈들에 대해서는 잡은 두 사람은 모른다더군요. 다만……."

"뭐죠, 군?"

말을 꺼리는 군의 뒷말을 게코가 재촉한다.

"간부가 내린 지시에 게코 씨를 죽이라는 지시가 있었다고……."

그 말에 게코 이외의 사람들은 놀랐다. 게코만큼은 겉보기엔 특별히 동요하는 기색은 없어 보였다.

이어서 게코가 냉정하게 말을 건넸다.

"알겠습니다. 수고하셨습니다. 막스, 료 씨, 잠깐 할 얘기가 있습니다. 그리고 군, 라 씨를 불러와 주세요."

천막으로 라가 온 시점에서 게코가 입을 열었다.

"이번 습격에 관해서 말인데, 배후에서 조종하는 자가 있습니다."

"우연히 지나가던 대상을 덮친 게 아니라 우리를 노리고 공격했다, 라는 거죠."

게코가 말문을 떼자 막스가 보충했다.

"그렇습니다. 제 목숨을 노린 건 확실해 보이는데, 그게 전부인지 어떤지는 모르겠군요. 의뢰한 자에게 그 외에 별도의 목적이 있었을지도 모릅니다. 이번에는 귀중한 물건을 몇 개나 운반하고 있으니까요……."

게코는 그렇게 설명하고는 자신의 차를 한 모금 홀짝였다.

"즉, 앞으로도 습격이 있을 수 있으니 정신 바짝 차리고 있어야 겠네요. 괜찮습니다, 이래 봬도 룬의 거리의 모험자니까요. 저희도 료도 생사를 다투는 일엔 익숙합니다."

그렇게 말한 라가 크게 웃었다.

"이런…… 계약을 해지해서라도 이탈한다는 말을 하지 않을까 걱정했습니다만……."

게코가 살짝 웃으며 농담인지 진담인지 모를 말을 했다.

"에이, 그럴 리가 없잖아요. 책임지고 공도 애버딘까지 호위 의뢰를 완수하겠습니다. 맡겨만 주세요. 그렇지, 료?"

"네, 물론이죠."

라의 질문에 료도 크게 고개를 끄덕이며 대답했다. 한 번 받은 의뢰를 중간에 내팽개치는 것은 료도 싫었다.

"그렇군요. 그럼 다시 한번 잘 부탁드립니다."

게코는 만족스러운 미소를 지으며 고개를 숙여 보였다.

◆

"그건 그렇고, 로우대교를 무너뜨리면서까지 목적을 달성하려는 놈들이라니, 대체 누굴까?"

중얼거림이라고 하기엔 너무 큰 라의 목소리.

피습이 있던 다음 날, 대상은 여느 때처럼 아침 식사를 마치고 이동하기 시작했다. 카이라디의 거리를 떠난 지 사흘째 날이었다.

"로우대교가 그렇게 커요?"

로우대교라는 말 자체를 처음 들은 료는 솔직하게 라에게 질문했다.

어젯밤 그 후 습격과 관련된 자들이 로우대교를 무너뜨렸을 수도 있다는 말을 듣고 라마저도 놀랐던 것이다.

"아아, 크지. 폭은 40미터, 길이는 1킬로미터. 계획 자체는 백여 년도 더 전부터 있었는데 계획됐다가 방치됐다가, 착수됐다가 중단됐다를 반복해 온 다리야. 그러던 게 15년 전에야 겨우겨우 완성됐지. 그것도 착공부터 완공까지 5년 이상 걸렸다더라."

"그거 굉장하네요⋯⋯. 한 번쯤 봤으면 좋았을 텐데."

폭 40미터, 길이 1킬로미터의 다리라면 상당한 크기다. 보지 못했다는 것이 료로서는 무척 아쉬웠다.

"보고에 따르면 일부분이 무너졌다고 하던데 얼마나 망가졌는진 모르니까 말야. 기회가 되면 근처까지 가 봐도 되지 않을까? 다리 서쪽이나 동쪽에 전부 다 거리가 들어서 있을 테니 관광하면서 겸사겸사."

라는 그렇게 말하며 로우대교 관광을 권했다.

점심 식사 후 료가 쉬고 있는데, 게코의 부하가 다섯 명이 찾아왔다. 료의 기억이 확실하다면 다섯 명 모두 수속성 마법을 쓰던 아이들이다.

"저, 료 씨, 쉬고 계시는데 죄송하지만⋯⋯."

"네?"

"저희에게 물 마법을 알려주세요."

가장 나이가 많아 보이는 청년이 고개를 숙였고, 그에 맞춰 나머지 네 명도 고개를 숙였다.

"네? 으음……?"

갑작스러운 전개에 놀라는 료.

"어제 저희는 료 씨의 마법으로 도움을 받았습니다. 이번 여행은 료 씨가 계셨으니 다행이지만, 저희는 앞으로도 여행을 떠날 일이 많을 거예요. 지금까지는 물을 낼 수 있는 것만으로도 만족스러웠고, 실제로 긴 여행을 하는 상인으로서는 큰 무기이기도 하지만…… 스스로의 몸을 지킬 수 있게 되면 더 좋을 것 같아서……."

"아, 그래서…… 〈아이스 월〉, 그러니까 어제 그 얼음벽을 쓸 수 있게 되고 싶다는 건가요?"

"네!"

다섯 사람이 일제히 대답했다.

위로는 아까부터 이야기를 주도하고 있는 16세 정도의 청년부터 아래로는 아마 아직 10세 정도일 남자아이까지…….

"으음……."

가르치는 건 상관없지만 료는 다른 사람에게 마법을 가르친 경험이 없었다. 더욱이 〈아이스 월〉이 얼마나 많은 마력을 소비하는지도 잘 몰랐다. 료 이외의 마법사가 사용할 경우 곧바로 마력 소진을 일으키는 건 아닌지…….

어쩌나 하고 고민하고 있는데, 료의 〈수동 소나〉가 반응했다.

벌떡 일어난 그가 말했다.

"비상사태다. 이 건은 나중에!"

그렇게 말한 료는 주변을 둘러보며 막스를 찾았다.

"막스 씨! 동쪽에서 다수의 마물이 몰려옵니다!"

료의 외침에 막스가 서둘러 료 곁으로 달려왔다. 그리고 달리면서 큰 소리로 묻는다.

"수와 거리와 시간은?"

"수는 백 이상, 거리는 500미터, 시간은 1분 후. 〈아이스 월〉로 주위를 에워싸겠습니다. 다들 마차 안쪽으로!"

야영과 달리 점심 휴식이었기 때문에 마차 10대는 원의 형태로 모여 있었다.

"모두 마차 안쪽으로! 서둘러!"

막스의 외침과 동시에 게코를 비롯한 부하들도 기민하게 행동에 나섰다.

30초도 안 돼 전원이 이동을 완료했다.

"료, 됐어."

"〈아이스 월 10층 패키지〉."

얼음벽이 마차 바깥을 빙 두르듯 생성됐다. 그것이 완료됨과 동시에 마물의 선두가 야영지에 도달했다.

쿠웅, 쿵. 쿵 쿵 쿵⋯⋯.

마물들이 〈아이스 월〉에 부딪히며 상당한 충돌음이 발생했다. 그것도 연속으로. 마물들은 보어계가 중심이었지만 상당히 잡다한 종류들로 이루어져 있었다.

〈아이스 월〉에 부딪힌 마물도 몸을 일으키자마자 달리기 시작했다. 동쪽에서 서쪽으로, 마치 뭔가에 쫓기라도 하는 것처럼.

그런 상황이 5분가량 이어진 후, 비로소 마물 떼는 끊겼다.
하지만 료의 〈수동 소나〉는 숲속에 있는 5명의 인간을 포착하고 있었다.
'백 미터쯤 되는 곳에 다섯 명…… 언제 나타났지?'
"료?"
마물 떼가 지나갔는데 아직 료가 〈아이스 월〉을 해제하지 않는 것을 이상하게 여긴 막스가 물었다. 그 물음을 한 손으로 제지하고 료는 계속 생각했다.
'거리 100미터…… 아슬아슬하게 닿으려나? 〈아이스 바인드〉.'
가장 가까이 있던 괴한의 손발을 정확하게 노려 얼음 채찍으로 구속했다. 하지만 그 순간 구속한 상대의 생체 반응이 끊겼다. 즉 살해당한 것이다.
"뭐야!?"
이것은 료 역시 예상 밖이었다. 구속된 것만으로 죽임을 당한다……. 쳐내는 방법이 아무리 생각해도 평범하지 않았다.
더구나 거기서 끝이 아니었다.
휘오오.
〈아이스 바인드〉로 구속한 곳에서부터 강렬한 불꽃이 피어오른 것이다.
"설마!? 〈스콜〉〈빙관〉."
〈스콜〉로 맹렬한 비를 내리게 해 불을 끄고 〈빙관〉으로 시체를 감쌌다.

　그 얼음으로 된 관을 향해서도 남은 네 사람이 공격을 가한 것 같지만, 일체의 공격이 먹히지 않는다는 것을 알자마자 동쪽으로 철수했다.

　"후우."

　그제서야 한숨 돌린 료는 주위의 이목이 자신을 향하고 있다는 것을 깨달았다.

　"아, 죄송합니다. 게코 씨, 막스 씨, 라 씨, 설명을 좀 드리고 싶은데……."

　료가 그렇게 말하자 세 사람은 모여들었고, 다른 사람은 네 명에게서 조금 떨어졌다.

　"무슨 일이 있었다는 건 알겠는데……."

　"불이 피어오르고 있었지요."

　"뭐, 료가 한 일이니까 걱정은 없지만 말야."

　막스, 게코, 라가 각각 소감을 밝혔다.

　"네. 실은 아까 마물의 습격에 섞여 다섯 명 정도가 접근해 왔습니다."

　"뭐라고!?"

　"잠시 기다려도 계속 잠적해 있기에 마법으로 붙잡으려고 했는데…… 붙잡은 한 사람을 다른 녀석들이 바로 죽였습니다."

　"그게 무슨……."

　료의 설명에 막스가 놀랐다. 뒤에서 그런 일이 일어나고 있었다니…….

"아까 그 불꽃이 그거였습니까?"

게코가 질문했다.

"정확히는 아니에요. 죽인 동료의 시체를 소각하려고 했던 것 같아요. 즉 시체조차 남기지 않으려고 했던 겁니다."

"과연…… 철저하군요."

자신의 목숨이 노려지고 있음에도 게코는 냉정하게 반응했다. 늘 최악을 각오하고 있는 것 같았다. 이런 면모는 실로 산전수전을 겪어온 대상인다웠다

"불에 타지 않게 하려고 얼음에 가뒀습니다. 그 후에도 공격을 감행한 것 같은데 무리라고 판단하고는 동쪽으로 떠났고요."

"정말…… 성가신 무리들의 표적이 된 것 같군요."

료의 설명에 게코는 쓴웃음을 지으며 머리를 긁적였다.

〈빙관〉에 들어 있는 인물 주위에 확인하러 온 사람을 죽이기 위한 함정이 장치되어 있을지도 모른다.

료의 그 설명에 함정 발견과 해제를 위해 척후 군, 료, 막스 세 명만이 〈빙관〉에 들어 있는 상대를 보러 온 상태였다. 아니나 다를까 섣부르게 접근한 자를 한꺼번에 태워 없애기 위한 함정이 설치되어 있었으나 군에 의해 해제되었다.

"이건…… 뭐랄까, 굉장하군."

얼음 관에 담긴 시체를 보며 막스가 중얼거렸다.

"그럼 관을 없애겠습니다."

료는 그렇게 말하고는 〈빙관〉을 없앴다. 시체의 부검은 막스와 군에게 맡긴 뒤 료는 주위를 둘러보았다.

'이 시체 이외에도 네 명이 숨어 있었을 텐데…… 가지도 거의 부러지지 않았어. 풀만 살짝 패여 있는 게 고작이야. 숲속에서의 행동에 상당히 익숙한 걸까……. 아니면 다른 이유가 있는 걸까…….'

물론 료에게는 이른바 레인저 같은 지식은 없었다. 기껏해야 인터넷상에 돌아다니는 지식이나 학생 시절 친구들이 떠들어대던 지식의 단편이 있을 뿐이다.

그런 료의 귀에 막스와 군의 대화가 들려왔다.

"틀렸어, 훌륭할 정도로 아무것도 안 들고 있군."

"신원을 특정할 수 있는 물건은 고사하고 무기도 단검뿐…… 뭔가 불에 탄 흔적은 있지만 모르겠어."

"기껏해야 온몸이 검은 복장이라는 것 정도?"

료는 몸을 돌려 두 사람이 부검하고 있는 시신을 바라보았다.

'온몸이 검은 복장? 최근에 어디선가 본 기억이…… 아, 위트나쉬다. 모래밭에서 닐스들이 그 불 마법사와 싸우고 있을 때 주변에 나뒹굴던 시체. 알고 보니 그 녀석들이 황녀님을 노리고 있었다고 했지. 그 시체와 이 시체…… 비슷한…… 가? 나쁜 녀석들은 대체로 검은 복장이니까 잘 모르겠네.'

독단과 편견만으로 굉장히 성의 없는 결론을 낸 료.

'어라? 근데 그 녀석들은 구태여 이 시체를 태우려고 했지? 특정할 수 없다면 그렇게까진 안 해도 되잖아?'

"왜 그래?"

시체를 뚫어지게 보면서 뭔가 생각하는 것처럼 보였을까, 막스가 료에게 말을 건넸다.

"아뇨…… 그 녀석들이 왜 굳이 이 시체를 태우려고 했을까 신경 쓰여서……."

"그건 아마 남겨둘 수 없는 뭔가…… 몸인가!"

그렇게 말한 막스는 시신의 옷을 벗기기 시작했다.

"대장, 그런 취미가……."

"바보야! 몸에 무슨 특징이 있는 게 아니냐는 거지. 군, 너도 도와."

그 후 두 사람은 시신의 옷을 벗겼다.

일부는 불에 탔을 때 피부와 옷이 눌어붙어 짓물러 있었다. 하지만 최대한 벗겨내서 발견한 것은, 바로 심장 위치에 있는 타투였다.

"이 타투는…… 뭐지?"

"머리가 두 개인 새……?"

"게다가 검이 꽂혀 있어……?"

막스, 군, 그리고 료도 보았다.

'쌍두 독수리 문장? 그걸 검으로 찌른다? 그런 건 들어 본 적없어. 뭐, 이 『파이』라는 세계에 대한 지식이 전혀 없으니 당연하다면 당연하겠지만.'

세 사람은 한동안 그 타투를 보고 있었다. 곧 막스가 천천히 칼을 꺼내 가슴 부분을 도려내기 시작했다.

"대, 대장!"

갑작스런 행동에 군이 놀라 소리를 질렀다.

"어쩔 수 없잖아. 이것밖에 증거가 없어. 숲속에서 시체를 운반할 수도 없고. 게코 씨라면 어쩌면 이 타투를 알고 있을지도 몰라."

그러면서 손은 쉬지 않고 타투가 있는 가슴을 도려냈다.

"음, 이런 문장은 본 적이 없군요."

떼어낸 타투를 게코에게 보였지만, 그의 지식 중에도 짐작이 가는 문장은 없었다.

"애초에 검이 박힌 새라는 점이…… 정말 문장인지도 의문스럽습니다. 그렇다고는 하나 그들에게 있어 뭔가 중요한 디자인인 것은 분명하겠죠. 이건 꼭 새겨둬야 할 중요한 퍼즐 조각인 것 같습니다. 막스, 잘해줬습니다. 료 씨와 군도."

그렇게 말한 게코는 세 사람에게 대금화를 하나씩 주더니 도려낸 타투를 들고 자신의 텐트로 돌아갔다.

타투가 신경 쓰이긴 했지만 아무리 생각해도 풀릴 문제가 아닌 것 같다고 판단한 료는 더 깊이 생각하지 않고 라 일행 곁으로 돌아갔다.

"료, 어서 와. 곧 출발할 것 같아."

"알겠습니다. 라 씨는 못 들었죠?"

료는 조금 전에 있었던 일을 간략하게 전달했다.

"검이 꽂힌 쌍두 독수리? 뭐지. 쌍두 독수리에게 상당히 깊은 원한이라도 갖고 있는 건가."

라가 고개를 갸웃거리며 답했다.

"그렇군요, 그럴 수도 있겠네요."

거기까지 생각하던 차에 앞쪽에서 목소리가 들려왔다.

"출발합니다."

◆

대상에서 5킬로미터 정도 떨어진 숲속. 다섯 명의 검은 복장을 한 자들이 있었다.

"죄송합니다, 나탈리아 님."

돌아온 네 명에게서 보고와 사과를 받은 나탈리아라 불린 여성이 작게 고개를 흔들고 있었다.

"얼음벽이라…… 게이의 손발을 구속한 것도 얼음이라고 했지."

"네."

"성가신 마법사가 있나 보군. 이거 곤란한데……. 보고는 끝인가?"

그 물음에 돌아온 네 사람 사이에 동요가 일었다. 하지만 대답하지 않을 순 없었다.

"실은…… 게이의 시신 처리에 실패했습니다."

"뭐야!?"

처음으로 목소리에 불쾌함이 서렸다. 그 말을 들은 네 사람은 겁에 질렸다.

"죄, 죄송합……."

"사과는 됐어, 왜 처리에 실패했지?"

네 사람이 일어난 일을 대답했다.

불로 태웠는데 갑자기 억수 같은 비가 쏟아지면서 불이 꺼졌다. 그리고 순식간에 게이의 시신이 얼음에 감싸였고 그 얼음은 어떤 공격을 해도 상처 하나 입지 않았다. 그래서 철수했다는 것을.

"또 얼음이군! 이거 상당히 성가시겠는데……."

'로우대교를 무너뜨리고 합류하니 별동대가 시신 처리에 실패하는 실책을 했다. 모험자가 포함됐다고는 해도 스무 명 정도의 호위라면 얼마든지 방법은 있을 거라 생각했는데…… 포함된 모험자 중에 성가신 수속성 마법사가 있는 것 같군. 이건 손대지 않는 게 좋겠어. 본부에서 일단 로우대교 붕괴 보고를 위해 돌아오라는 명령이 왔었지. 가는 길에 게코 암살도 하려고 했는데 욕심을 부리다가 전부 다 잃겠군.'

"우리는 본부에 로우대교 붕괴를 보고하러 돌아간다. 그 내용을 본부에 전해라. 전하는 김에 게코 암살은 아직 하지 않았다는 것도 전해. 그럼 그쪽에서 알아서 다른 부대에 암살을 배정하겠지."

부하에게 그렇게 말한 나탈리아가 중얼거렸다.

"수속성 마법사 따위는 쓸모가 없다고 생각했는데…… 인식을 고쳐야겠군."

슬란제위

마물과 5명의 습격이 발생하고 이틀 뒤.

그 후 별일 없이 대상은 구가도를 따라 동부 제2의 도시인 슬란제위에 도착했다. 로우대교가 무사했다면 동가도를 지나 룬의 거리에서 이틀 만에 도착할 수 있는 일정이었는데 구가도를 도는 바람에 6일이나 허비했다.

오랜만에 만난 큰 거리라 대상 전원이 묵을 수 있는 숙소가 있었다. 홍옥관이라고 하는, 게코 대상이 슬란제위에서 쓰는 단골 숙소였다.

"오랜만의 숙소로군요. 푹 쉬도록 하세요. 아, 1층 식당에서 원하시는 걸 드셔도 됩니다. 이 숙소의 식대는 저희 가게가 낼 테니까요."

게코의 그 말을 들은 료와 스위치백의 면면은 저도 모르게 승리 포즈를 취했다.

기본적으로 이번 여행은 공도 애버딘까지 논스톱 일정이다. 물론 거리에서는 숙소에 머물지만 거리에서 거래나 매매를 할 예정은 없다. 지금 운반하고 있는 물건을 한시라도 빨리 공도에 전달하는 것이 최우선 과제.

그래서 거리에 머무는 경우라도 하룻밤뿐이라는 것을 게코가 처음부터 일러준 상태였다.

료로서는 처음 보는 거리가 대부분이라 관광을 하고 싶은 마음도 있었지만 의뢰이니 어쩔 수 없다.

애버딘에서 룬의 거리로 돌아올 때 이곳저곳 들러보겠노라 이미 마음을 다잡은 상태였다.

하지만 마음을 다잡지 못한 C급 검사도 있었다.

라는 몰래 숙소를 빠져나가려다 척후 수에게 들켜 도로 끌려왔다.

도대체 어디로 가려고 했던 걸까……. 료는 알 길이 없다.

하지만 라는 후일, 이때 끌려온 것에 감사하게 된다.

◆

슬란제위 교외.

그곳에는 검은 복장을 한 열 명의 집단이 있었다.

"샤피 님, 본부에서 온 급한 전갈입니다."

검은 복장을 한 남자 중 한 명이 편지 한 장을 공손히 내밀었다.

"뭐? 이 타이밍에?"

샤피라고 불린 남자는 얼굴을 찌푸리며 급한 전갈이라 불린 종이를 받아 슥 읽어 내려갔다.

그리고 작게 신음했다.

"하여간 본부 머저리들. 어쩔 수 없군. 제3 목표를 변경한다. 홍옥관에 숙박 중인 상인 게코의 암살. 방법은 불문한다. 제3 목표였던 귀족가 파괴는 제4 목표로 삼는다. 제4 목표는 제1부터 제2까지 가장 먼저 끝난 부대가 착수하도록. 이상."

"알겠습니다."

이들은 각국 중추에 가까운 인간의 얼굴은 모두 기억했다. 게코는 잉베리 공국의 보따리 상인이자 민간인 중에서는 가장 잉베리 공작과 가까운 인물이기도 했다. 그래서 이미 얼굴을 익혀둔 상태였다.

새벽 2시 반. 초목도 잠든 야심한 새벽.

갑작스런 굉음에 료는 벌떡 일어났다.

"지진?"

하지만 『파이』에 온 후로 한 번도 지진이라는 것을 겪지 않았다는 사실을 떠올렸다.

일단 숙소 실내복에서 평상복으로 갈아입은 료는 칼 두 자루를 벨트에 꽂고 로브를 걸친 채 창문을 열고 밖을 내다보았다.

시선 끝에 불타오르는 커다란 건물이 보였다.

"저건 영주관 아닌가?"

불온한 공기.

방을 뛰쳐나와 계단을 뛰어올라갔다. 한 층 위층에 게코와 그의 부하, 그리고 막스 등 호위대의 절반이 숙박하고 있었다.

료가 위층에 다다르자 막스가 복도로 나와 지시를 내리고 있었다.

"막스 씨!"

"료, 게코 씨 일행의 수비를 부탁하마."

료는 수비에 있어서 막스에게 절대적인 신뢰를 얻고 있었다.

가장 안쪽의 큰 방에 이르자 게코와 그의 부하들이 모여 있었다. 이미 옷도 다 갈아입었다는 것을 감안하면 상당히 발 빠른 행동이라고 할 수 있었다.

"아아, 료 씨. 밖에서 무슨 큰일이 일어나고 있는 것 같군요."

"네. 창문 너머로 영주관이 불타는 게 보였어요."

"맙소사……."

료의 보고에 게코가 놀랐다.

게코의 방은 안전을 최우선으로 하여 창문의 덮개를 닫아놓은 것인지, 영주관 쪽의 불길은 보지 못한 듯했다.

어느 거리에서나 영주관은 가장 경비가 삼엄한 곳이다. 그런 곳이 불길에 휩싸였다는 것은 지극히 비정상적인 사태라고 할 수 있었다.

그런 얘기를 하고 있을 때 다시 굉음이 울렸다. 게다가 처음 것보다 더 컸다…….

굉음이라기보다는 폭발음이라고 하는 것이 더 가까울지도 모른다.

"실례."

료는 그렇게 말하고는 안쪽 창문의 덮개를 살짝 열고 밖을 들여다보았다.

"게코 씨, 영주관 중에서…… 여기서 봤을 때 왼쪽, 석조로 된 3층 건물은……."

"거긴 아마 기사단 초소나 무기고일 겁니다."

게코는 불안한 얼굴을 한 부하들을 달래며 그렇게 답했다. 다른 나라의 거리에 대해서도 꽤 빠삭하게 알고 있는 것을 보니 역시 정보가 생명인 상인다웠다.

"뭐랄까…… 불에 탄다기보단 폭발하고 있어……."

'미카엘(가명)은 화약 종류는 아직 일반적이지 않다고 했는데……. 하지만 저건 아무리 봐도 유폭 같은 느낌의…….'

"화속성 마법의 〈폭염〉 같은 건가요? 어쩌면 검은 가루가 타고 있는 걸지도 모르겠군요……."

"그건……."

아무리 료라도 '화약'이라는 말을 꺼내는 것은 조심스러웠다.

"이 왕국 동부 지역에서만 만들어지고, 이 슬란제위에 보관되고 있는 것……. 이런, 이건 기밀이었죠. 아무래도 말이 과했던 것 같습니다."

그렇게 말한 게코는 빙그레 웃어 보였다. 무엇 때문인지는 모르겠지만 료에게 들려줄 요량으로 말한 것만은 확실해 보였다.

"상인은 정보가 생명이라고는 하지만, 대단하네요……."

"후후후, 상인이란 것은 첩보원과 별반 다르지 않습니다. 왕국과 공국이 우방을 넘어서 거의 동맹국이나 다름없으므로 저도 자유롭게 움직일 수 있는 것이지요."

료는 상인이라는 일의 복잡성을 살짝 엿본 기분이었다.

"게코 씨, 숙소 근처에서도 불길이 치솟았어요. 옮겨붙으면 문제가 커질 테니 밖으로 대피하죠."

다급히 들어온 막스가 그렇게 말했다.

먼저 다들 가장 중요한 것만 들고 밖으로 나가기로 했다.

"40초 안에 준비해라."

게코가 부하들에게 지시를 날렸다.

그리고 자신도 어깨 가방 하나만 들고 있었다. 그것만으로 준비 완료인 듯했다. 귀중품은 가방 하나에 모두 정리되어 있었나 보다.

'10초 만에 준비했어……. 어딘가에 나오는 애니메이션의 수장 같아…….'

료는 순수하게 감탄했다.

"료, 게코 씨의 안전을 최우선으로 부탁한다."

료에게 다가온 막스가 작은 소리로 속삭였다.

"게코 씨에게 말하면 부하들의 안전을 최우선으로 하라고 하겠지만, 게코 씨에게 만일의 일이 생기면 우리나라가 휘청일 거다. 부탁하마."

그 말만을 하고 막스는 지시를 내리기 위해 방을 나갔다.

'역시 상인이란 복잡한 일이구나……. 첩보원처럼 나라에서 나라를 날아다니고…… 게다가 한 상인의 어깨에 나라의 명운이 걸려 있다니…….'

료도 자신의 가방을 들고 1층 입구 부근의 넓은 방으로 내려 갔다.

"게코 씨, 여러분들을 얼음벽으로 감싸겠습니다. 벽도 함께 이동할 테니 지금 모인 폭을 유지하면서 이동해 주세요."

"알겠습니다."

게코가 대표로 고개를 끄덕였다.

"〈아이스 월 10층 패키지〉."

10층, 나아가 전방위를 투명한 얼음벽으로 덮었다. 10층이라면 대부분의 공격은 튕겨낼 수 있을 것이라고 료는 생각했다. 물론 악마 레오놀 정도의 화력이 있으면 어쩔 수 없겠지만…… 그것은 예외.

일단 굉장하다고 알려진 폭염의 마법사의 공격도 막아본 적은 있다!

완전하진 않았지만!

숙소 밖의 혼란은 꽤 심각했다. 이만큼 혼란스러우면 료의 〈수동 소나〉도 정확도가 떨어진다. 사람이나 공기가 너무 많이 움직이기 때문이다.

그 때문에 절대적인 안전을 위해서라도 〈아이스 월〉은 필요했다. 유비무환이라는 말도 있으니까.

막스를 선두로 호위대가 안전을 확보하며 게코 일행을 이끌었다.

숙박하던 홍옥관 앞은 광장으로 되어 있어 투숙객뿐만 아니라 주변에 사는 사람들도 드문드문 대피해 오고 있었다.

게코 일행이 그런 광장의 구석으로 이동하여 정착했을 때…….

어디선가 정확하게 게코의 목을 노리고 투척용 칼이 날아왔다.

투웅.

상황이 진정된 후에도 〈아이스 월〉은 해제되지 않았다. 그 〈아이스 월〉에 맞고 튕겨 나간 칼이 땅에 떨어졌다.

료는 칼이 날아온 방향을 보았다.

건물 사이로 난 길가, 그 그늘 속에 누군가가 있다. 게다가……
세 명.

거리는 20미터 정도. 이 정도면 확실히 마법이 닿는다.

"〈빙관 3〉."

지난번에는 〈아이스 바인드〉로 잡으려고 했더니 입막음 당한
것도 모자라 시체조차 태워질 뻔했다. 이번에도 같은 상대라면
같은 수법을 취할 가능성이 있다. 그렇다면 처음부터 얼음 관에
넣어 버리자.

료다운 적당한 판단과 행동이었다…….

그 시점에 막스와 그의 부하 세 명이 적들이 숨어 있는 그늘로
달려갔다.

"헉."

작게 놀라는 목소리.

한 번 본 적이 있다고는 하지만, 길모퉁이에 3개의 얼음 조각
오브제가 있다면 누구나 놀랄 것이다.

막스 일행을 따라 료도 길가에 와 있었다.

"료……."

"네, 불타기 전에 잡아봤어요."

료는 그렇게 말하고 고개를 한번 크게 끄덕였다

"그나저나…… 어쩔까요? 아마 거리에 침입한 적이 이 세 명뿐
만은 아닐 것 같은데요."

"아아……. 이 녀석들이 실패했다면 다른 동료가 또 덮쳐오겠
지……. 그런 상황에서 이놈들을 조사할 수는 없겠군. 다른 녀석

들이 부술 수 없다면 이대로 둘까? 다른 일이 얼추 마무리되면 그때 회수하는 걸로 하자."

막스도 적당히 생각하는 부분이 있었다.

"적들이 이걸 수거하러 올 수도 있겠네요. 오면 그 사람들도 포획해버리죠."

말하는 내용과 료의 미소에는 상당한 갭이 있었다.

◆

"제4 목표인 귀족가 파괴…… 뭐, 이 정도만 해두면 되겠지. 절반 정도는 죽였나? 응? 이봐, 제3부대는 왜 그러지?"

집합한 부하 중 세 명이 부족하다는 것을 깨달은 샤피가 옆에 있던 제1 부대장에게 물었다.

"아직 합류하지 않았습니다."

"뭐? 뭘 하고 있는 거야. 장사꾼 암살 같은 간단한 일을……."

하지만 거기까지 말하고 깨달았다.

'아무리 봐도 셋 다 돌아오지 않았다는 건 이상해. 세 명 전부 당했다는 건 말도 안 되는데…… 호위대에 터무니없이 강한 놈이 들어있나? 아아, 젠장. 표적을 직전에 넣으니까 이런 일이 터지는 거잖아! 본부 머저리들…….'

샤피는 속으로 한바탕 욕을 퍼부었다. 하지만 그로 인해 침착함을 되찾아 갔다.

"일단 게코 주변을 보러 간다."

◆

"뭐야, 저건……."

게코 일행이 있는 광장, 그곳으로 이어진 통로 중 한 곳에 샤피의 부하들이 담겨 있는 세 개의 얼음 사각 기둥이 서 있었다.

'이런 걸 사람의 몸에 할 수 있다고……? 불의 마법사가 상대를 체내 발화로 태울 수 없듯이 물의 마법사도 상대를 얼음에 가둘 수 없다고 들은 기억이 있는데…… 무슨 강력한 아이템이라도 사용했나? 사람이 들어있다는 건…… 간단하게는 부술 수 없는 얼음이겠군. 그렇다고 두고 갈 수도 없고…….'

샤피가 있는 장소는 얼음이 된 부하들과는 다소 떨어진 곳이었다. 소동의 혼란을 틈타 관찰하고 있던 것이다.

샤피가 고민하고 있을 때 거리의 성문 쪽에서 유난히 큰 함성이 들려왔다.

"부단장께서 오신 건가."

그렇게 중얼거리며 살짝 미소 짓는가 싶더니, 샤피 일행 7명은 그 자리를 떴다.

◆

광장에서 대기하고 있는 게코 일행 곁으로 40여 명의 기사단이 찾아왔다.

기사 중 한 명이 일행에게 말을 걸었다.

"이쪽은 슬란제위 기사단 부단장인 볼드윈 각하시다. 잉베리 공국 상인 게코 일단이지? 당신들이 수상한 자들을 붙잡고 있다는 신고가 들어왔다. 이후부턴 기사단에서 조사할 테니 그자들을 즉각 인도하도록."

"무슨…… 웃기지."

막스가 소리치려는 것을 게코가 한 손을 내밀어 제지했다. 그리고…….

"그렇게 나오시겠다."

게코는 누구에게도 들리지 않을 정도로 작게 속삭이듯 말했다. 물론 옆에 있던 료의 귀에는 들렸지만.

"책무를 다하시느라 노고가 많으십니다. 제가 게코입니다. 저쪽 도로에 잡아두었으니 안내해 드리겠습니다. 막스, 료 씨, 함께 따라와 주세요."

그렇게 말한 게코는 통로를 향해 걷기 시작했다.

'〈아이스 월 10층 일시 해제〉〈아이스 아머〉.'

료는 게코에게 만일을 대비해 〈아이스 아머〉를 입혀두었다.

〈아이스 월〉만큼 방어력이 높진 않지만, 투척용 나이프 정도는 막을 수 있을 것이다.

"자, 이쪽입니다."

그렇게 말한 게코가 세 개의 얼음 기둥을 가리켰다.

"뭐야, 이건……."

조금 전의 기사와 부단장 볼드윈, 두 사람 다 이구동성으로 놀라며 그런 말을 뱉는다.

"저희 호위 중 한 명이 얼음 관을 써서 붙잡았습니다. 가져가시지요."

"그, 그래. 고생 많았다. 그쪽의 협조적인 태도, 잘 기억해두지."

그렇게 말한 부단장 볼드윈이 애써 고개를 끄덕였다.

"그럼 얼음 관은 해제해도 될까요?"

료가 아무렇지도 않게 물었다.

"음."

고개를 끄덕인 것은 볼드윈이었다.

"〈잡혀 있던 사지를 해방하라 빙관 해제〉."

료는 평소처럼 적당한 영창을 외우고 세 사람의 〈빙관〉을 없애버렸다. 세 사람은 땅바닥에 그대로 쓰러졌다.

"사, 살아 있는 건가?"

"네. 살아 있으니 수갑 같은 걸 채우는 게 좋을 것 같습니다."

볼드윈의 물음에 료는 예의를 갖춰 정중하게 대답했다.

수갑과 족쇄를 찬 세 사람은 기사단이 끌고 온 호송차에 실렸다.

"그나저나 게코 공은 언제 거리를 떠날 예정이지?"

"내일 아침이면 떠날 겁니다."

볼드윈의 물음에 게코가 망설임 없이 대답했다.

"그렇군. 세 사람의 조사는 이쪽에서 책임지고 맡을 테니 가는 길 조심해서 가도록 해라."

"마음 써주셔서 감사합니다."

그렇게 말한 게코는 깊이 숙여 인사했다.

그리고 기사단 일행은 불에 타서 내려앉은 기사단 초소 쪽으로 멀어졌다.

"게코 씨, 저 자식들……."

"네, 십중팔구 이 소동을 일으킨 자들과 연루되어 있겠지요."

"그렇다면 왜!"

게코의 냉정한 지적에 막스가 격앙했다.

"막스, 일의 경중을 파악하지 못해서는 안 됩니다. 저희가 최우선으로 생각해야 할 것은 상회 사람들의 안전입니다. 그다음이 장사. 그 외의 것은 그다음이지요. 볼드윈 공의 눈에 든 이상 자칫하면 부하들의 안전이 위협받을 수 있습니다. 어제까지라면 몰라도 영주관이 저런 상태라면 영주님이나 기사단장님 두 분 다 무사하지 못할 겁니다. 그렇게 되면 현재 이 도시에서 가장 힘을 가진 자는 볼드윈 공이지요. 물리적 위해를 가하기 전에 거리를 떠납시다."

그렇게 말한 게코는 료를 향해 고개를 숙여 보였다.

"료 씨가 애써 잡아주신 증인을 허락 없이 넘겨드려 죄송합니다. 하지만 부하들의 안전을 위해서인 만큼 부디 이해해 주셨으면 좋겠군요."

"그럼요. 전 신경 쓰지 마세요. 상회 사람들의 안전을 제일로 생각하는 거, 정말 멋지다고 생각해요."

료는 그렇게 말하고는 크게 고개를 끄덕였다.

"감사합니다."

게코는 미소를 지으며 다시금 고개를 숙여 보였다.

◆

다음 날 아침.

불이 들지 않아 무사했던 홍옥관 안에서 이른 아침을 먹은 게코 일행은 해가 뜨기 전 슬란제위 거리를 떠났다.

"사흘 뒤엔 하르윌, 거기서 또 사흘 뒤엔 국경의 거리 레드포스트에 도착하겠네."

"문제가 없다면, 말이죠."

라가 지도를 머리에 떠올리며 말했고, 그것을 들은 료가 답했다.

"료, 불길한 소리 하지 마……."

라가 얼굴을 찌푸리며 말한다.

어젯밤 라는 숙소를 몰래 빠져나가려다가 수에게 들켜 무산됐는데, 덕분에 심야 소동 때는 게코 일행과 함께 행동할 수 있어 아무런 문제가 생기지 않았다. 만약 그때 수에게 붙잡히지 않았다면…… 어떻게 되었을지는 알 수 없는 일이다.

그런 이유로 검사 라는 감사의 마음을 담아 자신의 몫인 아침 식사에서 디저트인 과일을 척후 수에게 건네주었다…… 라고, 『스위치백』의 공식 기록에는 적혀 있었다.

실제로는 반쯤 울면서 수에게 건네주었다.

"슬란제위에서 국경의 거리 레드포스트까지는 동가도의 일부야. 거긴 왕국 내에서도 중요한 가도 중 하나니까 그렇게 이상한 일은 안 일어날 거라 생각해……. 응, 절대 안 일어날 거야…… 안 일어났으면 좋겠다…….”

라의 소망이 담긴 말은 뒤로 갈수록 점차 작아졌다.

슬란제위를 떠난 후 첫째 날은 아무 일 없이 지나갔다.

그리고 둘째 날 오전. 곧 점심 휴식을 취할 예정지 앞에서 료가 갑자기 행동에 나섰다.

“라 씨, 전방에서 적이 옵니다. 막스 씨에게 알리고 올게요.”

그렇게 말하고는 라의 반응도 확인하지 않은 채 료는 마차 행렬 맨 앞쪽으로 달려갔다.

선두 마차는 마부석에 게코와 수속성 마법을 쓸 수 있는 젊은 부하, 마차 주위를 막스 일행 네 명이 걸으며 호위하고 있었다.

“막스 씨, 전방에서 슬란제위 때 잡았던 세 명을 포함한 집단이 오고 있어요.”

“뭐!?”

“료 씨, 그게 무슨 뜻입니까?”

막스는 놀랐고 게코는 료에게 되물었다.

“그 세 사람을 풀어줄 때 발신기…… 아니, 다가오면 알아차릴 수 있는 물을 배꼽에 묻혀뒀거든요. 그리고 지금 그 반응이 앞쪽에서 오고 있습니다. 속도는 꽤 느리게…… 음, 이 대상과 비슷한 속도입니다.”

“게코 씨, 어쩌면 대상으로 둔갑해 있는 걸지도 모르겠습니다.

적들이 흔히 쓰는 수법입니다."

"그랬지요. 알겠습니다. 저기 있는 강가에서 휴식을 취하는 것처럼 위장하겠습니다. 스쳐 지나가는 것보다는 대처하기 쉬울 테니까요."

게코가 그렇게 말하자 막스의 구령 아래 대상은 강가로 내려갔다.

게코의 부하와 마차가 중심에 모였고 호위대는 슬며시 그 주위에 앉아 쉬고 있는 척을 했다.

"〈아이스 월 10층 패키지〉."

료는 게코와 부하들 주위에 앉아 무슨 일이 일어나도 문제가 없도록 우선 〈아이스 월〉을 쳐 놓았다. 게코와 부하들도 몇 번이나 〈아이스 월〉에 둘러싸이는 체험을 반복했기 때문에 이제는 익숙해 보였다.

"다가오는 사람은 그 세 명을 포함해 열 명."

료는 근처에서 지휘하는 막스에게 속삭였다.

"알았다."

막스는 세세한 지시를 내리기 위해 최전선이 되는 곳까지 갔다가 돌아오기를 반복했다.

◆

게코 일행이 강가로 내려간 지 20분 만에 그 10명으로 추정되는 일당이 지나갔다.

마차 두 대에 마부석 네 명, 호위가 네 명이다.

'즉 마차 안에 두 명……'

료는 그런 생각을 하며 열 명에게서 의식을 놓지 않으면서도…… 직시하지 않기 위해 애썼다.

슬슬 스쳐 지나가겠지…… 그렇게 생각한 순간 상대편이 강가로 내려가 버린 탓에 좋은 타이밍을 놓쳤다……. 선두 마차의 마부석에 앉은 인물의 표정에서 그런 생각을 하는 것이 엿보였다.

물론 료의 상상이 다분히 담겨 있었지만.

하지만 칫, 하고 작게 혀를 차는 소리는 확실히 들린 것 같다. 그리고 뒤이어 "어쩔 수 없군"이라는 말은 확실하게 들렸다.

그 말과 동시에 마부석의 네 사람이 자신들과 강가에 있는 게코 일행 사이로 뭔가를 던졌다.

던져진 것은 땅을 구르며 하얀 연기를 뿜어냈다.

"독…… 은 아니겠지, 본인들도 있으니까. 연막인가!"

료는 그렇게 판단하고는 이런 경우에 쓰는 평소의 마법을 발동했다.

"〈스콜〉."

주변으로 순식간에 비가 억수같이 쏟아지더니 곧 사라졌다.

비에 의해 공기 속을 떠돌던 연기는 땅바닥에 내려앉아 땅으로 흘러갔다.

연기로 인한 공격은 한순간에 무효가 됐다.

하지만 그때 이미 습격자들은 마차를 뛰쳐나와 강가를 향해 달려가고 있었다.

◆

"이게 무슨…… 순식간에 연기가 꺼졌어."

놀란 것은 습격자의 리더 샤피.

연기는 그들의 특제품으로 야외에서조차 상당히 두꺼운 연막을 만들어내는 아이템이었다. 지금까지도 자주 이용해 온, 어떻게 보면 필살 습격 수단이다.

그런 것이 갑작스러운 비로 무력화됐다. 하지만 달리기 시작한 이상 이제 와서 물러날 수도 없다.

그러는 사이에 전투가 시작되고 있었다.

"게코는…… 저기다!"

샤피는 사람들이 모여 있는 주변을 보고 순식간에 게코의 얼굴을 확인했다.

그리고 오른손에 든 창을 휘둘러 전력으로 던졌다.

채앵.

하지만 던진 창은 게코에 도달하기 전에 보이지 않는 무언가에 막히더니 큰 소리와 함께 튕겨 나갔다.

"〈물리 장벽〉? 빌어먹을."

그렇게 말한 샤피는 게코를 향해 달리기 시작했다.

물론 그것을 그냥 보아 넘길 호위대가 아니었다. 게코를 향해 달리는 샤피를 향해 옆쪽에서 검을 찔러왔다.

하지만 샤피는 달리는 것을 멈추지 않았다. 검을 피하면서 동시에 내밀어진 팔을 베어버리고 달렸다.

시야 한쪽으로 부하들이 줄줄이 쓰러져 가는 것이 보였다.

'뭐야, 이 호위대의 강도는! 보고랑 전혀 다르잖아!'

게코 대상은 룬의 거리에 도착하기 전에도 여러 차례 다른 부대의 습격을 받았다. 그 습격으로 다섯 명의 호위를 잃었다. 그때의 보고서에선 이 정도의 세기라고는 적혀 있지 않았던 것이다.

샤피의 부하를 차례로 쓰러뜨리고 있는 것은 막스가 이끄는 호위대 정예와 라가 이끄는 『스위치백』.

막스는 그렇다 쳐도 스위치백은 룬의 거리에서 왔기 때문에 보고서에 적혀 있지 않은 것은 어쩔 수 없는 일이었다.

마침내 샤피는 게코와 20미터 남짓한 거리까지 도달했다.

그러자 허리에 차고 있던 배구공 정도의 주머니를 오른손에 들더니, 줄곧 꺼지지 않도록 왼손에 들고 있던 화승(火繩)을 주머니에서 뻗어 나온 끈에 가져가 불을 붙였다.

"이거나 먹어라!"

그렇게 말하고는 주머니를 게코를 향해 던졌다.

설령 〈물리 장벽〉이 있다고 해도, 이 특제 '폭발 주머니'라면 틀림없이 파괴할 수 있었다.

"그건 특별히 제작한 거다. 죽어줘야겠어. 나쁘게는 생각 마라."

샤피는 이 자리에서 도망치는 것을 포기하고 두 손을 크로스시켜 폭발로부터 얼굴을 보호하는 자세를 취하고는 폭발 주머니의 행방을 지켜보았다.

'폭발 주머니'는 정확하게 게코를 향해 포물선을 그리더니, 조금 전에 창을 쳐냈던 벽 근처에 부딪히…… 기도 전에 얼음이 그것을 감쌌고, 그대로 보이지 않는 벽에 부딪히며 땅에 떨어졌다.

"……허?"

샤피의 입에서 저도 모르게 얼빠진 목소리가 새어 나왔다.

얼음 속에 갇힌 폭발 주머니는 끈, 이른바 도화선에 붙어 있던 불도 꺼진 채로 땅바닥에 나뒹굴고 있었다.

"얼음이라니……."

샤피는 무릎을 꿇고 머리를 감싸안았다.

하지만 곧 아래를 향하고 있던 고개를 들고 소리쳤다.

"항복한다! 난 항복하겠다!"

그렇게 외치고는 허리에 찬 칼을 땅에 버리고 왼손에 들고 있던 화승도 버리더니 두 손을 들어 저항할 의사가 없음을 알렸다.

"뭐? 항복이라고?"

샤피 뒤에서 다가오고 있던 척후 군이 입을 열었다.

"아아, 항복이다. 저항할 생각은 없어. 목숨을 살려준다면 게코에게 유익할 만한 정보도 제공하겠다."

여기까지 들은 이상 군은 어떻게 해야 할지 바로 판단할 수 없었다.

이 시점에서 샤피 이외의 습격자는 모두 사망했다.

습격에 실패하고 실낱같은 희망을 걸고 목숨을 구걸…… 가능성이 없는 일은 아니었다.

"〈아이스 월 10층 패키지〉."

그 목소리와 함께 샤피 주위로 투명한 얼음벽이 생성됐다.

"일단 벽을 만들어 두면 그 사람이 자폭해도 피해는 이쪽까지 미치지 않으니 안심해도 됩니다."

물론 료였다. 굳이 샤피에게도 들릴 정도의 목소리로 주위에 그 사실을 알렸다.

"하하……. 얼음 마법사는 꽤나 잔인하군."

"암살자한테 듣고 싶지는 않네요."

샤피의 악담에 료도 악담으로 받아쳤다.

그런 두 사람 주위로 막스와 라 일행이 모여들었다.

"네가 항복해 봤자 미안하지만 부하들은 다 죽었어."

"아아…… 도움이 되어준 놈들이었지만 어쩔 수 없지. 그 녀석들의 희생 덕분에 폭발 주머니를 던질 수 있는 곳까지 접근할 수 있었으니까. 뭐, 그 반격조차 성공하진 못했지만 말야."

라가 무자비한 말을 던지자 샤피는 고개를 저으며 대답했다.

두 사람이 이야기하는 동안 료는 땅바닥에 뒹굴고 있던 얼음 조각이 된 폭발 주머니를 손에 쥐고 바라보고 있었다.

'이건…… 폭발 주머니라고 부를 정도니까 폭발하는 거겠지……. 도화선 같은데 붙어있던 불은 껐지만…… 역시 무슨 일이 일어날지 알 수 없으니까 이대로 놔두자.'

그렇게 생각한 료는 얼음에 든 그대로 라에게 건네주었다.

"엥? 료?"

"얼음에 넣어놨으니 괜찮아요. 터지진 않아요."

왜 건네준 것인지 몰라서 묻는 라에게 답과는 전혀 상관없는 말을 하는 료.

당연히 두 사람의 대화는 맞물리지 않았다.

"그래요, 괜찮아요. 저를 믿어주세요."

"그런데 왜 멀어지는 거야, 료……."

그 사이 막스는 말없이 샤피를 노려보고 있었다.

잠시 후 게코가 그들에게 다가왔다.

"아아, 여러분, 고생 많으셨습니다. 상처를 입은 사람들은 지금 치료하고 있습니다. 다행히 사망자도 중상자도 없어서 포션만으로 어떻게든 될 것 같습니다."

그렇게 말한 게코는 〈아이스 월〉 안에 있는 샤피를 보았다.

"그래, 당신이 항복한 습격자의 리더군요?"

"아아, 샤피다."

게코는 표정 하나 바꾸지 않고 샤피를 내려다보았고, 땅에 무릎을 꿇은 채 있는 샤피도 게코의 얼굴을 똑바로 쳐다보며 대답했다.

"죽을 생각으로 왔으면서 마지막에 항복이라? 좀 믿기지 않는 군요."

게코는 변함없는 표정으로 담담하게 물었다.

"뭐, 당연히 그렇게 말하겠지……. 하지만 아무리 생각해도 당신을 죽이는 건 무리다. 그렇다고 부하 전원을 죽게 하고 습격에 실패한 내가 돌아가도 책임을 지고 죽는 것 외에 다른 미래는 없어. 임무 때문에 죽는다면 그나마 받아들일 수 있지만 개죽음을 명령받고 죽는 건 사양이야."

"흐음……."

게코는 무슨 생각을 하는 것인지 그 한마디만을 중얼거렸다.

그리고 1분 뒤.

"뭐, 좋습니다. 전적으로 신용할 수는 없지만 일단 그 설명을 받아들이는 걸로 하고……."

게코는 거기서 말을 한 번 끊고는 다시 뒷말을 이었다.

"다만 도적은 항복하더라도 그 자리에서 죽이는 것이 관례입니다."

"알고 있다. 하지만 나는 도적이 아니라 암살자다. 네가 원하는 정보도 갖고 있지. 도움을 준다면 그 정보를 제공할 용의가 있다."

"예를 들면 어떤 정보죠?"

"도와준다면 전달하지."

게코는 고개를 살짝 갸우뚱하며 말을 이었다.

"하지만 도울 만한 정보를 가졌는지 판단할 수 없는 이상은……. 료 씨, 이 샤피 씨는 역시 믿을 수 없으니 얼음에 가둬주세요."

"네, 알겠습니다."

료가 그렇게 말하더니 영창을 시작했다.

"하늘의 이치 땅의 이치, 천지에 가득 찬 만물의 창조자, 빛나는 얼음의 여왕이여 그대를 등진 어리석은 자를……."

"뭐, 잠깐, 기다려 봐!"

"그 관에 눕혀 영원한 잠에……."

"기다리라고 했잖아! 왜 슬란제위에서 파괴 활동을 벌였는지 말할게!"

샤피가 소리치듯 말하자 그제서야 게코는 료에게 한 손을 내밀어 영창을 멈추게 했다.

"30초 안에 말해주시지요."

"그래, 알았어. 슬란제위의 파괴는 나이트레이 왕국 동부의 기능을 마비시키라는 의뢰 때문이다."

료를 포함해 전원이 숨을 삼켰다.

상상 이상으로 규모가 큰 파괴 활동의 일부였다…….

"간결하게 대답한 것은 좋군요. 그렇다면 로우대교가 붕괴된 것도 당신들이 행한 것이고, 목적은 왕국 동부를 혼란에 빠뜨리는 것입니까?"

"아아, 맞아. 그리고 너희가 아는지 모르겠지만 슐즈베리 공작이 죽은 것도 우리가 뒤에서 벌인 일이다. 왕국 동부에 대한 공작은 이제 막 시작되었고, 몇 년에 걸쳐 하는 활동의 거의 시작 단계일 뿐이야. 나도 전체상은 다 못 들어서 그 의뢰에 관해 말할 수 있는 건 그 정도다."

샤피가 하는 말을 듣고 있던 게코는 한숨을 내쉬었다.

"슐즈베리 공작 건은 수상하게 생각하고 있었습니다만, 역시 그랬군요……. 뭐, 그와 관련해서는 마스터 맥글러스에게 알려주고 빚을 달아두도록 하죠."

속삭이는 듯한 작은 목소리로 게코가 말했다.

"그리고, 다른 건요?"

"아니, 잠깐만 기다려줘. 우선 생명 보장을 해줘. 그러면 그 밖에도 많은 정보를 알려줄 수 있어. 어차피 이제 나한테 목숨 외에는 아무것도 없다고."

"뭐, 좋습니다. 게코의 이름으로 당신의 목숨을 보장하겠습니다. 물론 이상한 행동을 하면 그 순간 그 보장은 사라집니다. 괜찮겠습니까?"

"그래, 고맙다."

게코의 말에 샤피는 안도하며 고개를 끄덕였다.

"그…… 굉장히 말하기 어렵지만 한 가지 부탁할 게 있어."

샤피는 말을 꺼내기 어려운지 게코에게서 시선을 피하며 말했다.

"이봐, 넌 교섭할 수 있는 입장이 아냐!"

그때까지 계속 잠자코 있던 막스가 샤피에게 소리쳤다.

"아니, 알고 있어! 알고 있지만…… 그게 아니라, 너희들이 나를 이용하려면 내가 계속 살아야 하잖아? 난 이대로면 곧 죽을 거다."

"뭐!?"

소리를 낸 것은 막스뿐이었지만 그 자리에 있던 모든 사람들도 놀란 것은 마찬가지였다.

"교단…… 내가 소속돼 있던 조직을 우리는 그렇게 부르는데, 그 교단을 배신하지 않도록 우리에겐 저주 같은 게 걸려 있다. 배신하면 죽는 그런 저주가."

"그러니 정보를 원하면 그 저주를 풀어달라고?"

"그런 거지."

막스의 확인에 샤피가 고개를 끄덕였다.

"하지만 그저 저주라는 말만으로는 아무것도 알 수 없잖아. 자세히 설명해 봐."

"어떻게 발동하는지는 나도 몰라. 저주인지 마법인지도 잘 모르겠다. 교단 녀석들은 연금술과 관련되어 있다고 하긴 했는데."

"연금술!?"

샤피의 설명에서 연금술이라는 단어가 나오자 료가 저도 모르게 작게 소리를 질렀다.

요즘 료가 가진 취미 중에서도 확실한 우위를 차지하고 있는 연금술! 그렇기에 연금술이라는 말에 반응한 것은 당연한 일일지도 몰랐다.

"우리는 가슴에 타투로 문장을 새기고 있다. 그 문장에서 돌창이 나와 가슴, 이라기보단 심장을 꿰뚫려서 죽게 되지. 두 번 정도 그 현장을 봤으니 아마 틀리진 않을 거야."

샤피의 설명이 끝난 후에도 한동안 아무도 말을 하지 못했다.

말문을 연 것은 막스였다.

"그 타투를 없애거나 혹은 피부째 도려낸다, 정도겠군."

"자, 잠깐만! 피부째 도려낼 거라면 바로 고위 신관에게 치료받을 수 있도록 준비를 갖춰줘."

"그것 때문에 항복한 건가?"

"아아…… 부정은 하지 않겠다."

베인 상처를 붙이는 것뿐이라면 신관의 〈힐〉로도 문제가 없었다. 깊은 상처라도 몇 번 정도 〈힐〉을 걸면 복구된다.

하지만 크게 도려내진 피부와 근육 조직을 정상적으로 회복……그러니까 재생시킨다고 하면 최소 〈엑스트라 힐〉이 필요하다. 경우에 따라서는 그것을 여러 번 해야 했다.

〈엑스트라 힐〉을 여러 번 걸 수 있을 정도의 신관이 되려면 상당한 고위 신관이어야 한다.

대도시에서도 한 명 있을까 말까…… 그리고 보통 사람이라면 회복을 의뢰할 만한 인맥도 갖고 있지 않은 데다 헌금, 즉 내야 하는 기부의 액수도 상당했다.

하급 귀족 정도라면 도저히 꿈꿀 수 없을 정도였다.

"하르월에는 당연하지만 그런 신관은 없을 거고, 국경의 거리 레드포스트 정도인가……."

"레드포스트의 잘리가 신전장님은 현재 왕도로 돌아가 계셔서 무리입니다."

막스의 입에서 흘러나온 말을 게코가 보충했다.

"맙소사……."

그 말을 들은 샤피는 확연히 우울해 보였다.

당연했다. 신속히 제거하지 않으면 자신의 목숨이 위험했으니까. 항복하는 것 외에 다른 선택지가 없었다고는 하지만 타투로 죽어버린다면 결국 똑같았다.

게코는 "연금술?"이라고 중얼거린 것 외에 계속 말없이 생각에 잠긴 료 쪽을 향해 말했다.

"료 씨, 아무리 그래도 이런 경우에 딱 맞는 물 마법은 없겠죠?"

그렇게까지 긍정적인 대답을 기대하고 물은 것 같진 않았다.

"확실히 딱 맞는 마법은 없지만…… 일시적으로 심장을 지킨다고 할까요, 어쩌면 잘될 것 같은 방법은 있습니다. 다른 방법이 없다면 시도해보는 것도 나쁘지 않을 것 같은데……."

"있습니까!?"

료가 말하는 순간 게코의 목소리 톤이 약간 올라갔다.

그것만으로도 게코가 가능하면 이 암살자의 목숨을 살리고 싶어 한다는 것을 알 수 있었다.

전직 암살자조차 인재로서 다루려고 한다……. 그 상인 정신에 감탄하며 료가 말했다.

"쉽게 말해 심장 자체를 얼음막으로 덮어서 타투에서 나오는 창의 도달을 막는 거죠. 혹은 타투 자체를 얼음막으로 덮어서 창이 생겨도 심장에 도달하지 않도록 한다거나……."

"과연!"

료의 설명을 한 번 듣고, 그 후 생각을 거듭하다가 이내 고개를 끄덕이는 게코.

"어……? 얼음막이라니, 뭐야……. 차갑지 않아? 심장 멈추는 거 아냐?"

오직 한 사람, 피험자인 샤피만이 이해하지 못하고 있었다.

아니, 어쩌면 이해하고 싶지 않았을 뿐일지도 모른다…….

◆

슬란제위를 떠난 지 사흘째.

이대로만 가면 저녁 전에는 하르월의 거리에 도착할 수 있을 것이다.

항복한 샤피는 료와 라 일행이 있는 대상 중앙에 배치되었다.

샤피는 심장 주위를 얼음막으로 감싸고 있었다. 저주가 새겨진 타투로부터 보호하기 위함이라고는 해도, 그 얼음막을 생성한 료가 가까이 있는 편이 좋을 것이라는 게코의 배려에 의해서였다.

물론 그 배려는 샤피에게 꼭 좋은 방향으로만 작용한 것은 아니었다.

예를 들면…….

샤피는 현재 당연히 자신의 발로 걷고 있었다. 하지만 뒷짐 상태로 다리 맨 윗부분, 허리 부근에서 목까지 얼음으로 뒤덮여 있어 조금 떨어진 곳에서 보면 얼음 기둥에 박혀 있는 듯한 형상이었다.

이는 양손의 자유를 빼앗고 나쁜 일을 하지 못하도록 **어쩔 수 없이** 료가 취한 조치였다.

"저기…… 료 씨. 역시 이 얼음 구속은 어떻게 좀 하면 안 될까? 보기에도 좀 그렇지만, 팔이 몸에 달라붙은 상태라 걸을 때 균형을 맞추기 어려워서 넘어질 것 같다고."

"하아…… 그 소리만 대체 몇 번째인가요? 암살자의 손을 자유롭게 해두면 뭘 할지 알 수 없잖아요. 위험하죠? 저도 어쩔 수 없으니까 그런 구속을 하고 있는 거라고요. 사실은 다리라든가 얼굴이라든가 입 같은 곳도 얼음으로 덮어 버리고 싶을 정도예요. 암살자는 전신이 무기. 게다가 암살 무기를 어디에 숨기고 있는지 알 수 없는 법이니까요."

"내 말이. 그런 위험인물 옆을 걸어야 하는 우리들……. 모험자로 사는 것도 힘들다니까."

샤피가 투덜대고, 그에 대해 료가 불평했고, 라도 거기에 한 술 더 떴다.

"아니, 가지고 있던 무기는 아까 다 꺼냈잖아……. 게다가 이렇게 머리가 간지럽거나 코끝을 긁고 싶을 때 손을 못 써서 힘들다고."

"정말이지……."

료는 그렇게 말하더니 수속성 마법으로 샤피의 머리 전체를 덮는 얼음 탈을 생성하고, 목까지 있었던 얼음 구속의와 연결했다.

그리고 무언가 더 세밀한 작업을 하고 나더니 말했다.

"자, 완성이에요. 이제 오른손 검지를 살짝만 움직이면 정수리를 긁을 수 있어요. 왼손 검지를 살짝만 움직이면 코끝을 긁을 수도 있고요. 팔을 고정한 상태에서도 손가락 끝을 살짝만 움직여서 긁을 수 있게 됐네요. 다행이네요. 감사하게 생각하세요."

"끝내준다……. 엄청 볼품없는데 뭔가 굉장해……."

옆에서 지켜보던 라가 너무하다면 너무한 광경에 놀라고 있었다.

얼음 탈에 의해 입까지 막혀버린 샤피는 감사의 말도 항의도 하지 못했다…….

저녁, 일행은 하르월의 거리 입구에 도착했다.

거리에 들어가기엔 보기 좋은 모습은 아니었기에 료는 그제서야 샤피의 얼음 탈을 벗겨주었다.

"머리랑 코가 가려워도 잠시뿐이니 참아주세요."

료가 상냥하게 말했다.

"아니, 그 말이 아니잖아! 저딴 얼음 탈 필요 없어!"

그런데도 왠지 격노하는 샤피.

자신작이었던 얼음 탈, 하지만 샤피에게는 마음에 들지 않았던 것 같다.

"모처럼 애써줬더니…… 역시 디자인에 좀 더 현대 미술적인 감각을 넣는 게 좋았을까요……. 딱 봐도 가면 같은 느낌이면 예술적인 면에서는 저평가되니까 그건 어쩔 수 없는 일일지도 모르겠네요."

"응, 료, 아마 그런 건 아닐 거야."

풀이 죽은 채 반성하며 실패를 딛고 나아가려고 하는 료를 향해 라가 냉정하게 지적했다.

"아니, 웃기지 마, 료. 너 임마 나중에 두고 보자."

화가 머리끝까지 난 샤피가 료에게 욕을 퍼부었다.

"좋아요, 탈이 마음에 들지 않는 것 같으니 거리에 있는 동안엔 계속 얼음 관 안에서 지내는 걸로 하죠. 거리에는 얼음 오브제로 신청하면 될 것 같아요."

"……아니, 료 씨, 죄송합니다. 제가 잘못했어요. 그것만은 봐주세요."

샤피는 얼음에 갇힌 부하 세 명을 본 적이 있었다. 자신이 그런 상황이 되는 것은 무슨 일이 있어도 사양이었다.

심지어 거리에서는 더더욱.

그래서 재빠르게 자신의 잘못을 인정한 것이다.

게코의 중재 덕분에 샤피는 얼음 구속의도 벗겨져서 겉보기에는 평범한 대상의 일원처럼 거리에 들어갈 수 있었다.

그때의 신분 역시 대상이 룬의 거리에 올 때 희생된 호위 5명 중 한 명으로 들어갔다. 그땐 막스가 조금 복잡한 표정을 지었지만 별다른 말없이 게코의 지시를 따랐다.

그게 가장 좋은 방법임을 막스도 머리로는 이해하고 있었기 때문이다.

하르월에서 게코 대상의 단골 숙소는 산수정.

거리 자체의 상업 규모는 결코 크지 않은 하르월이지만, 그래도 동부 제2의 거리 슬란제위와 국경의 거리 레드포스트를 연결하는 거리였기에 대상이나 모험자들이 경유하며 들르는 경우가 많아 숙박 시설은 상당히 알찼다.

그중에서도 산수정은 최상위 숙소 중 하나로서 인기와 요금 모두 매우 높은 숙소. 세 사람은 그 식당에 앉아 있었다.

"그런 일류 숙소에 암살자가 묵는다……."

"그 말에 난 어떻게 반응해야 하는 거냐……."

중얼거림이라고 하기엔 너무 큰 료의 중얼거림에 얼굴을 찌푸리며 대답하는 샤피.

"료, 말을 틀리면 안 되지. 이 암살자는 마음을 바꾼다고 했으니까 전직 암살자야."

"그렇군요. 역시 라 씨. 마음이란 곧 심장을 말하는 거죠? 재빠르게 우리 손으로 심장을 빼내서……."

"야, 잠깐, 하지 마."

라가 과장스럽게 말하고, 료가 사악하게 반응하고, 샤피가 제지했다.

료 역시 좀 지나쳤나 싶은 마음이 들기 시작했다.

암살자는 그동안 수없이 많은 사람을 죽여 온 대량 살인마다. 그런 인간을 편견 없이 받아들이기란 사실 매우 어렵다. 이치가 아니라 감정의 문제이기 때문이다.

그렇기에 수상하다는 시선을 보내는 료처럼, 그것이 태도에 무심코 드러나는 것은 어쩔 수 없는 일인지도 모른다.

반대로 상인 게코처럼 받아들이고 인재로서 써먹으려고 하는 것이 보통이 아닌 것이다…… 상인으로서의 융통성이 큰 것일까, 사람으로서의 그릇이 큰 것일까…….

거기까지 생각이 미치자 료도 게코를 본받아야겠다는 생각이 들었다.

눈앞의 암살자를 무조건 내치는 것이 아니라…… 우선 인재로서 능숙하게 사용한다. 아니, 그것은 어려울 것 같으니 자신의 성장의 양식으로 삼는다…….

"음, 샤피, 저도 말이 좀 지나쳤어요. 미안해요."

"……이번에는 뭐야?"

료가 솔직하게 사과했는데도 샤피는 의심의 눈초리로 물어왔다. 그것도 어쩔 수 없는 일이다. 지금까지 료가 행해 온 짓을 생각하면…….

료에게 그 자각이 있는지 없는지는 확실하지 않지만.

"맞아요, 먼저 우리 사이의 앙금을 풀죠. 그러기 위해서는 신뢰 관계 구축이 필요해요."

"어, 으응……."

료가 이렇게까지 말했음에도 샤피는 역시 의아한 듯한 모습이 었다.

신뢰 관계를 쌓는다는 것은 실로 어려운 일이다.

"구체적으로 뭘 하는 건데?"

하지만 샤피 쪽에서 먼저 물어왔다. 적어도 상대가 신뢰 관계 구축에 관심이 없는 것은 아닌 듯했다.

이것은 료에게 있어서는 그야말로 행운.

"아니요, 샤피가 특별히 뭘 할 필요는 없어요. 여기서 먹는 샤피의 저녁값은 다 제가 낼게요."

"뭐?"

"원하는 걸 원하는 만큼 주문하세요. 신뢰 관계 구축의 첫걸음입니다."

"진짜냐……."

"……."

료가 미소 지으며 통 큰 제안을 했고, 샤피는 놀라면서도 살짝 웃음이 새어 나왔고, 모든 것을 듣고 있던 라는 무어라 말하고 싶어 보였지만 그럼에도 말없이 무언을 관철했다.

샤피는 문득 그런 라의 모습을 보더니 뭔가를 눈치챈 듯 입을 열었다.

"이봐, 료…… 씨."

"뭔가요, 샤피?"

"사실 여기 밥값은 원래 다 게코 대상에서 내주는 거 아냐?"

"그, 그걸 어떻게……."

"역시나! 뭐가 신뢰 관계 구축의 첫걸음이야! 속이기나 하고!"

신뢰 관계의 구축은 실로 어려운 것이다…….

"료…… 분명 처음부터 노리고 저런 거지."

라는 그렇게 중얼거리더니 작게 고개를 흔드는 것이었다.

그런 일이 있긴 했지만, 산수정에서 샤피는 별다른 행동에 제약을 받지 않고 지낼 수 있었다.

다만 방은 3인실이고, 료, 라와 같은 방이었다.

다음 날 아침, 일행은 바로 출발했다.

하지만 포로가 된 전직 암살자는 또 불평을 하고 있었다.

"또 이 꼴이냐고."

다리 맨 윗부분, 허리 부근에서 목까지 얼음으로 뒤덮여 있어 조금 떨어진 곳에서 보면 얼음 기둥에 꽂힌 듯한 형상…… 어제와 다름없었다.

료는 그런 죄수의 불만을 듣고 잠시 그 모습을 바라보다가 고개를 한 번 크게 끄덕이며 제안했다.

"샤피, 좋은 방법이 있어요. 넘어질 걱정도 없고 우리도 안심할 수 있고, 게다가 당신은 전혀 피곤하지 않아요."

"듣기로는 굉장히 그럴싸하게 들리는데……."

"……."

료의 제안을 들은 라는 옆에서 그렇게 중얼거렸다. 샤피는 아무 말도 하지 않았다. 다만 그 시선은 압도적인 불신감으로 가득 차 있었다…….

그런 시선을 무시한 료는 수속성 마법을 사용했다.

거기에 나타난 것은…….

료의 마법인 〈수레〉를 타고 목부터 발끝까지 얼음 구속복으로 고정된 채 나아가는 샤피였다.

"……."

〈수레〉 자체도 길이가 2미터 정도 되었기에 현대 지구인이 봤다면 모종의 소형 전차라고 생각했을지도 모른다…….『파이』의 인간이 본다면 자율 주행하는 특수한 얼음 오브제…… 하지만 인간이 들어 있는 좀 이상한 것, 정도로 생각할까.

사실상 가도에서 스쳐 가는 사람들은 모두 단 한 명의 예외도 없이 그런 샤피를 보고 갔다. 암살자로서, 줄곧 그늘 속 인간으로 살아온 샤피가 그런 수치 플레이를 견딜 수 있을 리가 없었다.

"료 씨, 내가 잘못했어. 불평 안 하고 직접 걸을게. 아니, 걷고 싶어. 아니, 아니, 꼭 걷게 해주세요, 부탁합니다!"

굉장히 필사적으로 직접 걷고 싶어 하는 샤피를 이상하다는 표정으로 보는 료.

넘어질 염려도 없고 직접 걸을 필요도 없기 때문에 피곤하지도 않다. 조건에 완벽하게 맞아떨어지는 상황으로 만들어줬는데.

이때 료의 머리에서는 수치라는 개념이 빠져 있었다.

"본인이 저렇게 말하는데 걷게 해주는 게 어때."

필사적으로 자신의 발로 걷게 해달라고 간청하는 샤피의 말에 라가 거들어주었다.

"뭐, 라 씨가 그렇게 말한다면야."

그렇게 말한 후 〈수레〉는 해제되었고, 얼음 구속의도 처음과 같이 목부터 허리까지 차게 되었다.

이후 샤피는 선언한 대로 불평 한마디 없이 묵묵히 걸었다.

◆

여행 도중. 몇 번의 휴식 시간 후반 즈음에 자주 보이는 광경이 있었다.

호위대나 모험자가 아닌 게코의 부하들이 무슨 마법 연습 같은 것을 하고 있는 것이다.

"이봐, 저건 뭐하는 거야?"

주저앉아 그 광경을 지켜보던 샤피가 옆에 앉아 있던 라를 향해 물었다.

"아아, 저 녀석들은 수속성 마법을 쓸 줄 아는 애들이거든. 그래서 료가 얼음벽을 칠 수 있도록 훈련해주고 있대."

"얼음벽……."

샤피는 말문이 막혔다.

믿을 수 없을 정도로 단단한 얼음벽.

처음에는 〈물리 장벽〉이라고 생각했는데, 나중에 투명한 얼음벽이었다는 사실을 들었을 때 큰 충격을 받았던, 그것.

저것이 샤피가 던진 창을 튕겨냈기 때문에 돌격하게 된 것이
고…… 결국 항복할 처지에 놓이게 되었다. 그 얼음벽을 이 녀석
들도 칠 수 있게 된다고?

"아니, 그건 무리지."

샤피는 고개를 흔들며 자신의 소망을 섞어 중얼거렸다.

"처음엔 나도 그렇게 생각했는데, 불과 며칠 사이에 모양새가
나오는 애들도 있단 말이지, 이게. 저런 얼음벽을 많은 상인이 생
성할 수 있게 되면 암살자라는 직업도 꽤나 힘들어지겠네."

그렇게 말한 라가 크게 웃었다.

그 말을 들은 샤피는 작게 건조한 웃음을 터뜨렸다.

"암살자, 은퇴하길 잘했다……."

그렇게 중얼거리면서.

그런 두 사람 곁으로 게코가 다가왔다.

"상인은 스스로를 보호하는 것이 가장 중요합니다. 거기에 부
하들의 목숨까지 지킬 수 있다면 더욱 훌륭하겠죠. 료 씨의 얼음
벽은 그것을 가능하게 합니다. 당장은 무리라도 익혔으면 좋겠군
요."

게코는 상냥한 눈빛으로 연습하는 아이들을 바라보며 말했다.

"이봐, 게코 씨. 우수한 상인의 조건이라는 건 뭐지?"

부하를 바라보는 게코에게 샤피가 돌연 질문을 던졌다.

"뭐지요, 갑자기?"

"아니, 뭐, 나도 이 상회에 호위로 고용되면 이렇게 대상으로

이동하게 되겠지? 조금은 상인이라든가, 장사라든가, 뭐 그런 거에 대해 알아두고 싶어서…….”

샤피는 게코 쪽을 보고 말했다.

“의욕이 있는 건 무척 좋습니다. 그러나…… 우수한 상인의 조건이라……. 매우 어려운 질문이군요. 한마디로 상인이라고 해도 아주 다양한 사람이 있죠. 각자의 특기 분야도 있고, 각자에게 맞는 방법도 다릅니다. 다만 공통적으로 말할 수 있는 것은 장사와 진지하게 마주한다는 걸까요.”

“장사와 진지하게 마주한다……. 너무 막연하군.”

샤피는 고개를 갸웃하며 중얼거렸다.

그것을 본 게코가 웃으며 말했다.

“뭐, 글쎄요. 항상 장사에 대해, 손님에 대해, 부하들에 대해 생각하고 있는가 아닌가, 하는 부분이 아닐까요. 항상 생각하고 있는지를 보려면 질문을 해 보면 됩니다. 전에 생각해 본 적 있는 내용이라면 바로 답할 수 있겠죠? 예를 들어…… 샤피, 장사의 기본이 뭐라고 생각합니까?”

게코가 갑자기 샤피에게 질문을 던졌다.

“자, 장사의 기본…… 뭐지, 역시 버는 거 아냐?”

샤피는 잠시 생각하고는 답했다.

“그렇군요. 그것도 하나의 답입니다. 그리고 지금까지 샤피가 상인과 장사라는 것을 보면서 그런 느낌을 받았고, 그런 생각을 갖고 있었다는 뜻이기도 하겠지요.”

“아아, 확실히 그럴지도…….”

게코가 한 말을 샤피는 몇 번이나 머릿속으로 되새겼다.

그때 료가 돌아왔다.

게코가 료에게도 같은 질문을 던졌다.

"료 씨. 료 씨는 장사의 기본이 뭐라고 생각하십니까?"

"리피터의 확보입니다."

게코의 질문에 즉답한다.

"리, 리피……?"

리피터라는 말의 뜻을 이해하지 못한 게코.

"아, 죄송합니다……. 음, 단골의 확보입니다."

"그렇군요. 그건 어째서죠?"

샤피가 대답했을 때보다 확실하게 더 흥미롭다는 표정을 짓는 게코.

"단골을 확보하면 내년, 내후년에 어느 정도 규모로 팔릴지 전망을 할 수 있게 됩니다. 그걸 바탕으로 예산을 짜기도 쉬워지죠. 경영을 할 때 미래를 예측하는 것은 무엇보다도 가장 필수적인 일입니다. 게다가 좋은 상품, 좋은 서비스를 경험한 단골들은 가족이나 친구들에게도 입소문을 내 줄 겁니다. 홍보비를 들이지 않고 좋은 평가를 퍼뜨릴 수 있고, 게다가 가까운 사람이나 친한 사람이 추천해 주는 거라면 신뢰도도 높겠죠. 그러니 단골을 꾸준히 확보하고 늘리기 위해 좋은 물건을 계속 만드는 것은 회사…… 아니, 상회에도 중요한 일이라고 생각합니다."

료가 거기까지 단숨에 말하자 샤피와 라는 아연한 표정으로 료를 바라보았다.

"그렇군요. 료 씨는 이전에 장사와 진지하게 마주한 적이 있으시군요."

그렇게 말한 게코는 기쁜 얼굴로 몇 번이나 고개를 끄덕였다.

"료 씨, 모험자를 그만두고 부디 저희와 일해 보시지 않겠습니까?"

"아뇨, 그건 좀……."

◆

하르윌을 떠난 지 사흘째 되는 날 저녁, 게코 대상은 마침내 왕국 동부 국경의 거리 레드포스트에 도착했다. 룬의 거리를 떠난 지 12일 만의 일이었다.

레드포스트는 왕실 직할령으로 중앙에서 대관이 파견된다. 경제 규모로는 동부 제2의 도시 슬란제위와 비슷한 크기.

남동쪽으로 잉베리 공국과 경계를 접하고 있으며 국가 간 관계도 좋아 최근 10년간 교역 확대가 지속되고 있다. 참고로 북동쪽으로는 한다르 제국 연합과 경계를 접하고 있다.

레드포스트는 공국, 연합 양쪽과 맞닿아 있는 국경의 거리였다.

게코 대상은 단골 숙소인 취성정에 들어가 접수를 마쳤다.

"아, 료다!"

그런 일행의 뒤쪽에서 료의 귀에 익은 목소리가 들려왔다.

료가 돌아보니 거기에는 아니나 다를까 『붉은 검』의 풍속성 마법사 린, 그 뒤로 방패기사 워렌이 있었다.

"어? 린과 워렌? 왜 여기 있어요?"

"당연히 일 때문이겠지?"

린이 고개를 갸웃하며 대답한다.

"응, 그렇겠죠……. 아, 아니 그게 아니라 두 사람이 있다는 건 혹시 리햐도 이 거리에 있나요?"

료는 문득 어떤 것을 떠올리고는 리햐가 있는지 물었다.

"아벨이 아니라 리햐를 묻다니……. 아무리 료라도 리햐는 공략할 수 없을 거야. 아벨과 료가 리햐를 둘러싸고 배틀…… 나로서는 별로 보고 싶지 않은 광경이거든."

고개를 흔들며 린이 그렇게 말하자 그 뒤에 서 있던 워렌 역시 말없이 고개를 저었다.

"응, 그럴 생각은 전혀 없어요. 리햐는 고위 신관인가요?"

"응? 혹시 누가 심한 부상이나 부분 결손이라도 겪었어? 부분 결손을 완전히 복구하는 건 잃은 지 24시간 이내라는 시간 제약이 있어. 그게 아니라면 뭐, 리햐라면 웬만한 건 할 수 있지 않을까?"

린의 대답을 들은 료는 만족스러운 얼굴로 크게 고개를 끄덕였다.

그리고 바로 옆에서 두 사람의 대화를 듣고 있던 게코 쪽을 향했다.

"게코 씨, 이쪽은 룬의 거리의 모험자 파티 『붉은 검』의 린과 워렌입니다. 린, 워렌, 이쪽은 잉베리 공국의 상인 게코 씨. 호위 의뢰로 저와 라 씨 파티가 게코 씨에게 고용되어 잉베리 공국으로 가는 중이에요."

료가 서로를 소개했다.

"B급 파티 『붉은 검』이시지요, 물론 잘 알고 있습니다. 룬의 거리의 마스터 맥글러스와는 자주 거래하고 있으니 앞으로도 무슨일이 생기면 많이 도와주십시오."

게코의 자기소개에 린과 워렌도 간단하게 자기소개를 했다. 물론 워렌의 몫도 린이.

"료 씨가 두 분을 소개해 주셨다는 건 신관 리햐 씨의 회복 마법으로 샤피의 문제를 해결할 수 있을 거라 생각해서 그런 것이지요?"

"네. 하지만 만약 게코 씨가 따로 생각이 있으셔서 공도에 도착한 뒤에 처리하고 싶으시다면 무리하게 이 거리에서 할 필요는 없겠지만요……."

게코의 물음에 료는 살짝 조심스러운 기색으로 되물었다.

하지만 그 말을 들은 게코는 웃었다.

"아뇨, 아뇨, 그렇게 생각하지 않습니다. 빨리 해결할 수 있다면 그보다 더 좋은 일은 없지요. 『붉은 검』이 협조해 주신다면 꼭 부탁드리고 싶습니다. 물론 정규 보수는 준비하겠습니다."

그렇게 말한 게코가 린과 워렌에게 고개를 숙였다.

"제가 판단할 수 있는 문제는 아니라서…… 조금 있으면 두 사람이 돌아올 테니 직접 물어보세요."

린이 힐끗 워렌 쪽을 바라보더니, 워렌이 고개를 끄덕이는 것을 확인한 뒤 자신은 모른다고 대답했다.

잠시 후 아벨과 리햐가 취성정으로 돌아왔다.

곧바로 회의가 열렸다. 숙소 내에 있는 카페…… 현대 일본을 기준으로 말하자면 호텔 라운지라고 부를 수 있을 법한 장소일까. 그곳에서 회의가 열렸다.

『붉은 검』의 네 명, 료, 게코, 막스, 그리고 샤피.

서로를 향한 인사와 상황에 대한 설명이 이루어지고…….

"즉, 저 샤피의 가슴에 있는 저주받은 타투를 벗겨낼 거고, 그때 생긴 상처를 리햐가 치유해줬으면 한다는 거죠?"

아벨이 자신이 이해한 것이 맞는지 확인하듯 되물었다.

이런 일련의 과정은 중요하다. 서로에게 오해가 생기기 전에 차질이 없는지 확인하는 것이다.

"네, 그렇습니다. 물론 고위 신관에게 내는 헌금과 같은 액수를 지불할 용의가 있습니다."

게코는 한 번 고개를 끄덕이고 나서 답했다.

아벨은 리햐 쪽으로 고개를 돌리고는 눈빛으로 물었다.

"저는 상관없어요. 저희 파티도 의뢰가 끝나고 내일 룬으로 돌아갈 예정이었으니까요. 다만 조금 전에 보여 주셨던 그 타투…… 벗겨낼 수는 있는 건가요?"

"아아, 나도 옛날에 아는 연금술사에게 진찰을 받은 적이 있는데, 일반적인 타투는 피부에 먹을 넣는 것뿐이라 피부만 벗기면 완전히 제거되지만 이 녀석은 그 밑에까지 침투해 있다고 들었다……. 다시 말해 살까지 통째로 벗겨내야 해. 하지만 심장에 손상을 입으면 위험하다, 라는 거지……."

리햐의 확인에 샤피가 옛날에 했던 말을 떠올리며 대답했다.

그때, 이 자리에 있는 많은 사람들이 머릿속으로 실제로 벗겨내는 광경을 상상하고 있었다. 그들은 모험자다. 마물의 심장에서 일상적으로 마석을 뽑아내는 것과 관련되어 있을지도 모른다.

"꽤 복잡할 것 같은데. 이봐, 료, 저번에 엄청나게 얇은 물을 쐈던 적이 있지? 그건 못 쓰는 거야?"

아벨이 료를 향해 물었다. 아마도 〈워터 제트〉를 뜻하는 것이리라.

하지만 료는 살짝 고개를 갸우뚱하며 되물었다.

"어? 제가 아벨 앞에서 〈워터 제트〉를 쓴 적이 있나요?"

"저번의 그 던전에 있던 세 마리, 그 물줄기로 목을 베어낸 게 아니었을까 하고 나중에서야 짐작했어. 본 순간은 전혀 몰랐지만. 참고로 처음 봤던 건 골렘이었고."

료는 아벨 앞에서 〈워터 제트〉로 무언가를 베어낸 기억은 없었다. 하지만 그는 료가 〈어브레시브 제트〉로 골렘을 절단하고 마석을 꺼낸 것을 기억하고 있었던 것 같았다. 그리고 던전 40층에서 강력한 데빌 세 마리의 목을 순식간에 베었던 때의 일도 기억하고 있었다.

"그건 특별 비밀 마법이라서 누설 금지예요."

료는 그렇게 말하더니 오른손 검지를 세워 자신의 입 앞으로 가져갔다.

"특별 비밀 마법이라니 뭐야……."

아벨이 어이없다는 듯 말한다.

그리고 주위 사람들은 희망이 담긴 눈빛으로 료를 보고 있었다. 대답할 필요가 있어 보였다.

"아…… 음, 아쉽지만 그 마법으로는 무리예요. 언뜻 보면 살도 슥 베어내는 것처럼 보이지만 실제로는 베인 부위 주변에 물이 들어가서 주변의 조직이 손상되거든요. 그 후 회복 마법으로 복구할 수 있을지 어떨지 잘 모르겠어요."

워터 제트에 의한 부상이라는 것은 현대 지구에서도 존재하고 있다. 손상 부위와 그 주변이 상당히 특수하게 파괴되는 탓에 워터 제트 머신 제조업체가 의료관계자를 대상으로 굳이 정보를 제공해주었을 정도다.

뭐, 료가 보기에 리햐의 회복 마법이 대단하다면 어떻게든 될 것 같긴 하지만……. 부분 결손마저 치료한다고 하니까.

'좀 더 숙달되면 수술에도 사용할 수 있지 않을까……. 워터 제트를 사용한 나이프도 있으니까……. 하지만 지금은 리스크만 더 늘릴 뿐이야…….'

리스크는 적은 편이 좋다. 정 필요한 상황이 생기면 최종 수단으로 채택할 생각은 있지만.

료의 수속성 마법으로도 어렵다는 것을 알고 일동은 다시 생각에 잠겼다.

료는 직접적인 방법으로는 수속성 마법을 사용할 수 없는 대신 대안을 제시했다.

"칼로 도려내는 수밖에 없을 것 같아요. 다만 심장 앞에 설치돼 있는 얼음막의 범위를 넓혀서 심장과 그 주변의 중요한 혈관까지 커버해 볼게요. 만약 타투를 절제할 때 칼이 깊게 들어가도 괜찮도록."

"아아, 그게 좋을 것 같아."

료의 제안에 가장 먼저 찬성한 사람은 막스였다.

현재의 흐름대로라면 막스는 자신이 칼을 넣어 떼어낼 가능성이 가장 높다고 생각했다. 시체라고는 하지만 이전에 타투를 도려낸 적이 있는 사람이 막스뿐이었기 때문이다.

"이봐, 료 씨, 질문이 하나 있는데……."

샤피가 말을 꺼내기 어렵다는 얼굴로 한 손을 들고 질문했다.

"네?"

"내 심장에 지금 얼음막이 둘러쳐져 있는 거지? 그거, 차갑지 않은 건가?"

"아아~."

샤피의 의문에 린이 무심코 고개를 끄덕였다. 린도 같은 의문을 갖고 있었던 것 같다.

"차가웠다면 샤피 심장이 멈췄겠죠?"

"아, 응……. 그건 알고 있어. 확실히 멈추지도 않았고, 움직이고 있으니까. 그래서 그게 신기해서…… 일단 내 몸에 관한 거니까 알려주면 좋겠는데……."

료의 지당한 대답에 샤피는 복잡미묘한 얼굴로 답했다.

료로서도 제대로 설명하는 것에 망설임은 없었다. 요즘은 수술 전에 의사가 확실하게 설명하는 게 당연해졌다. 인폼드 콘센트라는 것이다.

전혀 모르는 상태에서 몸을 내밀고 수술을 받는 것은…… 누구라도 썩 내키지 않을 것 같았다.

그렇지만 너무 자세하게 설명해준다 해도 아마 통하지 않으리라.

"본래 물이라는 건 물이 되면서 주위의 열을 빼앗아 가요. 그래서 얼음을 손으로 들거나 하면 차갑게 느껴지는 거죠. 하지만 샤피의 몸속에 생성한 물은 마법에 의해 영원히 얼음인 채로 존재합니다. 물이 되는 일은 없기 때문에 주위의 열을 빼앗아 가지 않죠. 그게 한 가지. 다른 한 가지는 처음부터 생성한 얼음막 주변의 열 이동을 제가 막고 있기 때문에 온도 변화가 일어나지 않는 겁니다."

"열 이동을 막거나 할 수도 있어?"

반응한 것은 풍속성 마법사 린이었다.

"뭐, 물과 관계되어 있으니 수속성 마법사인 저는 할 수 있죠."

사실은 분자 진동에 대한 이야기를 해야 했다.

얼음막 자체, 즉 저온이라 분자 진동이 작은 곳의 분자 진동을 일정하게 유지하고, 얼음막 주위, 즉 고온이라 분자 진동이 큰 곳에서의 진동이 전달되지 않도록 하고 있다는 것을.

하지만 그것을 여기서 설명하기는 너무 어려웠다. 세세한 것에 관한 질문을 받는다면 대답할 수 없기 때문이었다.

그래서 대략적으로 '열 이동을 금지한다'고 말한 것이다.

"바, 바람이랑 관계된다면 나도 할 수 있는 걸까……. 추운 날이라든가, 이겨낼 수 있는 걸까……."

린의 중얼거림은 료에게 닿지 않았다.

◆

쇠뿔도 단김에 빼자. 혹은 일단 해 보자는 정신으로 일행은 취성정 안에 있는 회의실을 빌려 즉시 조치를 취하기로 했다.

"아니, 좀 더 신중하게 검토하는 편이……."

피험자 샤피는 그런 말을 하고 있었지만, 게코조차도…….

"지금으로선 빠른 게 제일입니다."

그렇게 말하며 오늘 밤 중에 결행할 것을 재촉한 것이다.

숙소에 상비돼 있던 진통제용 전신마취제를 먹은 샤피는 이미 꿈속. 리햐 역시 긴 영창을 마치고 트리거 워드만 외우면 마법이 발동할 수 있는 상태가 되어 있었다.

그리고 뭐에 쓸진 모르겠지만 따뜻한 물도 준비되어 있다. 이런 수술에는 따뜻한 물이 필요하다는 료의 의료 지식에 의한 것으로, 물론 수속성 마법사인 료가 준비한 것이다.

이제 남은 것은 실제로 도려내야 할 막스의 준비뿐이다.

사용할 칼은 정해져 있다. 마석을 캐낼 때 쓰는 칼…… 뭐, 시체라고는 해도 지난번에 이 저주 타투를 도려낼 때 사용했던 칼이다.

막스는 길흉을 중시하는 타입의 인간이었다.

기본적으로 이 일과 관련이 없는 게코, 아벨, 린, 워렌은 누워 있는 샤피를 조금 떨어진 곳에서 보고 있다.

워렌이 방패를 들고 있고, 거기서 린이 얼굴만 빼꼼 내민 형태……

'아니, 여기서 방패가 필요한 상황 같은 게 발생하면, 우리가 무사한 걸로 안 끝나잖아…….'

료는 그 광경을 보고 속으로 투덜거렸다.

막스는 샤피의 피부를 잡아당기거나 근육을 눌러보며 이것저것 살펴보고 있다.

그 옆에서 료는 샤피의 심장 주위의 얼음막을 넓히는 작업에 들어갔다. 심장 자체와 그 주변의 혈관.

만화나 애니메이션 등에서 심장을 꺼냈을 때 심장에 딸려 나오는 큰 혈관이다.

위아래로 관통하는 대정맥, 둥글게 감싸고 있는 대동맥, 거기서 뻗어 나오는 세 개의 경동맥, 둥글게 말린 좌우 폐동맥, 마지막으로 네 개의 좌우 폐정맥.

일단 그 부분을 커버해 두면 즉사하지는 않을 것이다. 즉사 이외에는 리햐가 있으니까…….

료는 그렇게 생각하고 얼음막으로 감쌌다.

"얼음막 준비 완료입니다."

료가 막스에게 전했다.

"알았어. 그럼 게코 씨, 시작하겠습니다."

"네. 부탁드립니다."

게코의 허가가 떨어졌다.

숨을 한번 내쉬고, 막스의 칼이 샤피의 가슴에 꽂혔다. 그리고 주저 없이 피부와 살을 잘라낸다.

하지만 예정했던 4분의 1 정도를 잘랐을 때 타투에 변화가 일어났다.

타투의 디자인은 쌍두 독수리를 찌르는 검인데, 그 검이 빛을 발한 것이다. 그리고 돌창이 공중에 생성되어 갔다. 그것은 샤피의 가슴을 찌르려는 것 같았다.

"료!"

"괜찮아요. 샤피 심장은 제가 지킬게요."

막스의 부름에 냉정하게 대답하는 료.

타투는 자신을 벗겨내려 하면 숙주를 죽이는 구조를 갖고 있었던 것이다. 하지만 그것도 고려해서 만든 얼음막이다.

막스의 칼이 예정의 3할 정도를 가르고 있었다.

그러는 사이 공중에 생성된 돌창이 샤피의 가슴에 꽂혀 그대로 심장을 향해 나아가기 시작해 료의 얼음막과 부딪히고 있었다.

카앙, 캉, 캉.

얼음과 돌의 충돌이었음에도 금속을 깎는 듯한 소리가 회의실에 울려 퍼졌다.

'갈비뼈가 꽤 부서져 버렸지만 어쩔 수 없어⋯⋯. 나중에 리햐가 어떻게든 해 주기를 바랄 수밖에.'

심장은 보호되고 있었지만 그 주위에 있는 갈비뼈는 돌창의 희생양이 되고 있었다.

하지만 이때, 그 이상의 문제가 발생했다.

'음? 엄청난 속도로, 게다가 일직선으로 여기를 향해 오는 사람이 있어?'

료가 혹시 몰라 발동해 둔 〈수동 소나〉에 반응이 걸린 것이다.

"창문으로 누가 옵니다!"

료는 멀리서 보고 있는 게코와 아벨 일행에게도 들리도록 큰 소리로 경고를 보냈다.

"아벨, 게코 씨를 지켜주세요. 게코 씨의 목숨을 노리는 자일 가능성이 있어요."

"알았어!"

아벨 역시 의문이 들었지만 그런 걸 묻고 있을 상황이 아니라는 것을 알고 있었다.

"〈아이스 월 10층 패키지〉."

료는 샤피 주위에 있는 막스와 리햐, 그리고 료 자신까지 〈아이스 월〉로 감쌌다. 그 순간 덮개가 활짝 열려 있는 세 개의 창문으로 누군가가 뛰어들었다.

"검은 복장……."

뛰어든 세 사람을 보며 리햐가 중얼거렸다.

세 명 중 두 명이 게코에게 향했고, 나머지 한 명이 샤피 쪽으로 향했다.

"게코 씨!"

샤피의 가슴에 칼을 넣고 있는 막스가 외쳤다.

"게코 씨는 아벨한테 맡겨두면 괜찮을 거예요. 이쪽은 타투를 벗기는 데 집중하죠."

"아, 알았어."

그렇게 말한 막스는 샤피를 향해 돌아서서 다시 칼을 움직이기 시작했다.

검은 복장의 도적 세 명은 서로 나뉘긴 했지만 취한 행동은 똑같았다. 품에서 뭔가 주먹만 한 것을 꺼내 바닥에 내동댕이친다.

하지만 게코 대상은 얼마 전 그것을 본 적이 있었다.

"연막!"

그래, 샤피가 대상을 습격했을 때 사용한 연막탄.

"바람이여 소용돌이쳐라, 내 손 안에서 〈토네이도〉."

린이 바람 마법을 외웠다.

실내로 퍼지던 연기가 린의 마법에 의해 모아져 창문 밖으로 배출되었다.

'역시 린, 판단이 빨라.'

료는 솔직하게 감탄했다. 료는 이전에 〈스콜〉을 써서 연기를 땅으로 쓸어내렸지만, 풍속성 마법사 린은 〈토네이도〉를 써서 밖으로 운반하는 방법을 취했다.

올바르고 빠른 판단과 행동력. 그것이 생사를 가른다.

'그나저나 샤피도 연막을 친 공격을 했는데, 암살자의 단골 코스인가?'

료는 속으로 쓴웃음을 지었다.

확실히 효과적이긴 하지만 료나 린 같은 자가 있으면 간단히 제압되어 버린다……. 물론 플랜 B를 준비해 뒀겠지만…….

하지만 플랜 B를 실행하게 놔둘 정도로 『붉은 검』은 허술하지 않았다.

〈토네이도〉를 통해 연기가 모아진 순간 아벨은 이미 바닥을 박

차고 적들 중 한 명을 베기 위해 뛰어든 상태였다.

공격을 받은 도적은 거꾸로 든 단검을 들어 가까스로 일격을 막아냈다. 하지만 물 흐르듯 이어진 두 번째 공격으로 한쪽 팔이 날아가고, 세 번째 공격에 사선으로 베여 숨이 끊겼다.

그리고 또 한 명의 적의 공격은 방패기사 워렌에 의해 모조리 막히고 있었다. 그렇게 시간을 버는 동안 한 명을 이미 처리하고 뒤에서 다가온 아벨이 일격에 목을 날려버렸다.

만약 연막을 치는 데 성공했다면 이 넓지도 않은 회의실에서, 실내 공간의 전투라는 이점을 이용해 이들 암살자는 상당한 힘을 발휘할 수 있었을지도 모른다.

하지만 상대는 B급 파티 『붉은 검』이다.

그동안 거쳐 온 전장의 차원이 다르다는 것을 보여주듯 암살자 두 명을 손쉽게 처리했다.

참고로 홀로 샤피 쪽으로 향한 적은 〈아이스 월〉을 건드려보지도 못한 채 얼음 관 속에 갇혀 있었다…….

"이제 거의 다 됐어. 샤피 조금만 참아."

막스가 말을 걸면서 칼로 가슴을 잘라 나갔다.

사정을 모르는 사람이 봤다면 실로 엽기적인 광경이었다. 심지어 주위에는 도적 2명의 시체와 얼음에 갇힌 검은 복장의 사내들이 있었다.

하지만 진지한 막스에게 그런 생각을 할 여유는 없었다. 도적이 들이닥치는 동안에도 돌창은 심장을 겨누는 것을 포기하지 않앓으니 말이다.

그 돌창과 막스와의 경쟁.

그리고 드디어…….

"좋아, 잘라냈어."

"〈빙관〉."

막스가 잘라냄과 동시에, 돌창을 생성한 타투 달린 가슴 쪽 피부를 료가 얼음 관으로 감쌌다.

"〈엑스트라 힐〉."

이를 확인한 리햐가 크게 도려내 심장마저 보이고 있는 샤피의 가슴에 〈엑스트라 힐〉을 발동했다. 부분 결손마저 복구된다고 알려진 회복계 최상위 마법 중 하나.

리햐는 완벽을 기하기 위해 다시 한번 〈엑스트라 힐〉을 외웠다.

그나저나 〈엑스트라 힐〉을 연속으로 사용할 수 있는 신관은 상당히 적다고 한다.

왜 리햐가 그것을 사용할 수 있는지는 료는 몰랐다. 모르지만 쓸 수 있으니 그걸로 됐다고 생각했다.

그리고 〈엑스트라 힐〉의 효과는 탁월했다. 근육과 혈관이 재생되어 갔고 마지막으로 피부가 생성되었다.

새로 생성된 피부에 타투는 사라져 있었다.

리햐가 샤피의 맥을 잡아보고는 최종적으로 문제가 없다는 것을 게코에게 알렸다. 그 보고를 받은 게코는 눈에 띄게 안도했다.

"료, 아까 그 검은 복장을 한 남자들이……?"

"네, 샤피가 소속되어 있던 『교단』입니다."

아벨의 질문에 료가 고개를 끄덕이며 답했다.

"암살을 생업으로 하는 교단……."

"암살 교단!"

리햐의 중얼거림에 린이 단언했다.

"그래, 암살 교단…… 이제 거의 소문이라기보다는 전설에 가깝지만……."

리햐가 생각에 잠기며 말했다.

'이 세계에도 있구나…… 암살 교단.'

료는 조금 감동하고 있었다.

지구에서 암살 교단이라고 하면 하산 사바흐.

암살 교단의 창설자이자 일명 산의 노인.

수많은 일화와 전설로 점철된 실존 인물이다. 1124년 5월 23일, 후일 이란 중서부 알라무트 성이라 불리는 곳에서 사망했다는 기록이 남아 있다.

그의 일화 중에 니잠 알물크와의 관계에 대해 적힌 것이 있다.

기록한 것은 일 칸국 시대의 페르시아인 역사가 함둘라 무스타우피 카즈위니. 그가 《선사》에 적은 내용이다.

하산 사바흐가 셀주크 왕조 2대 군주 알프 아르슬란을 섬기고 있을 때, 당시 재상이 니잠 알물크였다.

초대 군주 토그릴 베그에 의해 세워진 셀주크 왕조는 이 2대 알프 아르슬란과 재상 니잠 알물크 시대에 최대의 영토를 차지했으며, 다음 3대째에 걸쳐 전성기를 누렸다. 알프 아르슬란과 니잠 알물크, 이 두 사람이 우수했다는 것은 확실할 것이다.

그런 어느 날, 하산 사바흐는 알프 아르슬란에게 전국 각지의 지출 보고를 정리하라는 일을 명령받는다. 하지만 그것은 재상 니잠 알물크가 1년이 걸린다고 한 일을 40일 만에 해내야 하는 매우 어려운 일이었다.

하지만 하산 사바흐는 그것을 해냈다.

다급해진 재상 니잠 알물크는 하산 사바흐가 알프 아르슬란에게 보고하는 날 아침 보고서의 내용을 엉망으로 만들었다. 하산 사바흐는 그것 때문에 알프 아르슬란의 질문에 답하지 못해 신뢰를 잃게 된다.

물론 재상 니잠 알물크는 거기서 그치지 않고 더한 수작을 부린다. 그 결과 하산 사바흐는 궁에서 쫓겨나고 만다.

이후 하산 사바흐는 암살 교단을 조직한다.

재상 니잠 알물크는 고교 세계사 교과서에도 나오는 유명 인사로, 그가 세운 니자미야 학교는 정기 시험에도 꼭 나오는 빈출 어구.

그런 유명인사인 재상 니잠 알물크는 192년 암살된다.

도대체 누가 암살한 것일까…….

'어라? 셀주크 왕조 국장(國章)이 쌍두 독수리 아니었나……? 샤피의 타투도 쌍두 독수리를 꿰뚫은 검…… 이건 우연인가?'

쌍두 독수리를 문장 혹은 국장으로 삼았던 왕가와 나라는 역사상 많았다. 신성 로마 제국도 그렇고 러시아의 로마노프 왕조도 그렇고, 고대부터 흔히 있는 디자인이었기 때문이다.

료의 그 지식들은 물론 지구상의 지식이었지만, 그런 만큼『파이』에서도 쌍두 독수리 디자인을 차용한 왕가나 나라가 꽤 되지 않을까 하는 생각이 드는 것은 당연했다.

그렇게 생각하면 이건 우연이겠지…….

하지만 만약 우연이 아니라고 한다면…… 그것은 하나의 추론을 이끌어낼 수 있게 된다.

즉 암살 교단에 전생자가 얽혀 있을 것이라는 추론을.

'뭐, 여기서 생각해도 어쩔 수 없지. 샤피가 일어나면 물어보자.'

어차피 카레나 카페, 크레이프 같은 것을 보며 료 이외의 전생자의 존재는 료 안에서 이미 기정사실이 되어 있었다.

문제는 **지금도 살아 있는지** 뿐이었고, 살아 있다고 해서 솔직히 뭘 어쩔 것도 아니었다.

그랬다. 료는 여러 방면에서 적당히 생각하는 부분이 많았다.

아직 잠들어 있는 샤피는 일단 료와 라의 방으로 옮겨졌다.

리햐의 〈엑스트라 힐〉로 인해 상처는 완전히 치유됐지만 흘러나온 피는 회복되지 않았다. 심장이 보일 정도로 살을 도려내는 바람에 출혈량이 상당했던 것이다. 중요한 혈관은 료가 얼음막으로 보호했다고는 해도 외과 수술에 출혈이 따르는 것은 어쩔 수 없는 일이었다.

대상의 다른 사람들을 경호하던 라는 조마조마한 마음으로 기다리고 있었다.

게코가 "절대 여기를 벗어나지 말고 그들을 지켜주세요"라는 엄명을 내리는 바람에 소동이 벌어져도 움직이지 못한 것이다.

무엇보다 라는 아벨을 누구보다 신용하고 있었다. 아벨 일행이 암살자를 쓰러뜨렸다는 소식을 듣고는 "역시 아벨 씨!"라며 자신의 일처럼 기뻐하는 모습을 료는 보았다.

그 아벨 일행은 게코에게 감사를 받았고, 보호해준 것을 포함한 사례를 길드 계좌로 송금해주겠다는 약속을 받았다.

료는 그쪽 방면의 시세는 잘 몰랐지만, B급 모험자인 데다 고위 신관급이면 상당한 금액이 될 것이라고 막스가 중얼거리고 있었다.

참고로 〈빙관〉에 갇힌 적 한 명은 다음 날 아침까지 갇혀 있어야 했다.

볼트리노 대공국

샤피의 가슴에서 타투를 떼어낸 다음 날 아침.

의식이 있는 채로 〈빙관〉에 갇혀 있던 적들은 막스 일행에게 취조를 당하고 있었다.

하룻밤 동안 얼음 속에 갇혀 있던 것이 효과가 있었는지, 질문받은 것에는 순순히 대답했다. 하지만 실제로 얻은 정보가 많지는 않았다.

정리하자면 다음과 같다.

도적이 말하길⋯⋯.

자신들은 레드포스트에 거점을 둔 부대다.

어젯밤 침입은 타투가 발동했다는 소식을 듣고 그 자가 타투에 의해 죽었는지 확인하는 것이 주목적이었다.

다만 그 자리에 현재로서 최우선 목표인 게코가 있었기 때문에 그의 습격도 함께 진행했다.

게코의 암살 이유는 알려지지 않았다.

왕국 동부 지역의 활동에서는 로우대교 파괴, 슬란제위 습격 이후 게코 암살이 최우선 목표였다.

레드포스트에 현재 있는 사람은 우리 셋뿐이다.

다른 거리, 어디에 몇 명이 있는지는 알려지지 않았다.

이상.

이것이 전부였다.

거리에서 발생한 습격이기도 했기에 정보를 얻어낸 후엔 치안을 관장하는 수비대에 넘겼다.

"대부분 예상대로였군요."

"게코 씨의 목숨이 최우선……."

"타투에는 여러 장치가 내장되어 있네요."

게코의 감상, 막스의 결의, 료의 타투를 향한 감탄…… 더 나아가 연금술에 대한 관심.

일행이 아침을 먹는 사이 게코와 막스 등 호위대의 움직임이 분주해졌다.

먹으면서도 혹시 몰라 〈수동 소나〉를 기동하고 있던 료는 또 다른 도적의 습격이 아니라는 것만은 알고 있었다. 하지만 왜 바쁜지는 알지 못했다.

"뭘까요?"

"전혀 모르겠는데."

료의 물음에 예상과 다름없는 대답을 들려주는 라.

그것을 본 척후 수가 작게 고개를 흔들며 한숨을 내쉬었다. 이를 눈치챈 것은 같은 『스위치백』 멤버인 풍속성 마법사 탄과 신관 누더뿐. 그러나 두 사람 모두 아무 말도 하지 않고 쓴웃음을 지을 뿐이었다.

"저기…… 게코 씨, 미안하게 됐어. 내 회복 때문에 출발에 차질을 빚어서."

오늘은 출발하지 않겠다는 게코의 결정을 듣자 침대에 누워 있는 샤피가 미안한 표정을 지으며 말했다.

"괜찮습니다. 샤피의 일뿐만 아니라 다른 사정도 있으니까요. 일단은 편히 쉬고 계세요."

게코는 그렇게 말하고 샤피의 침실 호위를 맡게 된 라 일행『스위치백』네 명에게 고개를 끄덕여 보였다. 그러자 라가 고개를 마주 끄덕였다.

샤피는 어제 습격을 당했다.

우선 레드포스트에 있는 암살 교단 부대가 3명뿐이라는 정보를 얻긴 했지만, 주변 거리에서 지원이 오지 않는다는 보장은 없었다. 따라서 샤피의 경호와…… 일종의 감시도 겸해『스위치백』이 배치된 것이다.

그런 샤피의 침실을 빠져나온 것은 게코와 막스, 그리고 료.

게코는 샤피의 컨디션 회복 이외의 다른 이유에 대해 설명했다.

이유는 바로…….

"국경 봉쇄?"

"네, 한동안 레드포스트에 발이 묶일 것 같습니다."

게코는 걸으면서 설명했다.

"아시다시피 이곳 레드포스트는 왕국 동부 국경의 거리입니다. 북동쪽으로 한다르 제국 연합, 남동쪽으로 잉베리 공국이라는 3국의 국경이 맞닿은 땅. 조사해 보니 레드포스트, 잉베리 공국, 그리고 연합 세 나라 모두 국경을 닫은 것으로 파악됐습니다."

"그렇게 되면 대상은 발이 묶이는 건가요?"

"네. 이것만은 어쩔 수 없군요. 나라를 넘나드는 장사에서는 가끔 있는 일이죠."

료가 묻자 게코는 어쩔 수 없다는 표정으로 답했다. 하지만 그뿐만이 아닌 듯했다.

"다만 이번 경우는 평소와는 사정이 좀 다른 것 같습니다. 아까 대관소에 확인해 보니 봉쇄가 2, 3일 안에 풀리진 않을 것 같더군요……."

이곳 레드포스트는 왕실 직할령으로 중앙에서 파견된 대관들이 통치하고 있었다. 그 대관이 자리한 곳이 대관소다.

"그래서 료 씨와『붉은 검』분들에게 부탁, 아니, 새로운 의뢰를 드리고 싶습니다."

"네?"

취성정의 식당 안.

게코, 호위대장 막스,『붉은 검』의 네 명, 그리고 료까지 일곱 명이 있었다.

"국경이 봉쇄됐는데 그 이유를 모르겠습니다. 이유를 알 수 없으면 얼마나 지나야 봉쇄가 해제될지 예측을 할 수도 없지요. 그래서는 곤란하기 때문에 그 이유의 조사, 동시에 봉쇄 해제 예측에 관한 정보를 얻을 수 있다면 그것도 같이 파악해 주셨으면 하는 것이 이번 의뢰입니다. 물론 긴급 및 지명 의뢰 수준의 보수를 준비하겠습니다. 어떻습니까?"

상인 게코는『붉은 검』네 명에게 그렇게 제안했다.

리더 아벨은 리햐, 린, 워렌을 차례로 보고 세 사람 모두 고개를 끄덕이는 것을 확인하고는 답했다.

"그 의뢰, 받아들이겠습니다."

"감사합니다."

게코는 앉은 채였지만 정중하게 고개를 숙여 보였다.

"저는 레드포스트 신전 쪽으로 가볼게요. 신전장 잘리가 님은 왕도에 가셨다고 해도 신전의 인맥은 무시할 수 없으니까요."

신관 리햐는 신전을 통한 접근을 시도할 생각이었다.

"그럼 난 워렌과 주둔부대에 접촉해볼게. 마법사나 왕국 기사단 중에 이쪽으로 돌아서 온 사람도 있을 거고, 그 안에 아는 사람이 있을 수도 있으니까."

린이 말했고 워렌도 고개를 끄덕였다.

레드포스트는 왕실 직할령이기 때문에 왕국의 동부 주둔 부대가 배치되어 있었다. 주둔부대는 왕국 군무부에 속해 있어 궁정 마법단이나 왕국 기사단 등과 인적 교류 좀 더 직접적으로는 배속 전환이 이루어지는 경우도 있었다.

두 사람은 그 방면에서의 접근을 시도할 생각이었다.

게코는 빙그레 웃으며 고개를 끄덕였다. 아마도 처음에 예상했던 대로 세 사람이 먼저 움직여 주었기 때문일 것이다. 이런 부분은 뛰어난 통찰력을 가진 백전연마의 상인다웠다.

참고로 료도 분위기에 따라 몇 번이고 고개를 끄덕이고 있었다.

아벨에겐 료가 거의 이해하지 못한 채 적당히 고개를 끄덕이고 있는 것이 훤히 보였다……. 하지만 굳이 가타부타 말하지 않기로 했다. 왠지 모르게 앞으로의 전개가 예상이 갔기 때문이다.

"레드포스트 대관소 쪽엔 다시 한번 저와 막스가 직접 가보겠습니다. 레드포스트 내부는 그거면 충분하겠지요. 그리고 잉베리 공국 측은 저희 상회 사람이 있어 틈틈이 정보를 보내 주고 있습니다."

게코는 그렇게 말하고는 한번 말을 끊은 뒤 아벨과 료를 보며 말을 이었다.

"문제는 남은 한 곳입니다."

"……연합, 말이죠."

아벨이 고개를 끄덕이며 답했다.

"네. 이 레드포스트는 북동쪽으로 연합과 경계가 맞닿아 있습니다. 원래는 레드포스트에서 잉베리 공국으로 향하면 그만이니 연합의 상황은 크게 관계가 없었습니다만…… 만약 이 국경 봉쇄의 원인이 연합에 있다면 봉쇄가 해제되기까지 상당한 시간이 걸릴 겁니다. 연합의 그 문제가 해결되거나 어떤 대안이 서지 않는 한 왕국도 잉베리 공국도 국경을 봉쇄할 수밖에 없기 때문입니다."

"즉, 저랑 료 둘이서 연합 측에 잠입해서 알아보라는 말씀이군요."

게코가 설명하고 아벨이 그 뒤를 이어 직접 말했다.

놀란 것은 료였다.

"아벨과 함께 가는 건 좀……."

"잠깐, 그게 왜 불만인 건데!"

료가 푸념하고 아벨이 불평했다.

"다행입니다, 두 분은 역시 사이가 좋으시군요."

두 사람의 대화를 본 게코는 미소를 지으며 말하더니 다시금 말을 이었다.

"국경을 맞대고 있는 곳은 한다르 제국 연합 안의 볼트리노 대공국입니다. 탐색 자금은 충분히 제공해드릴 테니 잘 부탁드리겠습니다."

◆

나이트레이 왕국, 데브히 제국과 함께 중앙 3대 강대국 중 하나가 한다르 연합이다. 왕국과 제국의 위치 관계가 남북이라면 연합은 왕국의 동쪽, 제국의 동쪽에 존재한다고 해도 무방했다.

하지만 10년 전 일어난 왕국과 연합의 전면전인 『대전』에서 연합은 대패하였고, 각 지역의 왕국에 토지 양도와 함께 속국으로 지배하고 있던 소국군의 완전 독립을 허용하게 되었다.

그렇게 독립된 나라 중 하나가 잉베리 공국이다.

이런 연유로 인해 잉베리 공국과 연합의 관계는 그야말로 험악했다. 아예 연합 쪽은 호시탐탐 잉베리 공국을 병합하기 위해 틈을 노리고 있다……. 그래, 그런 소문이 늘 돌고 있는 것이다.

한다르 연합은, 이름 그대로 **여러 나라**의 **연합**. 즉, 몇 개의 거의 독립된 국가들이 모여 있고 그 중재자로서 연합 정부가 있는 형태.

그런 연합을 형성한 여러 국가 중에서도 중심이 되는 10개 국가.

그중 하나가 이번에 료와 아벨이 잠입을 의뢰받은 볼트리노 대공국이었다.

잠입을 의뢰받은 뒤 몇 가지 준비를 마친 두 사람은 국경 부근으로 숨어들었다. 이후 밤을 틈타 국경을 넘어 대공국으로 잠입할 예정이었다.

"이번에 잠입할 거리는 지마리노. 대공국과 연합의 국경 거리다. 레드포스트와 마찬가지로 교역의 중심도시 중 하나라서 상당히 크지."

"하지만 분명 거기도 성문 같은 건 닫혀 있겠죠? 국경 봉쇄 중이니까요. 아벨이 혼자 돌격해서 소란을 피우는 동안 제가 몰래 거리 안으로 숨어들게요."

"왜 그렇게 되는데!"

료가 완벽한 양동작전을 제안했는데도 동행한 검사에 의해 기각되고 말았다.

"가장 숭고한 것이야말로 자기희생 정신이라고 들은 적이 있어요."

"응, 숭고할지도 모르지만 그렇다면 료가 희생하면 되잖아?"

"저는 마법사니까요. 아벨처럼 힘을 써서 돌파할 수 있는 검사에게 숭고한 자기희생을 양보하기로 결심했어요."

"양보 안 해도 돼!"

마법사와 검사의 교섭은 훌륭하게 결렬되었다.

아무리 시간이 지나도 후위의 사고방식과 전위의 사고방식은 서로 맞물리지 않는 법이다.

슬픈 이야기다……

◆

밤의 장막이 사위를 감싸고 두 사람은 행동을 개시했다.

우선 목적했던 거리, 지마리노를 멀리서 한 바퀴 돌았다.

"역시 모든 성문이 닫혀 있네."

"아벨은 이런 부분에서 굉장히 성실하네요. 꼼꼼히 둘러보는 거요."

"응? 확인하는 건 당연한 거지."

"아뇨, 성문이 열려 있는지 확인하는 것뿐이라면 제 〈능동 소나〉를 사용해서 금방 알 수 있거든요. 정보를 좁히면 상당한 장거리까지 닿을 수 있어요."

"먼저 말했어야지! 그런 편리한 마법이 있으면!"

"으으…… 불합리해……."

불합리한 질책은 어느 세계에도 있는 듯했다.

"뭐, 됐어. 어쨌든 성문은 모두 닫혀 있어. 오늘 낮 동안 계속 닫혀 있는 걸 보면…… 역시 평범한 상황은 아니네."

"레드포스트는 왕국 쪽 성문은 열려 있었잖아요. 감시가 굉장히 엄중하긴 했지만요."

아벨이 확인하듯 말했고, 료가 레드포스트의 정보를 보충했다.

국경 봉쇄라고는 하지만 결코 도시 봉쇄를 의미하는 것은 아니었다. 보통이라면. 하지만 눈앞 지마리노의 상황은 마치 지마리노라는 거리 자체를 봉쇄하고 있는 것처럼 보였다. 알 수 없는 사정에 의해.

"성벽이 높네요……."

"아아. 10미터 이상은 되려나? 역시 국경의 거리답네."

료가 말했고 아벨이 감탄했다.

국경 거리라는 것은 일단 전쟁이 벌어지면 최전선이 된다는 뜻이기도 했다. 게다가 이 지마리노는 강대국인 나이트레이 왕국의 동부 국경 거리인 레드포스트와 가깝다.

나름대로 대군에게 공격당할 가능성을 염두에 두고 있는 것인지도 모른다.

"성벽 위에 상당한 화톳불이 타오르고 있군……."

"네. 보초도 걷고 있어요. 근데……."

아벨도 료도 각각 성벽 위를 확인한다.

"근데?"

"성벽 위는 밝지만 이쪽 성벽 아래는 어둡잖아요?"

"뭐, 그렇지."

"그렇다면 성벽 위에서 성벽 아래는 보이지 않겠죠?"

밝은 곳에 있는 사람은 어두운 곳에서 무슨 일이 일어나고 있는지 보이지 않는다.

"뭐, 그렇지. 밖에서 움직이는 걸 경계했다면 성벽 아래, 밖에도 화톳불을 피웠겠지."

아벨은 고개를 끄덕이며 대답했다.

그랬다, 즉…….

"바깥에서 뭔가를 경계하는 게 아니라 성벽 안, 거리 안의 뭔가가 밖으로 나가지 않도록 경계하고 있다?"

"그럴 가능성이 크군. 아무래도 이 지마리노가 국경 봉쇄의 원인인지도 모르겠어."

료와 아벨은 마주 보며 동시에 고개를 끄덕였다. 정답을 찾아냈을 가능성이 높았다.

"여기서 아벨, 처음으로 돌아가죠."

"처음?"

"거리에 들어가기 위해 아벨이 소란을 피우고……."

"그러니까 그건 기각이라고."

"윽……."

다시 한번 료의 제안은 아벨에 의해 기각되었다.

"그럼 어떻게 해요? 성문이 닫혀 있으니까 마차 짐칸에 숨어서 잠입한다든가, 여행 악사인 척 잠입하는 방법도 쓸 수 없다고요."

"아니, 애초에 그런 허술한 방법으로 잠입이 가능할 리가 없잖아."

"아벨에게 바보 취급당했다……."

흔한 소설이나 영화에서 나오는 것처럼 쉽게 잠입할 수는 없는 것이다.

료는 잠시 성벽을 바라보더니 오른손은 주먹을 쥐고 왼손은 쫙 펼친 채 탁 하고 주먹을 내리쳤다. 당연히 옆에서 보던 아벨은 무슨 의미인지 이해하지 못했다. 이것은 옛날 일본에서 유행했던,

좋은 아이디어가 번뜩였을 때의 움직임이었다.

"잎을 가린다면 숲속이라는 말이 있죠."

"어?"

"맞아요, 잎이에요."

"아니, 미안, 단순히 그냥 물어본 건데……."

"……아벨이 이해를 못 하다니 별일이네요."

"……."

"어쨌든 모두가 놀랄 일이 생기면 그쪽으로 정신이 팔려 잠입하려는 우리에게는 주의를 기울이지 않을 거라는 거죠."

"일리는 있네."

드물게 멀쩡한 료의 제안에 아벨은 고개를 끄덕이며 답했다.

"이 거대한 성벽을 모두 〈어브레시브 제트〉로 잘게 썰어서 붕괴시키면 대혼란이 일어날 테니 그 틈에 들어갈 수 있을 것 같아요."

"응, 그건 안 돼."

"어째서!"

"성벽 위에 있는 수비병이 죽어."

"아아……."

아벨의 설득력 있는 대답에 료는 납득하고 말았다.

딱히 불살(不殺)을 신념으로 삼고 있는 것은 아니지만, 그럴 필요도 없는데 죽게 하는 것은 가엾다는 생각이 들었다.

"그보다 료."

"네?"

"성벽을 잘게 자를 수 있어?"

"네, 할 수 있어요. 던전 사십 층에서도 던전 바닥을 뚫고 도착했잖아요."

아벨의 의문에 당연하다는 듯 가슴을 펴고 대답하는 료. 여기선 가슴을 펴고 대답해도 되는 장면일 것이다.

"그렇다면 성벽 전부를 잘라낼 필요 없이 성벽에 구멍을 낸 다음 거기로 들어가면 되지 않을까?"

"아……."

어리석었다.

"아벨, 그런 건 좀 더 빨리 말해줬어야죠!"

"아니, 지금 처음 들었는데."

불합리한 질책은…… 역시 어느 세계에도 있는 법이다.

성벽 아래의 어둠을 이용해 료가 성벽에 구멍을 뚫었고, 두 사람은 지마리노의 거리로 들어가는 데 성공한 것이다.

◆

"자, 이제부터 어떻게 할까?"

아벨은 딱히 옆 수속성 마법사에게서 유용한 의견이 나오기를 기대하며 중얼거린 것이 아니었다.

"아벨, 정보 수집의 기본은 술집이에요, 술집!"

말할 것도 없이 료의 롤플레잉 게임 지식에 기반한 제안이었다.

예로부터 정보는 술집에서 모인다. 알코올로 입이 가벼워진 자들이 쉽게 정보를 입 밖으로 털어내기 때문이다. 그것은 어느 시대, 어떤 세계에서도 변하지 않을 것이다……. 료는 그렇게 믿고 있었다.

물론 이를 확실하게 부인할 만한 이유를 아벨도 갖고 있지 않았다.

거리는 인적이 많다고 할 정도는 아니었다. 하지만 외출 금지령이 내려진 것도 아닌 것 같았다. 이 정도면 확실히 술집에는 사람이 있을지도 모른다.

"뭐, 상관없나."

그런 소극적 찬성이긴 했지만, 아벨은 료의 제안을 받아들였다.

술집에 도착한 두 사람.

입구를 통과한 순간 소리가 멎었다.

두 사람을 찌르는 듯한 시선은, 낯선 사람을 반기지 않는 시선.

아니면 의아한 분위기를 담은 시선. 그럴 만도 하다. 모든 성문이 닫혔으니 거리에 드나드는 사람은 없어야 했다. 그럼 이 둘은 어디서, 어떻게 왔는가?

그런 시선을 완전히 무시하고 카운터로 향하는 아벨. 그 모습은 그야말로 태연자약.

옆을 걷는 료는 평소 입는 로브의 후드를 머리까지 뒤집어쓰고 있었다. 찌르는 듯한 시선을 견디지 못할 가능성이 있다……. 들어가기 전에 그렇게 말한 것이다.

아벨이 확인할 수 있는 것은 료의 입가뿐. 그 입가는 아주 살짝 씰룩였다.

아벨은 알고 있다. 이럴 때의 료는 마음속으로 좋지 않은 생각을 하고 있다는 것을!

정답이었다.

'이 상황은, 더는 부정할 수 없어! 라이트 노벨 세계뿐만 아니라 만화나 영화 세계에서도 반드시 나오는 전개. 그래! 우리가 주문을 하면 원래 있던 손님들이 난동을 부리는 거지. 이봐, 집에가서 우유나 마셔! 라고 하는 그 전개! 어쩌면 카운터에 도착하기도 전에 발을 걸어서 우릴 넘어뜨리려고 할지도 몰라! 큭큭큭…… 훌륭해, 아주 훌륭한 분위기야.'

료가 그런 생각을 하는 사이 두 사람은 카운터에 도착했다.

아무 일도 없이 도착해 버렸다.

'음, 어라? 넘어뜨리려고 하진 않았네. 뭐, 우리가 근처를 지나왔던 손님들이 예의 바른 사람들이었나 보네.'

카운터에 도착하자 아벨이 주문했다.

"맥주 하나."

하지만 아무 일도 일어나지 않았다. 난동을 부리는 기색도 없다.

'예상이 빗나갔어! 헉, 그렇지, 아벨이 맥주 같은 걸 시켜서 그런 거야! 여기선 역시 논알코올 음료로 시켜야지.'

이어서 료가 주문했다.

"우유 하나."

역시 아무 일도 일어나지 않았다. 난동을 부리는 기색도 없다. 그렇기는커녕 들어왔을 때 이상으로 조용해진 기분이 들었다…….

'어째서…….'

료는 낙담했다.

그리고 옆에 있는 아벨을 보았다. 그리고 깨달았다. 아벨의 빈틈없는 모습을.

'아벨의 강함을 취한 손님들조차 깨달아 버린 걸까……. 억울해…… 내 계책이 실패하다니…….'

그렇게 잔뜩 실망한 료를 향해 마스터가 말을 걸었다.

"이, 이봐. 로브 형씨. 우유는 컵 한 잔에 대금화 한 장인데…… 괜찮겠어?"

"괜찮으니까 맥주잔에 주세요!"

홧김에 튀어나온 료의 대답 이후 사위는 더욱 조용해졌다.

대금화가 한 장이나 드는 음료를 주문하는 사람은 보통 없다. 그래서 조용해진 것이다.

게다가 맥주잔에 달라고 말하는 사람은 더더욱 없다. 그래서 더 조용해진 것이다.

아무도 시비를 걸지 않는 이유.

아벨뿐만 아니라, 료에게도 책임은 있었던 것이다……. 모르는 것은 본인뿐.

확실하게 벌어질 거라 생각했던 전개가 손 쓸 틈 없이 무산되어 버리고, 아무 일도 일어나지 않아 자포자기하고 있는 료. 아벨은 그를 무시하고 마스터에게서 정보를 캐낼 생각이었다.

하지만 쉽사리 말을 꺼내기가 어려웠다. 그것은 그야말로 가게 전체가 놀라울 정도로 조용하기 때문이었다.

이유는 명백했다.

'료가 대금화 한 장…… 10만 프랄린이나 하는 음료를 주문했기 때문이야…… 게다가 맥주잔으로…….'

물론 잠입 자금으로 상인 게코에게서 깜짝 놀랄 정도의 금액을 전달받았다. 한 달 동안 놀고 먹어도 남을 정도다.

문제는 거기가 아니다.

료의 언행이 가게 안의 이목을 끌면서 자신들의 일거수일투족이 주목받고 있었다. 덕분에 마스터에게 이것저것 물어볼 수가 없게 된 것이다.

'이러면 곤란한데…….'

아벨이 표정을 바꾸지 않고 고민하는 사이, 옆에 있는 료는 왠지 취한 듯이 혼잣말을 중얼거렸다.

"이제 됐어요. 뭐가 집에 가서 우유라도 마셔, 라는 거야! 아무도 그런 말 안 하잖아요……. 나 참, 픽션이라고 해서 다 해도 되는 건 아니라구요! 좀 더 리얼리티라는 걸 생각해서……."

맥주잔에 든 우유를 한 손에 쥐고 웅얼거리며 그런 말을 하고 있는 료.

당연히 아벨은 의미를 알지 못했다.

당연히 귀를 기울이는 손님들도 그 의미를 알지 못했다.

"……아아, 뭔가 좀 짜증 나네요. 그래, 이럴 때는 돈을 팍팍 써 버리는 게 제일이죠. 마스터, 제가 살 테니까 손님들이 원하는 걸 전부 다 내주세요."

"어?"

"여러분! 여기 계산은 다 제가 할 테니까 원하는 만큼 마음껏 먹고 마셔요."

"어……?"

상황을 도무지 이해하지 못하는 손님, 마스터, 그리고 아벨.

"전부 제가 쏘겠습니다!"

"와아아!"

그 후로는 마시고 노래하느라 난리통이 벌어졌다.

우유에 취한 것인지 묘하게 술주정을 부리던 료는 자신이 주문한 큐브 스테이크를 먹고 있었다.

"역시 스트레스 해소에는 고기가 최고죠."

라고 료가 말했지만 아벨은 애써 들리지 않는 척을 했다.

가게 전체가 떠들썩해진 덕분에 아벨은 내용을 들킬 일 없이 마스터에게 질문할 수 있게 되었다. 게다가 료의 통 큰 행동 덕분에 가게의 매출도 크게 올랐을 것이다. 그런 일행의 질문이라면 쉽게 대답해 줄 가능성이 높다.

하지만 처음으로 물어본 것은 일과 별로 관계가 없는 것이었다. 단순히 아벨이 궁금했던 탓이다.

"마스터, 우유는 왜 이렇게 비싼 거지?"

그랬다. 대금화 한 장이라니 거리의 술집에서는 있을 수 없는 가격이었다. 게다가 우유가 말이다. 물론 아벨도 술집의 우유 가격이 보통 얼마인지는 전혀 몰랐다. 모르지만…… 적어도 왕국에서라면 우유는 꽤 쉽게 구할 수 있었다.

옆에 있는 료가 무척 좋아하는 '크레이푸'라고 하는 것은 버터
너와 우유로 만든 생크림을 얇은 반죽에 감싼 음식이다……. 쉽
게 볼 수 있는 가게는 아니지만 고급 식품은 아니었다.

"그 질문을 한다는 건 손님, 왕국 사람이군?"

"아…….."

마스터의 지적에 말을 잃는 아벨. 실수를 했다는 것을 깨달았다.

하지만…….

"아아, 아니, 뭐라 하는 게 아냐. 이렇게 거하게 써준 손님이다.
갑자기 국경이나 거리가 봉쇄돼서 매출이 걱정된 참에 도움을 받
은 셈이니까 말야. 그래, 우유에 대해 물었지? 원래 연합, 특히
이 대공국이 있는 연합 남부나 연합 서부에서 우리 서민들은 우
유를 잘 안 마셔. 마시는 건 귀족 정도다."

"그렇군."

수요가 적으면 공급은 줄어든다. 공급이 적으면 가격은 오른다.
어느 시대, 어떤 세계에서도 공통되는 진리.

"평소 같으면 왕국의 레드포스트에서 우유를 팔러 오는데 국경
이 봉쇄됐잖아. 그래서 단숨에 가격이 치솟았다."

마스터는 그렇게 말하고는 작게 한숨을 내쉬었다.

아벨은 고개를 끄덕였지만 또 한 가지 의문이 들었다.

"마스터, 그…… 화내지 말고 들어줬으면 좋겠는데…… 이런,
그러니까 거리의 술집에서 그런 가격에 팔면…….."

"팔리냐는 거지? 사실은 꽤 팔려."

마스터는 웃으며 그렇게 대답하고는, 아벨에게 얼굴을 가까이 대고 낮은 목소리로 말했다.

"우리 집 같은 가게에도 가끔 귀족들이 오거든. 물론 신분을 감추고 말이지."

"그랬군……."

"심지어 자주 주문하는 메뉴는 손님의 일행, 로브 형씨가 주문한 큐브 스테이크랑 우유다."

"……그 조합은 좀 미묘한 것 같은데."

"뭐, 사람마다 취향은 다르니까. 이쪽은 맛있게 먹어주면 그걸로 만족이야."

마스터는 그렇게 말하고는 크게 웃었다.

"그리고 왜 처음부터 썰린 고기를 먹는 거지? 통으로 된 편이 낫지 않나?"

"후후후, 검사 형씨, 뭘 모르네."

아벨의 말에 마스터는 의미심장하게 말하며 턱으로 료 쪽을 가리켰다.

료는 오른손으로는 포크를 들어 큐브 스테이크를 꽂고 있었고, 왼손으로는 맥주잔에 든 우유를…….

"오른손에 포크, 왼손에 맥주잔……."

아벨은 이해했다. 고기가 통으로 되어 있으면 왼손으로 포크를 바꿔 잡아야 한다.

"그런 거지. 술집에서 고기를 먹는다면 저런 스타일이 제일이잖아?"

마스터는 득의양양한 얼굴로 그렇게 단언했다.

"아벨에게도 픽션에도 지지 않아요!"

료는 고기를 먹고 힘이 난 것 같다!

아벨과 픽션에 관한 낭설을 퍼뜨려대면서, 씩씩하게 남은 큐브 스테이크를 먹기 시작했…… 이미 다 먹은 상태였다.

"마스터! 큐브 스테이크 한 그릇 더!"

"네, 알겠습니다."

료가 호쾌하게 주문했고 마스터도 웃는 얼굴로 주문을 받았다. 참고로 주방에서는 요리사가 굉장한 기세로 조리를 하고 있었다. 마스터는 카운터와 플로어 담당인 듯했다.

그렇게 부활한 료의 곁으로 가게에 있던 손님 네 명이 찾아왔다.

"고마워, 로브 형씨."

"맛있는 술이야."

"형씨도…… 아니, 고급 음료를 마시고 있었나, 참."

"봉쇄의 시름도 이걸로 한결 풀렸어!"

그들은 료가 사준 것에 대해 감사를 표했다.

"아닙니다. 양껏 마시고 팍팍 드세요!"

료가 근사한 미소를 지으며 그렇게 말했다. 물론 료의 돈이 아니라 상인 게코의 돈이기 때문에 나올 수 있는 간 큰 행동이었다.

경비가 펑펑 쓰여야 거리의 경제가 돈다!

그렇지만 경비인 이상 일도 해야 했다.

"그런데…… 이 국경 봉쇄는 뭐가 원인인가요?"

정말 직접적인 질문이지만, 술집이니까 이런 질문이라도 상관없었다. 다들 술에 취해 있으니 어설픈 질문으로는 핵심을 파악할 수 없다. 듣고 싶은 말을 콕 집어 묻는다. 이게 료식 주점 질문술!

"그거 아니야? 정청에서 보옥을 도둑맞았다고."

"아니, 나는 대공의 따님이 사랑의 도피를 해서 그걸 말리기 위해서라고 들었어."

"그래? 소문으로는 전설의 도륙마가 나타나서 소동이 벌어졌다던데."

"아냐, 아냐. 실은 드래곤의 새끼가 거리에 떨어졌다나 봐."

훌륭한 4인 4색이었다.

즉, 거리 사람들에게 알려지지 않았고, 거리 사람들도 볼 수 있는 알기 쉬운 무언가가 일어난 것은 아니라는 뜻이었다.

그런 네 사람의 이야기를 아벨도 옆에서 듣고 있었다. 그렇지만 제대로 된 이야기가 나오진 않을 것 같다 생각했는지 작게 고개를 흔들고 있었다.

네 사람은 다시금 사준 것에 대한 감사 인사를 하고 떠났다.

료는 새로 나온 큐브 스테이크를 먹으며 리필된 우유를 한 손에 들고 아벨에게 보고했다.

"그렇다고 하네요."

"아, 으응……."

아벨도 옆에서 듣고 있었지만…… 결론은 나왔다.

"즉, 거리 사람도 모른다는 거네."

여러모로 어쩔 수 없다고는 하나 앞으로의 방침을 세우지 못하는 것은 곤란했다. 시간을 명확하게 확정할 수는 없더라도 봉쇄 이유를 빨리 알아서 나쁠 건 없었다.

아벨이 작게 한숨을 내쉬었을 때 술집 입구 문이 열리는 것이 보였다.

가게 내부가 소란스러워서 입구의 문 소리는 들리지 않았지만 사람이 들어오는 순간 손님들의 목소리가 멎었다.

아까 두 사람이 들어왔을 때처럼.

하지만 두 사람 때와 다른 점은 또 금세 떠들기 시작했다는 점이었다. 새로 들어온 세 사람은 단골들이 관심을 기울일 필요가 없는 상대라는 것.

다시 말해 새로운 단골.

새로 온 단골 세 명 모두 검은 바탕에 붉은 자수가 새겨진 로브를 입고 머리에 후드를 푹 눌러 쓰고 있었다. 하지만 그 로브는 한눈에 봐도 고급스러운 천으로 만들어져 있었고 자수도 매우 세밀하고 아름다웠다…….

노동자 계급이 아니다.

세 사람은 카운터석에 앉았다. 료의 옆이다.

그때 료가 먹고 있는 큐브 스테이크와 맥주잔에 든 우유를 보았다. 순간, 아주 찰나 그들의 움직임이 멈춘 것을 아벨은 알아차렸다. 료는 개의치 않고 맛있게 큐브 스테이크를 먹고 있다…….

새로운 단골 3명 중 가운데 있는 인물이 주문을 했다.

"큐브 스테이크랑 우유 주세요."

"네, 알겠습니다."

주문한 이의 목소리는 여자였다. 그것도 나이 어린……. 이제 겨우 성인이거나, 넘어도 한두 살.

아벨은 지금까지 이상으로 상황을 주시했다.

셋 다 아마도 여자. 료 옆은 검사. 그 맞은편은 지팡이를 든 걸 보면 마법사인가? 주문한 가운데 여자는 모르긴 몰라도 아마 아까 마스터가 말했던 그 귀족이리라.

참고로 주문을 한 것은 가운데 여성뿐이다. 양옆에 있는 두 사람은 호위라서 그런지 주문하지 않고 주변을 살피고 있다.

물론 다른 단골들은 이 세 사람에 대해서는 알고 있을 것이다. 감히 다가올 사람은 없다. 다들 신나게 떠들며 먹고 마시느라 분주하다.

여느 때보다 소란스러운 광경에 과연 세 사람도 신경이 쓰인 듯했다. 특히 가운데 여자가 힐끔거리며 소란스러운 쪽을 보았다.

그러던 중…….

"응, 역시 고기는 힘이 나네요. 어떻게 할까~, 으음…… 좋아요, 고민이 될 땐 주문 먼저 하라는 격언을 따르도록 할까요. 마스터, 큐브 스테이크 한 그릇 더 주세요."

"네, 알겠습니다."

료는 다시 리필했다.

그리고 그제서야 료를 감정 없는 눈으로 보고 있는 아벨을 알아차렸다. 그리고 당황했다.

"이, 이건 제가 잘못한 게 아니에요. 맛있는 고기를 파는 이 집이 잘못한 거죠."

"……아무 말도 안 했는데?"

"거짓말이에요! 아벨의 눈이 말하고 있어요. 료, 너무 많이 먹잖아, 하고."

"료, 너무 많이 먹잖아."

"큭…… 비겁한 아벨!"

그런 아벨의 시선에서 도망친 료는 반대편에 앉아 있는 두 사람을 보며 말했다.

"아, 오늘은 제가 쏘는 거니까 원하시는 만큼 드세요."

"어……."

다정하게 말하는 료. 놀라는 셋.

"양쪽에 있는 두 분도 돈은 신경 안 써도 돼요. 다 제가 낼게요."

료는 그렇게 말하고는 오른손에 쥔 주먹으로 자신의 가슴을 두드렸다. 자신에게 맡겨라! 라는 뜻인 것 같다……. 하지만 세 사람에게도, 아벨에게도 통하지 않았다.

그런 대화를 나누는 와중 세 사람 앞으로 큐브 스테이크가 나왔다.

그랬다. **세 사람** 앞에.

"어? 마스터?"

료 옆에 있던 여검사가 의아하게 물었다.

"오, 지금 그쪽의 로브 형씨가 말한 대로 전부 쏘는 거다. 술 같은 건 좀 그렇지만 먹는 건 괜찮잖아. 호위라도 잘 먹어둬야 만일의 일이 생겼을 때 힘이 나지."

마스터는 그렇게 말하고는 미소를 지었다.

세 사람 동시에 음식이 나왔다는 것은 처음부터 그럴 생각으로 만들었다는 뜻이었다. 제법 멋진 센스가 아닌가. 료는 그렇게 생각했다.

"나라, 카라, 모처럼 주셨으니 어서 먹도록 해요. 굉장히 맛있으니까요."

"네."

"알겠습니다."

가운데 여인이 말하자 나라, 카라라고 불린 호위 두 사람이 고개를 끄덕이며 답했다.

그리고 가운데 여자가 먹는 걸 확인하고는 자신들도 먹기 시작한다.

"맛있다……."

"과연, 아가씨가 매일 오고 싶어 할 만하네요."

그런 두 사람의 중얼거림에 료는 웃는 얼굴로 몇 번이고 고개를 끄덕였다.

맛이야말로 정의.

맛이야말로 지고(至高).

사람은 맛에 살고 맛에 죽는 법이다.

그리고 료 앞에도 새로 주문한 큐브 스테이크가 도착했다.

료의 얼굴에 퍼지는 미소.

하지만 아주 잠시, 눈썹이 움찔하며 미소가 사라진 것을 아벨은 보았다. 정말 한순간이라 아벨 이외엔 아마 눈치채지 못했을 정도의 미세한 변화…….

"료, 무슨 일 있어?"

"아뇨, 아무것도 아니에요."

아벨의 물음에 그렇게 답한 료는 다시 미소를 지은 채 큐브 스테이크를 먹기 시작했다.

10분 후, 천천히 음미하며 큐브 스테이크를 다 먹은 료. 그 표정에 제목을 붙인다면 '만족'이 아니었을까.

옆에 있는 세 사람도 접시를 비우고 만족스러운 얼굴이었다.

물론 가게 전체에서는 아직도 소란이 계속되고 있었다.

"마스터, 계산해 주세요."

료는 그렇게 말하고 나서 여덟 자릿수에 육박하는 정도의 금액을 카운터에 놓았다.

"아니, 로브 형씨, 아무리 그래도 이건 너무 많잖아."

마스터가 놀랐다. 그대로 받아도 상관없었을 텐데…… 마스터는 정직한 사람인 것 같다.

"아뇨, 이후의 가게 수리비도 포함된 거예요."

"가게 수리비?"

료의 설명에 고개를 갸우뚱하는 마스터. 그리고 의아한 표정을 짓는 아벨.

일단 받은 돈을 가게의 은닉 금고 같은 곳에 넣어두는 마스터.

그것을 확인한 료는 아벨과 세 사람에게 설명했다.

"사실 아까부터 이 가게는 마법 포격을 받고 있습니다."

"허?"

"네?"

아벨은 얼빠진 목소리로 대답했고, 가운데 여자는 이해하지 못한 듯한 목소리로 고개를 갸우뚱했다.

"가게 전체를 〈아이스 월〉…… 얼음벽으로 덮어서 지키고 있어요. 현재로서는 대단한 포격은 아니라서 문제없겠지만…… 거리의 술집을 향해 밖에서 가차 없이 마법 포격을 가하는 게 평범한 상황은 아니죠. 아벨, 화내지 않을 테니 뭔가 잘못한 게 있다면 솔직하게 말하세요."

"왜 나야!"

료의 단언에 당연한 듯 반박하는 아벨.

물론 료도 알고 있었다. 아벨은 거리에 들어온 이후로 계속 함께 있었고, 나쁜 짓을 할 시간은 없었다는 것을.

시간이 있었다면 나쁜 짓을 했을지도 모르지만…….

"뭐, 평범하게 생각하면 그쪽의 세 사람을 노리고 있는 거겠죠."

료는 여자 셋을 보며 말했다. 힐책하는 어조가 되지 않도록 최대한 부드러운 표정과 목소리로.

어떻게 생각해도 우유와 큐브 스테이크를 맛있게 먹는 세 사람보단 다짜고짜 술집을 포격하는 무리들이 나쁜 녀석들인 게 분명했다.

"료, 아까 잠깐 인상 썼잖아. 큐브 스테이크가 나왔을 때. 그때

적을 눈치챘던 거야?"

아벨이 물었다. 그랬다. 두 번째로 리필한 큐브 스테이크가 나왔을 때, 아마도 아벨이었기에 깨달을 수 있었던 료의 미세한 표정 변화.

"네, 뭐. 어차피 포위된 상태였고 큐브 스테이크도 막 나온 직후였으니까요. 먹고 나서 말하는 게 좋겠다 싶었어요. 큐브 스테이크를 방해하는 눈치 없는 무리들…… 정말이지 어이없어서 말도 안 나오네요."

료가 씩씩대는 효과음이 딱 어울릴 법한 표정으로 말했다.

그리고 드디어, 줄곧 입을 다물고 두 사람의 대화를 듣고 있던 가운데 여자가 입을 열었다.

"저, 죄송합니다. 말씀하신 대로 저희, 아니 저를 노린 것 같아요."

그렇게 말한 여자가 후드를 벗었다.

어깨 언저리로 떨어지는 가지런한 황갈색 머리에 연한 하늘색 눈동자. 아름다움과 귀여움의 중간이랄지, 혹은 그 하이브리드랄지……. 아마 입는 옷이나 메이크업, 주변 상황에 따라 아름다워 보이기도 하고 사랑스러워 보일 수도 있는 그런 매력적인 여성.

"그렇군요. 밖에 있는 사람들은 그 미모를 노리고 있는 거군요."

"아니, 료, 그건 너무 억지잖아. 애초에 밖에서 마법 포격 같은 건 하면 보통 안에 있는 사람은 다 죽는다고."

"유괴가 목적이 아니다? 그렇다면 이쪽 아가씨와 미모를 다투는 또 다른 귀족 아가씨가 살육 부대를 파견했을 가능성이 높겠군요."

"살육 부대라니…… 무슨 교단도 아니고."

료의 대담한 추리가 아벨은 마음에 들지 않았나 보다. 어느 시대든 지나치게 선진적인 사고방식은 주위의 이해를 얻지 못하는 법이다.

"음…… 죄송합니다. 오해를 하고 계신 것 같은데 저는 귀족 계급이 아니에요……."

여성이 얼굴을 붉히면서 말했다.

"봐요, 아벨이 이상한 소릴 하니까 아가씨 얼굴이 빨개졌잖아요."

"그게 왜 나 때문이야!"

료가 아벨을 비난했고 아벨이 반박했다.

하지만 아벨은 일단 물어보는 것이 좋겠다고 판단했다.

"그래서 당신들은 대체……?"

그 물음에 가운데 여자가 대답하기도 전에 호위검사가 자랑스럽게 답했다.

"우리는 의적『새벽국경단』이다."

그 한마디에 가게 전체가 조용해졌다.

그렇게나 떠들던 손님들 전원이 침묵했다……. 그 소란 속에서도 그녀의 말은 들린 듯했다.

"이게 바로 칵테일 파티 효과……."

"의적……."

전자가 료의 발언이고 후자가 아벨과 마스터, 그리고 다른 손님들이 거의 이구동성으로 한 말. 차이가 나는 것은 어쩔 수 없다. 세계는 다양성으로 이루어져 있으니까.

"『새벽』이라면 악덕 상인 기란을 무너뜨린 녀석이잖아……."

"인신매매 조직인 조드도 『새벽』한테 당해서 엉망이 됐다고……."

"엄청난 현상금이 걸려 있지만 민중의 편이라 상금을 걸어도 아무도 협조하지 않는다고 하는……."

료의 말은 완전히 무시당했다……. 그건 어쩔 수 없는 일이었다.

아벨은 세 사람을 향해 말했다.

"꽤나 유명한 모양이네."

"해야 할 일을 해 왔을 뿐입니다. 다만 이 거리에서는 아직 아무것도 하지 않았습니다만…… 본래는 나라가 해야 할 일인데 이 나라의 중추에서는 뇌물이 횡행하여…… 부패한 상태입니다."

황갈색 머리의 여성이 또렷하고 힘찬 어조로 단언했다. 그리고 양쪽에 있는 두 사람도 고개를 끄덕인다.

"정치가 제대로 돌아가지 않으면 다들 힘들죠. 왕국은 괜찮을까요?"

"뭐, 뭐어 왕국 전체는 모르겠지만 남부는 괜찮을 거야."

료가 작은 소리로 묻자 고개를 끄덕이며 답한 아벨이 말을 이었다.

"룬 변경백은 그 공명정대함으로 왕국 귀족의 귀감이라고까지 일컬어지는 현명한 영주거든. 게다가 남부 최대 도시 아크레에 수도를 둔 하인라인 후작도 대대로 유능한 영주를 내세워 온 명문가지. 유능한 인간을 배출하는 구조가 확립돼 있다는 건 조직으로서 반드시 갖춰야 할 부분을 갖췄다는 거니까 그 부분은 강점이라고 봐도 좋아."

"그렇군요. 왕국 남부에 사는 우리들은 행복한 거네요!"

아벨의 설명에 료는 몇 번이나 고개를 끄덕였다.

무능한 수장은 아무런 가치도 없다.

하지만 유능한 수장이라면…… 모두가 편안하고 행복할 수 있다!

그렇게 생각하면 이 대공국령 남서부 일대가 가엾게 느껴졌다. 그렇다고 해서 이들을 행복하게 해주는 것이 료와 아벨의 역할은 아니었다. 두 사람의 역할은 국경 봉쇄의 원인을 찾는 것이다.

"이게…… 국경 봉쇄의 원인일까요?"

"가능성은 있겠네."

료의 속삭임에 아벨도 작은 목소리로 답했다.

이 의적들이 원인이라면 두 사람은 레드포스트로 돌아가도 된다. 돌아가도 되지만…… 어딘가 석연치 않았다. 료는 그렇게 느꼈는데, 아벨의 모습도 완전히 납득한 것 같은 모양새는 아니었다.

"뭐, 좀 더 두고 보자."

"네. 경과 관찰은 중요하니까요."

아벨의 제안에 료도 동의했다.

두 사람이 속닥거리며 대화를 나누자 황갈색 머리의 여성은 다시 로브를 썼다. 그 모습에 "아……" 하는 탄식 섞인 소리가 가게 안에 울려 퍼졌다.

누구나 아름다운 것을 좋아한다.

그녀가 두 사람을 향해 말했다.

"이제…… 밖으로 나가고 싶습니다."

그러자 호위하는 두 사람도 고개를 끄덕였다. 단숨에 돌파해서 도주할 생각인 듯했다.

"음, 마법 같은 걸로 도와드릴 수도 있는데요?"

"아뇨. 이 이상 폐를 끼치는 건 피하고 싶어요. 도망치는 것뿐이면 문제없이 갈 수 있을 것 같으니까요."

료의 제안을 황갈색 머리의 여성은 정중히 거절했다.

"알겠습니다. 가게 정면에 마법 포격을 하는 마법사 3명, 그 외에도 3명. 뒤편으로는 두 사람이 잠복해 있습니다. 멀리 포위하고 있는 구경꾼으로 보이는 사람들도 수십 명. 그리고…… 북쪽으로 꽤 떨어진 지점에 50명 정도가 한데 모여 있네요. 수비대 쪽 사람들인가? 뭐 그런 느낌입니다."

료의 정보에 놀라는 세 사람. 하지만 입 밖으로 꺼낸 것은 그에 대한 것이 아니었다.

"그 50명은 말씀하신 대로 이 거리의 수비대일 겁니다. 공격하고 있는 현상금 사냥꾼도 무법자들이긴 하지만…… 수비대와 유착돼 있을 거고요."

"그렇군요."

여성의 설명에 고개를 끄덕이는 료. 자주 있는 이야기다…… 라이트 노벨 전개상. 그러니까 아주 잘 이해할 수 있다!

옆에서 수상쩍다는 시선을 보내는 아벨은 무시하자, 무시!

"그럼 신호를 보내면 정면의 얼음벽을 열겠습니다. 그 타이밍에 밖에 나가면 돼요."

"네, 감사합니다."

세 사람은 고개를 숙였다. 그리고 마스터 쪽을 향해……

"폐를 끼쳐서 죄송합니다."

"아니, 아니, 아니. 부디 몸조심해. 나도 너희『새벽』은 좋아하니까. 관련된 걸 자랑스럽게 생각할게."

가운데 여자가 고개를 숙여 사과했고 마스터는 크게 고개를 끄덕이며 대답했다.

그걸 본 료가 말했다.

"열게요!"

"그럼 이만!"

세 사람은 뛰쳐나갔다.

◆

지마리노 거리 북문 근처. 자정이 넘어간 시간.

건물 뒤편에서 검사와 수속성 마법사가 숨어 상황을 수습하고 있었다.

"그건 그렇고 그 시야 방해 광마법은 굉장했어요!"

"아아, 리햐도 사용하는데 그건 기습으로 당하면 정말 아무것도 안 보여. 저 정도의 빛은 상당한 광속성 마법 사용자가 아니면 사용할 수 없지만……."

료도 아벨도『새벽국경단』세 사람이 도주했을 때의 보여준 실력에 감탄하고 있었다.

물론 두 사람도 그 후의 혼란을 틈타 가게를 떠났다.

"도적이 우아하게 우유를 마시고 큐브 스테이크를 먹고 있었다니……."

"아벨, 도적이 아니라 의적입니다!"

아벨의 말을 정정하는 료. 오른손 검지를 좌우로 움직여서 쯧쯧, 하는 소리를 내고 있다.

"아, 으응……. 하지만 의적도 도적의 일부……."

"뜻이 달라요!"

"네……."

료의 압력에 아벨은 졌다.

"아까도 말했지만…… 그『새벽국경단』이 국경 봉쇄의 원인일까요?"

"솔직히 뭔가 좀 부족한 것 같아."

료가 물었고 아벨이 고개를 갸우뚱하며 대답했다.

"부족?"

"그래. 마스터의 말이 맞다면 그 세 사람은 몇 번이나 술집에 드나든 거잖아? 솔직히 이제 와서 국경과 거리를 완전히 봉쇄하면서까지 몰아붙이려고 할까?"

"하지만 어제 처음 그들이 숨어 있다는 걸 알았다거나 할 가능성도……."

"그렇지, 그럴 가능성도 있지만……."

료가 있을 법한 가능성을 제시했지만 아벨은 어딘가 탐탁지 않아 보였다.

그렇지만 이럴 때 아벨의 직감은 꽤 잘 맞는다는 것을 료는 알고 있었다. B급 검사의 직감은 무시해서는 안 된다.

"아벨은 논리적 사고를 떠나 직감만큼은 예리하니까요."

"직감을 뺀 나머지를 바보 취급한다는 것만큼은 알겠어……."

사람을 이해하는 것은 이 얼마나 어려운가…….

"조금만 더 살펴볼까요? 하지만 이미 자정을 넘겨서…… 가게
는 대부분 다 문을 닫았을 거예요. 어쩔까요?"

"나도 모르겠지만…… 그냥 직감인데 거리의 중심 쪽으로 가보
지 않을래?"

아벨의 직감에 따른 제안에 따라 두 사람의 행동은 결정되었다.

30분 뒤.

"아벨의 의견을 따른 제가 바보였어요!"

"시끄러워! 나도 달리고 싶어서 달리는 게 아니라고!"

무언가에 쫓기듯 도망치는 료와 아벨.

"거리가 봉쇄된 밤에, 그것도 심야에 등에 검을 짊어진 흉악해
보이는 남자가 서성대면 수상쩍게 여기겠죠. 당연해요."

"미안하게 됐네! 하지만 그놈들 분명 다른 누군가랑 착각한 거
라고!"

"어째서요?"

"그야 처음에 '여기 있다'면서 소리쳤잖아."

"아, 듣고 보니……."

보통 '여기 있다'는 말은 뭔가를 찾다가 그걸 발견했을 때 나오는
말이다. 즉 그들을 쫓아오는 거리의 수비대로 보이는 자들은 두 사

람과 만나기 전에 무언가, 혹은 누군가를 찾고 있었을 것이다.

"따라오는 녀석은?"

"꽤 따돌렸어요. 체력 약한 사람은 떨어져 나갔고…… 둘만 남았네요."

"그 녀석들을 잡아서 뭘 쫓고 있었는지 알아내자."

"알겠습니다."

아벨이 방침을 정하고 료가 고개를 끄덕이며 대답했다.

◆

"네 이름을 말해."

남자에게 그 목소리는 무척 희미하게 들렸다.

"어? 어? 뭐야? 몸이 안 움직여……."

남자가 그렇게 말하는 순간, 무언가가 일어났다.

얼굴에 가해지던 압력이 사라지고 목에서 위까지는 움직일 수 있게 됐다. 목 아래는 여전히 움직이지 않는다…… 얼음에 갇혀 있는 것 같다.

남자의 눈앞에는 검을 짊어진 검사로 보이는 인물이 있었다. 그 너머로는 로브에 몸을 감싼, 아마 마법사일까……. 미소 띤 그 얼굴은 이 세상의 것이라고 생각할 수 없을 정도로 무서웠다.

"뭐, 뭐든지 말할게, 다 말할 테니까 목숨만은……."

그 말에 로브 남자가 히죽 웃었다.

얼음에 갇힌 남자는 그것을 보고 몸을 떨었다…….

"좋아, 착하군. 그럼 우선 네 이름과 소속을 말해라."

"킨코다. 지마리노 수비대 정청 외무반에 소속돼 있어."

검사 쪽 남자가 물었고 얼음에 갇힌 남자 킨코는 순순히 대답했다.

그때 킨코의 시야 끝에 뭔가가 들어왔다. 무서워서 차마 얼굴을 돌리지는 못하고 눈만 굴려서 간신히 쳐다보았다. 확실히는 알 수 없으나 아마도 함께 쫓고 있었을 동료 그라베는…… 머리 끝까지 얼음에 잠겨 있었다……. 살아 있을 거라 보긴 힘들다.

그런 생각을 하자 조금 전 이상으로 몸이 떨리기 시작했고 눈 끝에 눈물이 고였다.

"그럼 킨코, 질문이다. 너희는 뭘 하고 있었지?"

"뭐?"

검사 남자의 물음에 킨코가 얼빠진 대답을 했다. 그것도 어쩔 수 없다, 질문의 의미를 몰랐으니까.

그러자 조금의 틈도 주지 않고 로브 남자가 얼음 톱……? 같은 것을 만들어내 휘두르기 시작했다. 혹은 톱으로 뭔가를 베는 듯한 움직임 같기도 했다.

킨코는 깊은 두려움으로 몸을 떨었다. 로브 남자의 모습은 아무리 봐도 제정신이 아니었다. 저런 무시무시한 남자가 속한 일당에게 사로잡힌 자신의 불행이 저주스러웠다.

"다시 한번 묻겠다. 너희들은 뭘 하고 있었지?"

검사 남자는 다시 물었다. 역시 의미를 알 수 없었지만 대답하지 않으면 저 로브 남자에게 무슨 짓을 당할지 알 수 없었다. 떠오르는 말을 할 수밖에 없다.

"저, 저는 수비대 정청부라서 정청을 지키고 있었습니다……."

공포에 질린 킨코의 말투는 공손해진 상태였다. 간신히 대답했지만 검사 남자는 고개를 갸우뚱했다. 뭔가 더 말해야 해!

"그때 너희…… 당신들이 나타났고, 쫓으라는 말을 듣고 쫓아간 겁니다."

킨코는 설명을 추가했다. 검사 남자의 표정에 의아함이 더해졌다. 하지만 그 이상은 무슨 말을 해야 할지 모르겠다……. 킨코의 눈에서 한줄기 눈물이 흘러내렸다.

그런 킨코를 힐끗 쳐다보며 검사 남자가 물었다.

"너희, 처음에 '여기 있다'라고 외쳤잖아?"

이번에는 킨코가 고개를 갸웃했다. 물론 킨코는 말한 기억이 없다. 그라베나 외무반의 다른 동료도 아니었다. 그건…….

"그건 저희가 아니라 내무반…… 아니 수비대 정청부를 관할하는 로스터 대장의 목소리였을 겁니다."

"흐음……."

"로스터 대장은 솔직히 평판이 좋지 않습니다. 여러 방면에서 상당한 액수의 뇌물을 받고 있죠. 예전에 제가 직속 부하였던 적이 있어서 잘 알고 있는데……."

킨코는 저도 모르게 푸념 같은 말을 늘어놓고 말았다. 하지만 말이 점점 작아졌다.

"뇌물이라…… 그때 고발 같은 건 안 했나?"

"못했습니다……. 무서워서요. 동료 중에 고발한 사람이 있었는데 정청 담당이 아닌 성벽 담당으로 좌천됐습니다⋯⋯. 열심히 실적을 쌓아왔는데⋯⋯ 월급도 반토막 났다고 들었습니다.”

킨코가 그렇게 말하자 로브 남자가 눈을 크게 뜨며 바라보았다. 무슨 의미의 시선일까. 게다가 굉장히 무서운 얼굴⋯⋯. ‘절망’ 혹은 ‘공포’라는 제목을 붙일 수 있을 것 같은 표정이었다.

무서워진 킨코는 저도 모르게 눈을 돌렸다.

“뭐, 좋아. 그러니까 너희들은 왜 우리를 쫓게 됐는지 이유는 모른다는 거지?”

“네⋯⋯.”

검사 남자의 확인에 킨코는 고개를 끄덕였다. “여기 있다. 잡아라”라는 말을 들으면 반사적으로 잡으려고 하고, 대상이 도망치면 쫓아간다⋯⋯. 수비대 인간이라면 모두가 그렇게 할 것이다. 킨코 일행은 늘 하던 대로 했을 뿐이다.

“마지막으로 하나 더. 너희들은 『새벽국경단』에 대해 얼마나 알고 있지?”

“『새벽』⋯⋯ 이라고 하면 의적⋯⋯, 아니, 그야 물론 상회 같은 곳을 습격하고 있으니 칭찬받을 만한 자들은 아닐지도 모르지만⋯⋯ 우리 수비대가 손을 대지 못하는 자들, 그중에서도 주민을 괴롭히거나 경쟁 상대를 무자비한 수단으로 무너뜨린 자들을 표적으로 삼고 있어서⋯⋯ 솔직히 고마울 정도입니다.”

“고맙다, 라⋯⋯.”

“그러고 보니 오늘 이 거리에 와 있다고 들었습니다. 저희는 수비대 중에서도 정청부라서 새벽 단속에는 관여하지 않지만요. 게

다가 이건 소문인데 수비대가 악명 높은 현상금 사냥꾼과 손을 잡고 움직인다는 말을 들었습니다. 진심으로 체포할 생각이 있는 건지 없는 건지…….”

킨코는 전에 없이 열을 띠고 말했다. 저도 모르게 말이 나와 버린 것이다.

킨코가 말을 마치자 검사 남자는 로브 남자에게로 가서 말을 시작했다. 킨코의 곁으로 그 대화의 단편이 들려왔다.

“……입막음…… 들킬…… 어쩔 수 없…… 필요한 희생…….”

“……별로…… 나쁘지 않은…… 협력…… 정의감…….”

로브 남자의 말은 아무리 생각해도 자신을 죽이려고 하고 있었다……. 그것을 검사 남자가 말려주고 있는 것처럼 들렸다.

킨코는 마음속으로 기도했다.

‘검사님, 제발 도와주세요! 부탁합니다!’

두 사람이 대화를 마치고 검사 남자가 다가와 말했다.

“꽤 유익한 정보였다. 그걸 봐서 너와 동료의 목숨은 살려주마.”

“동료?”

“저기 얼음에 갇혀 있는 녀석 말야.”

“그라베는…… 살아 있는 건가?”

“그래, 살아 있어.”

경악이 담긴 킨코의 물음에 검사 남자는 고개를 끄덕이며 답했다. 그 순간 킨코의 눈에 검사가 신이나 천사처럼 비쳤다……. 안쪽에 있는 악마의 화신처럼 보이는 로브 남자와의 놀라운 대칭성.

검사 남자가 돌아보자 로브 남자는 고개를 끄덕였고…… 킨코와 그라베를 옭아매고 있던 얼음이 사라졌다.

"그라베!"

"키…… 인코……."

그라베도 확실히 살아 있어!

그때, 목소리가 들려왔다.

"잠시 후…… 5분 정도 지나면 둘 다 움직일 수 있게 될 겁니다. 아, 말하는 건 가능하게 해뒀습니다. 큰 소리는 내지 마세요. 우리가 떠날 때까지 거기서 얌전히 있는 편이 좋을 겁니다."

그것은 로브 남자의 말이었다.

그 말을 듣는 순간 킨코는 마른 침을 삼켰다. 확실히 몸은 움직이지 않았다. 로브 남자는 이런 무시무시한 일도 할 수 있는 것이다……. 게다가 그것을 일부러 보여 주며 공포를 더욱 부추긴다……. 그라베의 표정도 공포로 가득 차 있다.

"물론입니다. 소리치지 않고 여기서 얌전히 있겠습니다."

킨코로서는 그렇게 말할 수밖에 없었다. 그라베도 몇 번이고 고개를 끄덕였다.

그 반응을 보고 로브 남자는 놀라울 정도로 흉악한, 아니 광기에 차 있다고 해야 할까, 아무튼 그런 미소를 지어 보였다.

그리고 검사 남자와 로브 남자는 마주 보고 고개를 끄덕이고는 그대로 달려갔다.

그제서야 킨코는 안도의 한숨을 내쉴 수 있었다. 그라베가 울고 있는 게 보였다. 그럴 만도 하다, 계속 얼음에 갇혀 있었으니까. 저 로브 남자…… 아마도 수속성 마법사로 보이는 그의 마법에 의해…….

"살아서 다행이다……."

킨코는 진심으로 그렇게 생각했다.

◆

"하아~, 그 두 사람 불쌍했죠."

"아, 으응……."

료와 아벨은 수비대 두 명에게서 떨어지자마자 다시 정보 정리를 시작했다.

"심문하던 아벨의 박력이 너무 강해서, 킨코라고 했나요? 그 사람 계속 울었잖아요. 굉장히 협조적이던데."

"나 때문일까……?"

"당연하죠."

자신만만하게 대답하는 료.

"료, 뒤에서 뭔가 휘두르고 있지 않았어?"

"아, 보였나요? 얼음 톱으로 목을 베는 퍼포먼스를 하고 있었어요. 고문스러운 느낌을 내면 입을 더 쉽게 열지 않을까 하고요."

"내가 아니라 료를 무서워한 것 같은데……."

"아니, 그건 아니에요."

역시 자신만만하게 대답하는 료.

"아무리 해도 무서운 얼굴을 지을 수가 없어서 계속 웃음이 새어 나왔을 거예요. 고문사로서는 실격이었죠. 저한테는 그런 게 좀 안 맞나 봐요."

료는 그렇게 말하고는 몇 번이나 고개를 흔들었다. 연기가 불만족스러웠나 보다.

"뭐, 됐어. '여기 있다'고 말한 건 수비대 정청부를 관할하는 로스터인지 뭔지 하는 대장인 것 같은데……."

"누군가와 헷갈린 걸까요?"

"글쎄. 그 말만으로는 잘 모르겠네."

료의 물음에 작게 고개를 흔들며 복잡한 표정을 짓는 아벨. 판단하기에는 정보가 너무 적었다.

"뇌물을 받고 고발한 인간을 좌천시켰다는 것도 말야. 윗선에서 따로 손을 썼겠지만 이런 녀석은 귀찮아. 더 윗사람에게 뇌물을 주고 본인의 무사안일을 도모할 녀석이니까……."

"성벽 담당으로 좌천돼서 월급이 반토막 났다니…… 그 말을 들었을 땐 믿어지지 않았어요. 그런 일은 절대로 없어야 해요!"

아벨은 과거의 어떠한 지식이나 경험을 바탕으로 대답하고 있었다. 실로 냉정했다. 그에 반해 료는 정의감과 돈의 소중함이라는 이유로 분노에 사로잡혀 있다…….

아벨도 료도 착한 녀석임에는 변함이 없다.

"그나저나 새벽국경단의 인기가 수비대 사람들에게까지 스며든 건 좀 의외였어요."

"수비대라고는 해도 아까 킨코는 꽤 괜찮은 녀석 같았으니까. 만약 로스터 대장 같은 녀석이었다면 또 다른 반응이 나왔을걸."

"하아…… 어느 세계에서나 협박 수단은 돈과 이성이네요. 곤란하다니까요."

"거기에 복종하지 않는 녀석도 있지."

"그리고 복종하지 않는 사람들에겐 가족을 인질로 잡고 협박하는 거죠! 가족을 건드리는 게 싫으면 말을 듣고 순순히 돈을 받으라고 하는 거예요. 그리고 돈을 받은 증거를 보관해 뒀다가 다음 협박에 사용할 테고요. 무서운 이야기네요……."

료의 말을 듣고 인상을 찌푸리는 아벨. 그가 말을 잇는다.

"료…… 잘 아네."

"저를 모략가 료라고 부르는 걸 허락하겠어요."

"안 불러!"

콧대 높은 얼굴을 한 료와 거부하는 아벨.

"어쨌든…… 새벽이 이 거리에 있다는 걸 알게 된 게 오늘이라고 했었지?"

"맞아요, 한참이나 큐브 스테이크와 우유를 먹고 있었는데. 이 거리의 치안은 엉망이네요."

"뇌물이 횡행한다잖아. 열심히 일하지 않는 녀석들이 많은 거겠지."

료도 아벨도 뇌물은 좋아하지 않는 것 같다.

"하지만 아벨이 돈을 준다고 하면 언제든지 받을 수 있어요."

"안 줄 거거든!"

료도 아벨도 뇌물은 좋아하지 않는 것 같다…… 아마도.

"결국, 그 두 사람 그대로 놔주긴 했는데……."

"아, 료는 걱정했었지."

두 사람은 킨코에게서 떨어져 대화를 나눴었다. 얼음에 갇힌 두 사람을 어떻게 할지에 대해.

"저대로 풀어주면 그들이 입막음을 당할 가능성도 있어요. 대장이라는 사람이 자기가 벌인 짓을 들킬 걸 염려해서요. 상부엔 도망자를 쫓느라 어쩔 수 없었다거나, 잡는 데 필요한 희생양이 되어 버렸다는 식으로 보고하지 않을까요?"

"킨코 같은 경우는 수비대 인간치고 제대로 된 녀석이긴 했지. 사실 별로 내키진 않지만 저대로 어딘가에 가둬두는 것도 나쁘지 않은 방법이라 생각했거든. 협조해줄 인재는 귀한 데다 특히나 킨코처럼 정의감 넘치는 녀석은 적으니까. 생명을 지켜주기 위해서라도 감금이나 연금을."

킨코에게는 두 사람의 대화가 띄엄띄엄 들려왔다……. 거기서 료를 향한 안타까운 오해가 생겨나고 있었다.

세계는 어쩌면 오해로 가득 차 있는지도 모른다.

◆

지마리노 거리의 어느 곳, 『새벽국경단』의 은신처.

검은 바탕에 붉은 자수가 달린 로브를 두른 세 여성이 특수한 신호를 했고, 곧 열린 문으로 들어갔다.

"다녀왔습니다."

"어서 오십시오, 플로라 두목!"

황갈색 머리의 여자가 인사를 건네자 그녀를 마중 나온, 하늘

색으로 물든 머리의 남자가 한껏 고개를 숙여 인사했다.

그에 따라 다른 열 명 정도의 남자들도…… 한껏 고개를 숙여 인사를 했다.

"어서 오십시오, 두목!"

"다녀왔어요, 지기반, 모두들."

거칠고 위협적인 느낌의 인사를 받고도 상냥하게 인사를 되돌려주는, 플로라 두목이라 불린 황갈색 머리의 여성.

참고로 그 뒤를 따르는 두 사람, 마법사 나라는 무표정했고, 검사인 카라는 작게 고개를 흔들며 안쪽 방으로 들어갔다.

안쪽 방에도 다른 사람들이 있었다.

앞쪽 방에 있던 열 명 정도가 딱 보기에도 도적…… 의적이라기보단 도적 같아 보이는 자들이었다면, 뒷방에 있는 네 명은 그나마 모험자로 보였다. 사실 한 사람을 제외하고는 전직 모험자였다.

그중 한 명인 초로의 신사가 공손히 고개를 숙여 그녀를 맞이했다.

"어서 오십시오, 플로라 아가씨."

"다녀왔어, 도로테오."

그리고 의자에 앉아 있던 세 명의 전직 모험자…… 두 명의 여자와 한 명의 남자가 일어나 고개를 숙였다.

"어서 오세요, 플로라 님."

"다녀왔어, 비비아나, 타티아나, 옥타비오."

비비아나와 타티아나는 쌍둥이 여성, 그리고 옥타비오는 그 둘의 동생. 세 사람 모두 20대 후반의 일류 모험자…… 연합의 모험자 길드에는 B급으로 등록되어 있었으니 틀림없는 일류라고 할 수 있었다.

이것이 의적 『새벽국경단』을 구성하고 있는 전력이었다.

언뜻 보면 제각각에, 출신도 경험도, 살아온 과정도 다 다르다. 하지만 단 하나, 전원에게 공통되는 것이 있었다.

플로라를 위해서라면 기꺼이 죽을 수 있다는 것.

그것만큼은 완전히 일치된 집단이었다.

안쪽 넓은 방에서 회의가 시작되었다. 집사 도로테오를 제외한 17명 전원이 의자에 앉아 플로라 쪽을 향하고 있었다. 도로테오는 전원 몫의 홍차를 내리고 있었다.

대부분이 앉아서 차분히 이야기하는 것과는 거리가 멀어 보이는 도적 느낌 물씬한 사내들…… 하지만 그들도 자리에 앉아 한마디도 빠뜨리지 않기 위해 귀를 기울이고 있었다. 회의에서 발언을 하는 경우는 거의 없지만 언제나 진지하게 참가했다.

이유는 단 하나.

플로라가 그러기를 원했으니까.

"우리가 이 지마리노의 거리에 들어온 지 2주일. 드디어 습격이 이루어졌다."

회의의 포문을 여는 것은 호위검사 카라의 몫이었다.

"2주…… 당초 예상대로 꽤 걸렸네요. 지마리노의 치안이 거의 작동하지 않는다는 증거입니다."

"그렇다면 역시 수비대는 물론 정청 상층부까지 부패했다는 뜻이겠네요."

모험자 비비아나와 타티아나가 분석하고는 단언했다.

『새벽국경단』은 자신들이 발견될 때까지의 기간을 측정하여 그 거리의 상층부가 얼마나 부패하고 뇌물이 횡행하고 있는지를 추측했다.

뇌물 같은 건 거의 없고 윗선도 청렴한 자들이 많은 거리는 수비대를 포함한 아랫사람들도 열심히 일하기 때문에 발견이 빠르다. 그들은 그런 거리는 빠르게 빠져나간다. 하지만 뇌물이 횡행하여 위에서 아래로 부패한 거리는 발견되기까지 일주일이 훌쩍 넘는다…… 이 지마리노처럼.

플로라를 포함한 세 사람이 밤새 술집을 다닌 것은 거리 경비가 얼마나 잘 작동하고 있는지, 나아가 부패의 진행 정도를 가늠하기 위해서였다.

물론 플로라가 큐브 스테이크에 빠져 있었던 것도 계산…… 이었지만 어느샌가 진심으로 그 맛에 빠져버린 것 또한 사실.

"평소 쓰는 작전이라지만 발견됐을 때는 늘 간담이 서늘합니다."

쓴웃음을 지으며 그렇게 말한 것은 모험자 옥타비오.

"특히 이번에는 현상금 사냥꾼 『반잔』 녀석들이 포위하자마자 다짜고짜 마법으로 공격했으니까."

"응, 그건 정말 놀랐어. 역시 그렇게 거칠었던 건 처음이지?"

모험자 비비아나와 타티아나가 마주 보며 말했다.

"뭐, 안에 있던 우리들은 포격을 당하고 있는 것도 몰랐지만."

검사 카라는 작게 고개를 흔들며 말했다.

플로라도 빙그레 웃으며 고개를 끄덕였다.

"맞아! 뭔가 〈마법 장벽〉이 쳐져 있었어!"

"세 사람의 공격을 튕겨내는 〈마법 장벽〉은 옥타비오라도 무리 아냐?"

"당연히 무리지."

모험자 3인방이 흥분한 채 대화를 나누고 있다. 참고로 동생 옥타비오는 검사이면서도 마법도 쓸 줄 아는 실로 우수한 남자다.

세 사람은 플로라 일행을 그늘에서 지켜보는 역할이었기에 술집 역시 멀리서 지켜봤다. 현상금 사냥꾼들에 의한 공격이 개시되고, 구경꾼들이 생겨난 틈에 그 사이로 들어가 조금 더 가까이서 봤는데……

"그때 그 마법사는 얼음벽이라고 했었나?"

"네. 아가씨처럼 큐브 스테이크와 우유를 먹고 계셨죠."

플로라가 말했고, 검사 카라가 미묘하게 다른 방향으로 동의했다.

"아니, 얼음벽이라니……."

모험자 동생 옥타비오가 작게 고개를 흔들었다.

"게다가 얼음벽으로 술집 전체를 덮고 있으니까 괜찮다고 하던데."

플로라가 그때 일을 떠올리며 즐거운 듯이 말했다.

그러자 줄곧 잠자코 있던 마법사 나라가 입을 열었다.

"보통은 무리야. 그건 괴물."

"응, 나라, 좀 더 말을 가려서 할까?"

나라의 말을 검사 카라가 쓴웃음을 지으며 나무랐다.

하지만 그런 나라의 말에 회의실 안이 술렁였다.

"나라 씨조차도 괴물이라고 할 정도의 마법사……."

"그런 말도 안 되는 자가 이 거리에 있다고?"

"아니, 하지만 지켜줬다는 건 우리 편이라는 거 아냐?"

"이번에는 우리 편이라 해도 계속 그렇다고는 할 수 없잖아……."

"하지만 적으로 돌아선다고 해도, 싸울 수 있겠어?"

그 말에 누구랄 것 없이 입을 다물었다.

그동안 수많은 거리에서의 활동을 통해 마법사 나라의 힘은 잘 알고 있었다. 그런 나라가 괴물이라고 단언하는 상대를 적으로 돌린다면, 싸울 수 있을까?

"플로라 님을 위해서라면 싸울 수 있어!"

그렇게 단언한 것은 도적 쪽의 사내들을 이끄는 지기반이었다.

"플로라 님을 위해서라면 싸울 수 있다!"

다시 한번 결의를 담아 지기반은 단호히 외쳤다.

"오오!"

그에 호응하듯 대답하는 열 명의 부하. 그 마음은 진심이다.

"고마워. 하지만 아마 괜찮을 거야. 그 사람들은 적이 되지 않을 테니까."

플로라는 빙그레 웃으며 그렇게 딱 잘라 말했다.

이유는 말하지 않았다. 하지만 그곳에 있는 자들에게는 그것만으로 충분했다.

플로라 님이 그렇게 말했으니까. 그저 그뿐이면 된다. 그것만
으로 믿기엔 충분했다.

"그래서 지기반, 이 거리 부패의 중심에 있는 건 역시……."

"네, 플로라 두목. 두목의 정보대로 상인 엘레메예브나였습니
다. 현상금 사냥꾼 『반잔』 놈들을 수배한 것도 엘레메예브나였고
요. 그게 다가 아니라……."

여기서 지기반은 한번 말을 끊었다. 자신이 전달할 내용의 크
기를 다시금 가늠한 것이다.

"3년 전 이 거리의 태수(太守) 부인이 사고에 휘말려 사망했는
데, 사실 그 사고를 만든 것도 엘레메예브나였다는 정보의 확증
을 얻었습니다."

그 정보까지는 아무도 상상하지 못한 것이었다. 플로라와 집사
도로테오를 제외한 모두가 숨을 삼켰다.

태수 부인의 모살은 보통 사건이 아니었다.

물론 그런 정보를 얻어낼 수 있다는 것도 보통은 아니었지만.

"지기반, 확증을 잘 찾아냈군요."

"네. 이 거리에 들어온 지 2주일이나 됐으니까요. 당시 실행범
들은 모두 죽었지만, 아가씨께 받은 정보대로 실행범 중 한 명이
동생에게 남긴 편지를 확인했습니다."

지기반의 보고를 듣고 플로라는 고개를 끄덕였다.

호위검사인 카라는 늘 생각했다.

플로라 아가씨는 사실 술집 같은 곳에 다니면서 부패 검증 같
은 걸 할 필요가 전혀 없는 게 아닐까. 처음부터 부패에 대한 정

확한 정보를 얻고 있는 것이 아닐까. 술집 같은 곳에 나가는 것은 단순한 취미고, 거기에 이유를 붙이기 위해 부패 검증이라고 하는 것이 아닐까.

확실히 부패가 진행된 마을은 자신들을 발견하기까지 시간이 걸린다…… 그 걸리는 시간과 부패의 진행도는 비례할지도 모른다. 부정은 할 수 없지만…… 약간의 의문이 드는 것도 사실이었다.

물론 그렇더라도 플로라에 대한 충성에는 한 조각의 그늘도 없었다.

다만 그녀 자신을 위험에 노출하지 않았으면 하는 마음인 것이다.

"태수의 눈을 뜨게 해 주기 위해서라도 화려하게 벌이죠."

플로라가 빙긋 웃으며 그렇게 말하자 모두가 일제히 고개를 끄덕였다.

이미 계획은 짜여 있다. 지난 2주간 이미 준비는 완료했다.

안타깝지만 예상대로 지마리노 거리의 부패는 진행되고 있었다.

그 중심에 있는 사람도 알고 있다. 상인 엘레메예브나.

뇌물을 주고받는 방법 등의 구체적인 방법은 모르지만 그 부분은 상관없었다. 그녀들은 공공 기관이 아니다. 의적이다. 근본은 마음속 정의감에 따라 행동하는…… 그런 집단.

그래, 그게 의적 『새벽국경단』인 것이다.

염제

지마리노의 거리 어딘가의 은신처에서 내일을 향해 17명의 동료들이 일치단결하고 있을 무렵, 거리에 있는 검사와 수속성 마법사는 내일을 향한 희망 따위는 품지 못했다.

"아벨, 〈수동 소나〉로 확인해 보니 여기저기서 사람들이 돌아다니고 있어요."

"큰일이네. 순찰을 강화한 건가."

"이런 심야, 그보다 이제 곧 새벽 3시예요. 심야의 걷기 모임이 아닌 이상 수비대 순찰을 강화했다고 봐야겠죠."

"걷기 모임은 또 뭐야……."

"이웃과 동네 사람을 초대해 심야, 즉 새벽 두 시 반에 거리를 행진하는 집단을 말해요. 횃불을 들고 위에서부터 아래까지 흰 로브나 망토를 입은 채…… 하얗고 오싹한 마스크까지 쓰고 있으면 금상첨화죠."

"……누가 봐도 수비대가 모여 단속하는 쪽이겠네."

"그 사이에 우리는 도망칠 수 있어요!"

물론 그런 집단은 없다.

모두 료의 망상이다……. 그런 것과 만나면 반드시 소리를 지르도록…….

슈욱.

아벨이 후방으로 뛴 것은 완전히 직감이었다.

그와 함께 료도 뒤쪽으로 뛰었다. 하지만 놀랐다. 대화를 하고 있었다고는 하지만 〈수동 소나〉에 일정 부분 의식은 두고 있었다.

이 모퉁이에 움직이는 사람은 없었다.

그래, 움직이는 사람은 없었다……. 이 눈앞에 나타난 붉게 빛나는 검을 가진 남자는 움직이지 않았다……. 즉, 료의 〈수동 소나〉에 걸리지 않을 정도로 멈춰 있었다?

남자가 걸친 남색 망토는 확실히 어둠에 동화되어 있었지만 갈색 머리…… 라기보단 오렌지색이라고 해야 할 머리는 눈에 띄었다.

하지만 그보다 더 신경 쓰이는 것은 남자가 휘두른 검…….

"붉게 빛나는 검은 마검이죠……."

"아아, 맞아."

료가 속삭였고 아벨이 답했다. 자신의 마검을 들고.

오렌지색 머리 사내의 눈이 가늘어졌다.

아마도 자신처럼 아벨이 마검을 가지고 있다는 것을 알아차렸기 때문일 것이다.

"마검을 든 적이라. 분수에 맞지 않는군."

오렌지색 머리 사내는 감정의 기복이 없는 목소리로 그렇게 말했다.

도발하는 것이 아니라 진심으로 그렇게 생각하고 있는 것 같았다.

"분수에 맞는지 아닌지는 직접 시험해 보는 게 어때?"

아벨은 완전히 도발하고 있었다.

"그러지."

오렌지색 머리 사내는 그렇게 말하고는 단숨에 간격을 좁히더니 검을 내리쳤다.

채앵.

아벨은 그 내려치는 검을 확실하게 받아쳤다. 표정 하나 바꾸지 않고.

마치 '이 정도인가?'라고 말하듯이.

당연히 검을 내리친 오렌지색 머리 사내도 그것을 알아차렸을 것이다.

"죽인다."

딱 한 마디.

하지만 내리치기 직전 표정에서 잠시 엿보였던 여유, 혹은 방심…… 그런 기색은 완전히 사라졌다. 단 한 번의 합으로 마검을 든 적, 즉 아벨이 방심해도 되는 상대가 아니라는 것을 알아차린 것이다.

한편 아벨은.

표정 하나 바꾸지 않고 오렌지색 머리 사내의 공격을 받아냈지만, 속으로는 경악과 함께 당황하고 있었다.

'잠깐, 잠깐, 잠깐! 뭐야, 이 녀석은! 말도 안 되게 무거운 검에 놀라울 정도로 날카로운 움직임, 그리고 감도는 공기도 범상치 않아. 거리의 수비대가 아닌 건 물론이고 모험자…… 랑도 좀 다르다. 나이는 나랑 비슷해 보이는데 그동안 겪어 온 수라장이……. 아니, 나도 B급 모험자로서 나름대로 산전수전을 겪었지만, 이 녀석은…… 그래, 종류가 달라. 내가 모험이라면, 이 녀석은…… 전장? 혹은 암살? 암살 교단 녀석들이 쓰는 검은 아니지만…… 틀림없어. 이놈이 베어온 사람 수는 몇 백 정도가 아니다.'

확실히 말해서 지금까지 아벨이 상대해본 적 없는 타입.

물론 살인자를 포함해 범죄자와 검을 섞은 적은 있었다. 룬의 위병대장 니무르가 도움을 요청해 온 것처럼, 그런 식으로 종종 포획 일을 도와주고 있었기 때문이다.

하지만 그런 자들이 상대라고 해도 눈앞의 오렌지색 머리 사내처럼 휘감은 공기 자체가 다른 경우는 없었다……. 그들은 어디까지나 범죄자일 뿐…….

"도륙마의 검……."

그런 말이 아벨의 귀에 들려왔다.

료가 중얼거렸던 것이다.

'그래, 도륙마라……. 그렇군, 그게 가장 잘 와닿네. 아니, 그만하자. 이 이상 쓸데없는 생각을 하면서 싸울 수 있는 상대가 아냐.'

곧바로 아벨은 작고 짧지만 조금 깊은 숨을 내뱉었다.

그 한 번의 숨에 사고를 완전히 눈앞의 전투에만 집중시킨 것이다. 그야말로 일류 기술.

다음 순간, 두 마검사의 싸움이 시작됐다.

찌르고, 내려치고, 옆으로 베고, 몸을 움직여 상대의 검을 피한다.

료가 휘두르는 검과는 전혀 다르다……. 검법이라고 해야 할까, 혹은 사상이 다르다고 해야 할까……. 물론 어느 쪽도 완전한 정답은 아니었다.

마지막에 서 있는 자가 옳다.

그것이 동서고금, 삼천 세계, 모든 것을 관통하는 검의 진실.

"굉장하다······."

아벨의 검도, 오렌지색 머리 사내의 검도, 료의 검과는 전혀 달랐다. 하지만 두 사람이 휘두르는 검의 굉장함은 료에게도 고스란히 전해졌다.

노력과 재능, 그리고 경험. 그 모든 것이 융합된 검······ 모든 것을 손에 쥐고 있지 않으면 도달할 수 없는 경지.

아마 두 사람의 머릿속에는 눈앞의 상대밖에 없을 것이다.

그리고 그것이 검사가 할 수 있는 지고의 경험이리라.

료는 넋을 잃었다.

두 검사의 싸움에.

료도 알고 있었다. 아벨이 승리하도록 도와줘야 한다는 것을.

하지만 그럴 수가 없었다. 온 힘을 다해 맞부딪치는 두 사람을 방해하는 것은······ 눈치가 없는 걸 떠나 큰 모욕이라는 생각이 들었던 것이다.

그런 기분이 드는 일은 거의 없다. 적어도 기억에 남는 한 그런 경험은 없었다.

하지만 틀림없이 이것만은 말할 수 있었다.

지금 눈앞의 싸움을 멈추는 것은, 혹은 개입하는 것은 잘못된 것이다.

그렇다고는 하지만 새벽 3시의 거리. 거기서 칼부림 소리가 나면 당연히 울려 퍼진다.

게다가 주변 곳곳에서는 수비대가 순찰을 하고 있었다. 그들이 모여들고 있었다.

"〈아이스 월 패키지〉."

아벨과 오렌지색 머리 사내가 검싸움을 펼치고 있는 사거리를 중심으로 거의 20미터 사방이 얼음벽에 둘러싸였다.

"이제 아무도 방해할 수 없어요."

료는 만족스러운 얼굴로 그렇게 말하고는 다시 관전을 시작했다……. 아니, 물론 아벨을 걱정하며 보고 있었다.

관전을 즐기는 것이 결코 아니다!

……미안합니다, 거짓말입니다. 관전을 즐기고 있습니다.

료는 두 사람의 움직임에 맞춰 손발이 조금씩 움직이거나, 명확하게 말로 나오진 않지만 앗, 이나 큭, 하는 소리가 새고 있었다.

관전하면서 자신이라면 이렇게 할 텐데, 하는 생각을 하고 있는 것이다.

보는 쪽의 레벨이 높으면 일반인으로는 상상도 할 수 없는 경험을 얻을 수 있다……. 검싸움도, 관전도, 그리고 독서도 마찬가지다!

"하아, 하아, 하아……."

"젠장……."

아벨도 숨이 상당히 차올랐고 오렌지색 머리 사내는 욕설을 퍼붓고 있었다.

"이걸 써야한다는 건 열 받지만……."

오렌지색 머리 사내가 그렇게 중얼거리더니 말을 이었다.

"모랄타, 염제 해방."

그 순간 오렌지색 머리 사내의 마검이 유난히 강하게 빛나며 새빨갛게 물들었다.

"말도 안 돼……."

아벨의 중얼거림은 료에게도 들렸다.

"죽어라."

오렌지색 머리 사내의 귀신처럼 빠른 횡격. 하지만 그 검에도 익숙해진 아벨은 본인의 검으로 받아쳤지만…… 붉게 물든 마검은 아벨의 검을 스르륵 빠져나갔다.

서걱.

아벨은 초인적인 반사 신경으로 상반신을 뒤로 젖혀 몸이 양단되는 것을 막았다. 하지만 가슴이 가로 일 자로 깊게 베였다.

그런 것 따위 개의치 않는다는 듯, 아벨은 가슴을 젖힌 지점에서 반동을 사용해 단숨에 검을 내리쳤다.

빠져나가는 검이라면 받지 못할 것이었다.

하지만…….

채앵.

오렌지색 머리 사내의 마검은 붉게 빛나면서 아벨이 내려친 공격을 받아냈다.

"큭……."

아벨의 입에서 무심코 새어 나오는 분노 섞인 신음. 그리고 이내 크게 물러났다.

"자, 여기까지입니다. 〈아이스 월 5층〉."

두 사람 사이로 들려온 목소리에 의해 두 사람은 갈라졌다.

채앵, 챙, 챙.

둘을 갈라놓은 얼음벽을 향해 몇 번이나 검을 내려치는 오렌지색 머리 사내.

그 모습을 뒤로 한 료는 아벨의 곁으로 걸어갔다. 포션을 손에 들고.

아벨은 자신의 마검을 지팡이 삼아 간신히 서 있었고, 그 시선은 얼음벽 너머의 오렌지색 머리 사내를 노려보고 있었다.

"아벨, 일단 포션 먼저."

"아아."

아벨은 포션을 받고 절반을 베인 가슴에 뿌리고 나머지 절반은 다 마셨다.

"여러모로 복잡하겠지만 일단은 도망치죠. 수비대가 너무 많이 모였어요."

"알았어."

유달리 차분한 료의 목소리에 의해 한껏 흥분한 아벨의 감정도 조금은 가라앉았다.

검을 든 흥분한 인간……, 이건 아무리 료라도 무서웠다.

료가 둘러싼 20미터 사방의 얼음벽 바깥에는 상당수의 수비대가 와 있었다.

"으음, 이렇게 된 이상…… 〈아이스 월〉 반사율을 바꿔서 미로처럼 잔뜩 만들어둔 다음……."

료는 굳이 입 밖에 내서 말하고 있었다. 아직 얼음벽 너머에 있는 오렌지색 머리 사내를 노려보고 있는 아벨을 생각해서 그런 것이다.

무슨 생각을 하고 있는지는 료로서는 알 수 없었다.

모르겠지만…… 마음이 평화롭지는 않을 것이다. 그건 어쩔 수 없다. 졌으니까. 지면 분하다, 그건 료도 알고 있다…… 거의 매일같이 지고 있으니까.

룬의 거리에서 세라와 모의전을 하고 있지만 언제나 지고 있고…… 론도 숲에 있을 무렵에도 매일 밤 듀라한과 싸우면서 지기 바빴다.

늘 지기만 하는 료이기 때문에 알 수 있었다. 사람은 진 뒤에 더 강해진다는 것을!

"아벨, 지는 건 부끄러운 게 아닙니다. 거기서 다시 설 때마다 사람은 강해지는 거죠."

"료치고는 제대로 된 소리를 하네."

"료'치고는'이 뭐예요, '치고는'이. 실례네요! 저는 늘 제대로 된 말을 한다고요. 아니, 오히려 제대로 된 말밖에 한 적 없어요!"

"지금 한 마디로 다 망쳤어……."

"헉, 실수……."

이 두 사람에게 시리어스는 어울리지 않는 것일까…….

결국 얼음벽과 얼음바닥을 대량 제작해 추격자를 막고 두 사람은 도망쳤다.

"또 도망쳐 버렸는데…… 우리 나쁜 짓은 안 했죠."

"뭐, 그렇긴 한데. 그래도 잡히면 난감해, 그렇지?"

"네. 쫓기면 도망치고 싶어진다……. 처음 들었을 때는 전혀 이해가 가지 않았는데 이렇게 실제로 쫓겨보니 잘 알겠네요. 쫓아오는 쪽이 나쁜 거예요!"

"수비대도 그게 역할이긴 하지……."

"그런데 이해가 안 가긴 해요. 애초에 저 사람들은 뭘, 아니면 누구를 쫓고 있는 걸까요? 그리고 왜 쫓아야 하는 걸까요?"

"확실히 그건 의문이군."

하지만 아벨은 거기서 뭔가를 알아차린 듯 퍼뜩 놀랐다. 그리고 입을 연다.

"쫓길 만한 이유는 있어."

"네? 뭔데요?"

"성벽에 구멍을 내고 이 거리에 침입했으니까."

"그걸 들켰어요?"

"아니, 그렇진 않겠지만……."

들킨다고 해도 이렇게까지 대규모 수색을 하지는 않을 것이다.

"뭐, 듣고 보니 그건 범죄일수도 있겠네요. 기물 파손이군요. 그럼 우리가 쫓기는 건 어쩔 수 없죠."

"아니, 그건 아니야. 쫓겨야 할 사람은 료 한 명이지."

"네? 무슨 말이에요?"

"성벽에 구멍을 낸 건 료니까. 난 아니야."

"아벨, 이 비겁한……."

료와 아벨은 빠른 걸음으로 이동하면서 그런 대화를 나누고 있었다……. 그래, 대화다. 결코 책임을 전가하는 것이 아니었다.

조금 전의 아벨과 오렌지색 머리 사내의 검싸움으로 인해 거리에 흩어져 있던 수비대가 꽤나 저 주변으로 모여든 덕분에 지금 있는 곳은 반대로 수비대가 적어진 상태였다.

모인 자들은 〈아이스 월〉은 둘째치고 〈아이스반〉에 의해 이동을 저지당해 저 주변에 머물러 있을 것이다…… 가엾게도.

"이것도 다 아벨이 잘못한 거예요. 아벨의 지시에 따라 전 어쩔 수 없이 얼음을 도로에 깐 거니까요……."

"거짓말은 금방 들통나는 법이지. 엄청나게 웃는 얼굴로 큭큭 큭, 영구 전도의 지옥을 계속 맛보도록 해라, 라면서 얼음을 깔았잖아."

"그건 슬픈 마음을 눌러 죽이고 제 진심을 얼버무리기 위해 애써 만든 미소의 가면이었어요."

"미소의 가면이라니……."

말도 안 되는 료의 변명을 듣고 한숨을 내쉬는 아벨. 그렇지만 도망에 성공한 것은 사실이었다.

아벨은 료의 시선이 자신의 검에 쏠려 있는 것을 깨달았다.

"왜?"

"아까 그 오렌지색 머리 남자가 든 마검, 마지막에 엄청났죠?"

"아아. 능력 해방이니 마검 발동이니, 여러 가지 명칭으로 불리는 그거 말이지."

"능력 해방은 그렇다 쳐도 마검 발동이라니…… 현대 판타지스럽네요."

"잘은 모르겠지만 뭐, 다양한 마검이 있으니까."

이상한 것에 감탄하는 료와 작게 고개를 흔들며 대답하는 아벨.

"아벨의 마검도 오렌지색 머리 녀석처럼 굉장한 마검 발동! 이런 거 할 수 있지 않을까요?"

"글쎄, 어떨까……. 난 잘 몰라."

"모른다니……."

"마검이니까 우선 부러지지 않는다. 그거면 충분해."

"네? 그것뿐? 능력 같은 거, 준 사람한테 안 물어봤어요?"

"인계받았을 때 그런 능력 얘기는 없었어. 유명한 검은 그 특성이 전해져. 제국의 보검 레이븐, 그것도 마검이지만 검에게 인정받으면 화속성과 풍속성 마법의 수준을 끌어올려주지. 피오나 황녀가 그런 경우야."

"아아……."

"하지만 이전 소유자였던 루퍼트 6세 폐하는 잘 다루지 못했다는 말을 들은 적 있어. 아마 나도 아직 이 녀석을 완벽하게 다루지 못하는 거겠지."

그렇게 말한 아벨은 짊어진 마검 자루를 두드렸다.

아벨만 한 검사조차 인정하지 않는 마검…….

"허들의 높이가 엄청나게 높네요. 근데 아까 그 오렌지색 머리 남자는 능력 해방을 했었죠? 검 실력만으로 봤을 때 아벨도 오렌지색 머리 남자랑 별반 다르지 않아 보였어요."

그랬다. 료가 보기엔 둘 사이에 차이가 있어 보이지 않았다. 두 사람 모두 상당히 수준 높은 검 실력을 갖고 있었기에 초일류 검사란 이런 것인가, 하며 감탄한 것이다.

"기술이 비슷해도 서도 거쳐 온 수라장이 달라."

"그런가요?"

"아아, 저 녀석은 엄청난 수의 인간을 베어 온 남자야."

"혹시 아벨, 아까 그 오렌지색 머리 남자가 누군지 알고 있어요?"

아벨의 말을 들은 료는 그렇게 직감했다.

"마검의 능력을 해방할 때 모랄타라고 했잖아. 그게 저 검 이름이다. 마검 모랄타. 주인은 10년 전부터 변하지 않았을 테니……염제라는 이명을 가진 검사 프람 딥로드일 거다."

"이명을 갖고 있다는 건 유명인이라는 건가요?"

"그쪽 방면에선 말이지. 10년 전에 일어난 왕국과 연합의 『대전』은 알고 있지? 연합의 표면적인 영웅은 현 연합의 집정 오브리 경이지만, 그늘 속 영웅은 염제 프람 딥로드다."

"그늘 속 영웅……."

"소문으로는 천 명을 베었다던데."

"천의 도륙마……. 어라? 그런데 아까 그 사람 아벨이랑 또래 아니었나요? 10년 전이라니……."

"그래, 나와 같은 스물여섯 살일 거야. 10년 전이면 16살……. 그 나이에 전쟁에서 활약한 셈이지."

"뭐죠, 그 전설 같은 도륙마는……."

어디 만화에 나오는 주인공인가?

확실히 검의 달인 중에는 나이 어린 천재가 많았다. 신선조 1번

대 조장으로 알려진 오키타 소지 등이 그 전형적인 예로, 15세에 천연이심류를 사용했다고 알려져 있다. 자료에 따라서는 천연이심류뿐만 아니라 북진일도류 또한 모두 통달했다는 말도 있다.

그렇게 생각하면 16세에 천 명을 죽이는 것도 완전히 불가능한 일은 아니겠지만…….

"열여섯 살에 천 명이나 되는 사람을 벴다면 마음이 고달팠겠네요……."

"평범한 생활은 못 하겠지."

료는 마음속 깊이 연민을 느꼈고 아벨도 같은 의견이었다.

성인이 되고 난 뒤라도 천 명이나 베는 건 힘들 것 같지만…….

◆

료는 오렌지색 머리 사내, 염제 프람 딥로드 때의 실수를 반복하지 않기 위해 기본적으로는 〈수동 소나〉를 쓰면서도 가끔은 〈능동 소나〉를 섞어 주위를 살피고 있었다.

〈수동 소나〉는 은밀성이 높은 정보 수집 수단이지만 움직이지 않는 것은 파악할 수 없다. 하지만 〈능동 소나〉라면 감이 예리한 상대가 눈치챌 가능성도 있지만 움직이지 않는 것에 대해서도 일정한 정보를 얻을 수 있었다.

그렇게 해서 얻은 정보로…….

"아벨, 전혀 움직이지 않는 사람이 있어요."

"길거리에서 자고 있는 노숙자 아냐?"

"그럴 가능성도 있지만…… 가끔 걷기도 해요."

"방금 전혀 움직이지 않는다고……."

"그건 말이 그렇다는 거죠! 아무튼 그 걸음걸이가 척후 쪽 사람 같아요."

료가 머리에 떠올린 것은 룬에서부터 게코 대상을 함께 호위해 온 『스위치백』의 척후 수였다.

걸음걸이란 사람마다 특징이 있는 법이지만 직업에 따라서도 많이 달라진다.

검사와 마법사나 신관은 아마추어도 알 정도로 다르다.

하지만 그 이상으로 다른 것이 척후였다. 물론 평소 척후들은 발소리를 내지 않지만, 땅바닥에 발을 붙이는 방법은 물론 그 리듬, 심지어 허벅지를 포함해 다리 전체를 옮기는 방법도 달랐다.

"료의 마법은 걸음걸이의 차이 같은 것까지 알 수 있어?"

"그럼요! 평소부터 해온 공부의 성과죠. 그 얼마 안 되는 정보가 생사를 가를 수도 있으니까요. 죽은 뒤엔 좀 더 할 걸 그랬어 ~ 라는 말 같은 건 못하잖아요."

"그런 부분에서 료는 진지하지. 존경스러워."

"아뇨, 뭘 그 정도로."

아벨이 솔직하게 칭찬했고, 료가 수줍어했다.

당연한 일을 하고 있다고는 하지만 누구나 칭찬을 받으면 기쁜 법이다. 그리고 그런 단 한마디의 칭찬이 놀라운 성장을 촉진하기도 한다.

칭찬은 교육의 기본이다.

"뭐, 어쨌든 척후 같은 느낌의 사람이에요. 어쩔까요?"

"다른 정보가 없으니까 말이지. 만약 정보를 가지고 있다면 물어보고 싶긴 한데. 애초에 이런 시간에 숨어 있는 척후…… 아무리 모험자라 해도 봉쇄된 거리에 심야라는 시간대가 신경 쓰이네."

"동감이에요. 아, 이제 사정권에 들어왔네요."

"상대는 척후지? 가까이 오면 도망가긴 힘들려나……. 아니 잠깐, 지금 사정권이라고 했어?"

"〈빙관〉."

이 세상에 또 하나, 사람이 담긴 얼음 관이 만들어진 것이었다…….

"응, 응. 제대로 잘 잡았네요."

료는 그렇게 말하고 얼음 관을 탁 쳤다. 그 완성도가 만족스러운 듯했다.

"아니…… 갑자기 얼음에 가두는 건…… 좀 어떨까 싶은데."

아벨은 그렇게 말하고 얼음에 갇힌 남자를 보았다.

확실히 수비대나 일반적인 주민이라기보단 척후에 가깝…… 다기보단, 그저 느낌이지만…….

"도둑 같아 보여……."

"아벨, 편견에 찬 시선으로 보고 멋대로 그런 꼬리표를 붙이다니 감탄스럽……."

료는 남자를 보면서 거기까지 말하더니 말을 한 번 끊었다.

그리고 다시 말을 이었다.

"어쩐지 저한테도 도둑처럼 보이네요."

결국 아벨의 의견을 긍정한다.

확실히 뭐 때문에 도둑으로 보이는지는 모르겠지만, 모험자 척후보단 도둑이라는 말을 붙이는 편이 잘 어울렸다

"그런데 어쩌면 그냥 그렇게 보일 뿐 사실 굉장히 착한 사람일 수도 있어요."

"아아…… 그건 부정할 수 없네……."

"얼굴 부분만 얼음에서 빼서 들어볼까요."

료는 그렇게 말하고는 남자의 목부터 위까지 〈빙관〉을 해제했다.

"얌마! 이게 뭐하는 짓이야! 지금 당장 여기서 내보……."

"〈빙관〉."

남자의 말은 끊기고 다시 얼음의 관으로 머리끝까지 덮였다.

"본 그대로였어요……."

"그러게……."

료도 아벨도 작게 고개를 흔들고 있었다.

"직업 차별은 좋지 않다고 생각해요."

"동감이야."

"하지만 아무리 봐도 도둑으로 보여요."

"어째서일까. 술집에서 만난 『새벽국경단』은 전혀 그렇게 안 보였는데."

"그녀들은 의적입니다. 뜻이 달라요!"

아벨은 새벽국경단을 자칭한 세 사람을 떠올리며 고개를 갸우뚱했고, 료는 그들이 가진 뜻을 지적했다.

"그래…… 뜻이라……. 어떤 일이든 성실하고 열심히 임하면서 그 일에 자부심을 가진 녀석들은 보기 좋은 얼굴을 하고 있지. 그건 어떤 의미로 높은 뜻을 갖고 있는 걸지도 모르겠네."

"아벨, 좋은 말을 했네요. 일의 가치를 떠나서 뜻의 높이가 얼굴에 나타난다는 거군요. 과연. 그렇게 생각하면 이 남자의 뜻은……."

"별로 높지 않다는 거겠지……."

료와 아벨 사이에서 그런 결론이 나왔다.

"일단 여기서 뭘 하고 있었는지 물어볼까요?"

"아아, 그러자."

료가 제안했고 아벨이 승낙했다.

그리하여 다시 남자의 목부터 위까지의 얼음이 사라졌다.

하지만…….

"뭔 헛소리야, 이 자식들! 뜻이 어쩌니 뭐니 너희한테 듣고 싶지 않……."

"〈빙관〉."

남자는 다시 얼음 속에 갇혔다.

"뜻이 낮은 남자는 말이 많네요."

"그 두 가지에 관계성이 있는지는 모르겠지만……."

"도둑처럼 보이고 도둑처럼 행동하며 도둑처럼 말하는 사람은 도둑이다. 그런 격언이 있죠."

"아니, 료, 누가 봐도 방금 지어낸 말이잖아……."

미국의 오래된 속담을 조금 변형시킨 료, 하지만 아벨에게는 인정받지 못했다…….

그런 가엾은 료는 개의치 않고 아벨이 말을 이었다.

"귀찮게 됐네. 이 얼음 속에 있어도 밖에 있는 우리 목소리는 들리는 거지?"

"네, 물론이죠. 고막은 떨리지 않지만 골전도 같은 느낌으로 들릴 거예요."

"응, 잘은 모르겠지만 들린다면 이대로 말할까?"

"그러죠."

아벨이 이대로 물어볼 것을 제안했고, 료도 그게 좋겠다며 고개를 끄덕였다. 하지만 이대로 두 사람이 말해도 뜻이 낮은 남자는 듣지 못할 가능성이 있다.

일단은 말이 잘 들리도록 만들어 줘야겠지.

"자, 뜻이 낮은 형씨. 당신이 소란을 피운다면 여기서 이대로 영원히 얼음에 가둬둘 생각이에요. 지금 그렇게 할 수 있을 리가 없지, 라고 생각했죠? 오해입니다. 애초에 보통 사람이었다면 인간을 얼음 조각으로 만드는 것조차 불가능해요. 하지만 당신은 얼음 속에 들어가 있죠. 보통 사람이 아니라는 겁니다. 내친 김에 이대로 얼음으로 납작하게 만들어버릴 수도 있어요."

료는 그렇게 말하고는 일부러 오른손을 들어 조금 흔들었다.

그 순간 남자의 눈에 공포가 깃들었다.

"지금 온몸이 조여졌죠? 얼음으로 살짝 압박해 봤어요. 이런 식으로 다리만, 혹은 팔만…… 완전히 짓뭉개버릴 수도 있어요. 네, 네, 무섭죠. 저도 불쌍하다고는 생각하지만 여기 이 극악무도한 검사의 말을 듣고 어쩔 수 없이 하고 있는 거랍니다. 하지만 당신이 이후 이 검사의 질문에 솔직하게 대답해 준다면 뭉개진 않을 거예요. 영원히 얼음 속에 갇힐 일도 없고요."

그런 료를 흐릿한 눈빛으로 바라보는 극악무도한 검사 아벨……, 료는 그런 아벨 쪽을 굳이 바라보지 않았다.

어쩐지 얼음 속 사내의 주의가 이쪽에 집중됐다는 느낌이…… 든 것 같았다. 얼음인 상태로 말할 생각이었지만, 귀를 열고 질문에도 답해줄 것 같다면 머리의 얼음은 없애도 되겠지.

료는 얼음 속 남자의 목부터 위까지의 얼음을 없앴다.

이번에 남자는 지난 두 번처럼 욕설을 퍼붓지 않았다. 아무 말도 하지 않았다. 그 표정은 공포로 일그러져 있었다.

"응, 제대로 얘기를 들을 상태가 된 것 같네요. 다행이에요. 그럼 이 극악무…… 검사의 질문에 답해주세요."

료가 그렇게 말하자 남자는 몇 번이나 고개를 끄덕였다.

"아아…… 뭐, 됐어. 일단 너는 뭐지?"

"무슨…… 나? 뭐냐니…… 아니, 잠깐! 얼음은 움직이지 마! 질문의 의미를 모르겠다고!"

아벨의 질문에 말대꾸하려던 얼음 속 사내는 료가 팔을 치켜드는 것을 보고 필사적으로 만류했다.

대답하고 싶지만 단순히 질문의 의미를 모르는 것 같았다.

"어려운 질문이 아니라 네, 아니오로 대답할 수 있는 질문이 낫지 않을까요?"

"아아, 그러게."

료의 제안에 아벨은 고개를 끄덕였다. 얼음 속 사내도 고개를 끄덕였다.

"너는 도둑인가?"

"어…… 아, 아니, 그건…….."

아벨의 질문에 대답을 망설이는 얼음 속 사내.

바로 료가 팔을 들었고…….

"잠깐만! 얼음은 움직이지 마! 대답할 테니까! 나, 난 확실히 도둑이 맞다…….."

공포로 얼굴을 일그러뜨린 남자가 답했다. 그것은 자백이나 다름없었다.

말하고 난 후 남자는 고개를 떨궜다.

그것이 완전한 투항의 순간이었을지도 모른다.

"그래서 넌 여기서 뭘 하고 있었지?"

"사람을…… 기다리고 있어."

"누구를?"

"로스터 대장."

얼음 속 사내가 대답한 순간, 찰나에 료와 아벨의 시선이 오갔다. 둘 다 속으로 고개를 끄덕였다.

"수비대 정청부를 관할하고 있는 남자 말이지."

"그래."

아벨의 말에 남자는 고개를 끄덕였다.

바로 전에 잡았던 성실한 수비대원 킨코가 말했던 뇌물을 잘 받는다는 대장이다. 고발한 부하의 월급을 반으로 줄인, 용서받지 못 할 짓을 벌인 사내!

"로스터 대장한테 뭘 받는 거지?"

"어……."

아벨이 한발 더 나아간 질문을 하자 얼음 속 사내는 말을 잇지 못했다.

아벨은 로스터 대장이 정청 안에서 뭔가를 훔치고, 그것을 남자에게 넘기려는 것이라 짐작하고 있었다.

"뭘, 받는 거지?"

아벨이 다시 한번 천천히 질문했고, 그에 맞춰 료가 오른손을 들었다.

"기다려! 대답할 테니까! 그…… 내용물은 모르지만 상자를 가져온다는 것 같아. 그걸 받아서 거리 밖에서 기다리고 있는 사람에게 가져가라고……."

뒤로 갈수록 목소리가 점점 작아졌다.

아마 그다음 질문을 예상할 수 있었기 때문이리라.

그것은 바로…….

"거리 밖에서 기다리고 있는 사람은 누구지?"

그리고 예상대로의 질문.

남자의 안색이 하얗게 질렸다.

"그건……."

말을 망설인다. 하지만 대답하지 않을 수 없다. 그건 알고 있다. 알고 있지만 대답하면…… 여기서 풀려난 후 자신의 생명이 위태로워진다…….

"게코다."

"응?"

"잉베리 공국의 어용 상인인 게코다."

"호오……."

아벨은 료를 보았다. 의견을 나눌 필요도 없이 두 사람의 생각은 일치했다.

"이런 상황에 와서도 거짓말을 하다니 도둑치고는 배짱이 있네."

아벨이 비웃듯이 말했다. 이어서 료가 오른팔을 들었다.

"잠깐! 진짜야! 좀 믿어줘! 너희들은 모를지도 모르지만 잉베리의 게코라고 하면 연합의 무력화를 위해 수단과 방법을 가리지 않는…… 뭐야, 다리가……."

얼음 속에서 무슨 일이 생긴 듯했다.

"어디부터 짓뭉갤까요……. 팔? 다리? 왼발부터 할까요?"

료가 전혀 감정이 담기지 않는 목소리로 말했다.

그 모습에 옆에 있던 아벨조차도 소름이 돋았다…….

"그만해! 정말이라고!"

"거짓말이에요. 우리는 게코 씨의 부하들이니까요."

"……뭐?"

료가 한 말에 얼빠진 표정을 짓는 얼음 속 사내. 하지만 그것은 찰나였다. 그 사이에도 왼발의 감각이 평소와 달랐기 때문이다.

"미안해! 미안했다! 내가, 아니, 제가 잘못 말했습니다! 게코가 아니라 곤골라도예요!"

"처음부터 솔직하게 그렇게 말했으면 좋잖아요."

료는 그렇게 말하고는 의미심장하게 오른손을 휘둘렀다. 그로 인해 얼음이 원상태로 돌아간 것인지 남자가 얕은 호흡을 반복했다.

"곤골라도라면 연합 서부에서 가장 힘을 가진 상인이지?"

아벨의 말에 남자는 말 없이 몇 번이나 고개를 끄덕였다.

"하여간…… 게코 씨가 당신처럼 딱 봐도 도둑처럼 생긴 사람을 써서 뭔가를 손에 넣으려고 할 리가 없잖아요. 거짓말을 하려면 거울이나 보고 좀 더 그럴싸하게 하든가."

료가 혼잣말을 하고 있었다. 씩씩거리는 효과음이 딱 들어맞을 것 같은 모습이었다. 아벨은 료의 귓가에 얼굴을 대고 남자에게 들리지 않도록 작은 소리로 속삭였다.

"곤골라도가 진짜라고 생각해?"

"정말일 거예요. 다리가 으깨질 것 같다는 착각이 들었을 테니까요. 그런 상황에서 거짓말을 하진 않겠죠."

"착각? 진짜로 압박한 게 아니라?"

"안 했어요. 남자 주위의 얼음만 밀도를 살짝 바꿔서 남자의 감각에 혼란을 줬을 뿐이에요. 협박만 한다면 몰라도 고문은 좀……."

"그, 그렇구나……."

료의 기준은 때때로 아벨도 알기 어려울 때가 있다.

아벨이 한숨을 쉬며 말하는 순간 료의 모습이 달라졌다.

"아벨, 정청에서 일직선으로 네 사람이 여기로 다가옵니다!"

"로스터 대장일지도 몰라. 이봐, 네 이름이 뭐지?"

"버가나다."

남자가 그렇게 대답한 직후, 그는 다시 머리끝까지 얼음 관에 덮였다.

◆

"좋아, 여기서 기다려라."

로스터 대장은 부하 세 명에게 길가에서 대기하라고 명령하고는 말에서 내렸다.

"알겠나? 무슨 일이 있어도 오지 마. 내가 나올 때까지 여기서 기다려라."

"예."

로스터는 그렇게 명하고 모퉁이를 돌아 어둠 속으로 들어갔다.

조금 걸어간 곳에서 속삭이는 듯한 소리가 났다.

"버가나. 있나?"

하지만 답장이 없다.

거기서 일곱 걸음, 더 안쪽으로 나아갔고…….

얼음에 갇혔다.

얼음에 갇힌 로스터 대장의 얼굴은 놀란 상태였다.

"무사히 확보했습니다. 부하 세 사람에게 움직임은 없네요."

료가 아벨에게 보고했다. 부하들이 대기하고 있는 곳에서는 모퉁이 끝이라 어두워서 보이지 않을 것이다.

"이 녀석이 가지고 온 상자 같은 건 알 수 있겠어?"

"네."

아벨이 묻자 료가 답했고, 얼음 관 안이 기묘하게 움직이기 시작했다. 호주머니를 더듬던 얼음이 손바닥보다 조금 큰 상자를 토해냈다.

"이거예요."

료는 그것을 받아들어 아벨에게 전했다.

"재주 좋은 얼음이네……."

"꾸준한 단련의 성과죠."

아벨이 질린 얼굴로 말했고, 료가 가슴을 펴고 답했다. 물속에서 마치 슬라임 같은 느낌으로 움직인 것이다……. 여러모로 평범하진 않았다.

아벨은 걸쇠를 풀고 상자를 열었다. 안에 들어 있던 건 주먹만 한 크기의 붉은 보옥.

"이건……."

"붉은…… 마석?"

아벨은 말을 멈췄고, 료는 느낀 그대로 말했다.

하지만 말하고 나서 깨달았다. 붉은 마석은 본 적이 없다. 그렇다기보다는 녹색 마석과 노란색 마석밖에 보지 못했다.

붉은 마석, 즉 화속성 마석은 처음이다.

"그래, 이건 화속성 마석이다. 극히 드물지."

"아, 역시 드물죠? 지금까지 본 적이 없다고 생각했거든요."

"당연해. 화속성 마석은 화속성의 마물한테서만 얻어낼 수 있는데 그런 마물은 거의 없으니까."

"음? 아, 듣고 보니 확실히…… 마물은 거의 풍속성이나 토속성…… 뭐, 바닷속에도 있긴 하지만."

"바닷속 마물은 그거야말로 마석 회수가 거의 불가능하지. 쓰러뜨려도 바닷속으로 가라앉으니까. 하물며 화속성 마물은 존재 자체가……."

"그렇군요. 숲속에서 화속성 마법 같은 걸 날리면 산불이 날 테니까요. 그러니 그런 마물 자체가 거의 존재하지 않는 거군요."

료도 금세 이해했다. 화속성 마법은 공격력은 높지만 사용성이 매우 나빴다. 주변 것들까지 태워버리니까.

"그럼 이 붉은 마석은 대체……."

"샐러맨더의 마석일 거야."

"세상에!"

판타지스러운 스토리에 자주 나오는 이름, 샐러맨더.

그 대부분은 드래곤의 하위 호환이거나, 도마뱀이 커진 것이라거나, 파충류 같다는 것 외에는 이야기에 따라 꽤 다른 외관을 갖고 있었다.

하지만 공통적인 것은 용암이나 마그마가 있을 법한 장소에 산다. 그리고 때에 따라서는 스스로도 불꽃을 토한다…….

그야말로 화속성 마물로서는 딱!

"하지만 샐러맨더는 어디 있는데요? 저는 들어본 적 없어요."

룬의 거리에서는 들어본 적이 없었다. 심지어 미카엘(가명)이 준비해 준 『마물 대전 초급편』에도 실려 있지 않았다.

"중앙연방에는 없어."

"!"

"그래서 이 붉은 마석은 놀라울 정도로 귀하지."

아벨은 얼굴을 찌푸리며 말했다. 그리고 얼음 속 사내 버가나 쪽을 향해 말했다.

"왜 네가 이런 귀한 물건을 나르는 역할을 맡은 거지?"

그랬다. 확실히 부자연스러웠다.

그렇게 귀한 물건이라면, 척 보기에 도둑 같아 보이는 데다 강하지도 않은 것 같은 사내를 통해 거리 밖으로 내보내려는 것은 위험했다.

료도 대답을 듣고 싶어 버가나 머리에 있던 얼음을 없앴다.

"그건 내가, 오직 나만이 성벽의 갈라진 틈을 알고 있고, 아무도 모르게 밖으로 옮길 수 있기 때문이지."

어딘가 모르게 약간 가슴을 펴고 대답하고 있는…… 느낌이었다.

자신의 일에 자부심을 가지고 있…… 는 건가? 뜻은 높다고는 말할 수 없지만. 범죄 행위니까.

버가나의 대답을 들은 아벨은 잠시 생각하다가 입을 열었다.

"그건 그렇고…… 곤골라도 같은 상인이 붉은 마석을 원하는 이유가 뭐지?"

"상인이 할 일이란 뻔하죠. 구해서 비싸게 판다. 비싸게 사준다는 사람의 의뢰를 받은 거겠죠."

"아무리 그래도, 대공국의 보물이라고까지 할 수 있는 물건인데? 누가 그걸 훔쳐가면서까지 사들이겠어……. 이 정도면 연합 정부도 개입해 올 거라고."

"평범하게 생각하면 국외 세력이겠죠. 왕국이라든가 제국이라든가……."

"역시 그렇게 되나……."

료의 대답에 얼굴을 찌푸리며 동의하는 아벨. 복수의 나라가 얽히면 무슨 일이든 복잡해지기 마련이다.

아벨은 작게 고개를 흔들며 이야기를 진행했다.

"버가나라고 했지. 너에 대해서는 대충 알았다. 잠깐만 기다리고 있어."

아벨이 그렇게 말하자 손쓸 새도 없이 도둑 버가나의 머리끝까지 얼음이 덮였다.

다음으로 아벨은 얼음이 된 로스터 대장 쪽으로 향했다.

"네가 수비대 정청부를 관할하는 대장 로스터인 건 알고 있다. 우리가 듣고 싶은 건 딱 하나. 이번 국경 봉쇄는 네 탓인지 아닌지다."

물론 로스터 대장은 대답할 수 없었다. 머리 끝까지 얼음 속에 갇혀 있었기 때문이다. 조금 전 도둑 버가나를 심문할 땐 머리의 얼음을 없앨 때마다 그가 온갖 욕설을 퍼부었기에, 이번에는 처음부터 일러주었다.

"솔직하게 대답하면 돼. 대답하지 않으면……."

아벨의 그 말에 맞춰 료가 오른손을 들었다.

조용했지만 얼음 속은……

로스터 대장의 얼굴이 일그러졌다. 그렇다고 해서 실제로 압박한 것은 아니다. 하지만 로스터는 압박당해 짓뭉개질지도 모른다고 착각하고 있을 것이다……. 그것은 모종의 패닉에 가까운 상태였다.

아무 일도 일어나지 않은 도둑 버가나의 얼굴도 일그러졌다.

이쪽은 그저 일어나고 있는 일을 상상해서 자기 멋대로 슬퍼하고 있는 것뿐이다…….

다시 료가 의미심장하게 오른손을 들어 흔들었다.

그러자 로스터 대장의 일그러진 표정이 사라졌다. 이유는 모르겠지만 버가나 쪽도…….

그것을 확인한 후 아벨은 료를 향해 고개를 끄덕였다.

료가 로스터 대장의 머리 쪽 얼음을 없앴다.

그 순간.

"도와줘!"

로스터 대장이 소리쳤다.

대기시킨 세 사람을 부른 것이다. 대장의 목소리를 듣고 달려오는 세 사람.

료와 아벨은 당황…… 하지 않고, 둘 다 한숨을 쉬었다.

세 사람이 모퉁이를 돌아 어둠 속으로 뛰어드는 순간…….

"〈빙관 3〉."

사람이 들어간 얼음 관 세 개가 새로 탄생했다.

"어……?"

혼자 벙찐 로스터 대장.

얼음 속에서 역시나, 하는 시선을 보내오는 도둑 버가나.

"이건 제 실수네요. 방음벽을 형성해서 목소리가 닿지 않도록 했다면 저 셋이 희생되는 일은 없었을 텐데…… 안타까워요."

"아니, 안 죽었잖아……. 안 죽은 거 맞지?"

"네, 안 죽었어요. 그냥 그럴싸한 분위기를 내본 것뿐이에요."

아벨이 살짝 불안한 얼굴로 확인했고 료가 당연하다는 얼굴로 말했다.

"방음 같은 것도 할 수 있어?"

"원리적으로는 가능해요. 〈아이스 월 5층 패키지〉."

료가 말하자 평소와 같은 얼음벽이 주위를 뒤덮었다.

"얼핏 보면 평소의 얼음벽이지만 5층 구조의 벽과 벽 사이에 틈을 만들었어요. 그 사이에 공기를 끼운 셈이죠. 진공으로 만들면 더 완벽하겠지만 일단 진동이 잘 전달되지 않아 소리를 질러도 거의 밖으로 들리지 않을 거예요."

"역시 대단하네……."

아벨은 료가 하는 설명의 세세한 부분까지는 알 수 없었지만, 느낌상 외부에 들리지 않을 것이라는 것만큼은 이해할 수 있었다. 그거면 충분했다.

"이봐, 로스터 대장, 쓸데없는 짓을 했겠다……."

"자, 잠깐만! 돈이라면 줄게! 원하는 만큼 줄 테니까 살려줘!"

아벨이 위협적인 목소리로 말하자 로스터가 소리쳤다.

"50억."

아벨이 아니라 료가 말했다.

"……허?"

"50억 프랄린을 준다면 생각해보죠."

로스터는 얼빠진 소리를 냈고 료는 오른손을 내밀어 달라는 시늉을 하고 있었다.

아벨은 말이 없다. 할 말을 찾지 못해서 말을 하지 못하고 있었다. 만약 말을 했다면 "무리겠지"였을 것이다.

"아무래도 그건…… 무리……."

대답하는 로스터의 목소리에도 힘이 없었다.

"자기 목숨을 구하는데 겨우 50억 프랄린도 못 내나요? 본인 목숨이 가장 소중하다고 생각하는데요."

"그렇게 많은 돈을 갖고 있을 리가……."

"저는 갖고 있는데요?"

"어……."

가슴을 한껏 펴고 당당한 얼굴로 말하는 료. 할 말을 잃는 로스터 대장.

이것이야말로 가진 자의 횡포.

"그럼 이 붉은 마석을 훔쳐서 당신은 얼마를 받을 예정이었죠?"

"……오천만."

"겨우?"

료가 가진 돈과 그 무자비한 발언에 로스터 대장은 완전히 꺾여버리고 말았다.

이런 영문을 알 수 없는 로브 입은 마법사는 50억 플로린을 갖고 있다고 하고, 자신은 5천만 플로린을 위해 위험한 다리를 건너고 있다…….

그 너무나도 절망적인 차이에 로스터 대장은 좌절하여 눈물까지 흘렸다. 자신의 비참함을 느끼고 반쯤 자포자기한 심정인 듯했다.

남을 좌절하게 하는 방법은 여러 가지가 있는 법이다.

"뭐, 좋아요. 여기 있는 오만불손한 검사가 당신에게 질문을 할 거니까 솔직하게 대답해 주세요. 알겠죠?"

"네⋯⋯."

정말 누가 보기에도 로스터는 완전히 기세가 꺾여 있었다.

그걸 보고 아벨조차도 살짝 가엾게 느끼고 말았다. 하지만 곧 생각을 고쳤다.

킨코가 고발한, 지금까지 로스터 대장이 해온 일을 생각하면 가엾게 여길 상대가 아니었다.

일단⋯⋯.

"아까도 들었지? 이 국경 봉쇄의 원인은 네가 이 붉은 마석을 훔친 것이 원인인가?"

"절반은 맞습니다. 저는 소동이 일어날 거니까 그때 이 마석을 훔치라고 해서 훔친 겁니다⋯⋯."

"소동? 그게 뭔데?"

"소형 비공정(飛空艇) 추락."

"뭐⋯⋯."

로스터의 말에 과연 아벨도 말문이 막혔다. 료도 할 말을 잃은 듯했다.

아벨은 소형이라고는 하지만 비공정이 추락했고, 그것이 거리라면 상당한 피해가 났을 것이라는 생각에서 말을 잇지 못했다.

료는 비공정 같은 것이 있다는 것을 처음 알았기 때문에 말을 잇지 못했다.

비행선도 비행정도 아니고 물론 기구도 아니다.

지구에서 비공정이라는 것은 가공의 물건이었다. 하지만 이『파이』에서는, 아니, 중앙연방에는 존재하는 것 같았다.

당연히 마음이 두근거렸다.

"들어본 적 있어. 연합의 십인의회 국가 중 하나인 아드란 공국에서 개발하고 있는 2인승 또는 3인승의 하늘을 나는 배. 하지만 실험에 성공했다는 얘긴 들어본 적이 없는데."

"이번에도…… 결국은 실패. 아니, 짜여진 실패일지도 모르지만…… 어젯밤 이 거리에 떨어졌습니다. 그것이 국경 봉쇄의 직접적인 원인이라고 봐도 좋을 겁니다."

"하지만 거리 사람들도 정확히는 그 사실을 모르는 거지? 거리에 떨어졌으면 대소동이 벌어졌을 텐데."

"떨어진 곳은 수비대 연습장이었습니다……."

"그렇군. 연습장이라면 거리 피해는 거의 없었겠네. 그런 상황에서도 수비대는 대혼란일 거고…… 정청을 지키고 있는 자들도. 그 혼란을 틈타 넌 붉은 마석을 훔친 거지?"

"네……."

아벨의 물음에 로스터 대장은 순순히 대답했다. 완전히 기세가 꺾여 있다. 그리고 말투도 정중했다…….

어느 정도의 정보는 모두 나왔다.

료와 아벨은 다섯 개의 얼음 관에서 조금 떨어진 곳에서 대화를 시작했다.

"로스터는 완전히 기세가 꺾여버렸네."

"오만불손, 극악무도한 검사 아벨 때문이죠. 하지만 물론 아벨이 그런 역할을 연기하고 있을 뿐이라는 건 알고 있어요! 사실과는 거리가 멀잖아요."

노려보는 아벨의 시선에 살짝 당황하며 말을 덧붙이는 료.

"내가 아니라 료 때문이겠지, 기세가 꺾인 건. 50억 플로린을 갖고 있다는 그 말 때문이잖아."

"그렇군요. 그냥 장난이었는데……. 그 정도의 허풍도 알아차리지 못하다니 대장치고는 헛똑똑이네요!"

"허풍이었어? 정말 갖고 있는 게 아니라?"

"허풍인데요? 뭐, 하지만 와이번의 마석은 괜찮은 가격에 팔리는 것 같으니까 언젠가 50억 정도는 확실히 손에 들어오겠죠."

허풍이라기엔 아벨이 보기에도 자신만만해 보였다. 아마도 그건 머지않아 손에 들어올 거라는 확신이 있기 때문인 것 같았다.

역시 가진 자의 횡포였다.

일단 본론에 대해 논의하기 위해 아벨은 화제를 돌렸다.

"의뢰받은 국경 봉쇄 원인은 파악됐어."

"그러게요. 설마 비공정 같은 게 있었다니, 좀 놀라긴 했지만요."

"그 부분이냐……."

료가 솔직한 소감을 말하고 아벨이 어이없다는 듯 말했다.

"당연하죠. 아벨이 알려줬다면 놀라지 않을 수 있었을 텐데…… 아군에게도 정보를 흘리지 않다니 대체 무슨 꿍꿍이예요?"

"아니, 꿍꿍이는 무슨…… 애초에 료가 그런 질문을 한 적이 없잖아."

"말하지 않아도 먼저 나서서 말한다. 리더에게 필요한 자질이라고 생각해요."

"그런 건 몰라……."

료의 열변은 아벨에 의해 깔끔하게 무시당했다.

"하지만 그런 비공정 개발 정보 같은 건 일반 국민은 모르는 거 아닌가요?"

료가 자연스럽게 물었다. 하지만 그 눈은 무엇인가를 의심하고 있는 것 같은…….

"그래, 모르겠지."

아벨이 아무 생각 없이 답했다.

"역시! 아벨의 정체를 알았어요!"

"뭐야?"

덫에 걸린 사냥감을 보는 눈빛으로 날카로운 시선을 보내는 료. 잠시 등에 식은땀이 흐르는 느낌을 받은 아벨.

"아벨은 국가 중추의 정보를 훔쳐 다른 나라에 팔아먹는 산업 스파이군요! 그런 걸 매국노라고 하는 거예요!"

그때까지는 조금 당황한 표정을 짓고 있던 아벨이었지만, 료의 뒷말을 듣고 작게 한숨을 내쉬었다.

산업 스파이라는 말은 들어본 적이 없지만, 늘 그렇듯이 어차피 대단한 말은 아닐 것이다.

"응, 늘 그렇듯이 꽝이야."

"말도 안 돼……."

어째서인지 자신감에 차 있던 료. 헛다리를 짚었다는 것을 지적받자 진심으로 우울해 보였다.

하지만 이번에는 그 정도는 아니었나 보다.

5초 만에 부활했다.

"아벨의 중상모략에는 지지 않아요!"

"역시 의미를 모르겠어."

"그나저나 국경 봉쇄의 원인이 비공정 추락이라면 그쪽은 시간이 지나면 알아서 해결되겠죠? 하지만 이 붉은 마석이 정청에 돌아가지 않으면 봉쇄는 풀리지 않을 거예요."

"뭐, 그렇겠지."

료가 말했고 아벨도 그에 동의했다.

그렇게 되면 문제는…….

"어떻게 돌려줄지…….'"

"그냥 놔두기도 그렇잖아요. 높으신 분이 눈치채기 전에 다른 사람이 가져가면 큰일 날 텐데요."

아벨도 료도 구체적인 반납 방법에 대해 고민했다.

여기서 실패하면 모든 것이 도로아미타불…… 아니, 더 악화될 것이다. 이번엔 누가 훔쳤는지 전혀 알 수 없을 테니까. 그런 상황만큼은 피하고 싶었다.

"……직접 건네줄 수밖에 없는 건가?"

"……그게 제일 확실하겠네요."

아벨도 료도 작게 한숨을 쉬었다.

제일 확실하긴 하지만 아무리 생각해도 트러블이 일어날 것이다. 문제가 발생할 것이다. 아무 일도 없이 끝나지 않을 것이다…….

하지만…….

"어쩔 수 없지……."

그래, 어쩔 수 없다.

이 우주를 한데 아우르는 경이로운 말. 누구도, 그 누구라도 항거할 수 없는 말이었다.

◆

지마리노 정청 앞은 엄중한 경계 상태였다.

모든 수비대가 끌려 나와 거리를 순찰하고 있지만 동시에 정청 주변의 경비도 놀라울 정도로 삼엄했다.

그렇지만 유심히 보면 언뜻 그렇게 보일 뿐, 끌려나온 수비대원의 상당수가 하품을 하거나 옆 사람과 수다를 떠는 등, 기강이 해이해진 것은 누가 보기에도 확실해 보였다.

시간상 어쩔 수 없는 부분이 있을지도 모른다.

이제 곧 해가 뜰 시간이다. 밤새 경비 임무를 맡고 있으면 누구나 피로는 쌓인다…….

그때였다.

한 대원이 도로 건너편에서 뭔가가 다가오는 것을 알아차렸다.

하지만 목소리는 높이지 않았다.

이런 부분이 규율이 해이하다는 증거다. 본래라면 동료에게 말을 걸거나 상사를 부르거나 하겠지만…… 섣불리 소리를 높였다가 아무 일도 아니었다면 불합리한 질책을 받을 수 있었다. 그러다 보니 소리를 지르기도 쉽지 않은 것이다.

하지만 해가 조금 떠오르며 햇빛이 다가오는 것을 비추자 소리를 내지 않을 수 없었다.

떠오르기 시작한 햇빛에 반사돼 반짝거리며 다가오는 다섯 개의 물체.

또렷하게 보이는 거리까지 왔을 무렵엔 정청 주변에 있던 많은 대원들이 모여들어 바라보고 있었다.

자주식 짐차 같은 것 위에 올라가 있는 것은…… 얼음 기둥.

햇빛에 반짝이고 있어 잘 보이진 않았지만 기둥 안에 뭔가가 파묻혀 있는 것처럼 보였다. 도대체 뭐가 파묻혀 있는 것인가?

"로스터 대장……?"

그 말을 처음 중얼거린 것은 누구였을까……. 하지만 가까워질수록 그것이 정답이라는 것을 너나 할 것 없이 이해하기 시작했다. 게다가 나머지 3대에 있는 것도 동료 수비대원이라는 것을 알아차렸다.

마지막 한 대에만 잘 모르는 도둑 같은 얼굴의 인물이 있었는데, 그건 아무래도 상관없었다.

다섯 대의 얼음으로 된 짐차는 정청 앞에 이르자 땅바닥에 스며들듯 사라졌다. 덕분에 짐차 위에 타고 있던 얼음 기둥들이 땅에 떨어졌다.

지켜보는 수비대.

하지만 그 후 아무 일도 일어나지 않았다.

"도와, 줘……."

그런 소리가 들려왔다.

그제서야 다들 얼음 기둥으로 몰려들어 손에 든 칼이나 검 뒤편으로 얼음을 치기 시작했다.

치기 시작했지만, 얼마 후 모든 사람의 손이 멈췄다.

"전혀 안 깨져……."

깨지지 않는 다섯 개의 얼음 기둥을 앞에 두고 수비대는 황망히 서 있을 수밖에 없었다…….

◆

지마리노 정청을 맡고 있는 사람은 보니토 베키스.

4년 전 지마리노 태수로 부임했다.

본래 물려받을 영지도 거의 없는 가난한 귀족의 셋째 아들이었는데, 쉰 살이 되어서야 지마리노의 태수 자리에 오를 수 있었다.

확실히 말해 재주 있는 타입은 아니다. 하지만 착실하고 담담하게 일을 해냈다.

이 지마리노 태수 자리도 후보자들이 잇따라 불행한 일을 당하거나 체포되는 등 여러 행운이 겹쳐 보니토 앞까지 굴러들어온 것이었다.

본래였다면 평생을 걸려도 보니토가 오를 수 없었을 자리.

그런 태수 자리에 오르기엔 분수에 맞지 않을지도 몰랐다. 능력은 모자라고, 해야 할 일은 이해하지 못하고, 보좌해 줄 인재도 없다.

예전에는 있었다.

이런 그라도, 가까이 붙어 상담해주고 함께 걸어가 주던 인재가……. 그것은 오랜 세월 함께 해왔던 아내. 하지만 3년 전 이 지마리노 거리에서 큰 사고가 났고, 보니토 대신 시찰하던 아내가 연루됐다.

즉사였다.

그때부터였다. 보니토가 무너지기 시작한 것은…….

그때까지는 능력이 부족하더라도 성실하게 통치에 임해왔다. 이해하지 못하는 것이 많더라도 현장에 가서 주민들과 대화를 거듭했다. 시간은 걸렸지만 문제 해결을 위해 애써왔다.

부족한 부분을 노력으로 보충해 왔다. 아내와 함께.

하지만 그런 둘도 없는 존재가 없어진 순간…… 보니토의 삶의 희망, 삶의 의미도 상실되었다.

양질이었던 지마리노의 치안은 서서히 어지럽혀졌다.

하지만 거의 밖에 나가지 않게 된 보니토는 그 사실을 깨닫지 못했다. 어쩌면 깨달았다고 해도 아무 감흥을 느끼지 못했을지도 모른다.

그에게는 소중한 모든 것이 없어졌으니까…….

하지만 그래도, 마음속 깊은 곳 어딘가에 지마리노 태수로서의 자각은 있었는지도 모른다. 태수다운 일을 아무것도 하지 않아 자연스럽게 부하들의 기강이 해이해져 주민들이 불행한 상황에 놓이긴 했지만.

그래서 내뱉은 말일 것이다.

"대체 왜 이런 일이……."

유사 이래 몇만 번, 몇억 번이나 사용되어 온 절망의 말.

유의어는 "어쩌다 이런 일이 생긴 거지……".

지마리노 태수 보니토 베키스는 지난 24시간 동안 이 두 말을 몇 번이나 뱉었을까.

처음에는 소형 비공정의 추락이었다.

연합의 중심이 되는 십인의회를 구성하는 국가 중 하나인 아드란 공국에서 오랜 기간 개발이 이어지고 있는 비공정.

그 소형판이 하필이면 이 지마리노에 추락했다.

"거리에 추락한 건 아니겠지!" 보고를 듣고 보니토는 저도 모르게 소리쳤다.

의욕을 잃긴 했지만 적극적으로 주민들이 불행해지길 바라는 것은 아니었다.

그래서 추락한 곳이 연습장이라는 소식을 듣고 다소 안도했다. 추락 현장에는 그가 직접 향했다. 마음속 깊이 남아 있는 태수로서의 마음이 그를 움직이게 했다.

하지만 결과적으로 이것이 역효과를 낳았다.

정청으로 돌아온 그에게 들려온 소식은 붉은 마석을 도둑맞았다는 보고였다.

그 순간 그의 눈앞이 캄캄해졌다.

주먹만 한 크기의 화속성 마석…… 중앙연방에선 매우 귀중한 물건이다. 그런데 그런 귀중한 물건을, 왜 굳이 이런 국경의 거리에 보관하고 있는가.

보니토가 보기엔 그 이유는 무척 어리석어 보였다.

초대 대공인 키아프레드가 지마리노에 보관해 두라고 명령했기 때문이다. 벌써 백여 년 전 이야기다.

소중한 물건, 귀중한 물건이라면 대공가의 보물고에 보관해 두면 좋을 것을. 보니토는 그 붉은 마석을 볼 때마다 항상 그렇게 생각했다.

붉은 마석은 일반인에게 공개되지 않은 채 정청 안쪽에 소중히 보관되어 있었다. 물론 연금술을 사용해 완벽하게 보관하고 있었다. 보관고에 출입할 수 있는 인물은 한정되어 있다. 심지어 마지막 잠금을 풀 수 있는 것은 태수 보니토뿐…… 일 터였다.

하지만…….

"사람이 만든 물건인 이상 완벽할 수 없습니다."

수비대 정청부 대장은 그렇게 말했다.

알고 있어, 그딴 건!

소형 비공정 추락 후 일시적으로 국경을 봉쇄했다. 이후 마석 도난으로 도시의 완전 봉쇄까지 단행했다.

지마리노의 국경 봉쇄로 인해 거의 동시에 잉베리 공국, 왕국도 국경을 봉쇄했다……. 이것은 어쩔 수 없다.

이런 부분은 삼국이 국경을 접한, 여러모로 복잡한 지역이기 때문이기도 했다.

10년 전『대전』이후 무력 충돌은 한 번도 일어나지 않았고, 그것만은 일으키지 말라는 말을 대공가에서 입에 닳도록 들어온 이상 보니토도 조심하고 있었다.

세 나라 중 한 곳이 국경을 봉쇄하면 다른 두 나라는 거의 조건 반사적으로 국경을 봉쇄한다. 봉쇄한 후에 상황을 파악하고 국경을 열 것인지 봉쇄를 유지할 것인지 판단한다……

그것이 이번엔 지마리노가 발단이 되었을 뿐이다.

그 자체는 대수로운 일이 아니었다.

문제는 붉은 마석이 도난당했다는 점이다.

이렇게 된 이상 발견될 때까지 국경은커녕 도시 봉쇄도 이어갈 수밖에 없었다. 봉쇄를 풀면 마석은 다시는 찾을 수 없을 것이고 보니토는 해임되고 말 테니까.

머지않아 마석이 없어진 일은 대공가에도 전달돼 감찰이 내려올 것이다. 태수의 자리에서 쫓겨나는 것은 어쩔 수 없다고 해도 거기서 끝나지 않는다. 틀림없이 사형을 받으리라.

덕분에 보니토는 피로가 극에 달해 있었다.

그래서일까, 방에 들어갔을 때 든 위화감을 깨닫지 못했다.

그야말로 터덜터덜이라는 발소리가 딱 어울리는 모습으로 걸어 들어가 방 중앙에 이르러서야 깨달았다. 안쪽 소파에 누가 앉아 있다는 것을.

하얀 로브를 입은 남자가 다리를 꼬고 앉아 있다……

보는 순간 보니토는 소리조차 내지 못했다.

뒤늦게 소리를 지르려는 순간……

"조용히."

"뭐……"

"태수님, 조용히."

로브의 남자가 차분한 목소리로, 하지만 어딘가 오버스러운 말투, 혹은 연극투라고 해야 할까, 아무튼 그런 말을 내뱉었다.

"당신이 안고 있는 문제를 해결할 수 있습니다. 그러니 조용히 계세요."

"저, 정말인가……?"

새벽, 정청에 있는 태수의 방에 숨어드는 무리가 하는 말 따위 평소였다면 보니토라도 듣지 않았을 것이다.

하지만 지금 그는 지쳤고 희망이 거의 다 바스라지기 직전이었다.

심지어 현재로선 마석이 발견될 기미조차 없다. 애초에 어떻게 도둑맞았는지도, 누가 훔쳤는지도 짐작할 수 없으니 찾을 수도 없었다.

그 정도는 보니토도 알고 있다!

그런 상황에서 문제를 해결할 수 있다고 하면, 이야기 정도는 들어볼까 하는 마음이 생기는 것은 어쩔 수 없는 일이다…….

"내, 내가 안고 있는 문제를 해결할 수 있다고 말했나?"

"네. 붉은 마석이 없어진 거죠?"

보니토의 물음에 대한 로브 남자의 대답은 강렬했다.

그야말로 지금 보니토를 괴롭히고 있는 문제.

가능하다면 무슨 방법을 써서라도 듣고 싶은 대답.

이 로브 남자는 그 답을 알고 있는 건가?

"저기, 당신 집무용 책상 위에 나무 상자가 있죠? 저 안에 들어 있어요."

로브 남자의 그 말을 들은 보니토의 반응은 격렬하다고 할 수 있을 정도였다.

급히 집무용 책상으로 돌아갔다.

로브 남자가 말한 대로 상자가 놓여 있다……. 그 마석이 들어갈 만한 크기의 상자…….

보니토는 한 번 심호흡을 했다.

보니토는 다시 한 번 심호흡을 했다.

보니토는 다시 한 번 더 심호흡을 하고 나서야 상자에 손을 얹었다.

걸쇠를 풀고 마지막으로 한 번 더 심호흡을 하고 상자를 열었다.

"오오……."

거기에 들어있던 것은 믿을 수 없게도 붉은 마석. 자신을 줄곧 괴롭히고 있었던…….

그는 마석을 손으로 꽉 쥐었다.

그때 한순간, 정말 아주 한순간 보니토는 소리를 질러 사람을 부르고 싶은 유혹에 사로잡혔다.

아마도 원하던 물건을 손에 넣었고, 그것을 확실히 해두고 싶었기에…… 그런 감정에서 나온 충동이었다.

하지만 곧 그 마음의 방황은 사라졌다. 사라진 순간 깨달았다, 등 뒤의 기척을.

언제 서 있었는지 모를 검사가 서서 보니토를 내려다보고 있었다.

"힉……."

저도 모르게 보니토 입에서 새어 나오는 목소리.

"그 검사는 안하무인에 극악무도하니까 괜한 짓은 하지 않는 게 좋을 거예요."

"아, 알았다……."

로브 남자가 설명을 했고 보니토는 고개를 끄덕이며 받아들였다. 정말로 마음속 깊이 무섭다고 느꼈기 때문이었다…….

그리고 로브 남자 쪽을 향해 물었다.

"그래서…… 뭐가 목적이지?"

"목적이 돈이 아니라는 건 알겠죠? 돈을 원했다면 그 마석을 팔아 치우면 되니까요. 하지만 그럴 생각은 없습니다."

"그래."

로브 남자는 살짝 미소 지으며 말했고 보니토는 고개를 끄덕이며 대답했다.

"우리가 원하는 건 우선 국경 봉쇄 해제. 그리고 수비대를 포함한 정청 전체의 기강 확립."

"그게 무슨……."

"뭐죠? 못 하겠나요?"

"아니…… 국경 봉쇄 해제는 좋아, 금방이라도 할 수 있다. 오늘 안으로는 가능해. 하지만 기강 확립은……."

"애초에 당신 부하가 그 마석을 훔친 것도 팔아 치우기 위해서예요. 기강이 너무 해이해요. 그것 때문에 당신도 궁지에 몰린 거 잖아요?"

"그렇지……."

"참고로 훔친 사람은 수비대 정청부 대장 로스터입니다."

"뭐…… 라고……?"

로브 남자의 말에 보니토는 놀랐다. 로스터 대장이라면 보관고 안으로 들어갈 수는 있다. 물론 그렇다 해도 마지막 잠금을 열 수는 없겠지만…….

"확실히 로스터라면 보관고에는 자유롭게 출입할 수 있다. 하지만 이 마석을 빼내기 위한 마지막 잠금은 나밖에 열 수 없는데……."

"해제 번호는 1, 4, 1, 4, 2, 1, 3, 5, 6이죠?"

"!"

로브 남자의 말에 보니토는 완전히 할 말을 잃고 말았다.

말도 안 돼, 혹은 어째서, 라는 말조차 나오지 않았다…….

"당연히 로스터 대장이 실토했으니까요. 번호는 가끔씩 바꿔주셔야죠. 언제 어디서 나쁜 놈들이 보고 있을지 모르니까요."

"아, 아아……."

"그 로스터 대장은 정청 앞 도로에 놓여 있어요. 당신이 도착할 때쯤이면 구속은 풀렸을 겁니다. 그의 모든 자백은 함께 있던 도둑같이 생긴 남자가 듣고 있었습니다. 그가 증인이에요. 그 마석을 로스터 대장에게 받아서 거리 밖에 있는 상인 곤골라도에게 건네주는 역할이었대요. 로스터 대장과 떼어놓고 신변안전을 보장해주겠다, 그리고 증언하면 죄를 가볍게 해주겠다, 라는 거래를 하면 다 진술할 겁니다."

"곤골라도라면 연합 서부에서……."

"맞아요, 연합 서부에서 꽤 힘을 가진 상인이죠. 어쩌면 이 대공국만의 이야기가 아니라 연합 전체, 혹은 외국도 관련되어 있을지도 모릅니다. 뭐, 그 부분은 알 수 없지만요."

곤골라도라는 거물 상인의 이름에 놀라는 보니토와 그 부분에
선 완전히 남의 일이라는 듯이 말하는 로브 남자.

"뭐, 이 정도면 되겠죠."

로브 남자는 그렇게 말하고 소파에서 일어났다.

"우리는 당신을 보고 있을 겁니다. 약속은 꼭 지켜주세요. 말할
필요도 없겠지만 이런 식으로 쉽게 당신 방에 들어올 수 있으니
까요……."

로브 남자는 거의 평온에 가까운 얼굴로 그렇게 말했다. 미소
까지 지으면서.

하지만 내용은 무섭다.

생명 따위는 쉽게 빼앗을 수 있다, 그것도 아무도 눈치채지 못
하게……. 그렇게 말하는 것이나 다름없었다.

"물론이다. 오늘 중으로 국경 봉쇄와 거리 봉쇄를 풀겠다. 기강
단속도 반드시 하지."

그렇게 말한 보니토의 얼굴은 모종의 결의로 가득 차 있었다.

과거의 보니토를 아는 자가 보면 그리움을 느꼈을지도 모른다.
얼굴은 아직도 수척했지만 눈에는 빛이 돌아와 있었다.

"마석 건, 고맙다."

보니토는 그렇게 말하고는 진심을 다해 고개를 숙였다.

그것을 본 로브 남자는 고개를 끄덕이고 검사와 함께 방을 나
갔다.

보니토는 집무용 책상 서랍을 열고 안에서 액자에 든 작은 그

림을 꺼내들었다. 그곳에는 점잖고 부드러운 미소를 띤 여성이 그려져 있었다.

"카롤리나……, 내가 틀렸어……. 지금까지 미안해."

그림 속 여자가 이렇게 말한 것만 같았다.

"지금까지도 수없이 틀려왔잖아요. 틀렸으면 바로 잡으면 돼요"라고.

◆

"역시 착한 일을 하고 나면 기분이 좋네요!"

아침 햇살을 받으며 료는 웃는 낯으로 그렇게 말했다.

"뭐, 그렇긴 한데……."

하지만 옆을 걷는 아벨은 뭔가 불만족스러워 보였다.

"뭐예요? 안하무인에 극악무도라고 한 걸 아직도 속에 담아두고 있는 건가요? 아벨이 가진 그릇의 크기를 알겠네요."

"그런 걸 마음에 담아둘 리가 없잖아…… 새삼스럽지도 않아."

"새삼스럽지 않다니……."

"료와 어울리다 보면 익숙해져. 싫어도 말이지."

"뭔가, 굉장히 불쾌한데요……."

이 두 사람은 원래 이런 식이다.

"내가 고민한 건…… 저 태수를 끌어내지 않아도 되는 걸까?"

"끌어내요? 일단 태수님은 피해자인데……."

"아니, 뭐, 마석 건에 관해서는 그렇지만, 이 거리의 통치자로서는 영 별로잖아. 뇌물이 횡행해서 주민들도 힘들어하는 것 같고.”

“그렇죠. 어쩌면 중앙의 더 높은 곳에서 사람이 와서 저 태수님은 파면될지도 몰라요. 그런데 생각해보세요, 아까 마음을 다잡은 것 같았고 의욕도 넘쳐 보였잖아요. 사람은 누구나 실패해요. 실수를 할 수도 있겠죠. 하지만 중요한 건 거기서 다시 일어설 수 있느냐 없느냐 하는 거예요.”

“료는…… 가끔 제대로 된 말을 하네.”

“실례네요! 일각에서는 교양인 료라고 불리고 있다고요!”

“무조건 거짓말이지.”

료의 망언을 일언지하에 부정하는 아벨.

“거리 정치나 국가 정치에 관여한 사람이 실수를 하면 주민들이 불행해지니 틀리지 않길 바라는 마음이겠죠. 그건 맞아요. 하지만 사람은 실수할 수밖에 없는 생물입니다. 그러니 정치에서도 실수가 일어나는 건 피할 수 없어요. 그런 만큼 실수를 깨달으면 신속하게 그것을 바로잡는다……. 그것이야말로 정치에 종사하는 모든 사람에게 요구되는 자세라고 저는 생각해요.”

“확실히, 맞는 말이야…….”

료의 말에 깊이 생각에 잠기며 대답하는 아벨.

아는 사람 중에 정치에 종사하는 사람이 있을지도 모른다.

“그런 것보다 아벨. 전 모든 수수께끼를 풀었어요! 그래요, 한 번 더 말하죠. 모든 수수께끼는 풀린 겁니다!”

“수수께끼?”

료가 자랑스럽게 선언했으나 아벨의 반응은 옅었다.

"아니, 이번 지마리노 거리에서의 수수께끼 말이에요."

"국경 봉쇄의 원인이 소형 비공정의 추락에서 비롯된 마석의 도난이라는 거? 뭐, 그건 알겠는데 수수께끼라고 할 정도는……."

"아벨…… 거기가 아니라요. 술집에서 한 이야기 말이에요. 네 명의 손님이 찾아와서 말했잖아요?"

"아, 그러고 보니……."

그랬다. 네 명의 손님이 료에게 감사 인사를 하러 왔을 때 료가 물었다. 국경이 봉쇄된 원인에 대해 알고 있느냐고.

네 사람은 각기 다른 대답을 했었다.

정청에서 보옥을 도둑맞았다

대공의 딸이 사랑의 도피를 하려고 했다.

전설의 도륙마가 나타났다.

드래곤의 새끼가 거리에 떨어졌다.

"그래, 말했었지."

아벨도 생각났다는 얼굴로 고개를 끄덕였다.

"그건 다 옳았던 거예요! 답은 그중에 하나가 아니라 모든 게 정답이었던 거죠."

마치 명탐정 같은 분위기를 자아내…… 려고 노력 중인 료가 작게 고개를 끄덕이며 그런 말을 했다.

"정청에서 보옥, 붉은 마석이 도둑맞았고, 천 명을 벴다는 염제 프람 딥로드가 나타났고……."

"소형 비공정이 드래곤 새끼로 오해받은 거겠죠. 확실히 거리에 떨어졌어요."

아벨도 료도 오늘 밤의 일을 떠올렸다.

"답은 처음부터 나와 있었던 겁니다!"

그야말로 명탐정이 마지막에 결정타를 날리는 장면처럼 료는 두 팔을 벌리고 단언했다. 물론 추리를 듣는 청중은 아무도 없다. 아벨이라는 검사가 딱 한 명 있을 뿐이다.

"아니, 잠깐, 료. 아직 수수께끼는 풀리지 않았어."

"네?"

그 단 한 명의 청중인 아벨의 부정에 깜짝 놀라는 료.

"대공 딸의 사랑의 도피는 어떻게 된 거야?"

"그, 그건……."

추리의 구멍이 뚫려 당황하는 명탐정 료.

시선을 이리저리 헤매더니 결국 그럴싸한 대답은 찾지 못했다.

"우리가 모를 뿐이죠. 대공의 딸 같은 그런 상류층 사람들 정보가 우리 아랫사람들한테까지 내려올 리가 없잖아요!"

이런 것을 적반하장이라고 한다…….

"하여간…… 완벽한 추리였는데 아벨은 항상 부정부터 한다니까요. 이래서는 아벨 아래에선 인재가 클 수 없다고요!"

"왜 전혀 상관없는 곳에서 내가 혼나고 있는 거지…….."

이런 것을 논점일탈이라고 한다…….

"자, 일단 국경 봉쇄 해제는 약속받았어요. 이제 어떻게 할 건가요?"

"그렇지. 가능하면 실제로 해제되는 걸 보고 레드포스트로 돌아가는 게 좋을 것 같은데."

"그러게요. 한 번 이 거리를 나가면 문제가 생겼을 때 다시 돌아오기 어려울 테니까요."

아벨이 신중한 판단을 내렸고 료도 동의했다.

"〈수동 소나〉."

료가 외쳤다. 그리고 고개를 끄덕이며 말한다.

"거리에 흩어져 있던 수비대 사람들이 대부분 정청으로 돌아간 것 같아요. 성벽 위의 사람들은 아직 성벽에 있지만요."

"태수가 움직인 게 확실하다는 거네. 그렇다면 조금은 기대해 봐도 좋겠어."

료와 달리 아벨은 태수를 보는 시선이 엄격한 듯했다.

"어라?"

료가 중얼거렸다.

"왜 그래?"

"지금 동문이 열리고 스무 명 정도의 사람이 들어왔어요. 다들 말을 타고 있네요."

"거리도 봉쇄 중이었지?"

"네. 들어온 뒤 다시 성문은 닫혔어요."

"모두 말을 타고 있다니…… 누군지 신경 쓰이네."

◆

지마리노 정청.

그날 아침 정청 앞에 전달된 다섯 명이 갇혀 있던 얼음이 녹았고, 로스터 대장이 수감되면서 사태가 급변했다.

태수에게서 내려진 몇 가지 명령.

그것은 국경 봉쇄 해제 발표와 이웃 나라 통보부터 시작해, 지마리노 수비대의 기강 확립 발표까지 굳이 거리 한복판에서 발표되었다.

보통 스스로 망신을 자처하는 그런 짓은 하지 않는다. 일반 주민들 모르게 내부에서 비리를 적발한다.

하지만 지마리노 정청은 굳이 그것을 행했다.

부패한 정청 관계자를 주민들에게서도 고발받기 위해서였다. 조만간 이를 위한 기관이 마련될 것이라는 사실이 알려지면서 주민들 사이에도 기쁨의 목소리가 터져 나왔다.

그리고 정청 내에 남아 있던 양심적인 자들도 고개를 끄덕이며 반겼다. 윗선까지 부패하여 상당수가 뇌물 등으로 오염됐다고는 하나 양심 있는 관리, 수비대원이 사라진 것은 아니었다.

애초에 3년이다.

태수 보니토가 절망에 빠져 지마리노의 정치가 흔들린 게 3년 전.

조직에 속한 인간 모두가 부패에 손을 대기에는 너무 짧은 시간이었다. 그런 상태가 되려면 최소 30년은 필요하다. 40년이면 그야말로 완벽. 조직에 들어가는 순간부터 퇴직할 때까지 40년 동안 늘 부패한 환경이면 모두가 부패한다.

하지만 3년은, 아직 너무 짧았다.

양심 있는 자들의 상당수는 조용한 다수로서 계속 존재해왔다. 이들이 목소리를 높이지 않은 이유는 이들에게도 가족이 있었기 때문이다. 부패하고 싶지 않다고 생각하면서도, 바깥에 고발하면 가족이 위험에 처하게 된다. 그렇다면 차라리 입을 다물고 있는 것이 낫다.

아무도 그들을 탓할 수는 없다.

누구라도 가족을 위해서라면 모든 것을 내던질 수는 있는 법이다. 가족을 위해서라면 자존심을 버리는 것은 어려운 일이 아니다.

그러나 그런 자들도 부끄러이 여기는 마음은 품고 있었다. 그러던 것이 이날 아침 갑자기 달라진 것이다. 조용한 다수였던 그들은 밝은 얼굴로 일에 힘썼고…… 반대로, 대놓고 뇌물을 받고 있던 자들은 전전긍긍하고 있었다.

그렇게 다시 움직이기 시작한 지마리노 정청으로 한 무리의 기마가 찾아오며, 이야기는 다시 전환된다.

"보니토 님, 도에서 수석 감찰관 판키니 자작님이……."

"전할 필요 없다고 말했다!"

알리려던 직원을 밀치고 태수 집무실로 다섯 남자가 들어왔다. 선두로 들어온 사람은 30대 중반, 수염을 기른 보통 체격의 남자. 걸치고 있는 옷은 호사스러웠지만 기마로 달려와서 그런지 다소 지저분해진 상태였다.

지마리노 태수 보니토 베키스는 서류에서 눈을 떼고 들어온 남자를 의아하게 바라보았다.

남자가 입을 열었다.

"지마리노 태수 보니토 베키스. 당신을 지마리노 태수에서 해임하겠다.”

전해진 그 말에 주위에 있던 정청 사람들이 모두 놀랐다. 단 한 명, 놀라지 않은 것은 당사자인 보니토뿐이다.

보니토는 조용히, 그리고 천천히 입을 열었다.

“수석 감찰관님, 수고가 많으십니다. 한 가지 여쭤보고 싶은데 해임 사유는 뭐지요?”

“알고 있을 텐데! 초대 대공 키아프레드 님이 맡기신 불의 마석을 도둑맞았다는 것은 이미 확인했다. 게다가 그것을 도에 보고도 하지 않다니…… 태수로서 부적격한바! 즉각 해임하고 차기 태수가 결정될 때까지 내가 집무를 대행하겠다.”

“흐음…….”

보니토는 생각에 잠겼다.

도시에서 이 지마리노 거리까지 말을 타고 달려와도 하루하고도 반은 걸린다. 불의 마석이 없어진 것을 알게 된 것은 약 30시간 전. 아무리 생각해도 시간이 맞질 않았다.

하지만 이제 와서 그것을 지적해도 의미가 없다.

감찰관은 각지의 태수를 감시하는 대공가 직속 직책이다. 그중에서도 단 한 명인 수석 감찰관은 태수의 권한 정지, 해임 권한마저 갖고 있다. 그런 수석 감찰관이 해임을 선언한 것이다.

하지만 할 말은 해둬야 했다.

“해임하겠다고 하신다면 어쩔 수 없지요. 달게 받겠습니다. 다만 수석 감찰관님이 갖고 계신 정보에 오류가 있습니다.”

“뭐라고?”

"불의 마석은 보관고 안에 있습니다."

"그게 무슨……."

"그렇지만 도둑맞았던 것은 사실이지요. 그 실행범이었던 수비대 대장은 구속하였고 불의 마석도 돌아왔습니다. 그 내용은 모두 도에 보고하겠습니다. 마침 쓰고 있던 이 서류가 그것입니다."

보니토는 그렇게 말하고는 아까 써낸 서류를 수석 감찰관 판키니 자작에게 보여 주었다.

판키니 자작은 받아들고 슥 훑어 내려갔다.

"흠. 그럼 그 불의 마석을 보여라."

"물론입니다. 이쪽으로 오시지요."

보니토는 먼저 일어나 보관고로 앞장섰다.

"마석이 진짜이고, 그것이 보관되어 있는 것은 확인했다."

"감사합니다."

수석 감찰관 판키니 자작이 말했고 보니토는 고개 숙여 답했다.

"하지만 한 번 도둑맞았다는 것도 사실."

판키니 자작은 쏘아보는 듯한 시선으로 보니토를 바라보며 차갑게 일갈했다.

그리고 더 말을 잇는다.

"지마리노 태수의 지위는 박탈하지 않겠지만, 권한을 제한하여 거리의 치안 및 수비대는 내 휘하에 두겠다."

"제한, 말씀이십니까?"

"그렇다. 서기, 똑똑히 기록해라. 기한은 내가 도에 보고하고 대공가의 결정이 내려질 때까지다. 불만은 없겠지?"

"네, 알겠습니다. 수비대 회의실에서 집무를 보실 수 있도록 준비하겠습니다. 태수 집무실보다 수비대의 움직임을 파악하기 쉽고 매우 넓은 구조입니다."

"음, 좋다."

이로써 보니토는 태수 자리에 머물렀지만 수비대의 지휘권을 잃었다. 이는 경찰권과 군사권을 상실했다는 것을 의미했다.

"보니토 님……."

태수 집무실로 돌아오자 보관고의 대화를 듣고 있던 관리들이 보니토를 불안한 듯 바라보았다.

"그런 표정 짓지 마라. 수비대에 대한 명령권은 없어졌지만 다른 건 문제없다. 거리의 치안은 수석 감찰관님께 맡기고 우리는 할 수 있는 일을 하면 돼. 우선 국경 봉쇄를 해제한다."

"네!"

보니토의 망설임 없는 말에 관리들의 얼굴에서도 망설임과 불안감이 사라졌다. 그리고 각자 해야 할 일을 시작했다.

표정은 온화했고 그러면서도 결의에 차 있었지만, 보니토에게도 이해할 수 없는 부분이 있었다.

'왜 수석 감찰관이 이 타이밍에 와서 수비대에 대한 권한을 가져갔을까? 내가 모르는 뭔가가 있는 게 확실해. 알아볼 필요가 있겠군……'

지마리노 거리가 자리를 잡으려면 아직 시간이 걸릴 듯했다.

그리고 이곳은 지마리노 정청 내 수비대 회의실.

수석 감찰관 판키니 자작은 지휘관석에 앉아 눈을 감고 있었다. 얼굴을 찌푸린 채로.

주변에서는 그의 직속 부하들과 수비대원들이 수비대 회의실을 집무실로 쓸 수 있도록 물건을 운반하고 있었다.

아무도 판키니 자작에게 다가가지 않았다.

특히 직속 부하들은 절대 접근하지 않았다.

눈치 없는 수비대원들이 자작에게 직접 지시를 받으려고 하면 곧바로 팔을 잡아당겨 떨어진 곳으로 데려가서 절대 다가가지 못하게 했다. 놀라우리만큼 기분이 좋지 않다는 것을 부하들은 알고 있었기 때문이다.

그랬다. 판키니 자작은 마음속으로 수없이 욕을 퍼붓고 있었다.

'젠장…… 뭐야, 이 상황은! 곤골라도에게 부탁받은 건 마석의 회수와 국경 봉쇄 해제였다. 그것도 예정대로 마석이 도착했다면 할 필요도 없고, 도착하지 않았을 경우에만 로스터인지 뭔지 하는 대장과 접촉해 달라는 거였어. 어디까지나 예비적인 조치라고……. 그래서 태수의 실책을 들어 태수의 권한을 얻고 마석 확보와 국경 봉쇄 해제를 진행하려고 했었다……. 그런데 지금 상황은 어떻지? 마석은 이미 보관고로 돌아왔고 로스터는 잡혀 있지 않은가. 아무리 나라도 저 상태에서 마석을 가져올 수는 없다. 그런 짓을 하면 대공가의 의심을 받을 테니까! 적어도 국경 봉쇄만이라도 풀자는 생각으로 수비대 권한을 손에 넣었는데…… 국경 봉쇄는 9시에 풀리는 것이 결정되었다니. 지금 이미 9시잖아! 대체 뭐야, 이건? 이래서는…… 내가, 마치 광대놀음에 놀아난 것 같지 않은가!'

판키니 자작은 오른손으로 왼손을 있는 힘껏 쥐고 있었다. 그것을 보고 부하들은 더욱 목을 움츠렸다……. 자작의 속마음이 무시무시한 상태라는 것을 알기 때문이었다.

'곤골라도가 5억 플로린을 준다고 해서 온 건데 이래서야 의미가 없다. 아아, 그래, 이런 거리는 하루라도 빨리 떠나버려야겠어. 곤골라도는 불평할지도 모르지만, 대충 돈이 될 만한 정보를 던져주면 돼. 오래 있다가 그사이에 치안에 관한 문제가 생기기라도 하면 내 책임이 된다. 그런 어처구니없는 일은 없어야지. 일단 오늘은 상황을 보고 태수가 문제없을 것 같으면 주민의 신뢰 회복에 힘쓰라고 적당히 말하고 권한을 돌려주면 고마워하겠지……. 그래, 좋아. 내일 거리를 떠나겠다고 하자.'

그제서야 판키니 자작은 움켜쥐고 있던 손의 힘을 풀었다. 그것을 보고 부하들은 가슴을 쓸어내렸다…….

하지만 그런 평온한 시간은 오래가지 못했다.

"수석 감찰관 각하, 큰일입니다!"

"뭐냐, 소란스럽게!"

"대단히 송구합니다. 다만…….."

"뭐야?"

"보고 드리겠습니다. 조금 전 엘레몌예브나 상회가 습격당했습니다."

"……뭐?"

◆

"두목, 이게 마지막 짐입니다."

"고생했어, 지기반. 그럼 평소와 같이 동네 사람들에게 나눠줘. 이번에는 아주 화려하게 말이야."

플로라의 말에 지기반은 고개를 끄덕이며 앞서가는 부하들에게 달려갔다.

의적『새벽국경단』일당이었다.

수장인 플로라를 비롯해 모두가 붉은 바탕에 검은색 자수가 새겨진 망토를 걸치고 있다. 그리고 그와 함께 맞춘 붉은색 가면.

이곳은 지마리노 거리 부패의 중심이라고도 부를 수 있는 상인 엘레메예브나의 상회.『새벽국경단』은 그곳을 습격한 것이다.

그것도 이런 새벽에.

그랬다. 이름 그대로 새벽의 여명과 함께.

사망자는 내지 않는다. 의적이라고 자칭하는 이상 몇 가지 저지르지 말아야 할 규칙이 있다. 그중 하나로 죽이지 말라는 것이 있었다.

대체로 이들이 습격하는 상대는 그전까지 무도한 짓을 해왔고 많은 인간을 죽음으로 몰아넣었다. 하지만 설령 그렇다고 해도 그녀들은 사람을 죽이지는 않았다.

그리고 습격하는 대상은 많은 돈을 갖고 있고 많은 뇌물을 흝

뿌리는 자.

그것이 그들의 방침이었다.

부패와 뇌물의 중심이 되는 자를 습격한다. 그자가 쌓아두고 있는 물건을 빼앗아 주민에게 나누어 준다. 나아가 그자의 죄를 만천하에 밝힌다.

대부분 이 정도만 해도 부패와 뇌물의 중심에 있던 사람은 실각한다.

누구든 그자를 좋아해서 접근한 것이 아니라 그 사람의 재산을 노리고 접근했던 것이기에 재산이 사라지면 당연히 눈길조차 주지 않게 된다. 거기서 그치지 않고 본보기로 체포되어 재산뿐 아니라 주민으로서의 권리마저 빼앗기는 일이 대부분이다.

게다가 그녀들이 화려하게 굴면 자연스레 좀도둑들의 활동이 줄어든다……. 눈에 띄게 될까 봐 몸을 사리는 것이다.

즉, 중심 부분을 파악하고 그곳을 침으로써 상당한 성과를 거두는 셈이었다.

이번에도 마찬가지였다.

"대단하네요, 새벽국경단. 화려하게 빼어갔어요."

"뭐, 그렇긴 한데……."

료는 순수하게 칭찬했지만 아벨은 어딘가 많이 못마땅한 듯한 대답이었다.

"아벨은 의적을 인정할 수 없나요……."

"아아. 높은 뜻을 가졌다는 건 확실히 인정하지만…… 아무래도 진심으로 인정할 마음은 안 들어."

이런 문제는 어려웠다.

약한 자, 괴롭힘 받는 자를 위해 싸운다……. 그 부분만 보면 누구나 인정할 만한 멋진 행동이다. 하지만 그 방법은 법망을 빠져나간 사람에게 사적 제재를 가하는 것이다.

옳으냐 옳지 않으냐……. 그것은 어디에서, 그리고 무엇에 초점을 맞춰 보느냐에 따라 달라지기도 한다.

그래서 사람마다 제각각인 것이다.

료는 마음속으로는 그렇게 결론짓고 있었다. 그래서 아벨이 자신과 같은 의견이 아니더라도 특별히 불만스럽지 않았다.

다들 여러 생각이 있는 법이다.

"저는 아벨이 모험자가 되기 전에는 의적이었던 게 아닐까 생각했어요."

"내가 의적? 어째서?"

"나쁜 짓을 한 사람을 가차 없이, 철저하게 고통 주는 걸 좋아하는 것처럼 보였으니까요."

"늘 생각하는 거지만 나를 보는 료의 인식은 왜곡된 것 같아."

"아뇨, 뭘 그 정도로."

"칭찬 아니거든!"

료가 묘하게 수줍어했고 아벨이 반박했다.

"응?"

"왜 그래?"

료가 뭔가 깨달았고, 아벨이 물었다.

"아뇨……. 여덟 명 정도가 이 광장을 향해 오고 있어요."

『새벽국경단』이 습격한 엘레메예브나 상회는 지마리노 거리의 중심 광장과 닿아 있는, 상업으로는 노른자 땅이라고 할 수 있는 장소에 있었다. 그 광장 일각에 새벽국경단과 기절한 채 끌려나온 엘레메예브나 상회 사람들이 있었다.

아직 새벽이었고, 어떤 난동이 벌어졌음을 주변 주민들도 짐작하고 있는 것 같았다. 그래서 그런지 광장에는 그 외엔 아무도 없었다.

그런 광장을 향해 오는 자들이 있었다. 료는 살짝 고개를 갸우뚱하며 말을 이었다.

"게다가 그중 한 명은 분명······."

"누가 옵니다!"

검사 카라가 알아차리고는 소리쳐서 주의를 환기했다.

아직 광장에 남아 있는 새벽국경단은 플로라, 호위검사 카라, 호위마법사 나라, 그리고 B급 모험자 비비아나, 타티아나, 옥타비오 총 6명.

빼앗은 재물은 지기반 일행이 거리 사람들에게 나눠주기 위해 이미 출발했고, 집사 도로테오는 거리 탈출 수단 확보를 위해 다른 곳에 있었다.

광장을 향해 달려오는 여덟 사람과 플로라 사이를 가로막은 것은 카라와 나라.

둘뿐이지만 평소 같으면 아무 문제가 없을 정도로 막강한 전력이다. 거리의 수비대 정도라면 10명 넘게 있어도 상처 없이 제압할 수 있었다.

하지만 달려오는 자들은 수비대가 아니었다.

떠오르는 아침 햇살의 역광을 받은 탓에 정확히 얼굴을 판별하지 못한 탓이 컸다. 깨달았을 때는 이미 늦었다.

"바람이여 그 뜻에 따라 적을…… 윽."

"이…… 크헉."

단숨에 가속하여 선두를 치고 나온 남자가 〈에어 슬래시〉를 영창하던 나라의 배에 주먹을, 나아가 카라의 배에 검자루를 박았다.

말 그대로 속전속결.

두 사람이 쓰러지는 것에 눈길조차 주지 않고 다시 가속했다.

목표는 플로라.

"돌아가 주셔야겠습니다. 플로라 아가씨."

"거절하죠, 프람."

"그럼 힘을 써서라도."

채앵.

소리 높이 울리는 금속음.

"네놈은……!"

플로라의 배에 검자루를 박아 기절시키려 했던 염제 프람 딥로드. 하지만 그 검자루를 막은 자가 있었다.

"그래, 염제. 다시 만나다니 우연이네."

그것은 아벨이었다.

염제와 플로라 사이에 뛰어들어 뽑은 마검으로 염제의 검자루를 받아낸 아벨.

"호위 두 명! 물러서!"

아벨의 외침에 호위검사 카라와 호위마법사 나라가 힘겹게 일어나 플로라의 곁으로 물러났다.

"네놈……."

"할 말이 네놈뿐인가? 아, 그렇구나. 소개가 아직이었지. 나는 아벨이다. 잘 부탁해, 염제 프람 딥로드."

일부러 도발하듯 말하는 아벨. 조금이라도 정신적인 우위를 점하고 싶은 마음의 발현이었다.

어떤 식이든 아벨은 한 번 졌다. 이대로 다시 싸우게 되면 아무래도 그 기억을 떠올리며 처음부터 선수를 빼앗기게 된다. 그건 피하고 싶었다.

"방해하지 마라!"

"그건 거절하지. 나는 방해할 거다."

"뭐……."

아벨의 말에 의해 귀신 형상이 되어가는 염제.

그런 염제를 보던 아벨은 시야 끝으로 특이한 광경을 포착하고 있었다.

료가 새벽국경단 일행에게 가서 무언가를 받고 있다.

'가면과 망토?'

받아든 료가 여러 차례 고개를 숙여 보였다.

아벨은 받아낸 염제의 검자루를 튕겨내고 뒤로 뛰었다. 염제도 추격을 하지 않고 뒤로 뛰며 둘 사이의 거리가 벌어졌다.

일단 잠시 휴전.

마검을 든 아벨 옆에 료가 섰다.
『새벽』망토를 로브 위로 걸치고 붉은색 가면도 쓰고 있다.
"빌린 건가? 로브 위에 망토라니……."
"어쩔 수 없어요. 하지만 이걸로 저라는 건 들키지 않을 거예
요. 염제 일행들을 상대로 마음대로 할 수 있다는 거죠."
"나는 얼굴이 드러나 있는데……."
"가면을 쓰면 시야가 상당히 좁아지는데요? 이런 걸 달고 근접
전을 하는 건 자살 행위일 것 같은데……."
"그, 그렇군……."
료의 어딘가 조금 엇나간 듯한 설명을 어쩔 수 없이 받아들이
는 아벨.
"괜찮아요, 아벨과 염제의 싸움은 아무도 방해 못 하게 할게요.
이번에는 아벨이 죽어도 멈추지 않을 테니까요. 뼈는 리햐에게
전해줄 테니 안심하세요!"
"아니, 그건 안심할 수 없어……."
그때 료가 목소리 살짝 톤을 바꿨다. 진지하게.
"저는 아벨이 이런 데서 죽을 사람이라고 생각하지 않아요."
"흠, 염제를 상대로 이런 데라니……. 쓰러뜨릴 거긴 하지만."
료의 오른쪽 주먹과 아벨의 왼쪽 주먹이 부딪쳤다.
그리하여 아벨 대 염제의 두 번째 싸움이 막을 올렸다.

"네놈…… 네놈 때문에 플로라 님을……."

마검을 뽑아든 염제 프람 딥로드가 분하다는 듯 뇌까렸다.

"그래, 떠났다. 아쉽게 됐네, 염제."

말투는 놀림조였지만 아벨은 조금도 방심하지 않았다. 방심할 상대가 아니라는 것은 당연히 알고 있었다.

"그녀를 회수하는 데 실패하면 천하의 염제도 혼이 나려나?"

"뭐라고?"

"저 여자, 볼트리노 대공의 딸이지?"

순간 염제의 온몸이 진동했다. 번개라도 떨어졌나 싶을 정도로……. 하지만 본인 이상으로, 보는 사람의 털을 곤두세우게 하는 공포가 엄습했다.

채앵.

위에서 내려치는 염제의 공격을 받아내는 아벨. 이 둘의 싸움은 반드시 이 구도로 시작되는 것 같다.

'이렇게나 집중하고 있는데 검은 고사하고 몸의 움직임조차 포착할 수 없다니…… 역시 괴물이야, 이 녀석.'

표정은 여유로웠지만 속으로는 식은땀을 흘리며 그런 생각을 하고 있는 아벨.

물론 그런 일격을 연속해서 몇 번이나 할 수는 없다. 사력을 다해, 전력을 쥐어짜내 나오는 일격. 그렇기에 아벨조차 몸의 움직임을 파악할 수 없는 일격이 나오는 것이다.

하지만 그런 일격이라도 아벨은 받아낼 수 있었다.

한번 맞붙으며 염제의 검술 스타일을 알았기 때문이다. 그래서 가능했다.

그렇다고 해도 조금도 긴장을 놓을 수 없는 상대임에는 변함이 없다.

아벨은 받은 검을 튕겨내면서 그대로 비스듬히 내려쳤다.

염제는 받지 않고 흘려보낸 뒤 찔러온다.

하지만 그곳에 더는 아벨은 없었다. 비스듬히 내려쳤던 기세 그대로 몸까지 이동해 염제의 찌르기를 피하면서 다시 반대로 쳐 올린다.

이를테면 료가 휘두르는 검과는 사뭇 달랐다. 이동하면서 공격함으로 인해 반격을 당해도 이미 그 장소에 본인은 없다…….

아벨이 닦은 검술, 휴므류.

그 초급에서는 발을 사용한 움직임을 많이 쓴다. 그것은 치명타를 피하고 살아남는 것을 주목적으로 한 것이었다. 살아남아야만 앞으로 나아갈 수 있다……. 그것은 모든 전투에 공통되는 것이었다.

초급을 벗어나면 언뜻 보기에 확 달라진 것처럼 보인다. 발을 멈추고 대련하는 것까지 나온다. 휴므류의 본질 중 하나는 낭비를 줄이는 것이다. 그리고 낭비는 사람마다 다르다. 이 중급 단계에서 자신의 검, 몸과 마주하며 낭비를 줄여나간다. 하지만 싸움을 하더라도 결정타를 날릴 때, 혹은 상대의 공격을 피해 역전을 노릴 때, 그 순간 발을 사용한다. 아벨은 특히 이 기술을 아주 좋아했다.

그리고 상급에 이르면 공방일체가 된다. 발을 사용하여 적의 공격을 피하고, 피한 움직임이 곧 공격이 된다. 공격을 하면서도 동시에 발을 사용하여 방어를 만들어낸다…… . 말로 하는 것은 간단하지만 실천하기란 놀라울 정도로 어렵다. 왜냐고? 상대 검의 움직임은 물론 전투의 추이를 완벽하게 파악하지 않으면 성립될 수 없는 것이기 때문이었다.

피한 움직임이 공격으로 이어진다? 자신이 피한 후 상대가 어떻게 나올지 읽지 못하면 공격 따위는 할 수 없다.

공격이 방어가 된다? 공격을 위해 움직인 끝에 상대가 함정을 쳐뒀다면…… 일격에 무너진다.

말처럼 쉽지 않은 것이다.

그러나 아벨은 실천하고 있었다.

그렇게 하지 않으면 이길 상대가 아니었다.

하지만 지난번 대전과 달리 염제의 검술 스타일을 어느 정도는 이해하고 있었다.

어떤 분야에서든 일류 이상이 되려면 높은 학습 능력이 필요하다.

위로 갈수록 상대가 강해지는 것은 당연하고 동시에 자신도 성장한다. 지금까지 통용되던 방법이 더는 먹히지 않고 자신이 깨닫지 못한 약점도 드러나고 만다.

그런 상황을 타개하기 위해서는 자신도 항상 성장하고 기술을 연마하며 새로운 길을 찾아 나가야 한다.

상당한 고행이다.

계속되는 검싸움

수십 합이나 이어지는 격렬한 전투. 둘의 힘은 호각, 속도도 호각.

물리면에서 앞설 수 없다면 정신면에서 앞서는 방법도 있다.

"그녀는 볼트리노 대공의 딸 플로라지?"

"네가 알 필요 없는 일이다!"

아벨의 물음에 귀신의 형상으로 대답하는 염제 프람 딥로드.

아무래도 정답인가 보다.

"깜짝 놀랄 정도로 강력한 광속성 마법사였으니 말야. 게다가 플로라라는 이름도 그렇고, 염제가 굳이 나서서 데리러 온다……. 이 대공국에서 가장 먼저 떠오르는 건 볼트리노 대공의 장녀이자 도의 신전장인 플로라 레제로 비기. 그게 그녀로군."

"입 닥쳐라!"

아벨의 설명에 격앙하는 염제.

정신의 흔들림은 곧 검의 흔들림이다.

분노에 몸을 맡기고 내리치는 염제의 검.

아벨은 재빠르게 피하며 한 번, 베었다.

그것은 완벽한 일격, 이었어야 했다…….

"말도 안 돼……."

인간에게 그런 움직임이 가능한가 싶을 만큼, 믿을 수 없는 속도로 몸을 앞으로 굽히는 염제. 그대로 전방을 향해 강하게 한 바퀴 돌며 공격을 피한다. 회전을 마치자마자 주위를 보지도 않고 검을 휘두른다.

아벨이 그를 추격했다면 그 일격에 다리를 베였을 것이다. 한쪽 무릎을 세우고, 팔의 움직임만으로 한 공격이라고는 생각되지 않을 정도의 날카로움.

『대전』에서 천 명을 베었다는 것은 과장은 좀 섞였을지언정 거짓말은 아닌 듯했다.

염제가 천천히 일어섰다.

그 사이에도 아벨은 틈이 있다면 공격할 생각이었지만…… 말그대로 한 치의 빈틈도 없었다.

어떻게 공격해도 방어당하고 반격당하는 그림까지 보이는 것이다. 상대방의 스타일을 알았기 때문이다. 그것은 망설임으로 이어져 공격해야 할 때 공격할 수 없게 되는 폐해를 낳고 만다.

하지만 동시에 반격당해 시합 종료가 되어버리는 비극적인 결말을 피할 수 있게도 해준다…….

전투란 그렇게나 어려운 것이다.

몸을 일으켜 검을 겨누는 염제.

공격하지 못한 채 검을 겨누고 있는 아벨.

싸움은 교착상태에 빠져들었다.

한편 그 무렵, 료는…… 한창 마왕 놀이를 하고 있었다.

"크하하하하, 어리석은 인간들이여, 온 힘을 다해 덤비도록 하여라!"

난무하는 마법.

난무하는 요격의 빛.

"뭐, 뭐야, 이 녀석은!"

"모든 공격이 요격당했습니다!"

"정말 마왕인 건⋯⋯."

광장을 정확하게 〈아이스 월〉로 양분해, 아벨과 염제가 싸우는 쪽은 〈아이스 월 패키지〉로 완전히 둘러싸 아무도 방해할 수 없게 했다. 넓이도 충분히 확보되어 있으니 두 사람이 뛰어다녀도 문제없다!

그에 더해 료는 광장의 나머지 절반에서 염제가 데려온 부하들과 싸우고 있었다. 마왕 놀이를 하면서.

"이 정도인가? 왜 그러지? 겨우 이것뿐이냐? 실망스럽구나!"

제대로 신났다.

염제의 부하 7명 중에는 마법사뿐만 아니라 검사와 창기사도 있었지만, 끝을 둥글게 만든 료의 〈아이시클 랜스〉의 연속 공격에 고전을 면치 못하고 있었다.

"빌어먹을, 아무리 베어도 얼음 창이 날아와."

"이 자식의 마력은 끝이 없는 건가?"

막는 것에 급급하여 료에게 다가가지도 못했다.

그러던 중 한 마법사가 결심을 했다.

"큰 기술을 쓰겠습니다! 절 방패로 보호해주세요."

"그래!"

여성 마법사가 외쳤고 방패기사가 그 앞으로 이동해 방패로 료의 마법을 막는 자세를 취했다.

"호오~, 나를 즐겁게 해주는 건가? 어디 기대해 보마."

"우습게 보지 마!"

료가 마왕 같은 대사를 내뱉었고 검사와 창기사가 이구동성으로 외치며 단숨에 파고들었다.

다소의 피탄을 각오하고 임하는 공격.

이런 상대는 방심한 척 얕보는 반응을 하면 주변 시야를 놓치게 된다. 료는 알고 있었다.

그래서…….

"〈아이스반〉."

"으헉."

"으악."

갑자기 땅에 얼음이 깔리며 검사와 창기사가 미끄러져 넘어졌다.

그래, 주변 시야를 놓친 탓이었다.

그사이에도 긴 영창을 하고 있는 여자 마법사와 이를 지키는 방패기사 외에 세 마법사들은 공격을 계속하고 있었다. 어떻게든 여자 마법사의 영창을 완성하기 위해 끊임없이 공격을 가하고 있는 것이다.

마력은 무한하지 않기 때문에 언젠가는 마력소진을 일으켜 전선은 무너진다. 하지만 여자 마법사의 마법만 완성하면 된다…….모두가 그렇게 믿고 거기에 모든 것을 걸고 있었다.

료는 그런 뜨거운 전개를 아주 좋아했다.

사실 여자 마법사가 어떤 마법을 쓰려고 하는지 굉장히 관심이 갔다.

여자 마법사가 영창을 시작한 지 몇 분이 지났을까.

쉴 새 없이 공격을 가하고 있던 다른 마법사들은…… 아무리 봐도 한계를 맞이하고 있었다.

론도 숲에 있을 때는 한계까지 마법을 사용해 여러 차례 마력소진을 일으켰던 료였지만, 다른 사람이 마력소진을 겪는 모습을 본 적은 없었다.

그렇지만 눈앞의 마법사들이 한계에 가까워지고 있다는 것은 알 수 있었다.

나아가 〈아이스반〉에서 구르면서도 몇 번이나 돌격해 온 검사와 창기사도 체력의 한계를 맞고 있는 것이 느껴졌다.

그러던 중 드디어…….

"됐어! 떨어져!"

마침내 여자 마법사가 소리쳤다.

그러자 방패기사가 옆으로 피하며 료와 맞닿은 공간이 열렸다. 그리고 외친다.

"〈배럿 레인〉."

"그게 나오는군!"

저도 모르게 료가 환희의 소리를 질렀다.

료도 잘 알고 있는 풍속성의 최상급 공격 마법.

『붉은 검』의 린이 이 〈배럿 레인〉으로 대해소 때 고블린 킹을 구멍투성이로 만들어 쓰러뜨렸던 것이다.

어떻게 봐도 실용적이지 않은 장대한 주문 영창이 필요한 데다 상당한 상급 풍속성 마법사가 아니면 쓸 수 없다.

하지만 그 공격력은 비할 데 없이 강력했다.

"〈적층 아이스 월 10층〉."

료의 앞에 차례차례 얼음벽이 생성되어 갔다. 벽이 두께를 더했고…… 이어서 투명화 바람 탄환과 부딪혔다.

바람의 총알과 얼음벽이 충돌하며 수십 개의 상쇄의 빛이 난무했다.

그것은 환상적이기까지 했다.

7명이 그 환상적인 광경에 의식을 잃은 것도 어쩔 수 없는 일이었다.

그녀들은 해낸 것이다. 전장에서 쏘는 것이 불가능하다고 알려진 〈배럿 레인〉을, 동료 전원이 시간을 버는 것으로 성공시켰다.

정말 마왕이 아닌가 싶을 정도로 강력한 상대…… 간신히 그 상대를 쓰러뜨릴 수 있던 것이다. 그 보상으로 이 환상적인 광경만큼은 만끽해도 좋지 않을까.

그래, 만끽해도 된다.

정말로 쓰러뜨린 것이라면…….

"거짓말……."

"말도 안 돼……."

"마왕……."

빛의 난무가 가라앉고 충돌의 충격으로 흩날리던 흙먼지도 잠잠해진 그 끝에…… 붉은 가면을 쓴 남자는 서 있었다…….

절망으로 무릎을 꿇고 무너져 내리는 마법사들. 검과 창으로 겨우 몸을 지탱하고 있지만 기세가 완전히 꺾여버린 검사와 창기사.

거만하게 서 있는 붉은 가면의 남자.

무너져 내리는 7명.

그 광경은 이미 마왕과 도전해 패한 자들 그 자체였다.

"크하하하하, 대단한 공격이었다. 소문의 〈배럿 레인〉! 총알 비가 설마 이 정도일 줄이야. 상상 이상이었다."

역시 신나서 마왕 놀이를 이어가는 료.

물론 하는 말에 거짓말은 없다.

풍속성 최상급 공격 마법 〈배럿 레인〉은 확실히 상당한 공격력이었다. 적층으로 겹쳐진 〈아이스 월 10층〉을 꽤나 깎아냈으니까.

하지만 료가 싸워온 인간의 범주를 벗어난 자들…… 악마 레오놀은 물론 폭염의 마법사의 공격 마법은 훨씬 더 대단했다…….

"그대들의 건투를 높이 사 목숨만은 살려주마. 얼음 속에서 앞으로 일어날 일을 보고 있도록 해라. 〈빙관 7〉."

염제의 부하 7명은 얼음 속에 갇혔다.

이에 만족한 료는 광장 입구 쪽으로 시선을 돌렸다.

그의 〈수동 소나〉는 이미 파악하고 있었다. 정청 쪽에서 달려오는 백 명이 넘는 자들을.

아마 거리의 수비대. 엘레메예브나 상회가 습격당했다는 연락을 받고 찾아온 것이리라.

"크크큭, 아직 즐거움은 끝나지 않았구나."

그 말은 얼음에 담긴 7명에게도 들려왔다.

그리고 〈배럿 레인〉을 쏜 여자 마법사는 속으로 생각한 것이다.

저 붉은 가면의 남자는…… 붉은 마왕이라고.

료는 수속성 마법사였다. 하지만 붉은 가면과 붉은 망토로 인해, 연합 서부 및 왕국 동부 일각에서 붉은 마왕이라는 이름으로 유명해질 가능성이 생겨나고 있었다…….

한편…… 광장의 반대편에서는 교착상태가 끝나가고 있었다.

그 시작을 알린 것은 염제 프람 딥로드.

"아벨이라고 했지. 짜증 나는 상대지만 네가 강하다는 건 인정해 주마."

"그래? 그건 감사하지. 염제 프람 딥로드, 네가 강한 것도 인정해 줄게."

염제의 말에 도발을 섞어 답하는 아벨. 『대전』의 그늘 속 영웅이다. 강한 건 당연했다.

"그러니 죽어라. 모랄타, 염제 해방."

그 순간 염제의 마검이 유난히 강하게 빛나며 새빨갛게 물들었다.

"뭐, 그렇게 나오겠지."

이번에는 예상하고 있었기 때문에 놀라진 않았다. 놀라진 않았지만 순수한 절망을 느끼고 있었다.

어째서인지 저 상태가 된 마검 모랄타는 이쪽의 검을 빠져나간다. 하지만 이쪽에서 공격을 가할 때는 확실히 받아낸다.

이는 염제의 공격을 검으로 받거나 흘려보내는 방어법을 취할 수 없다는 뜻이었다.

즉…….

"저 검을 모두 피해야 된다는 거지…….."

어중이떠중이가 휘두르는 검이 아니다.

힘도 속도도, 기술조차도 아벨과 비슷한 수준을 가진 상대의 검을 모두 피해야 했다.

현실적으로 그건 불가능하다.

"하지만 할 수밖에 없어······."

아벨이 그렇게 중얼거리는 순간, 염제가 단숨에 발을 들여놓으며 검을 내리쳤다.

왼발을 반보 비스듬히 앞으로 내밀어 피한다.

염제는 내리친 검을 역방향으로 다시 쳐올렸다.

아벨은 앞쪽 땅바닥에 몸을 던지듯 뛰어들어 한 바퀴 돌고 한쪽 무릎으로 서서 검을 쳐올렸다.

채앵.

염제가 검을 내려 그것을 막았다.

아벨이, 자신이 당한 기술을 그대로 되돌려준 것이다······. 자신의 연속 기술이었기 때문일까, 염제는 아벨이 마지막에 검을 휘둘러올 것을 간파하고 있었다.

하지만······.

"그건 내 기술이다."

그가 화났다.

염제가 공격을 썼을 때는 한쪽 무릎으로 선 채 천천히 일어섰다. 그때는 서로의 거리가 멀었기 때문에 그게 가능했다. 그러나 지금은 검이 맞닿아 있을 정도의 지근거리.

어느 쪽도 섣불리 움직일 수 없었다.

그때 아벨의 왼손이 번쩍였다.

머리를 기울여 날아온 동전을 피하는 염제.

그 순간, 한쪽 무릎을 세운 자세 그대로 왼쪽으로 한 바퀴 돌아 일어난 아벨이 염제의 왼쪽에서 사선으로 쳐올렸다.

하지만 무난하게 검으로 받아치는 염제.

아벨로서는 그거면 충분했다.

한쪽 무릎을 꿇은 채 싸울 수는 없었기에 우선은 일어설 필요가 있었다. 하지만 일어서기에는 둘의 거리는 너무 가까웠다. 그래서 순간 동전을 손가락으로 튕긴 것이다.

"흥, 정통 휴므류 주제에 간사한 수작을 부리는군, 아벨."

"모험자를 오래 하다 보면 여러 가지를 배우는 법이니까, 염제."

대화는 하고 있지만 당연히 두 사람 다 빈틈이 없었다.

이 둘은 그 정도의 일로 빈틈이 생길 수준이 아니었다.

먼저 움직인 것은 염제.

찌르고, 찌르고, 그대로 횡격.

피하고, 피하고, 백스텝으로 피하고…… 파워를 올려 아벨이 맞받아친다.

채앵.

마검 모럴타가 실체화해 받아냈다.

그대로 아벨의 연격. 하지만 모두 튕겨낸다.

가끔 휘둘러오는 염제의 반격. 그것은 아벨의 검을 스쳐 지나갔다…….

이쯤 되자 아벨 안에 하나의 가설이 세워졌다.

'구조는 모르겠지만 마검 모랄타가 단단해지거나 빠져나가는

건 모랄타 본인이 판단해서 실행하고 있다······.'

그랬다. 염제가 마력 같은 것으로 조종하는 것이 아닌, 마검 모랄타 자신이 의사를 가지고 있는 것 같았다.

그렇지 않으면 이렇게 빠르고 정확한 전환은 불가능하다.

'이건 상당히 거슬리지만······.'

인간의 반응 속도는 자연계에서 그리 빠른 편은 아니었다.

인간보다 반응이 좋은 생물은 많다.

그것이 생물이 아니라면 더욱 그렇다.

'이기기 위해서는 어쩔 수 없나······.'

여기서 아벨은 각오를 다졌다.

표정에 내비칠 생각은 없었지만, 아마도 그 약간의 변화를 염제 프람 딥로드는 알아차린 것 같았다.

물론 아벨이 무엇을 하려는지는 알 수 없었지만, 무언가를 하려고 한다는 것은 느끼고 있었다. 조금 전보다 허리를 숙이고 있다. 중심이 낮은 편이 반응하기 쉽다.

'역시 천의 도륙마······. 각오를 달리했을 뿐인데, 그런 사소한 변화마저 느꼈다는 건가?'

혀를 내두르는 아벨.

하지만 이제 와서 바꿀 생각은 없다.

아벨은 단숨에 뛰어들어 공격을 가했다.

좌우 x자로 연격. 물론 전부 받아낸다. 상정한 바다.

x자 공격 이후 오른쪽으로 횡격······ 약간, 정말 약간 느슨해진 검의 움직임.

염제는 그것을 받지 않고 피했다.

아벨의 검이 공격을 마친 지점에 염제는 카운터로 내리쳤다.

아벨은 곧바로 왼팔을 들어서 막으려 하지만 마검 모랄타는 아벨의 팔을 통과해 단숨에 아벨의 몸통을 노렸다.

그 순간…….

분수처럼 피를 흩뿌리며 날아가는 염제의 오른팔. 나아가 그기세 그대로 왼팔도 베어냈다.

"윽…….”

“후우…… 후우…… 후우…….”

염제의 잠긴 목소리와 아벨의 거친 숨소리만이 들려왔다.

짝짝짝.

거기에 겹치는 박수 소리.

"아벨, 훌륭해요.”

광장을 나누고 있던 〈아이스 월〉을 해제하고 료가 박수를 치며 아벨의 곁으로 왔다. 물론 붉은 가면과 붉은 바탕에 검은 자수가 달린 망토를 걸친 채다.

"아아.”

아벨도 그제서야 겨우 호흡이 가라앉은 것인지 가볍게 답했다.

"그건 그렇고 굉장했어요. 왼팔로 막는 척하면서 그대로 빠져나가게 한다……. 그걸 미리 예상하고 카운터에 맞춰 오른손 하나로 사선 베기, 아니, 쳐올렸다고 해야 할까요……. 게다가 일전의 횡격으로 왼발에 중심이 실려 있었는데, 단번에 오른발로 중심을 옮겨 오른손 하나만으로는 베지 못했을 힘을 보완했고요. 거기서 그치지 않고 염제의 왼팔까지 베어 버리다니……. 와아, 좋은 구경을 했네요."

료는 마지막 장면을 보고 있었는지 즐거운 얼굴로 그런 해설을 덧붙였다.

그 설명을 듣고 얼굴을 찌푸리는 아벨.

"다 보인 건가……."

"대부분은. 염제의 마검의 특성을 이용한 거군요……. 굉장해요."

료는 몇 번이나 고개를 끄덕이고는 솔직하게 칭찬했다.

거기서 아벨을 노려보는 엄청난 형상의 남자가 눈에 들어왔다.

"죽여라!"

염제가 외쳤다.

하지만 아벨은 작게 고개를 흔들 뿐이었다.

"안 죽여도 괜찮아요?"

료가 물었다.

그럼에도 아벨은 고개를 흔들며 대답했다.

"필요 없어."

"이런 사람들은 여기서 쓰러뜨리지 않으면 더 강해져서 돌아올 텐데요?"

료가 걱정스럽게 말한다.

그 말은 염제에게도 들렸다.

아벨은 료 쪽을 한번 보고는, 염제를 향해 돌아서서 확실하게 말했다.

"언제든지 받아주마."

아벨은 문득 광장 반대편으로 눈을 돌렸다.

그곳은 좋게 말한다고 해도 지옥이었다. 아니, 정확히는 한때 지옥이었던 광경의 말로라고 해야 할까…….

일곱 개의 얼음 기둥이 세워져 있고, 백여 명의 병사들이 일어나지 못하고 있다. 일어서 있는 사람은 전무했다. 엎드려 있는 사람이 몇 명. 대부분 포기하고 뒹굴거나 앉아 있다. 똑같이 모두가 지친 모습으로 절망감에 사로잡혀 있었다…….

"저건……."

"네, 일곱 개의 얼음 기둥은 거기 있는 염제의 부하들입니다."

그 말에 염제는 얼음 기둥을 보았다. 갇힌 부하들을 확인했을 것이다. 분노에 찬 표정에 더욱 깊은 분노가…….

"괜찮아요, 그들은 살아 있어요. 우리가 떠나면 얼음은 사라지고 풀려날 겁니다."

료가 확실하게 설명했다.

설명을 했는데 아무래도 염제는 여전히 화가 난 상태인 것 같았다.

"아벨이 너무 무자비하게 해대서 그렇잖아요!"

"무자비하다니……."

"아무튼 〈아이스반〉에 누워있는 사람들은 수비대예요. 일도 안하고 참 편리한 직업이네요."

"응, 그건 료 때문이지?"

겉모습만으로 판단해서는 안 된다. 어쩌다 그렇게 되었는지를 이해해야 오해를 피할 수 있다……. 세계는 복잡한 구조를 갖고 있는 법이다.

"이제 국경 봉쇄도 풀린 것 같고 수수께끼도 다 풀렸어요. 우유와 큐브 스테이크를 특히 사랑하는 새벽국경단의 그 사람은 대공의 딸이었군요."

"그것도 들린 건가."

"그럼요. 클라이맥스인걸요. 한 마디 한 마디 놓치지 않았어요!"

"그, 그러냐……."

"어쨌든 거리를 떠나죠."

"그건 그렇지만…… 나갈 수 있을까?"

료가 제안하고 아벨도 동의했지만 현실적인 문제가 있었다.

이만한 소란을 일으킨 것이다. 모르긴 몰라도 쉽게 탈출할 수는 없으리라.

실제로 광장 전체를 〈아이스 월〉로 구분해 놓았으나 벽 밖에는 추가로 찾아온 수비대도 있었다. 막 열린 성문에도 상당한 수비대가 배치돼 있다.

그들을 쓰러뜨리면서 탈출해도 되지만…… 사망자는 아니더라도 적어도 부상자는 다수 나올 것이다. 그런 것은 그다지 효과적인 해결책이 아니었다.

하지만 료에게 좋은 방안이 있었다.

"아벨, 맡겨주세요!"

자신감 가득한 얼굴로 말하는 료. 그것을 보고 약간 불안해진 아벨이지만, 그렇다고 그에게 딱히 좋은 방안이 있는 것도 아니었기에 어쩔 수 없이 고개를 끄덕였다.

료가 잠시 상황을 정리했다.

〈능동 소나〉를 써서 성벽 위에 이미 수비대가 없다는 것은 확인했다.

신경 쓸 것은 각도. 자르는 각도에 주의가 필요했다. 그렇다고 해서 어려운 것은 전혀 아니었다.

오히려 봉쇄가 풀려 성벽 위에 아무도 없는 타이밍이라는 것이 무엇보다 행운이었다.

"그럼 갑니다! 〈어브레시브 제트〉."

료가 주창한 순간……

쿵.

우득.

쿠궁.

우르르르르……

굉음의 연쇄가 시작되었다.

놀라는 수비대. 당연했다. 광장 전체에 굉음이 울려 퍼졌으니까.

잠시 후 굉음은 가라앉았지만…… 주민들의 목소리가 들려왔다.

"성벽이 무너졌어!"

광장 주변에 모여 있던 수비대원들이 황급히 거리 바깥을 향해 달려갔다.

그리고 도착해서 보고 말았다.

무너져 내리고 없어져 버린 성벽…… 그 흔적을.

"료…… 너무 과하잖아……."
"그래도 덕분에 우리가 도망칠 수 있었잖아요!"
혼란을 틈타 지마리노의 거리를 빠져나가는 데 성공한 두 사람
은 비로소 레드포스트로 귀환할 수 있었던 것이다.

국경 너머

국경 봉쇄가 해제된 다음 날 아침 게코 대상은 숙소에서 아침을 먹고 있었다.

"그렇다 치더라도, 항간에 화제가 되고 있는 새벽국경단이 지마리노 거리에 있었다는 것엔 놀랐습니다."

게코가 정면에 앉아 있는 료에게 화제를 던졌다. 료와 아벨은 지마리노 거리에서 조우했던 사실을 꼼꼼히 보고했다.

"그렇게 유명한가요?"

료는 지금까지 전혀 들어본 적이 없었기 때문에 그렇게 물었다. 기본적으로 왕국은 고사하고 남부 룬의 거리에 틀어박혀 지내왔으니 왕국 동부 국경이나 연합의 정세는 전혀 몰랐다.

"네. 최근 몇 달 동안 연합 서부, 특히 볼트리노 대공국을 중심으로 활동하고 있지요. 뭐 중심인물이 그분이라면 납득할 만합니다."

"그렇군요."

게코의 설명에 고개를 끄덕이는 료.

살짝 미소를 지으며 게코는 이곳에 없는 B급 검사에 대해 말했다.

"아벨 씨, 앞으로 힘들어질지도 모르겠군요."

"네? 아아, 역시 게코 씨가 보기에도 그 프람 어쩌구 씨가 앞으로도 아벨이랑 엮일 것 같나요……."

게코의 말에 료는 작게 고개를 흔들며 대답했다. 역시 그때 끝을 맺었더라면 좋았을 텐데……. 그런 생각이 잠시 들긴 했지만 일단 말하지 않았다.

"그 염제와 그런 인연이 생겨버렸으니까요……."

게코는 쓴웃음을 지으며 말하는 것이었다.

◆

게코 대상은 아침을 먹은 후 국경의 거리 레드포스트를 떠났다. 레드포스트는 나이트레이 왕국 동부의 국경 거리로, 남동쪽으로 잉베리 공국과 국경을 맞대고 있다. 대상은 그 국경을 넘어 잉베리 공국의 공도 애버딘으로 향했다.

레드포스트를 나설 때부터 대열에 조금 변화가 있었다.

선두의 짐마차엔 마부석에 게코, 걸으면서 호위하는 막스가 있다. 료와 샤피가 그 선두 짐마차 옆쪽으로 배치가 바뀌었다. 요점은 약속대로 목숨을 구한 샤피에게서 게코가 정보를 얻기 위해 배치를 바꾼 것이었다.

료는 그런 샤피의 감시역이었다.

"료…… 씨가, 감시역이라니…… 뭔가……."

샤피가 옆을 걷는 료를 보며 말했다.

"샤피는 뭔가 불만이 있어 보이네요."

료는 개의치 않고 걸었다.

"내 심장, 아직도 얼음막이 처져 있는 거지? 그거 료…… 씨가 마음만 먹으면 바로 심장을 찌부러뜨리거나, 할 수 있다는 거 아냐?"

"글쎄요? 시도해 본 적이 없어서 모르겠네요. 한번 시도해 볼까요?"

"아니, 그건 좀 봐줘."

샤피의 확인에 료도 확인해 볼까 싶어 제안한다……. 다만 교섭에는 실패한 것 같다.

"샤피, 인간의 몸은 60% 이상이 물이에요. 그 물은 몸 구석구석까지 침투해 있죠. 그러니 수속성 마법사는 굳이 심장을 찌부러뜨리지 않아도 힘줄을 얼리기만 하면 움직임을 쉽게 멈출 수 있답니다."

"으…… 손가락이 안 움직여……."

료가 말하는 순간 샤피는 손가락을 움직일 수 없게 되었다.

"이러면 샤피가 갑자기 암살자로 돌아가더라도 다른 사람에게 해를 끼치기 전에 제압할 수 있어요."

료는 만족스럽게 몇 번이나 고개를 끄덕였다.

샤피는 그런 료를 사람이 아닌 것을 보는 듯한 눈빛으로 보고 있었다.

그것을 마부석에서 듣고 있던 게코가 거들어준다.

"샤피가 잘못된 행동을 하지만 않으면 료 씨는 아무것도 안 할 겁니다. 그렇죠, 료 씨?"

"물론이죠."

료가 크게 고개를 끄덕였다.

"다행이군요, 샤피."

"게코 씨에게 감사하세요, 샤피."

게코의 미소, 료의 미소.

어느 쪽도 샤피에게는 섬뜩한 미소로밖에 보이지 않았다.

이동하는 동안에는 거의 계속 샤피에 대한 심문과 기본적인 정보 공유가 이어졌다.

물론 샤피도 타투를 벗겨내 생명을 구해준 은혜에 보답하기 위해 적극적으로 정보 공유에 협조했다.

그런 것을 보면 완전히 나쁜 녀석은 아닌 듯했다.

암살자 출신이지만.

애초에 교단 본부에서 샤피에게 내려진 주된 명령은 왕국 동부 제2 도시 슬란제위에서의 파괴 활동이었다. 그래서 이 게코 대상을 덮친 것도 그 슬란제위 때 한 습격이 처음이었던 거고, 그 전에 습격한 부대가 있다는 얘기는 듣지 못했다.

"슬란제위 파괴 활동과 로우대교 붕괴가 관련은 있는 것 같은데, 뭐가 목적일까요?"

"아아, 자세한 건 나도 몰라……. 아니, 료 씨, 잠깐만. 진짜로 모른다니까. 그 손 쥐었다 폈다 하는 거 진짜 심장에 해로우니까 그만해줘……. 다만 그 둘을 포함해 앞으로도 왕국 동부를 향한 파괴 활동을 늘릴 거라는 얘기는 있었어."

게코의 질문에 솔직하게 대답하는 샤피.

"그건 어딘가에서 들어온 의뢰였나요?"

"당연하지. 뭐, 내용만 봐도 알겠지만 꽤 큰 의뢰였고 지급된 금액도 엄청났어. 그런 게 가능할 만한 조직이라면 그렇게 많지는 않겠지?"

"연합이나 제국……."

"데브히 제국!"

샤피의 설명에 생각할 수 있는 현실적인 후보를 꼽는 게코.

그리고 일부 단어에 과잉 반응하는 료.

"잉베리 공국에도 교단의 거점이 있지요?"

게코의 이 물음에 샤피는 떫은 표정을 지었다.

"그렇…… 지……."

동료를 팔았다, 까지는 아니더라도 역시 꺼림칙할 것이다. 자신의 손으로 얼마 전까지 자기편이었던 자들을 궁지로 몰아간다는 것이.

"말하기 껄끄럽나요?"

"아니야! 문제없어!"

게코가 상냥하게 물었지만, 그에 대한 샤피의 반응은 뭔가를 떨쳐낸 것 같았다.

자신이 옛 동료들 입장에서 배신자로 불리는 존재가 되었다는 것은 이미 받아들인 상태였다.

"공국 내 주요 거리에는 거점이 있다. 대체로 배치된 사람은 세 명이야. 다만 공도 애버딘만은 꽤 커서 두 부대, 스무 명 정도가 있을 거다. 장소에 대해서는 공도에 도착한 뒤에 말하지."

그 대답을 듣고 게코는 깊이 고개를 끄덕였다.

샤피를 자신의 편으로 삼아서 가장 알고 싶었던 정보 중 하나가 공국 내 교단의 아지트였기 때문이다.

"참고로 교단의 본부는 어디에 있지요?"

"본부는 나이트레이 왕국 내에 있다."

게코의 물음에 샤피는 아무렇지도 않게 답했다. 하지만 그 대답은 왕국에 사는 료에게는 그냥 지나칠 수 없는 말이었다.

"왕국의 어딘가요!?"

"아니, 말할게, 대답할 테니까 료 씨, 그 손 꽉 쥐는 동작은 하지 말아줘……."

료의 질문과 그에 따라오는 동작에 눈물짓는 샤피.

"왕국 동부의 작은 마을이다. 동부 최대 도시 윙스톤에서 북쪽으로 도보로 하루. 산 위에 있어 어번 마을이라 불리지. 그 마을에 사는 건 전부 다 교단의 인간이야."

"왕국 동부…… 설마 그렇게 가까이 있었다니……."

샤피의 대답에 경악하는 료.

왕국 동부라면 말 그대로 지금까지 지나왔던 곳이다.

위트나쉬에서 『10호실』의 닐스, 에토, 아몬과 싸웠고, 이 호위 중에도 여러 번 덮쳐온 암살 교단. 다시 덮쳐오기 전에 먼저 쳐야 하지 않을까?

"의뢰 중만 아니었다면 지금부터 가서 박살냈을 텐데! 암살 교단, 운이 좋았네요!"

료가 분통을 터뜨리는 모습을 보며 샤피는 중얼거렸다.

"진짜 할 것 같아서 무서워."

문득 생각난 듯 샤피가 료에게 말했다.

"료 씨, 당신의 수속성 마법은 확실히 엄청나게 강해. 하지만 교단의 수령도 규격외 존재다. 만약 대치하게 된다면 조심해."

"샤피, 좀 확인하고 싶은 게 있는데 당신 가슴에 새겨진 타투, 그거 연금술이라고 했었죠?"

"아, 그랬지."

"그 연금술은 교단의 수령이 한 건가요?"

"맞아. 연금술과 토속성 마법에 뛰어나지."

"그건 둘 다 갖고 싶은 스킬이네요!"

물론 쓰러뜨린다고 스킬을 얻을 수는 없다. 『파이』에는 그런 기능이 없으니까.

쓰러뜨려도 얻을 수는 없지만, 연금술 관련 자료 같은 게 있지 않을까⋯⋯. 적어도 그 타투에 사용된 연금술은 료가 도서관에서 조사했던 것들 중엔 존재하지 않았다. 세라에게 조금 배운, 엘프를 통해 전해지는 연금술에도 그런 계통은 없었다.

참고로 떼어낸 타투는 〈빙관〉으로 얼음에 가둬 평소 매는 어깨가방에 넣어둔 상태였다. 료가 연구 재료로 쓰기 위해 게코에게 부탁해 양도받은 것이다.

이번 '수술'에 따른 특별 보수였다.

그런 식으로 여러 상상을 부풀리며 히죽히죽 웃고 있는 료를 샤피는 힐끔 바라보며 다시 중얼거렸다.

"쓰러뜨려도⋯⋯ 마법 능력 같은 건 얻을 수 없지? 그렇지? 료씨는 별개라든가, 뭐 그런 거 아니지?"

여기 의심암귀에 빠진 전직 암살자가 한 명⋯⋯.

게코 대상은 별다른 문제 없이 잉베리 공국의 입국 수속을 마쳤다.

게코 본인은 공국에서 가장 유명한 상인이자 비공식적으로 공작의 무역 고문이라고까지 불릴 정도의 입장이다.

그런 대상이다보니 거의 프리패스였다.

"전 암살자가 국경 프리패스……."

"말해두는데 **전**이다 **전**."

료의 중얼거림이라고 하기에는 너무 큰 혼잣말에 격렬하게 반발하는 샤피.

그 모습을 마부석에서 미소 지으며 보고 있는 게코와 찡그린 얼굴로 고개 저으며 계속 걷고 있는 호위대장 막스.

"아, 참, 샤피에게 묻고 싶은 것이 있었는데…… 게코 씨, 지금 물어봐도 될까요?"

"좋습니다. 저는 일단 듣고 싶은 건 대충 들었으니까요."

게코의 질문이 역시 최우선. 그 정도는 이해하고 있는 료. 고용주의 의향은 중요하다.

"료 씨의 질문이라니, 공포밖에 안 느껴져……."

샤피의 그런 말을 듣고 만화에 나올 것 같은 오버스러운 표정으로 경악하는 료.

"지금까지 샤피를 위해 굉장히 노력해 왔는데…… 그렇게 말하다니. 역시 한번 심장을 찌부러뜨리는 편이……."

"그래, 그거! 그게 무섭다는 거야! 애초에 왜 타투를 벗겼는데 심장 주위에 얼음막은 계속 남아 있는 건데."

"배신했을 때 바로 대응할 수 있도록."

"아, 네……. 신용을 못 받고 있다는 건 알았지만…… 료 씨가 절 조금도 믿지 않는다는 건 질릴 정도로 알았습니다."

고개를 푹 떨구는 샤피.

"그래서 질문인데요."

"아, 네, 네. 제가 풀죽어 있건 말건 눈치 보지 말고 얼마든지 질문하시죠!"

료의 물음에 반쯤 자포자기 심정으로 대답하는 샤피.

"암살 교단은 왜 위트나쉬에서 그런 습격을 저지른 거죠?"

"어?"

료의 물음에 말 그대로 표정이 싹 사라진 샤피.

그 변화는 막스도 게코도 놀랄 정도였다.

"료, 료 씨……. 위트나쉬 사건이 교단이 한 일이라는 걸 어떻게 아는 거지?"

"어라? 내가 뭐 이상한 걸 물은 건가?"

"그건 교단에서도 실행한 놈들 말고는 우리 간부가 아닌 이상 모르고 있어. 그걸 어떻게 료 씨가 알고 있는 거야?"

샤피의 표정이 두려움과 분노가 뒤섞인 것으로 변해 있었다.

두려움은 알려져선 안 되는 것이 알려졌기 때문이었다.

분노는 그것을 대체 누가 누설한 것인지…… 누설한 사람에 한 분노일까.

"어떻게 아냐니, 현장에 있었으니까요. 제국의 황녀님을 노렸잖아요. 덕분에 제 룸메이트가 말려들어서……. 뭐, 암살자는 쓰러뜨렸지만요."

료가 아무것도 아니라는 듯이 답을 알려주었다.

"황녀님을 노렸다는 것까지 알고 있는 건가. 근데 미안하지만 난 자세히는 몰라. 그건 수령의 측근인 『흑』이 중심이 돼서 벌인 작전이다. 꽤 큰 규모였지만 결국 얼마나 성공했는지 우리에겐 알려지지 않았어……."

샤피는 미안하다는 듯 답했다. 료가 보기에 거짓말을 하고 있는 것 같지는 않았지만…….

'위트나쉬에선 제국의 황녀를 포함한 각국 요인을 습격하고 왕국 동부에선 파괴활동…… 터무니없는 일을 벌이고 있다는 생각밖에 안 들어…….'

그 후 열흘에 걸쳐 일행은 잉베리 공국의 공도 애버딘에 도착했다.

이상하게도 잉베리 공국에 들어온 뒤로는 한 번도 피습당하지 않았다. 마치 다른 우선 목표라도 생긴 것처럼.

어쨌거나 료와 라 일행에게 있어 22일에 걸친 호위 의뢰는 끝을 맞이하려고 하고 있었다.

공도 애버딘, 게코 상회 본관 앞.

"덕분에 무사히 도착할 수 있었습니다. 료 씨, 『스위치백』 여러분, 정말로 감사합니다."

그렇게 말한 게코가 정중하게 고개를 숙였다.

고용주 쪽에서 저렇게 고개를 숙여오자 료도 라 일행도 살짝 당황했다.

"저희는 이대로 공성에 짐을 전하러 갈 겁니다. 그래서 변변한 대접은 못 해드리겠지만, 상회 쪽에 약간의 사례금을 준비해두었으니 받아주세요."

그렇게 말한 게코는 막스와 그의 부하로 간신히 받아들여진 샤피를 이끌고 공성으로 향했다.

참고로 샤피의 심장 주위에 있던 얼음막은 확실하게 제거됐다는 사실을 여기에 명기해 둔다.

없어졌을 때 샤피가 환호했음은 물론이다.

료와 『스위치백』 일행은 게코 상회에서 사례금, 즉 약간의 임시 보수를 받고 한껏 들뜬 얼굴이었다.

"잘됐네, 라. 너 리더이면서 길드 계좌에서 돈도 안 찾고 국외로 나가려고 했잖아? 위험했지, 정말. 몰랐으면 이 사례금 하나로 왕국까지 돌아가는 처지가 될 뻔했잖아. 그런 건 절대 무리야. 맞지?"

"미안하대도. 길드 계좌의 돈은 국내에서만 찾을 수 있다……. 무심코 깜빡한다니까. 정말 위험했다, 위험했어."

수와 라가 대화하는 소리가 료의 귀에 들어갔고, 그 내용을 이해한 료가 끽끼긱, 거리는 소리가 날 것 같은 모습으로 두 사람을 쳐다보았다…….

눈을 동그랗게 뜬 채로.

"료…… 설마 그 표정은…… 돈 찾는 걸 잊은 거야?"

"그, 그.렇지.않.은.데.요?"

료의 표정은 무표정에 가까웠다…….

"료, 지금 가진 돈은?"

"금화 한 장이랑 대동화 두 장……."

"1만 20프랄린…… 국경은 못 넘겠네."

라가 묻고, 료가 대답하고, 수가 결론을 내렸다.

하지만 그때, 라가 떠올랐다는 듯 물었다.

"어? 료, 게코 씨한테 뭐 해주고 특별보수 받았다고 하지 않았어?"

라가 떠올린 것은 료가 처음으로 암살자를 〈빙관〉으로 붙잡고 막스가 그 가슴의 타투를 도려낸 사건이었다.

"네……. 대금화 한 장…….."

"오, 10만 플로린! 그래서, 그건……?"

료가 대답하고 수가 감탄하며 물었다.

"……다음 거리에서 바로 계좌로."

"아아……."

고개를 떨구고 대답하는 료. 이구동성으로 슬픔의 탄성을 뱉는 스위치백의 면면.

10만 플로린이나 되는 거금을 가진 채 호위 의뢰를 하는 것은 무섭다! 료의 그 심정은 모험자라면 누구나 알 수 있었다……. 그래서 아무도 그를 나무라지 못했다.

"조, 좀 빌려줄……."

"아뇨! 그건 안 돼요! 돈을 빌려주는 건 좋은 관계를 망가뜨리는 독입니다!"

"아, 으응……."

라가 빌려주려는 것을 료가 만류했다.

그 강렬한 기세에 밀려 라도 물러섰다.

"뭐, 빌리지 않고 국경을 넘는 가장 현실적인 방법은 왕국으로 가는 호위 의뢰를 받는 거지."

"과연!"

수가 료가 가장 원했던 답을 제시했다.

"공국은 왕국과의 관계도 좋고 두 나라 간에 교역도 활발하니까 호위 의뢰는 있을 거야. 다만 행선지가……."

"설마 데브히 제국?"

"그럴 리가 없잖아. 전부터 생각한 건데 료는 상당히 제국을 싫어하는 것 같네. 뭐, 가는 곳은 아마 왕국 동부 최대 도시인 윙스톤일 거야. 우리가 지나온 동가도보다 조금 북쪽에 있어. 거기서 남부인 룬의 거리로 돌아가는 것도 좀 힘들긴 하겠지만……."

"네, 큰일을 위해 작은 일에 연연할 순 없죠. 왕국 안에 들어갈 수만 있다면 아무 문제 없어요!"

수는 조금 미안하다는 듯한 얼굴이었지만, 료에게 있어 다소의 지리적인 문제는 대수롭지 않았다.

왕국 안에 들어가기만 하면 돈은 어떻게든 할 수 있으니까!

"하지만 한 가지 큰 문제가 있어."

"뭔가요?"

"국경을 넘는 호위 의뢰를 D급이라도 받을 수 있느냐 없느냐."

수의 말에 완전히 말문이 막혀버린 료.

"우리나 룬의 거리라면 료의 실력은 알고 있…… 아니, 정확히는 모르지만, C급 이상이라는 건 알고 있으니까 여러모로 말을 해줄 수 있어. 이번처럼 말이야. 하지만 다른 나라인 잉베리 공국이라면 그런 건 기대하기 어려울 거야."

수가 얼굴을 찌푸리며 말했다.

그녀도 이런 말은 하고 싶지 않을 것이다. 하지만 사실은 사실이다.

"수, 고마워요. 일단 길드로 가볼게요. D급이라도 받을 수 있는 국경을 넘는 호위 의뢰를 찾으러."

료는 그렇게 말하고 나서 걸어 나가려고 했다……. 하지만……걸음을 떼지 못했다.

"……그렇겠지, 길드가 있는 장소를 모르지. 우리도 모르는걸."

그랬다. 여기 있는 누구도 공도 애버딘의 모험자 길드의 위치를 몰랐다.

그 후 료와 『스위치백』 멤버들은 게코 상회에서 길드의 장소를 물어본 뒤에야 길드로 향할 수 있었다…….

◆

아벨을 리더로 한 『붉은 검』은 왕국 동부 국경의 거리 레드포스트에서 게코 대상과 헤어진 뒤 서쪽으로 걸음을 옮기고 있었다. 향하는 곳은 나이트레이 왕국 왕도 크리스털 팰리스.

"저기, 역시 이상하지 않아? 그 편지는 왜 룬의 거리가 아니라 레드포스트에 도착한 거지? 그 편지 때문에 레드포스트에서 직접 왕도로 가야 하는 처지가 됐잖아."

네 명 중 자타가 공인할 만큼 가장 체력에 자신이 없는 마법사 린이 레드포스트를 떠난 이후 몇 번째인지 모를 불평을 시작했다.

"모르겠어요. 그거야말로 왕도에 도착하면 일라리온에게 물어 봐야죠."

린 다음으로 체력이 없는 신관 리햐가 적당히 대답했다.

"헉, 내부 정보가 새고 있는 걸지도 몰라! 이 안에 배신자가 있는 게 틀림없어……."

"린, 요즘 료를 닮아가는 것 같아."

"어째서!"

린의 헛소리를 아벨이 지적했다.

『붉은 검』의 네 명은 레드포스트를 출발하려다 모험자 길드를 경유해 도착한 편지에 의해 행선지를 룬에서 왕도로 변경하게 되었다.

편지의 발신인은 언제나와 같은 일라리온.

일라리온이 모험자 길드의 커넥션을 통해 『붉은 검』이 레드포스트에 있다는 것을 알았기 때문인데…… 그 사실은 굳이 네 사람에게 알려지지 않았다.

"일라리온 님의 편지는 평소랑 똑같았는데, 이번 건 내용이 특이했죠."

리햐가 곁을 걷는 아벨에게 말했다.

"아아. 형님을 만나라고……."

아벨의 표정은 결코 밝지 않았다.

그것은 형과의 관계에서 오는 문제가 아닌, 갑자기 그런 내용을 보내온 것에 대한 의아함이었다.

몇 번 작게 고개를 흔들어 생각을 떨쳐냈다.

"지금쯤이면 료 쪽도 이미 공도에 도착했겠네요."

그걸 헤아린 것인지 리햐가 먼저 화제를 돌렸다.

"글쎄, 어떠려나."

"잘 도착한다면 좋겠는데."

"적어도 료는 도착할 거야. 그보다는 일을 벌인 암살 교단 쪽이 괴멸되지 않을까 하는 쪽이 더 신경 쓰이지만……."

"그러고 보니 숙소 회의실에서 우리 쪽으로 왔던 암살자를 얼려버렸죠."

리햐가 샤피의 수술 중에 습격했던 적들을 떠올리며 말했다.

"어느새 얼음에 갇혀 있었지."

아벨이 대답했다.

"아, 그거! 내가 예전에 마법 연구소에서 들은 건데, 수속성 마법으로 산 사람을 얼음에 가둘 수는 없대. 근데 료가 얼음에 가두길래 어떻게 한 걸까 궁금했는데……."

린이 두 사람의 대화에 끼어들다.

"응? 보통은 얼음에 가둘 수 없어?"

"당연하지. 그럴 수만 있다면 그 마법만 특화시켜도 대인전 최강이 되잖아."

아벨의 의문에 린이 즉답했다.

"인간은 몸의 표면 10센티미터 정도까지는 타인의 마법 침입을 받지 않는 특성 같은 게 있대. 〈마법 장벽〉도 그 특성을 확장해 만든 거라나 봐."

"그리고 보니 신전에서도 배웠어요, 그거. 그래서 광속성의 회복도 대상의 몸에 닿았을 때가 가장 효과가 좋다고."

린의 설명에 리햐도 들어봤다며 거들었다.

"그 표면 10센티라는 건 마법을 쓰지 못하는 나 같은 사람도 해당돼?"

마법을 쓸 줄 모르는 검사인 아벨이 자신은 어떠냐고 물었다.

"응. 마법을 쓸 줄 모르는 사람이라도 그런 것 같아."

린이 크게 고개를 끄덕이며 대답했다.

"그런데도 료는 얼릴 수 있는 거니까…… 게다가 산 채로."

"생각해보면 무섭지……."

아벨이 툭 중얼거렸고 린이 고개를 저으며 말했다.

"예전에는 제국의 황녀를 얼리려고 했지……."

"응, 아벨, 만약 왕국과 제국의 전쟁이 일어난다면 그 원인은 분명 료일 거야."

아벨의 중얼거림에 린이 무겁게 고개를 끄덕이며 무서운 말을 해왔다.

"제발 그것만큼은……."

◆

데브히 제국 제도 마르크돌프에서 남쪽으로 약 1천 킬로미터.

일곱 명의 파티가 가도를 남하하고 있었다.

"이봐, 로먼, 정말 나이트레이 왕국에 갈 거야?"

"네. 오스카 씨가 말했던 수속성 마법사가 너무 궁금해요."

"고든, 너 대체 며칠째 그 소릴 하는 거야……. 벌써 왕국 국경이 코앞이라고."

용사 파티의 화속성 마법사인 고든은 이제 그만 서방제국으로 돌아가고 싶어 했다. 하지만 용사 로먼은 더 강해지고 싶었고, 척후 모리스는 고든에게 질렸다는 표정을 짓고 있었다.

"추운 곳은 싫으니 남쪽으로 가는 건 찬성이네."

"응, 추운 것보다는 따뜻한 게 훨씬 낫죠."

드워프족이기도 한 토속성 마법사 벨록과 풍속성 마법사 알리시아는 모두 추운 것을 싫어했기에 제국의 남쪽에 있는 나이트레이 왕국으로 이동하는 것에 찬성했다.

그리고 계속 말이 없는 인챈터 애쉬칸과 여러 가지 이유로 마음속으로 한숨을 내쉬고 있는 절충역 최연장 그레이엄.

용사 파티는 그 이후 줄곧 제국의 마법 연습장에 있었다. 물론 훈련을 통해 강해지기 위해서…… 주로 용사 로먼의 바람이었지만.

애당초 용사 파티의 목적은 마왕을 무너뜨리는 것이다. 그래서 주로 서방 제국에서 자금 등의 원조를 받아 활동하고 있었다. 마왕의 출현 보고는 서방 제국 동부지역에서 자주 들어왔다.

그런 이유로 예전에 인공 '제단'을 만드는 등의 함정을 놓기도 했던 것이다.

그 결과 걸린 것은 마왕이 아닌 악마 레오놀이었는데. 그 이후로 여러 개의 톱니바퀴가 맞물려 현재 용사 파티는 중앙연방인데브히 제국에 있었다.

"뭐, 그 사단에서 받은 훈련으로 확실히 강해지긴 했지만……."

"맞아요! 강한 사람과 훈련하면 더 강해질 수 있어요!"

고든의 말에 곧바로 맞장구치는 용사 로먼.

현재로서는 그의 행동의 밑바탕엔 강해지고 싶다는 마음이 깔려 있었다.

"하지만 왕국의 '수속성 마법사'는 이름도 모르는 거죠?"

"네……. 오스카 씨가 결국 알려주지 않으셨어요……."

척후 모리스의 말에 용사 로먼이 고개를 숙였다.

"왕도에서 단서가 될 만한 정보를 얻을 수 있다면 좋겠는데……."

솔직히 최연장자 그레이엄은 이 이상 시간을 들이는 것이 영 달갑지 않았다. 하지만 로먼이 의욕을 보이는 것은 바람직한 일이었기에, 실로 힘든 여정이 될 것이라 짐작했다.

적어도 정보 수집으로 시간을 너무 빼앗기지 않길 바랄 뿐이었다…….

호위 의뢰

공도 애버딘 모험자 길드.

"어서 오세요. 무슨 일로 오셨습니까?"

료가 비어 있는 접수처에 얼굴을 내밀었다.

"죄송합니다, 저는 나이트레이 왕국의 모험자인데……."

그러면서 료는 접수처에 길드 카드를 꺼낸다.

"나이트레이 왕국의 D급 모험자 료 님이시군요. 용건은요?"

"왕국으로 향하는 집단의 호위 의뢰를 찾고 있어요."

"그렇군요. 확실히 몇 가지가 있긴 한데…… 모두 C급 이상입니다……. 죄송합니다."

"그렇겠죠……."

접수처 직원은 미안하다는 표정을 지으며 희망에 부응할 수 없음을 알렸다.

그리고 그것은 료의 예상대로였다. 정확히는 수의 예상대로였다.

침울해하는 료.

'라 씨한테 돈을 빌릴 수밖에 없나……. 애초부터 내가 부주의했던 거니까…… 어쩔 수 없지…….'

신조에는 어긋나지만, 그로 인해 다른 사람에게 폐를 끼치는 것보다는 나을 것 같았다. 자신만 참으면 되니까……. 료가 그렇게 생각하고 있는데.

뒤에서 말을 거는 자가 있었다.

"그 젊은 나이에 D급이라면 나름대로의 실력가겠지? 나이트레이 왕국 왕도까지 호위 의뢰를 좀 맡아주지 않겠어?"

료가 놀라서 돌아보니 거기에는 30대 중반 정도의, 정말이지 모험자 같은 풍체를 지닌 남자가 서 있었다.

"콘 씨?"

접수처 직원이 의아한 표정을 지으며 말했다. 콘이라는 이름의 남자인 듯했다.

"아아, 저번 그 의뢰 말야. 체형이 완벽에 가까워. 솔직히 더는 무리일 거라 생각했는데 이건 분명 신의 계시나, 뭐 그런 게 틀림없어."

"으음······?"

료는 전혀 이해하지 못했다.

뭔가 이상한 의뢰라든가 수상쩍은 고용주인 건 아닐까?

그런 생각을 하고 있는데 접수처 직원이 작은 목소리로 일러 주었다.

"이 의뢰 자체는 모험자 길드를 통한 정식 의뢰입니다. 길드 마스터로부터 가능한 한 협력을 해달라는 지시가 접수처에 들어와 있기도 하고요. 그리고 저쪽의 콘 씨가 호위 모험자를 모으는 역할을 맡으신 분입니다."

료는 그 설명을 듣고 콘 쪽을 바라보았다.

콘은 설명하는 내용을 들은 것인지 맞다는 듯 몇 번이나 고개를 주억거렸다.

그러면서 한마디 덧붙인다.

"다만 호위 의뢰이면서 '호위를 받는 의뢰'이긴 하지만 말야."

"……네?"

마지막 한마디로 훨씬 더 영문을 알 수 없어진 료.

자세한 것은 이동하면서 하자는 말에 마차에 앉게 되었다. 그를 배웅하는 『스위치백』 멤버들…….

자신은 료가 완벽하다고 생각하지만 의뢰인이 인정하지 않으면 성립되지 않는다. 그러니 지금부터 함께 의뢰인에게 갔으면 좋겠다. 어쨌든 출발은 내일 아침이니 시간은 오늘밖에 없다.

콘이 그렇게 말했고, 료는 함께 마차를 타고 이동하고 있었다.

"즉, 그 지체 높으신 분의 대리인으로 함께 왕도까지 가 달라는 건가요?"

"맞아. 식사 포함이고 이동은 마차로 하니 걸을 필요도 없어. 왕도에 도착하면 성공 보수로 50만 플로린. 어때, 괜찮은 의뢰지?"

확실히 훌륭한 의뢰였다……. 하지만 그런 훌륭한 의뢰라면 그밖에 맡고 싶어 하는 사람은 많을 텐데…….

"일단 그 지체 높으신 분과 적어도 멀리서 봤을 때 구별이 안되는 사람이어야 해. 그런데 소위 모험자라는 녀석들은 하나같이 체격이 좋아서 말이야……."

"아, 하긴 저는 모험자 중에선 꽤 작은 편이니까요."

"그래. 아, 아니, 모욕하는 건 아니다? 보아하니 마법사지? 마법사는 그런 느낌이 많으니까 외모와 실력은 상관없어."

료가 고개를 끄덕이자 황급히 부정하는 것을 보면 콘은 나쁜 사람은 아닌 것 같다.

그런 대화를 나누다 보니 마차는 유난히 큰 문 앞에 도착했다.

"여기는?"

"공성이다. 의뢰주는 여기에 머물고 있어. 그렇지? 제대로 된 의뢰지?"

하기야 공성(公城)이라 하면 잉베리 공작이 거처하는 성이다. 그곳에 머물고 있다는 것은 어느 왕족이나 상급 귀족 관계자라는 뜻이리라.

마차는 특별히 내부를 보이지도 않고 공성 안으로 들어갔다.

몇 개의 문을 지나고, 공저나 게스트하우스가 즐비한 곳 한켠에서 두 사람은 내려섰다.

"저 게스트하우스 2층이다."

그렇게 말한 콘이 앞장서 걷기 시작했다.

그것을 따라가는 료.

하지만 건물에 들어가기 전 료는 의외의 사람을 만났다.

"음, 료 씨?"

"아, 게코 씨, 안녕하세요."

방금 의뢰를 마치고 헤어진 게코가 있었던 것이다.

"왜 료 씨가 이런 곳에?"

"왕국으로 돌아가는 의뢰 때문에……."

"벌써 돌아가시는 겁니까? 공국을 좀 더 즐기시지 않고요."

"죄송합니다, 이쪽에도 사정이 좀 있어서요."

'주로 금전적인 사정이…….'

료는 속으로 울면서 게코에게 말했다.

게코와 헤어진 료는 콘과 함께 게스트하우스에 들어갔다.

"료는 게코 공과 아는 사이인가?"

조금 전 광경을 본 콘이 흥미롭다는 듯 물어왔다.

"네. 왕국 룬에서 게코 씨 대상의 호위 의뢰를 맡아 방금 이 거리에 도착했어요."

료가 그렇게 말하자 콘은 그러냐며 몇 번이나 고개를 끄덕였다. 자신의 보는 눈은 틀리지 않았다…… 그렇게 생각하는 것 같았다.

2층으로 올라간 두 사람은 맨 안쪽 방 앞에 도착했다.

"콘입니다."

콘이 문을 두드렸다.

"들어오세요."

안에서 목소리가 들려왔고, 두 사람은 방 안으로 들어갔다.

그곳은 두 공간이 이어진 방으로 앞쪽 방에 응접실이 준비되어 있었다. 현대 지구로 치면 고급 호텔 스위트룸 같은 느낌이었다.

그곳에 있는 것은 의자에 앉은 16세 정도의 소년과 그보다 약간 뒤쪽에 서 있는, 실로 **늙은 하인**이라는 느낌을 풍기는 60세를 훌쩍 넘은 남성 두 사람이었다.

16세 정도의 소년이 콘이 말하는 지체 높으신 분이리라.

확실히 가냘픈 정도는 아니지만 선이 가는 느낌이고 료와 분위기도 비슷했다. 부드럽고 온화한 인상을 주는 이목구비에 밤색 머리, 검은색에 가까운 짙은 회색의 눈.

연상의 여성이라면 보호욕을 불러일으킬 만한 모습이었다.

"월리 전하, 로드리고 공, 그 의뢰에 딱 맞는 인재를 찾았습니다. 이쪽은 나이트레이 왕국의 D급 모험자인 료 공. 마침 길드에서 왕국으로 향하는 의뢰를 찾고 있더군요. 게다가 오는 길에 스쳐 지나간 이 나라의 상인 게코 공과 아는 사이이고 그의 호위 의뢰를 맡았었다고 합니다. 그런 의미에서 신뢰할 수 있는 인재입니다. 그리고 의뢰에 대해서 간단한 설명은 전했습니다."

"료입니다."

그렇게 말한 료가 인사했다.

"흐음."

그렇게 한마디 내뱉은 늙은 하인, 아마 로드리고 공은 료를 위에서 아래로 훑어보고는 고개를 크게 끄덕였다.

"그야말로 적임. 내일 출발하는 일정이라 솔직히 반쯤 포기하고 있었는데 무사히 찾았군요. 그럼 다시 한번 소개드리겠습니다. 료 공, 이쪽은 주 왕국의 왕자 월리 전하이십니다. 나이트레이 왕국으로의 유학을 위해 왕도로 향하고 있지요. 그때의 호위 중 한 명으로 당신을 고용하고 싶다는 것이 이번 의뢰입니다. 맡아주실 수 있을까요?"

"알겠습······."

"잠깐, 할아범."

로드리고 공의 설명을 들은 료가 의뢰를 맡으려 하는데, 어째서인지 윌리 전하 본인이 끼어들었다.

"그것만으로는 설명이 부족하네. 제대로 이 의뢰의 위험한 부분을 설명해야지."

"허나 전하……."

로드리고 공이 얼굴을 찌푸리고 콘을 바라보았다.

콘도 얼굴을 찡그린 채다. 무슨 문제가 있는 것 같다.

"두 사람이 설명하지 않는다면 내가 하지. 료 공이라고 했지? 이 의뢰는 분명히 말해 아주 위험한 것이네. 사실 나의 대리인으로 고용된 것은 료 공이 처음이 아니야. 나라를 떠날 때 모험자 길드가 나와 체격이 비슷한 모험자를 주선해 주었지. 하지만 우리는 적에게 습격당했고 그 모험자는 끌려가서…… 며칠 후에 시체가 되어 발견되었네……."

윌리 전하는 분한 것인지 분노에 찬 얼굴로 말했다. 자신 때문에, 자신을 대신하다가 사람 한 명을 죽게 했다. 그렇게 생각하고 있는 것 같았다.

"그의 희생으로 우리는 거리를 벌릴 수 있었고, 어떻게든 이 공도 애버딘에 도달할 수 있었지만…… 또 습격당하지 않으리라는 보장은 어디에도 없지. 그러니 이 의뢰는 위험한 것이네."

"그렇군요……."

윌리 전하의 설명을 듣고 료는 고개를 끄덕였다.

콘도 로드리고 공도 설명하면서 거짓말은 하지 않았다.

다만 가장 어려운 부분을 전달하지 않았을 뿐이다. 전달하면 모처럼 찾아낸 적임자인 료가 의뢰를 받지 않을 것 같았기 때문이었다. 잔인한 이야기이긴 하지만 반대로 흔한 이야기이기도 했다.

그만큼 눈앞의 왕자의 대리인을 어떻게든 손에 넣고 싶은 거겠지.

"한 가지 질문이 있는데요…….'"

료는 궁금한 것을 물어보기로 했다.

"음, 뭐든지 물어보게."

윌리 전하는 고개를 끄덕이며 료에게 질문을 허락했다.

"전하께서는 왕도로 유학을 떠나신다고 하셨는데…… 그렇게
나 위험한 길이라면 유학을 중지하시는 게 어떨까요?"

료의 질문을 들은 윌리 전하의 얼굴에 순간 냉소적인 표정이 떠
올랐다.

"그럴 수도 없는 상황이네. 명목은 유학이지만 실질은 나이트
레이 왕국에 인질로 향하는 셈이니까. 내가 가지 않으면 나라가
곤란한 상황에 처하게 돼……. 생명의 위험이 있다고 해서 여행
을 멈출 수는 없네."

인질로 보내지는 자를 길에서 납치한다.

'마치 도쿠가와 이에야스…….'

이야기를 듣고 가장 먼저 료가 떠올린 것은 그것이었다.

다케치요(훗날 도쿠가와 이에야스)는 이마가와 가문에 인질로 보내
졌으나 도중에 납치되어 오와리(일본의 옛 지명)의 오다 가문으로 가
게 되었다, 라는 이야기.

그렇지만 그 오다 가문에서 아직 젊은 나이였던 오다 노부나가
와 친분을 맺고, 그것이 계기가 되어 나중에 천하를 움직이게 되
니 역사란 신기한 것이었다.

현재 이 윌리 전하를 습격하고 있는 자의 목적은 알 수 없었기에 또 습격당할 수도 있다고 생각하는 것은 당연했다.

하지만……

"전하, 설명해주셔서 감사합니다. 그런데 저는 저대로 어떻게든 나이트레이 왕국으로 돌아가야 합니다. D급이라면 국가를 아우르는 호위 의뢰는 좀처럼 없는 것도 사실이고요. 그러던 중 이의뢰를 만나게 된 것은 제게 행운입니다. 위험하다는 건 잘 알았습니다. 하지만 그걸 포함해 이 의뢰를 받아들이겠습니다."

"오오!"

료가 의뢰 수락을 전하자 로드리고 공과 콘이 동시에 목소리를 냈다.

"그렇군. 그럼 료 공, 잘 부탁하네."

윌리 전하는 그렇게 말하고는 료의 손을 잡고 미소를 지었다.

이후 한 번 길드로 돌아온 료는 라 일행에게 의뢰를 찾았다고 보고했다.

다만 왕도까지 가야 했기에 룬의 거리로 돌아가기까진 상당한 시간이 걸릴 듯했다. 료는 그 사실을 룬의 모험자 길드에게 전해달라는 것과 영주관에 있는 세라에게 편지를 전해달라는 부탁을 했다.

라는 놀라기 바빴고, 그 옆에서 수는 편지를 받아들고 자신이 책임지고 편지를 전달하겠노라 약속했다. 그때 수는 비장하게 고개를 끄덕이고 있었다.

료는 그 이유를 알지 못했지만…… 뭔가 크게 오해한 것인지도 모른다.

이리하여 윌리 전하를 왕도까지 호위하는 의뢰가 시작된 것이었다.

◆

어젯밤에는 공성 게스트하우스에 있는 윌리 전하의 옆방에 머무른 료.

"옷은 이 옷을 입어주세요. 전하의 것과 비슷하게 제작한 것입니다. 그리고 마차 밖으로 나갈 때는 모자가 달린 로브 같은 것으로 얼굴을 가려주셨으면 좋겠는데……."

"아, 그럼 늘 입고 다니는 이 로브로 가릴까요?"

로드리고의 제안에 료는 평소 입고 있는, 듀라한에게서 받은 로브를 보여주었다.

"좋습니다, 그럼 그걸로 얼굴 가려주십시오. 이동 중엔 기본적으로 마차 안에 있을 겁니다. 야영 때는 천막을 칠 테니 그곳에서 윌리 전하와 지내주시면 됩니다."

"알겠습니다."

마차 한 대, 짐마차 세 대, 주 왕국의 호위 네 명, 잉베리 공국의 모험자 여섯 명, 그리고 윌리 전하와 로드리고 공과 료.

이것이 일행의 전부였다.

'한 나라의 왕자가 이동하는 것치고는 적은 것 같아……. 아니,

내가 잘 알고 있는 건 아니지만.'

"적죠?"

갑자기 뒤에서 말을 걸어오는 소리, 게다가 생각하고 있던 내용이 들려온 탓에 료는 움찔했다.

"아, 아뇨……."

"괜찮아요. 사실 왕족의 이동치고는 아주 적은 편입니다. 하지만 우리나라는 결코 부유하지도 않고 강국도 아니고, 게다가 저는 팔남이니까요."

"팔남……."

쓴웃음을 지으며 윌리 전하가 말했고, 그 말을 들은 료는 뭐라 말로 형용하기 어려운 심정이 되었다.

"왕가의 핏줄을 남기기 위해서는 자식이 많은 편이 확실히 좋긴 하지만…… 역시 제8 왕자가 되면 성인이 된 후에는 기사단에 들어가거나 마법단에 들어가거나 해야 해요. 영지도 있긴 하지만 그쪽은 어디까지나 왕실 사유지 관리를 맡고 있는 것뿐이라…… 얼마 안 되는 부하들에게 사유지 관리를 맡기고, 제 개인의 생활비는 스스로 벌어야 하죠……."

"먹고 살기 힘든 세상이네요."

윌리 전하는 쓴웃음을 지었고 료는 세상의 불행을 한탄했다.

왕자님인데 스스로 벌어야 한다니…… 여러모로 각박하다.

"아, 하지만 잉베리 공국의 국경까지는 공국 기사단에서 2개 소대, 20명이 호위를 해주시기로 했습니다."

공국 내에서 습격을 받을 가능성은 지극히 낮아 보였다.

이동을 시작한 마차 안에서 윌리 전하와 료는 이런저런 이야기를 나누었다.

마차에는 두 사람 외에 로드리고 공이 있을 뿐이었고, 그는 기본적으로 쓸데없는 말을 하지 않았다. 그렇게 되면 윌리 전하는 자연스럽게 한가해진다.

그 사이 윌리 전하가 료를 부르는 방식도 '료 공'에서 '료 씨'로 바뀐 상태였다.

같은 마차 안에서 계속 함께인 것이다. 자연스럽게 말을 편하게 하게 되었다.

윌리 전하는 현재 15살로, 나이트레이 왕국의 왕립 고등학교라는 곳으로 유학을 가신다고 했다. 왕족과 귀족을 위한 학교로 윌리 전하 외에도 다른 나라에서 온 왕족이 유학을 하고 있는 곳이다.

'15세인 전하랑 내 키가 비슷하다는 건…… 역시 몽골로이드는 젊어 보이는 걸까?'

료는 그런 생각을 하고 있었다.

실제로 료는 겉보기엔 호리호리했지만 만지면 근육은 탄탄하다. 그렇지 않으면 검을 휘두를 수 없으니 당연하다고 하면 당연하지만.

윌리 전하는 검은 그다지 잘 못 쓴다고 했다.

"마법은 조금 쓸 수 있지만…… 별로 소질이 있는 것 같지는 않아요. 애초에 주 왕국은 마법에 관해서는 특히 뒤처져 있어서……."

윌리 전하가 고개를 숙이며 말했다.

"하지만 조금이라도 사용할 수 있다면 매일 연습하는 것만으로도 사용할 수 있는 마력도 늘어나고 마법 제어도 향상될 거예요."

"정말요!?"

료의 조언에 윌리 전하가 눈을 빛내며 대답했다.

"네, 저도 처음에는 전혀 못 했었는데 매일 연습했어요."

그렇게 말한 료가 그리운 론도 숲 시절을 떠올리며 아련한 눈빛을 지어 보였다.

실제로는 숲을 떠난 지 아직 반년 정도밖에 안 됐지만.

"재능이 별로 없다는 말을 들은 저라도 가능할까요……."

"전하……, 재능 같은 건 상관없어요. 노력이 전부입니다. 옛날에 하급이라고 불리던 기사가 그런 말을 했죠. 그는 노력을 거듭해 복수 타이틀을 딸 정도의 기사가 됐죠."

"뭔가 대단하네요……."

윌리 전하는 타이틀이라는 말은 몰랐지만 노력으로 뭔가 대단한 것을 얻었다는 것만은 이해한 것 같았다.

'그보다 마법을 사용할 수 있다는 것만으로도 이미 재능이 있는 부류라고 생각하는데…….'

료는 마음속으로 그런 생각을 했다.

"참고로 전하는 무슨 속성인가요?"

"물이요……."

료의 물음에 윌리 전하는 시선을 떨구며 대답했다. 전투에 도움이 되지 않는다는 이미지 탓에 국가에 기여할 수 없다는 생각에서였다.

하지만 동시에 또 다른 수속성 마법사의 공감대를 자극했다.

"오! 저도 수속성 마법사예요! 수속성은 단련하면 엄청나게 강해요!"

"정말인가요!?"

정말 환한 미소로 답하는 윌리 전하.

그것을 보는 로드리고 공도 기뻐 보였다.

"사실 저도 수속성이라는 말을 들었을 때는 좀 충격적이었어요. 역시 화려해 보이는 화속성이나 편리해 보이는 풍속성, 혹은 집이나 성벽 같은 걸 만들어낼 수 있는 토속성에는 뒤지는 게 아닐까 하고요."

료의 이야기를 들으며 윌리 전하도 맞다며 고개를 끄덕였다.

"하지만 그런 일은 없었습니다. 네, 결코 다른 속성보다 뒤떨어지지 않았어요. 단련은 꽤 필요하지만 솔직히 말해서 이보다 더 편리한 속성은 없지 않을까, 지금은 그렇게 생각하고 있습니다. 자신 있게 단언할 수 있어요. 수속성 마법사는 대단하다고 말이죠!"

"오~!"

선동가 료.

"야영에서 천막을 치면 거기서 이것저것 해봐요."

"네!"

그날 밤 일행의 야영지 중앙 천막 안에서는 윌리 전하의 연습이 진행되었다.

현재 윌리 전하가 사용할 수 있는 물 마법은 〈물의 생성〉뿐이 었다.

　"생명의 근원이 되는 물이여 나와라 〈물의 생성〉."

　그러자 윌리 전하의 오른손에서 물이 생기더니 바닥에 놓인 작은 통에 떨어졌다.

　'영창이 좀 다른…… 것 같은데…….'

　"전하, 그 영창은……?"

　"우리나라 고유의 것이라고 해요."

　"그렇군요…….'

　게코 대상에 있던 아이들이 쓰던 '공국의 영창'과는 다른 듯했다.

　"만약 왕국의 영창을 가르쳐 주신다면 그걸로 열심히 연습하겠습니다!"

　윌리 전하의 얼굴은 결의로 가득 차 있었다.

　하지만…….

　"전하, 영창 같은 건 장식입니다. 그런 건 필요 없어요."

　"어…….'

　결의에 차 있던 얼굴이 얼어붙었다.

　'〈물〉.'

　료가 마음속으로 외우자 오른손에서 물이 생성돼 통으로 떨어졌다.

　"아무것도 외우지 않았는데 물이…….'

　"맞아요. 예전에 저에게 마법의 근원을 알려준 존재에게 물어본 적이 있어요. 그는 이렇게 답했습니다. 마법의 핵심은 이미지

다. 명확한 이미지를 그리는 것. 그리고 경험을 쌓아가는 것이라고요."

"이미지……."

"맞아요, 이미지예요. 마음속에 얼마나 명확한 그림을 그릴 수 있는가. 그렇게 하면 가만히 있어도 마법이 생성되는 거죠."

료는 일부러 더 진지한 어조로 그렇게 말해보았다.

이유는 없다. 그게 더 멋있으니까.

"해 볼게요!"

윌리 전하는 그렇게 말하더니 오른손을 앞으로 내밀고 눈을 감고 마음속으로 뭔가를 그리는 것 같았다.

하지만 아무 일도 일어나지 않았다.

"전하, 눈을 한번 뜨고 본인의 손을 보세요. **손바닥에서 물이 떨어지는 이미지**입니다."

료가 그렇게 말하자 윌리 전하는 순순히 눈을 뜨고 자신의 오른손을 바라보았다.

그리고 이번에는 눈을 뜬 채 오른손을 앞으로 내밀었다.

잠시 후…… 손끝에서 물이 나왔다.

"나왔어요!"

"네, 잘하셨어요!"

성공하면 칭찬한다. 이것은 교육의 왕도.

그 후, 윌리 전하는 몇 번이나 손에서 물을 내보냈고…… 마력이 다 떨어져 탈진했다.

공도 애버딘을 떠난 지 8일째 밤, 일행은 잉베리 공국의 국경 거리 레드널의 숙소에 묵고 있었다.

료는 대리인이라는 직무상 윌리 전하와 같은 방이었다. 덕분에 윌리 전하는 오늘 밤에도 마법 연습에 여념이 없었다. 그렇지만 료식 마법 연습법(임시)에 임한 지 이제 겨우 8일. 그렇게 큰 진전이 있진 않았다.

물의 생성 다음으로 료가 가르친 것은 얼음벽, 〈아이스 월〉이었다.

팔남이라고는 하지만 왕자였다. 게다가 타국에서 잠시 지낼 예정이니 자신을 스스로 지킬 수 있으려면 가능한 편이 좋을 것이었다.

게다가 검술은 서투른 것 같으니까.

다만 실제로 서투르다고 해도 기본적인 검술 실력은 갖추고 있었다. 물론 성에 있는 기사 같은 사람과 맞붙는다면 몇 합만에 지겠지만, 웬만한 도적 패거리들 정도라면 이길 수 있을 정도로는 쓸모가 있었다.

료는 그가 보여준 검술을 보고 그렇게 판단했다.

어쨌든 수속성 마법사의 제자로서 료는 엄격하게 지도하고 있었다.

"전하, 이제 그만 주무시는 게……."

"조금만 더! 조금만 더 있으면 뭔가 잡힐 것 같아요."

"하지만 어젯밤에도 그렇게 말씀하시다가 마력이 떨어져 쓰러지셨……."

"조금만 더…… 앗."

그렇게 말한 윌리 전하가 무릎을 털썩 꿇고 주저앉았다.

"전하…… 그러게 제가 뭐랬어요."

수속성 마법사의 제자는 지나치게 의욕이 넘쳤기에 스승이 제지를 걸지 않으면 안 될 정도…….

굳이 엄격하게 지도할 필요는 없었다…….

윌리 전하를 침대에 눕히고 료는 옆쪽의 거실로 이동했다.

그곳에는 지도를 펼쳐 놓은 호위 콘과 로드리고 공이 있었다.

"료 공, 전하는?"

"네, 마력이 떨어져 주무시고 계세요."

"그렇습니까."

웃는 낯으로 그렇게 말한 로드리고 공이 료의 차를 끓이기 시작했다.

자신이 섬기는 주인을 마력소진으로 쓰러지게 만드는 대리인을 향해 로드리고 공은 화를 내지 않았다.

"전하께서 이렇게 열심히 임하시는 것을 본 것은 정말 오랜만입니다……. 이 할아범은 무척 기쁘군요."

지난번, 윌리 전하를 마력소진으로 쓰러지게 한 것에 대해 료가 사과했을 때 로드리고 공이 한 말이었다.

성에서는 팔남이라 여러 가지로 제약이 많았던 듯했다. 게다가 너무 상냥한 성격을 가진 나머지 주위에 폐를 끼치고 싶지 않다는 마음에 더 조용히 지내려는 것도 있었다.

그런 과거를 생각하면 이 유학은 어쩌면 다행이었는지도 모른다. 좋은 전환점이 될지도 모른다.

로드리고 공은 그런 생각을 가질 수 있게 됐다고 했다.

지도를 보고 있던 콘이 료 쪽을 보고 말을 꺼냈다.

"료, 내일 낮에 국경을 넘을 거다. 잉베리 공국의 기사단이 호위하는 건 거기까지야."

"즉 내일부터가 이 여행의 진짜 시작이라는 거네요."

료도 고개를 한번 끄덕였다.

오늘 밤처럼 직전까지 마력을 다 써서 탈진하는 상태는 내일부터는 허락되지 않는다는 것이었다.

습격당할 가능성이 있는 이상 항상 여력을 남겨둬야 했다.

불행은 가장 약할 때 찾아오는 법이다.

"내일 밤에는 거리에서 묵을 수 있는 거죠?"

"내일 밤이라기보단, 앞으로는 무조건 밤엔 거리에서 숙박할 건데?"

"어, 그래요?"

료는 놀랐다.

여행의 대부분은 야영이라는 이미지가 료의 머릿속에 이유 없이 박혀 있었기 때문이었다. 사실 지금까지의 호위 의뢰에서도 야영을 하는 경우가 압도적으로 많았다.

"국경을 넘으면 나이트레이 왕국의 제2 가도가 왕도까지 이어져 있어. 그야말로 동가도를 능가할 정도로 왕국 동부에서 가장 많이 쓰이는 교역로지. 그런 만큼 주변에 거리와 큰 마을이 널려 있다. 이렇게 말하긴 좀 그렇지만 공국과는 달라. 역시 3대 강국 중 하나야."

콘은 그렇게 말하고는 앞으로 숙박 예정인 거리의 이름을 읊었지만 료가 아는 거리는 하나도 없었다.

당연했다.

게코 대상과 지나온 동가도라면 몰라도, 제2 가도변에서 알고 있는 것은 제2 가도와 동가도의 공통 국경 거리인 레드포스트 정도였으니까.

그 레드포스트는 내일 오전 중 이른 시간대에 지나간다.

"거리에 머물게 된다면 습격당할 가능성도 낮아질까요?"

료는 차를 끓여준 로드리고 공에게 감사를 표하고 누구에게랄 것 없이 그렇게 물었다.

"뭐, 야영하는 것보다는 훨씬 낮아지겠지. 하지만 낮에 습격당할 가능성도 있어. 흔히 쓰이는 가도라고 해서 늘 사람들로 넘쳐나는 건 아니니까. 반대로 스쳐지나가는 척하면서 덮쳐오면 더 성가시지."

콘이 지도를 노려보며 그렇게 대답했다.

그랬다. 샤피가 게코 대상을 덮쳤을 때처럼, 일반적인 대상을 가장해 스쳐지나가는 척하면 습격하는 쪽에 있어서는 유리한 전개가 된다.

샤피 때는 습격자 중에 발신기 같은 것을 넣어둔 자가 포함되어 있었기 때문에 료가 멀리서도 알아차릴 수 있었지만 일반적으로는 그렇지 않다.

애당초 습격자가 누구인지도 모르는 이상 항상 조심해야 하는 법이다. 일이라지만 호위는 힘들다.

◆

"예전에 아버지께 모험자가 되고 싶다고 말씀드린 적이 있어요."

"……네?"

다음 날, 무사히 국경을 넘어 나이트레이 왕국 안으로 들어간 뒤 윌리 전하가 료에게 말했다.

"자유로운 인생……. 모험자가 마치 그런 것의 상징처럼 느껴졌거든요. 그래서 말씀드린 건데, 아버님이 무척 슬퍼 보이시는 얼굴로, 미안하다는 표정을 지으시면서 말씀하셨어요. 왕가에서 태어난 자는 그곳에서 태어났다는 단지 그 이유만으로 짊어져야 할 책임이 생긴다. 그걸 내던질 수는 없다. 그러니 네가 모험자가 되는 건 허락할 수 없다, 라고요. 그 말을 들었을 땐 솔직히 이해가 안 갔어요. 그저 아버지의 슬픈 얼굴을 앞에 두고 더 이상 떼를 쓸 수가 없어서……."

"거기서 태어났다는 이유만으로 짊어져야 하는 책임……."

료의 경우엔 자청해서 짊어진 책임이었지만 조금, 아주 조금 이해할 수 있을 것 같았다.

"부하나 그 가족, 혹은 나라에 사는 사람들, 나아가 그런 사람들과 관계를 맺고 있는 다른 나라 사람들의 가족에 이르기까지…… 많은 사람을 향한 책임이 생기는 거네요. 그 행동 하나하나로."

료의 그런 중얼거림과도 비슷한 작은 목소리에 윌리 전하가 놀란 얼굴로 료를 바라보았다.

"맞아요! 료 씨, 모험자죠? 죄송해요, 좀 놀랐어요. 예전에 다른 모험가한테 말했을 땐 싫으면 그런 신분 같은 건 내팽개치라는 말을 들은 적이 있거든요. 씁쓸하게 웃을 수밖에 없었는데…… 료 씨는 뭔가 다르네요."

예전에 일본에 있었을 때, 일을 내팽개치지 못했던 료였기에 조금…… 아주 조금 이해할 수 있었던 것이다…….

◆

나이트레이 왕국에 들어온 지 사흘째 되는 날, 윌리 전하 일행은 바샤므 거리를 나와 왕도를 향해 왕국 제2 가도를 나아가고 있었다.

"어젯밤 그 요리…… 햄버그라고 했나요? 그거 정말 맛있었어요. 처음 먹어봤는데 넘치는 육즙과 그 위에 뿌려진 소스와의 절묘한 조합…… 역시 대국의 요리라는 느낌이라 감동이었어요."

"그렇죠, 그렇죠?"

마차 안에서는 어젯밤 숙소 식당에서 먹은 햄버그에 대해 윌리 전하가 열을 올리며 말하고 있었다.

그리고 료가 자신의 일처럼 기쁘게 고개를 끄덕이고 있다.

"료 씨가 추천해줘서 정말 다행이에요. 만약 먹지 않았다면 저는 오랫동안 후회했을 게 분명해요."

"역시 전하세요. 미식은 왕족의 소양이라고도 하죠. 맛있는 건 정의입니다. 앞으로도 왕국에서 맛있는 걸 많이 드셔주세요."

월리 전하의 감격에 료도 신이 나서 몇 번이나 고개를 끄덕이며 그렇게 말했다.

그러나 그런 평화로운 광경은 갑자기 부서졌다.

료의 〈수동 소나〉에 반응이 일었다.

료는 마차 창문을 열고 바로 옆에서 말을 타고 호위하고 있는 콘에게 말했다. 이번에는 호위와 모험자 모두 기승한 상태였다. 만일의 경우 속도를 높여 도망치기 위함이었다.

하지만 이번 상대는…….

"콘 씨, 전방위 습격입니다."

모두 기승하고 있다는 것을 알고 있기라도 한 듯 도망갈 길을 끊은 뒤 포위망 좁히기가 시작되고 있었다.

"젠장할. 인원수는 알 수 있나?"

콘이 작게 욕을 하며 물었다.

"포위는 열 명. 그 외엔 안쪽 숲에 다섯 명이 나와 있습니다. 그쪽 별동대는 복병인지 예비전력인지 모르겠지만…… 포위에는 가담하지 않았습니다."

"합계 15명인가……. 많군."

료의 보고에 씁쓸한 표정을 짓고 생각에 잠기는 콘.

료는 다섯 명인 별동대 쪽이 신경 쓰였다. 전체의 움직임을 지휘하고 있는 듯한 장소…….

이런 곳에 지휘관이 있는 경우가 많다.

"료. 미안하지만 적을 여기서 좀 떼어놓아 줄 수 있을까? 쓰러 뜨릴 필요는 없다. 재합류를 못할 것 같으면 그대로 떠나도 돼. 국경은 넘었으니까."

"괜찮아요. 습격당하면 타이밍을 봐서 전하인 척하고 이탈하겠 습니다, 적을 데리고요. 그리고 숲속의 다섯 명도……. 그때는 신 호를 부탁드립니다. 적이 줄어들면 속도를 높여서 윙스톤 거리로 도망치세요."

콘은 자신의 제안도 가혹하다고 생각했는데, 료가 다시 건넨 제안은 더더욱 가차없었다.

"아니, 아무리 그래도 그건……."

"저는 괜찮습니다. 절대 멈추지 말고 윙스톤까지 가세요."

"……알았다."

잠시 후 마차열 왼쪽에서 "적습!"하는 소리가 들려왔다.

료는 평소 입는 로브에 후드까지 덮어썼다. 언뜻 보면 누군지 모를 것이다.

윌리 전하도 로드리고 공도 더 이상 아무 말도 하지 않았다.

이후의 전개는 아까 료와 콘이 했던 대화로 알고 있었으니까.

료는 창문을 통해 힐끗 밖을 확인했다.

덮쳐온 자들의 차림이 어딘지 모르게 낯이 익었다…….

"암살 교단?"

그랬다. 암살 교단의 검은 의복처럼 보인 것이다.

하지만…… 세상의 습격자 모두가 암살 교단이라고 보긴 어려웠다. 그 외에도 습격을 생업으로 삼고 있는 자들은 있을 것이다.

"료 씨…….'

그렇게 불러오는 윌리 전하의 눈에는 눈물이 고여 있었다.

죽게 만들어 버린 일전의 대리인과 겹쳐본 것일지도 모른다.

"전하, 저는 괜찮습니다. 윙스턴까지 어떻게든 달려가세요."

그리고 마침내 콘의 목소리가 들렸다.

"전하, 도망치십시오!"

"그럼 다녀오겠습니다. 무운을!"

료는 그렇게 말하고는 마차 문을 열고 밖으로 뛰쳐나갔다. 이때 손을 뒤로 돌려 문을 잠가 안이 보이지 않도록 했다.

그리고 그대로 가도를 벗어나 숲 쪽으로 달렸다. 〈수동 소나〉를 통해 쫓아오고 있는 인원을 확인했다.

'7명…….'

10명의 습격자 중 절반 이상을 떨어뜨렸다.

윌리 전하의 호위는 4명, 모험자는 C급 6명. 열 명에 암살자 세명 상대라면 충분히 승산이 있을 것이다. 윌리 전하를 도망치게 하는 것이 메인이니까.

나머지는 숲속에 있는 다섯 사람이 움직이는지 어떤지만 보면 된다…….

이때, 료는 그렇게 판단했다…….

마차에서 2킬로미터 정도 떨어졌을까.

쫓아오고 있는 인원은 열두 명…… 숲속의 다섯 명도 모두 이쪽에 달라붙었다.

이는 료가 숲속에 있던 다섯 사람이 있는 곳 근처를 굳이 도망 루트로 선택한 덕분일지도 몰랐다.

그리고 그 다섯 명도 료를 쫓아왔다. 역시 별동대였던 것 같다.

'이 정도로 떼어놓으면 충분하겠죠.'

료는 그렇게 판단하고는 숲속의 조금 트인 곳에서 발밑이 걸려 넘어진 것을 가장해 멈춰 섰다.

곧바로 따라잡는 열두 명의 습격자.

도중에 쫓아온 다섯 명 중 지휘관처럼 보이는 남자가 료의 정면에 섰다. 아마도 가장 실력이 뛰어날 것이다. 분위기가 남들과는 조금 다르다.

반쯤 료를 에워싸더니, 서서히 양쪽 대형을 펼쳐 전방위로 료를 포위하듯 움직이기 시작한다. 료를 납치하려 한다면 퇴로를 끊기 위해 움직이는 것은 당연했다.

'〈아이스 아머〉.'

아주 얇은 얼음 갑옷을 걸쳤다. 그러면서 료는 습격자들을 하나하나 관찰했다.

'역시 암살 교단 일당…….'

습격자들의 모습은 검은 의복뿐이었지만 그 검은 의복은 샤피 같은 암살 교단에 공통되는 모습이었다.

'로우대교를 무너뜨리고, 거리를 궤멸시키고, 게코 씨를 습격하고, 급기야 왕자님 납치까지……. 암살 교단, 활동폭이 넓네.'

료는 상황에 어울리지 않게 느긋한 생각을 하고 있었다.

그러던 중 습격자들의 전방위 포위가 완성됐다.

'좋아. 〈아이스 월〉.'

마음속으로 〈아이스 월〉을 외웠다. 투명한 얼음벽이 습격자들 바깥쪽에 생성됐다.

"이걸로 도망갈 수 없겠네요."

습격자 열두 명은 독 안에 든 쥐. 여기까지 끌고 와서 놓친다면 본전도 못 찾는 꼴이다.

료는 무라사메를 뽑아들고 얼음 도신을 생성했다.

"갑니다."

료는 정면에 있는 지휘관 같은 남자에게 돌진했다.

남자는 얼음 검을 칼로 받아내는 것은 위험하다고 판단했는지 몸을 움직여 피했다.

료가 휘두른 무라사메는 땅에 닿기 직전 방향을 전환했다. 그는 거의 왼손 하나만을 써서 왼쪽 위로 비스듬히 쳐올렸다.

"크헉."

남자는 채 한 합도 받아내지 못한 채 왼쪽 옆구리에 무라사메 칼등을 맞고 기절했다.

말하자면 츠바메가에시 미숙 버전이었다.

"스피드가 부족했어…… 이런 걸 대태도로 해낸 사사키 코지로, 대단해."

처음에는 그냥 베어버릴 작정이었지만, 잠시 확인하고 싶은 것이 있어서 료는 전원을 다 죽이지 않기로 결심했다. 암살자가 상대였기에 아마 죽인다 해도 크게 신경 쓰이진 않을 것 같지만…….

"아마 그 애꾸눈의 어쌔신 호크를 쓰러뜨렸을 때가 더 많은 감정이 들었던 것 같아……."

료가 그런 혼잣말을 하는 동안 나머지 11명의 습격자들은 움직이지 못했다.

완전히 기선제압을 당한 탓이었다.

예상 밖의 무시무시한 검.

검술은 서투르고, 마법은 쓸 수 있지만 물을 내보낼 수 있을 뿐이다. 그것이 윌리 전하에 관한 정보. 그런 정보였는데, 단 한 합도 맞추지 못하고 상대를 때려눕힌 솜씨.

기선제압을 당하기엔 충분했다.

그 상황 그대로 료는 다음 습격자의 곁으로 달려가 검을 찔렀다.

목, 가슴, 다시 목, 삼연속 찌르기.

세 번째 찌르기에서 날을 높혀서 찌르고, 상대가 피한 방향을 향해 그대로 횡격.

물론 이번에도 칼등이었기에 습격자는 죽지 않았다……. 하지만 호흡이 이상해졌을 것이다. 그는 엎드려 쓰러진 채 헉헉대고 있다.

"영 안 되네……. 신선조 사람은 정말 이런 찌르기를 했다는 건가…….''

료의 적당한 지식에 기반한 검이었다.

신선조로 알려진 천연이심류라고 하면 삼단 찌르기로 유명했지만, 실제로는 사단, 오단으로 여러 기술이 연속해 이어진다.

하지만 료가 그런 것을 알 리가 없다……

"역시 즉석에서는 잘 안 되네."

그렇게 중얼거리더니 외친다.

"일단 모두 포로로 잡겠습니다. 〈빙관 12〉."

그렇게 말하자 습격자 12명은 금세 얼음 속에 갇혔다.

"그리고……."

예의상 남성 습격자만을 골라 얼음 속에서 왼쪽 가슴을 노출시켰다. 그 수는 아홉 명.

"확실히…… 다들 검이 박힌 쌍두 독수리 문장이 있네."

왠지 모르게 그것을 확인해 두고 싶었던 것이다. 특별히 깊은 의미는 없다.

앞으로 이 부분을 확인하면 암살 교단 사람인지 아닌지 분간할 수 있다. 그런 확증은 얻을 수 있었다.

이런 작은 지식들이 쌓여 어딘가에서 도움이 될 수도 있었다.

"자, 그럼 돌아가 볼까. 당신들은 살아는 있을 테니까…… 잊지만 않으면 조만간 해동해줄게요……. 한 2주 뒤쯤."

2주 후면 자신도 왕도에 도착했을 테니까.

료는 습격자를 쓰러뜨리거나 혹은 얼음에 가둔 뒤 다시 마차가 있던 곳으로 돌아갈 생각이었다. 아마 무사히 도망친 뒤라 아무도 남아 있진 않겠지만 그래도 확인은 필요했다.

하지만 어느 정도 다가갔을 때 이변을 깨달았다.

료의 〈수동 소나〉는 움직이지 않는 것은 읽을 수 없다. 시간에 따라 변화하고 움직이는 것을 포착하기 때문이다. 그 반응에 의하면 거의 움직이진 않지만…… '거의'였다.

습격자들은 시체조차 소각하여 처치하는 자들이다. 생존한 습격자가 남아 있을 리 없다.

그럼 윌리 일행은?

무사히 도망쳤다면 아무도 없을 것이다. 혹은 아주 적은 가능성이지만 일단 윌리 전하가 탄 마차 먼저 도망가게 하고 부상자는 그대로 길에 뒀다거나…….

물론 윌리 전하의 성격에는 부합하지 않지만 위급한 상황인 이상 불가피했을 수도 있다.

본래 동부 제일이라고 불리는 제2 가도변이다. 다른 대상 같은 것도 지나갈 거라 생각하지만…….

현실에서는 아무도 남의 다툼에 관여하고 싶지 않을 테니 못 본 척했을 수도 있었다. 그것도 이익을 최우선으로 하는 상인이라면 더더욱 그랬다.

료가 도착해서 본 것은 윌리 일행의 호위와 모험자들이 쓰러져 있는 광경이었다.

일대를 둘러보다 가도에 쓰러져 있는 노인을 발견하고 달려갔다.

"로드리고 공!"

"료 공, 전하가…… 전하가…….."

료의 부름에 로드리고 공이 헛소리처럼 말을 되풀이했다.

"잠시만 기다리세요."

그렇게 말한 료가 마차에 올라 늘 갖고 다니는 어깨 가방을 가져왔다.

그 안에는 료가 연금술 연습 삼아 만든 고성능 포션과 비는 시간에 사둔 가게에서 파는 일반 포션 같은 것들이 들어 있었다.

일단 료가 가진 것 중에서도 가장 효과가 높은 포션을 로드리고 공에게 먹였다. 고통스럽겠지만 삼키게 하고, 베인 복부에도 직접 포션을 뿌려 간신히 목숨을 살렸다.

조금 있으면 움직일 수 있을 것이다.

하지만 그 시간도 아쉬운 것인지 로드리고 공이 료에게 부탁했다.

"료 공…… 전하가 끌려가 버렸습니다……. 료 공이…… 많은 적을 데리고 가…… 주셨는데, 그 후에…… 증원이 와서……."

"증원!"

어리석었다.

별동대는 숲속의 다섯 명뿐이 아니었다. 료의 〈수동 소나〉로도 탐지할 수 없을 정도로 떨어진 장소에도 배치되어 있던 것이다…….

얌전히 이 자리에서 적을 쓰러뜨렸어야 했다.

콘 일행과 연계해서.

월리 전하의 몸을 지키면서.

료였다면 충분히 그럴 수 있었으니까.

혹은 극단적인 가정이지만, 적을 떼놓더라도 마차를 〈아이스 월〉로 둘러싼 채 숲으로 들어간다든가 하는 방식을 썼을 수도 있다. 그렇게 해두면 적어도 월리 전하가 납치되는 일은 없었을 것이다…….

숲속에 있던 별동대가 신경 쓰여 그들을 쓰러뜨리기 위해 멀어졌다……. 그 결과가 이것이다.

이제 와서 후회해도 어쩔 수 없는 일이었다.

료는 자신의 어리석음에 입술을 깨물었다.

호위 의뢰다. 호위 대상자의 곁을 떠나는 것은 가장 어리석은 행동이다…….

하지만 지금은 그보다 더 중요한 일이 있었다.

후회는 나중에!

우선 윌리 전하를 도와야 했다.

"료 공…… 부디 도움을 청해서 전하의 구출을……."

그렇게까지 말한 로드리고 공은 의식을 잃었다.

호흡은 있다. 맥도 정상. 문제없다.

료는 주위를 둘러보았다. 호위 4명, 모험자…… 6명. 전원이 움직이고는 있었다. 결착을 내기보단 윌리 전하의 납치를 우선시한 건가? 지난번 대리인을 썼을 때도 몰살당하지 않은 걸 보면…….

료는 쓰러져 있는 콘에게 달려가 상급 포션을 먹이고 가슴과 목의 상처에도 포션을 뿌렸다.

"으윽……."

콘이 약간 신음했다.

"콘 씨, 알아보겠어요? 저 료예요."

콘이 간신히 눈을 뜨고 료를 시야에 담았다.

"료…… 미안, 전하가……."

"네, 로드리고 공한테 들었어요. 보니까 다 숨은 쉬고 있습니

다. 포션을 두고 갈 테니 모두가 먹을 수 있게 해주세요. 저는 전
하를 구출하러 가겠습니다."

"어, 어어……."

료의 사나운 기세에 밀린 나머지, 여러 의문은 들었지만 고개
를 끄덕이는 콘.

"윙스톤은 이 가도로 쭉 가면 닿을 수 있는 거죠?"

"맞아."

"그럼 다녀오겠습니다."

그렇게 말한 료는 가도 서쪽으로 달리기 시작했다.

로드리고 공도 콘도 아마 윌리 전하가 끌려간 곳이 어디인지는
모를 것이다.

하지만 료는 짐작가는 곳이 있었다.

암살 교단 본부.

암살 교단의 간부였던 샤피가 말했었다. "왕국 동부의 작은 마
을이다. 동부 최대 도시 윙스톤에서 북쪽으로 도보로 하루. 산 위
에 있어 어번 마을이라 불리지"라고.

만약 교단 본부에 없다고 해도 본부 사람에게 물어보면 된다.
료는 그렇게 결론지었다.

본래 소국의 왕자인 데다 팔남이다. 솔직히 그다지 인질로서의
가치가 있다고 보여지지 않는 윌리 전하가 이번을 포함해 두 번
이나 습격당했다……. 게다가 그 암살 교단으로부터.

도쿠가와 이에야스처럼 어느 나라가 가로채려고 암살 교단에
의뢰한 것인지, 아니면 윌리 전하 자신의 몸에 어떤 가치가 있는

것이고 그것을 산 채로 확보할 필요가 있는 것인지…….

상당히 특수한 이유라면 어느 정도 고위 간부에게 보내진다고 생각하는 편이 타당했다.

그리고 이 주변에서 간부가 모이는 장소…… 료는 교단 본부 밖에 생각나지 않았다.

암살 교단 본부

어떤 마을. 암살 교단 본부.

두 간부가 대화를 나누고 있었다.

"시카, 수령이 뭐래?"

"나탈리아인가. 아니, 아직 아무 말도……."

주 왕국의 윌리 왕자 납치 실행부대를 이끈 자들이다.

"지난번에 납치했을 때는 가짜를 잡아와서 엄청 깨졌잖아."

"그건 말하지 말아줘."

나탈리아가 시카의 지난번 실패를 거론했다.

"그래서 이번엔 베가비스 부대에 습격을 맡기고 뛰쳐나온 놈은 베가비스의 부하들에게만 쫓게 했다. 우리는 안 쫓고. 그랬더니 아니나 다를까 진짜로 보이는 놈이 있었어."

"하지만 내가 합류하지 않았다면 그 호위들은 쓰러뜨릴 수 없었을걸?"

"합류해 줄 거라고 믿었지."

나탈리아가 쏘아붙이듯 지적하자 시카는 속으로는 떫은 얼굴을 하면서도 겉으로는 감사의 말을 했다.

이번 습격에는 결국 30명 이상이 동원됐다. 왕자의 신병 확보는 그만큼 중요했던 것이다.

하지만 그런 시카에게는, 신경이 쓰이는 것이 있었다.

마차를 뛰쳐나온 대리인를 쫓아간 베가비스 부대를 포함한 열

두 명이 아직도 돌아오지 않고 있다는 점이었다.

물론 임무 관계상 필요한 타이밍까지만 달려들고 그것이 끝나면 그대로 다음 임무로 가는 일도 종종 있었다. 베가비스는 시카나 나탈리아에 비하면 아직 저위 간부였기에 본부로 돌아오지 못하고 이리저리 부려먹히는 경우도 많다.

그렇다 치더라도.

'숲에서 마물한테 당하기라도 했나? 베가비스를 포함한 12명전원이? 말도 안돼…….'

마물에게조차 당하지 않을 간부를 포함한 12명이다. 그러니 대리인에게 졌을 거라는 가정을 조금도 떠올리지 못하는 것은 어쩌면 당연했다.

그때 수령의 시종이 다가와 보고했다.

"시카 님, 나탈리아 님, 수령께서 부르십니다."

◆

"수령, 부르셨습니까?"

시카와 나탈리아가 수령 앞에 한쪽 무릎을 꿇었다.

수령 뒤편에 있는 돌 단상 위에는 납치당한 윌리 전하가 누워있었다.

"음. 이번엔 진짜로군. 두 사람 다 잘해줬다."

키 190센티미터의 긴 백발과 수염, 하지만 나이를 가늠하기 어려울 정도로 형형하게 빛나는 검은 눈동자. 나이가 90이 넘는다지만 50대라고 해도 충분히 납득할 정도의 외형.

'그리고 아직 간부의 누구도 당해내지 못한 괴물…….'

그래, 나탈리아는 속으로 생각했다.

나탈리아가 철이 든 후 교단에 들어왔을 때부터 노인이었고, 제 몫을 하게 되었을 때도 노인이었으며, 그리고 간부가 된 지금도 노인.

영원한 노인이지만 아마 간부 전원이 합세해서 덤벼들어도…… 아직도 쓰러뜨릴 수 없는, 그것이 눈앞의 수령이라는 자였다.

표면상으로 충성을 맹세하긴 했지만 나탈리아는 이른바 반수령파라고 할 수 있는 그룹의 일원이었다.

'이제 슬슬 은퇴할 때가 됐지.'

암살 교단의 창시자이자 최강의 남자인 것은 사실이지만, 반세기가 훌쩍 넘는 기간 동안 총수로 군림하면 주위에서도 슬슬 불만을 가진 자가 나오게 된다.

그런 최강의 남자가 집착한 것이 윌리 왕자였다.

무엇 때문인지는 알 수 없다. 옆에 있는 시카는 수령 다음으로 연금술을 잘 아는 사람인데, 윌리 왕자의 피가 무슨 연금술에 필요한 것 같다고 예전에 말한 적이 있었다.

"나는 이제 의식 준비에 들어가겠다. 이후 누구도 이 장로실에 들이지 말도록 해라. 알겠나?"

"알겠습니다."

시카와 나탈리아는 고개를 숙이고 수령 앞에서 물러났다.

두 사람이 장로실에서 나가자 안에서 문이 잠기는 소리가 났다.

'엄중하기도 하셔라.'

나탈리아는 속으로 악담을 퍼부었다.

'이 문에 자물쇠가 달려 있었다는 것조차 지금 처음 알았어.'

나탈리아는 다시 한번 문을 바라보았다.

그 귓가에 시카의 중얼거림이 들려왔다.

"드디어 수령이 오랜 비원을⋯⋯."

시카는 감동에 몸을 떨기 바빴다.

"저기 시카. 수령은 이제부터 무슨 의식을 거행하는 거야?"

"어⋯⋯?"

시카의 얼굴은 누가 봐도 아차 싶은 표정이었다. 감동적인 마음에 무심코 중얼거리다가 입에서 새어나온 것을 뒤늦게 깨달은 것이다.

"괜찮아, 아무한테도 말 안 할게. 어차피 곧 끝날 거잖아?"

나탈리아가 더욱 부추겼다.

"아, 아아⋯⋯. 수령이 발전시킨 연금술 중에『불사』라는 게 있는데, 그걸 하는 거야."

"불사? 불사라니, 영원히 산다는 그 불사?"

시카가 하는 말을 순간적으로 이해하지 못한 나탈리아였지만, 곧 이해하더니 안색이 창백해졌다.

하지만 시카는 나탈리아 쪽을 보고 있지 않아 그 표정을 알아차리지 못했다.

"그래, 그 불사. 마침내 수령이 우리를 영원히 지배해주시는 거야!"

'농담하지 마!'

시카와 헤어진 나탈리아는 벌레를 씹은 듯한 표정으로 몇 번이나 마음속으로 외쳤다.

'그런 일이 가능하다는 게 말이 되냐고! 어쩌지……. 나 혼자 판단할 수 있는 일이 아냐. 이렇게 된 이상…… 가능한 한 사용하지 말라고 하셨지만, 지시를 받지 않으면 돌이킬 수 없는 일이 벌어질 거야.'

나탈리아는 서둘러 자기 방으로 돌아와 특수한 연금석에 시동을 걸었다. 이로써 방의 도청은 불가능해졌다.

그리고 자물쇠가 달린 서랍에서 손거울 크기의 석판을 꺼내 오른손에 올렸다. 그렇게 하면 석판의 잠금이 해제되며 특정 상대와의 통신이 가능해진다.

아까 도청 방지 연금석도 이 통신도 모두 원래는 수령이 개발한 연금 도구다. 그것을 이 통신 상대가 개조하여 나탈리아와 원거리 대화를 할 수 있게 만든 것이다.

"『흑』이다."

"흑 님, 나탈리아입니다. 시급히 알려드릴 일이 발생했습니다."

상대는 『흑』이라고 불리는 교단의 넘버 2.

동시에 간부들에겐 위트나쉬의 습격을 주도한 인물로도 알려져 있었다.

"말해."

"수령이 주 왕국의 왕자에게 집착했던 이유를 알았습니다. 왕자의 몸을 이용해 자신이 불사가 되는 것이라고 합니다."

그동안 감정 변화 없이 듣던 『흑』의 분위기가 일변했다. 격렬하게 동요하고 있다는 것이 통신기 너머로도 느껴졌다.

"이제 그 의식에 들어간다면서 장로실에 틀어박혔습니다. 어떻게 할까요?"

나탈리아는 지시를 요청했다.

이는 반수령파를 자칭하는 자들에게 있어 악몽이라고도 할 수 있는 상황이었다.

솔직히 불사라고 해도 얼마나 불사가 되는지는 알 수 없다. 평범하게 살아만 있으면 죽지 않는 상태인지, 아니면 죽여도 살아나는 것인지……

이런 불확정 요소까지 포함해 자신이 어떻게 해야 할지 나탈리아는 판단이 서지 않았다.

하지만…….

"나탈리아, 그 의식, 전력을 다해 저지하도록. 준비조차 쉬운 의식이 아니다. 의식 자체에 들어가기까지 12시간은 걸리지. 하지만 의식이 끝나버리면 우리의 미래도 끝이다. 네게 준 모든 힘의 사용을 허가한다. 알겠나? 꼭 막도록."

"예. 알겠습니다."

나탈리아가 그렇게 말하자 석판은 평범한 석판으로 돌아가고 통신이 종료됐다.

'흑 님은 『불사』 의식을 알고 계셨다……. 그리고 반드시 저지하라고 하셨어…… 12시간 이내에.'

나탈리아는 작전을 생각하기 위해 생각의 심연 속으로 점차 빠져들어 갔다…….

몇 시간 후.

'준비는 다 됐다. 하지만 어떻게 해도 딱 한 명이 모자라…….'

나탈리아는 자기 방을 돌아다니며 머리를 쥐어뜯었다.

'앞으로 딱 한 명, 높은 전투력을 가진 간부라도 있었다면 그놈이 수령과 싸우고 있는 동안 내가 실행할 수 있을 거야……. 아아, 정말! 왜 이럴 때 샤피가 없는 거야! 걔가 있었다면 버리는 말로 쓸 수 있었을 텐데!'

실로 잔인한 일을 태연하게 생각한다, 그것이 나탈리아였다.

'우리 쪽 부하들로는 시간 벌이도 안 될 거고…….'

물론 부하들조차 버리는 말.

나탈리아가 그런 생각을 하며 돌아다니고 있을 때였다. 문을 난폭하게 두드리는 소리와 함께 "나탈리아 님!"이라는 외침에 가까운 부하들의 목소리가 복도에서 들려왔다.

"뭐야? 들어와."

나탈리아의 목소리에 부하들이 굴러갈 듯한 기세로 방으로 들어왔다.

"큰일 났습니다! 마을이 습격당하고 있습니다."

"……뭐?"

나탈리아는 의미를 알지 못했다.

습격…… 습격의 의미는 안다.

하지만 그런 것들은 쉽게 배제할 수 있지 않나? 마을에는 백 명이 넘는 자들이 있었다. 게다가 모두 암살자. 설령 그 열 배의 기사단을 상대하더라도 이 마을에서 싸우는 한 문제없이 격퇴시킬 수 있었다.

예를 들어 숨을 곳이 조금도 없는 사막이라든가 평원 같은 곳이라면 무리겠지만, 이 마을은 방어전까지 신중히 고려한 지형에 적절한 구조물까지 배치되어 있었다.

언제 어디서 누가 쳐들어올지 모르는 이상 가능한 모든 대비가 되어 있는 것은 당연했다.

하지만 애초에 기사단 같은 자들이 마을에 쉽게 다가오는 것 자체가 불가능했다. 누가 뭐래도 암살자의 마을이니까.

하지만 이 부하는 "습격당하고 있습니다"라고 말했다.

지금 현재 진행 중인 것이다. 이 마을을 향한 습격이. 접근조차 어려울 마을이 습격당하고 있다고?

"습격자는 누구냐. 그 규모는?"

나탈리아의 그 물음에 부하는 순간 대답을 망설였지만, 곧 마음을 고쳐먹고 대답했다.

"1명입니다."

"1명…… 이라고?"

멍한 얼굴로 부하들의 대답을 반복하는 나탈리아.

"수속성 마법사가 한 명. 정면으로 돌파하고 있습니다."

"말도 안 돼! 요격은 어쩌고!?"

"전원이 얼어붙었습니다. 그 녀석이에요. 게코 대상에 있던 그 수속성 마법사요. 게이를 얼렸던 그 마법사. 그놈이 습격자입니다!"

"왜 그런 놈이 여기에……."

◆

산길을 오르니 그곳에는 마을이 펼쳐져 있었다.

산길을 오르는 동안에도 료는 감시당한다는 것을 알고 있었지만 굳이 아무것도 하지 않고 외길을 평범하게 걸었다.

내부가 어떻든 일단 마을인 이상 행객이 찾는 일도 있다.

거리에서 의뢰를 받은 모험자들이 정보 수집을 위해, 혹은 길을 잃고 마을에 들르는 일도 있었다.

기사단처럼 척 보기에도 무장한 집단이 다가왔다면 경계를 하거나 혹은 산길에서 바로 요격할 수도 있었겠지만, 료를 감시하던 암살자들도 설마 혼자 습격을 감행하리라고는 예상하지 못했다.

마을을 시야에 담은 료는 머릿속으로 이미지화했다.

그것은 모든 것이 얼어붙은 세상.

그리고 외웠다.

"〈퍼머프로스트〉."

『영구 동토』라 명명된 광역 동결 마법.

단순한 마법이다.

보이는 범위의 물 분자의 분자 진동을 저하하고 얼어붙게 한다.

그저 그뿐이다.

범위와 효과가 평범하진 않았지만…….

만약 이 광경을 아벨이 본다면 이렇게 말할 것이다. "아니, 료, 사람 구출하러 온 거 아니었어? 그 녀석까지 얼어붙는 거 아냐?" 라고.

윌리 전하는 분명 깊숙한 곳에 있다. 그러니 〈퍼머프로스트〉로 얼어붙지는 않을 것이다……. 료는 마음대로 그렇게 단정 짓고 있었다.

뭐, 인간이 얼어붙어도 살아 있기는 할 테니까…….

마을 안, 야외에 나가 있던 자들은 모두 얼어붙은 상태였다.

"샤피는 마을에 있는 자는 모두 암살자라고 했으니 민간인 학살에는 해당하지 않겠죠."

암살자가 전투원인지 민간인인지…… 료가 자세히 알 순 없었지만. 게다가 얼어붙긴 했지만 죽지는 않았으니 학살도 아니다…….

"〈아이스 아머〉〈아이스 월 10층 패키지〉."

료가 다 외친 시점에서 다섯 개의 화살이 날아왔다.

물론 〈아이스 월〉에 의해 튕겨 나갔다.

"〈아이시클 랜스 5〉."

화살이 날아온 궤도 그대로 역방향으로 〈아이시클 랜스〉를 날렸다.

"끄아아악."

"윽……."

날아간 곳에서 몇 개의 비명과 신음소리가 들렸다.

이어서 날아온 공격 마법에도 마찬가지로 〈아이시클 랜스〉를 사용한 카운터가 작렬했다.

"〈능동 소나〉."

뇌에 들어오는 정보량이 너무 많아 처리하기가 어려웠기에 평소에는 잘 사용하지 않는〈능동 소나〉를 발동했다.

〈수동 소나〉와 달리 료 본인에게서 '자극'을 발생시켜 그것이 무언가에 맞아 반사해 오는 정보를 분석함으로써 주위의 상황을 파악할 수 있는 것이었다. 움직임이 없는 것조차 잡을 수 있다는 점이 장점인 실로 우수한 마법이었다.

마을 입구 정중앙에서 〈능동 소나〉로 무수한 정보를 얻으며 당당하게 나아가는 료.

마을 중앙에 있는 유난히 큰 관 앞에 다다랐을 때쯤 료를 향한 원거리 공격은 완전히 그쳐 있었다.

그 대신 관 앞에 잔존 병력이 잠복한 상태였다.

"마지막은 역시 근접전이죠."

입꼬리를 살짝 끌어올리고, 제대로 된 전투의 흐름에 기뻐하는 료.

료가 다가가자 잠복한 암살자들에게서 일제히 무언가가 날아왔다. 던져진 물건이 땅에 떨어지자 많은 양의 흰 연기가 피어오른다.

"또 그거!"

료는 내심 새로운 무언가를 볼 수 있기를 기대했다.

하지만 이것이 단순한 연기가 아닌, 독 같은 것이 섞여 있을 수도 있었기에 방심하는 짓은 하지 않았다.

"〈스콜〉."

일대에 순간적인 폭우가 쏟아지면서 허공에 흩날린 연기가 모두 땅에 쓸려 내려갔다.

평소 같으면 그 순간 직접 달려나가 적과의 거리를 좁히고, 상대가 놀라고 있는 사이에 무력화했을 텐데…… 이번에는 〈스콜〉로 연기를 지워 버리기만 하고 그대로 계속 걸었다.

한 걸음씩 관으로 다가가는 료.

'방어 측이 이상적으로 움직였다면 일단 흩어져서 다시 다른 방법으로 공격을 했겠지. 하지만 암살자들이 그러지 않는다는 건…… 역시 이 관이 가장 중요 거점이라는 뜻…….'

〈능동 소나〉에서도 윌리 전하의 반응은 발견되지 않았다.

어디에 있을진 모르지만 중요 거점 안에 확보하고 있는 것이 아닐까, 료는 그렇게 생각했다. 만약 그곳에 없었더라도 중요 거점에 있는 가장 위대한 인간에게 물어보면 되지 않을까 하는 생각도 들었던 것이다.

그리고 암살자들의 행동을 통해 눈앞의 관이 가장 중요한 거점임을 확신할 수 있었다.

"좋아. 그럼 전원 얼음 속에 들어갈까요? 〈빙관 13〉."

결국 근접전이 생기는 일은 없었다…….

잠시 마을 밖으로 나와 그곳에서 습격자들의 전투를 지켜보던 나탈리아는 경악했다.

'뭐야, 저 괴물은!'

모든 공격을 막는 보이지 않는 얼음벽.

그 얼음벽 바깥으로 내던지는 얼음 창.

'저 두 가지만으로 이미 무적이잖아!'

게다가 연막을 치고 접근전을 시도하려고 하자 순식간에 그 연막을 무효화시킨다……

악몽이 따로 없었다.

"저게 게코한테 붙어있었다는 그 마법사냐?"

나탈리아가 옆에 있던 자신의 부하에게 물었다. 부하 중 절반은 그때 게코를 습격했다가 실패했던 자들이다.

"네. 멀리서 보긴 했지만 확실히 그 로브 남자가 맞습니다."

부하는 고개를 끄덕이며 대답했다.

'윌리 왕자와 게코가 연결되어 있었다는 건가……. 아니면 잉베리 공이 윌리 왕자의 구출을 부탁해서 게코가 저 남자를 파견했나……?'

윌리 왕자 일행은 분명 잉베리 공국을 지나 나이트레이 왕국으로 향했다.

공국에서는 원수인 잉베리 공작과도 접견을 했다.

"아니, 지금은 그런 걸 생각할 때가 아니야."

나탈리아가 굳이 소리를 내어 생각을 끊어냈다.

"저 수속성 마법사의 목적은 윌리 왕자의 탈환이다. 그렇다면 장로실로 가겠지. 장로실에 설치된 함정으로 쓰러뜨린다!"

"하지만 그 함정은 수령께서만 발동할 수 있는 거 아닙니까?"

"나라면 할 수 있어. 절반은 이미 준비도 끝났다. 남은 준비를 마칠 테니 너희는 저놈에게서 눈을 떼지 마라."

'수령에게서도 말이지.'

나탈리아는 수속성 마법사와 수령 모두를 일망타진하기로 했다.

양쪽 다 남겨둬 봐야 성가신 일밖에 생기지 않을 존재.

그럼 이 타이밍에 없애겠다!

◆

관 안은 무척 조용했다.

밖에서 봤을 때도 큰 관이라는 건 알았는데 안에 들어온 소감도 마찬가지였다. 폭이 넓은 복도도 그렇지만 무엇보다 천장이 매우 높았다.

첫인상은 영주관이라기보단 지구에 있는 수도원에 가까운 느낌. 적어도 료는 그렇게 느꼈다.

"보통은 가장 안쪽이 가장 중요한 장소지."

건물 설계를 봤을 때, 종교적으로 가장 기본적인 것.

누가 뭐래도 암살 **교단**이다. 종교, 수도원, 그런 이미지를 품는다고 해도 이상하지 않은 곳.

통로를 따라가자, 정면에 양쪽으로 여는 유난히 큰 문이 나타났다.

"저 안쪽이겠지?"

료가 멋대로 한 추측일 뿐이다.

하지만 이런 구조에서, 이 문 안쪽에 아무것도 없다는 것은 그야말로 있을 수 없는 일이었다.

"〈아이시클 랜스〉."

지름 1미터 이상의 두꺼운 얼음 창이 발생했다.

아이시클은 다시 말해 고드름이다. 하지만 누구도 납득할 수 없을 정도의 굵기를 가진 고드름이…… 〈아이시클 랜스〉가 문을 박살냈다.

그와 동시에 료는 방안으로 들어가 안을 확인했다. 가운데 가장 안쪽에 거대한 돌 단상이 있고, 그 위에 사람이 누워 있는 것이 보였다.

'전하! 〈아이스 월〉.'

윌리 왕자를 보호하기 위해 〈아이스 월〉을 생성…… 하려고 했지만 하지 못했다.

마법은 발동한다. 즉 마법 무효화가 아니다.

생성한 후에 없어지는 것도 아니다. 즉, 바다의 마물들이 사용하는 것처럼 마법 제어를 빼앗긴 것도 아니다.

마법은 발동하는데, 〈아이스 월〉이 생성되려고 하면 생성되는 즉시 사라져 갔다.

"이 타이밍에 침입자라니 흥미롭군. 물론 왕자님을 구하러 왔겠지만, 마법으로 보호하지는 못할 게다."

정면의 돌 단상과는 조금 떨어진 곳, 무언가 작업을 하고 있던 것으로 보이는 긴 백발과 흰 수염을 가진 남자가 료를 향해 말했다.

"왜 안 되는 건지 알 수 있을까요?"

"그건 거절하지."

료가 정중히 부탁했지만 남자는 단칼에 거절했다.

"그렇군요. 〈아이스 월 패키지〉."

료는 남자의 행동을 제압하기 위해 남자 주위로 얼음벽을 생성했다.

"〈재밍〉."

생성되는 〈아이스 월〉에 모래가 섞이며 〈아이스 월〉 형성에 실패했다.

이윽고 〈아이스 월〉은 형태를 이루지 못한 채 무산되었다.

"상대가 생성하는 마법에 자신의 마법을 섞어 방해한다…….
그런 발상은 못했는데."

료는 진심으로 감탄했다.

하지만 감탄과 동시에 전율도 느꼈다.

그런 방식은 무시무시한 속도로 마법 생성을 할 수 있어야만 가능하다는 것을 깨달았기 때문이다.

료가 외친 뒤 〈아이스 월〉이 생성되는 시간은 0.1초도 걸리지 않는다.

그만큼 료의 마법은 빠르다.

하지만 상대는 료의 마법을 인식한 후에 발동한 것도 모자라서 료의 〈아이스 월〉 생성에 마법을 섞어왔다……. 평범한 스피드는 아니었다.

"딱히 특허는 취득하지 않았으니 자네가 사용해도 상관없어."

남자는 두 팔을 벌리면서 좋을 대로 하라는 제스처를 취해 보였다.

그리고 결정적인 말을 뱉었다……. 특허.

당연히 『파이』에 특허라는 말은…… 없다고 단언하려다가, 료가 모르고 있을 가능성도 있다는 것을 깨달았다.

그랬다. 이 세계에 대해 료는 아직 몰랐다.

"특허……."

무심코 중얼거린 료.

"아아, 미안하구만. 앞으로 죽을 자네가 알 필요는 없는 말이지. 〈스톤 랜스〉."

순식간에 남자 주위로 여섯 개의 돌창이 생성되며 료를 향해 날아갔다.

"〈아이스 월 10층〉."

이번에는 생성을 방해받지 않은 얼음벽이 료의 눈앞에 생성되며 여섯 개의 돌창을 통째로 튕겨냈다.

"호오. 그 얼음벽, 꽤나 단단하군."

남자가 그렇게 말하는 순간 위쪽에서 거대한 직방체로 된 돌이 료에게 떨어졌다.

그 광경을 옆에서 지켜보는 사람이 있었다면, 천장이 순식간에 무너진 것이라고 착각했을지도 모른다.

요란한 굉음. 날아오르는 모래 먼지.

'〈아이스 월 10층〉.'

모래 먼지가 사라지기도 전, 이번에는 남자의 위쪽으로 얼음벽이 바닥과 평행하게 생성되더니 자유낙하했다.

다시 요란한 굉음. 날아오르는 모래먼지와…… 산산조각나는 얼음.

실내에서 날아오른 것들이 모두 사라진 후, 그곳에는 두 남자가 아무 일도 없었다는 듯이 서 있었다.

한쪽은 〈어브레시브 제트〉로 떨어지는 거대한 돌을 잘라내 자신의 위쪽에만 아무 일도 없었다는 듯이.

다른 한쪽은 자신을 중심으로 초고경도의 돌 원뿔을 생성시켜 떨어진 얼음벽을 뚫고 깨뜨려서.

"돌에 부서진 건 역시 좀 충격이네요."

"물에 썰린 것도 처음이구나."

료도 남자도 씨익 웃으며 말했다.

"일단 확인하고 싶은데, 당신이 암살 교단의 우두머리죠?"

"음. 수령으로 통하고 있지."

료의 물음에 암살 교단 수령은 고개를 끄덕이며 답했다.

그리고 둘의 싸움은 다음 단계로 진행되었다.

"우선은 정면에서 짓뭉개볼까. 〈돌창연아〉."

"〈적층 아이스 월 10층〉."

수령의 양 손바닥에서 돌창이 연사되었다.

하지만 그뿐만 아니라 수령 주위로도 다수의 마법진이 생겨났다. 그곳에서도 돌창이 발사되어 료를 향해 날아온다.

그 광경은 마치 애니메이션이나 게임에서 볼 것 같은 마법 공격.

료는 〈아이스 월〉 연속 생성인 '적층'으로 날아오는 돌창을 막으면서도 수령의 마법 공격에 살짝 감동하고 있었다.

'그 폭염의 마법사는 물론이고 악마 레오놀도 이런 마법진을 생성하진 않았어⋯⋯. 뭐지, 엄청 멋있는데요!'

멋짐은 중요한 요소다. 무슨 일에 있어서도.

"얼음벽을 연속 생성하다니 굉장하군. 나의 〈재밍〉으로도 방해가 늦었어. 자네, 마력소진은 괜찮은가?"

"문제없어요. 그보다 그 마법진을 띄운 공격, 멋지네요!"

목숨이 경각에 달린 두 사람, 하지만 대화에서는 그런 분위기가 조금도 느껴지지 않았다.

"오호라, 이것의 장점을 알아보겠나! 기쁘군! 내 제자들은 이 장점을 아무도 모르지. 개탄스럽기 그지없어……. 그렇다면 자네, 내 제자가 되어보지 않겠나? 자네라면 이 기법을 이을 수 있을 게다."

"아니, 아무리 그래도 암살 교단에 들어가는 건 좀……."

어째서인지 교단 권유를 해오는 수령.

반면에 암살자가 되어서까지 멋짐을 추구할 생각은 없는 료.

"음…… 실로 안타깝구나……."

진심으로 안타깝다는 표정을 짓는 수령…….

"그럼 이번에는 저부터 갑니다. 〈워터 제트 256〉."

수령 주위로 발생한 256개의 〈워터 제트〉가 불규칙 궤도로 움직이며 모든 물건을 잘게 썰어버렸다.

"〈부유석벽—액티브〉."

수령의 주위에서 무수히 발생한 손바닥만 한 돌이 무시무시한 속도로 움직이며 스스로 〈워터 제트〉에 부딪혀 나갔다.

부딪힌 물과 돌은 상쇄의 빛과 함께 둘 다 사라졌다.

수 초 만에 256개의 〈워터 제트〉는 돌에 의한 자폭 공격에 의해 소멸되었고 수령은 상처 없는 채로 계속 서 있었다.

"그런 방법으로 막다니……."

료는 다른 의미로 감동하고 있었다.

불규칙 궤도로 움직이는 256개의 〈워터 제트〉.

솔직히 료조차 그것을 어떻게 막아야 할지 떠오르지 않을 정도인데…… 수령은 무수한 돌을 맞힘으로써 소멸시켜버린 것이다.

〈파이어 재블린〉에 〈아이시클 랜스〉를 부딪쳐서 상쇄시키듯 〈워터 제트〉에 소형 석벽을 부딪쳐 상쇄시킨다. 직접 겪어 보니 이것이 가장 효과적인 대처법일지도 모른다는 생각이 들었다.

"후후후, 꽤 장관이지? 돌끼리 부딪히지 않게 만드는 게 꽤 어려웠는데, 이렇게 하면 포화 공격도 막을 수 있지, 지금처럼. 한번 익힌 기술은 나이가 들어도 없어지지 않는다. 기술은 약해지지 않으니까."

수령이 자랑스럽게 설명했다.

"정말 맞는 말이에요. 하지만 그 정도의 마법 제어를 하려면 상당한 훈련이 필요했을 텐데……."

"그래, 옛날에는 훈련에만 몰두했었지. 하지만 지금 건 그렇게 어렵지 않아. 이건 연금술을 사용한 거니까. 토속성 마법과 연금술의 병용이다. 자네의 물은 다른가?"

"그게 연금술……. 제 건 순수한 수속성 마법뿐이에요. 연금술, 역시 흥미롭네요."

"그만한 제어를 마법으로만 하다니…… 나로서는 그쪽에 더 관심이 가는군."

료의 대답에 반쯤 어이가 없다는 어조로 대답하는 수령.

"자네, 마지막으로 다시 묻지. 정말 내 제자가 될 생각은 없나? 그곳의 왕자를 돌려보내라고 한다면 상처 없이 돌려보내 주마. 내 수명을 연장하기 위해서 필요한 것이었지만, 마지막에 자네를 키울 수만 있다면 죽음도 받아들일 수 있을 것 같구나. 어떠냐?"

"아쉽게도 암살자가 될 생각은 없습니다."

아주 조금, 이 남자의 연금술 기술을 갖고 싶다는 생각을 하긴 했지만, 그 생각은 한순간뿐이었다.

암살자가 될 생각은 없다.

"그렇군, 참 아쉬워. 그럼 진심으로 가마."

수령은 잠시 눈을 감고 외쳤다.

"〈메테오〉."

하지만 수령이 외쳐도 아무 일도 일어나지 않았다.

'실패인가? 아니, 아니야. 저 남자가 뭐라고 했지? 〈메테오〉……? 〈메테오〉라면 게임 같은 데에 나오는 운석이 떨어지는 유명한 마법이지……. 설마!'

료는 위를 향해 외쳤다.

"〈어브레시브 제트 128〉."

관의 천장을 〈어브레시브 제트〉로 잘라내고 이어서 외쳤다.

"〈능동 소나〉."

상공에서 다가오는 물체…… 운석은 4개.

"여기까지 와서 순수한 질량 공격이라니!"

료가 외쳤다.

"알아차리다니 역시 놀랍군."

그 목소리가 뒤에서 들려온 순간, 료는 반사적으로 전방으로 몸을 날려 낙법 자세를 취하고는 곧바로 일어섰다.

동시에 허리에서 무라사메를 꺼내 검신을 생성하고 돌아본다.

목소리가 들리는 순간 등을 찔렸지만, 〈아이스 아머〉와 요정왕 로브가 치명상은 막아준 듯했다. 그럼에도 등에 타박상 같은 통증이 느껴졌지만 지금은 무시했다.

료가 서 있던 자리에는 가늘게 휘어진 외날 검을 든 수령이 목을 갸우뚱하고 있었다.

"막힌 건가……. 속성 공격을 부여한 검인데 그 로브가 막은 것인가……. 속성이 없는 보통 검을 쓸 걸 그랬군……. 흥미로워."

"저 네 개의 질량 공격은 미끼였고 근접전이 진짜……."

"그래, 맞다. 물론 군대 상대나 도시 파괴라면 저걸 떨어뜨리는 것도 유효하겠지만, 여기에 떨어뜨리면 왕자님까지 끌어들이게 되니 말야. 그래서 근접전을 벌일 생각이었는데…… 꽤 하는구나. 뭐, 그렇겠지. 마법사라고 근접전을 못 한다는 건 말도 안 되지."

그렇게 말한 수령은 킥킥 웃었다.

"그러는 당신은 암살자의 우두머리니까 당연히 근접전도 할 수 있겠네요."

료는 이야기하면서도 방심하지 않고 무라사메를 중심에 두고 대비했다.

"당연하지. 녀석들은 내가 키웠으니까. 어디 그럼, 2라운드를 해볼까."

수령은 그렇게 말하고는 크게 검을 휘둘러 료를 내리쳤다.

무라사메로 수령의 공격을 정면에서 받아내는 료.

하지만 그 순간…….

"윽."

등에 치닫는 격통.

곧바로 수령의 검을 튕겨내고 옆으로 뛰어 배구의 회전 리시브처럼 한 바퀴 돌며 일어섰다. 날아가는 순간 료는 보았다. 자신의 등에 생긴 격통의 원인을.

"떠 있는 마법진…….."

수령이 〈돌창연아〉라는 마법을 던졌을 때 나타난 허공에 뜬 마법진이 어느새 료의 배후에 생겨나 있었다. 아마 거기서 돌창이 생겨서 료의 등을 덮쳤으리라.

"완전히 박힐 거라 생각했는데…… 로브뿐만 아니라 얼음 갑옷도 꽤 단단하군…….."

수령이 재미있다는 듯이 논평했다.

그랬다. 〈아이스 아머〉의 등 장갑. 〈아이스 아머〉는 〈아이스 월〉만큼 단단하지는 않았지만, 몇 번이나 료의 생명을 구해 온 숨은 조력자였다. 달인들이 휘두르는 검 앞에서는 어이없이 부서지지만 마법을 상대로는 꽤 버텨주었다.

하지만 료의 신경을 사로잡은 것은 숨은 조력자의 강함보다, 그리고 자신의 목숨보다도…….

"그 마법진은…… 설마 마음대로 조종할 수 있는 건가요……?"

"음."

료의 물음에 수령은 대답하더니 떠 있는 마법진을 오른쪽, 왼쪽, 나아가 공중회전까지 시켜 보였다.

"맙소사……."

놀라는 료. 어딘가의 애니메이션에 나오는 뇌파 컨트롤 유도 무기가 아닌가. 만약 저걸 몇 기, 혹은 수십 기를 공중에 띄우고 싸운다면…….

"끝내주게 멋지겠다……."

자신을 죽일 뻔한 공격을 보며 눈을 빛낸다……. 게다가 그것을 탐내고 있다는 것을 수령도 알아차리고 있었다.

그 모습에 수령조차 쓴웃음을 지었다.

"멋지다는 것엔 동의하지만…… 자네를 죽이려고 한 기술인데?"

"죽을 뻔한 게 잘못이죠. 제가 수행이 부족한 거니 더 수행하면 그만인 이야기입니다. 저 공중에 떠 있는…… 유도무기의 죄가 아니에요!"

"그, 그렇군……."

료의 역설에 살짝 기가 눌린 수령.

하지만 역설을 하면서도 료는 현실적으로 직면한 문제를 해결해야 한다는 것을 알고 있었다.

'이 남자, 수령의 검은 날카롭다. 그리고 놀랄 정도로 무거워…….받아내는 게 무라사메라 아마 부러질 일은 없겠지만……. 가능하다면 검이 가장 힘을 받기 직전에 선수를 쳐서 대처하고 싶은데, 움직임이 날카로워서 그것도 어려워. 다시 말해 검싸움에서 유리한 전개를 만들기란 불가능하다. 그런데 동시에 배후에서 저 마

법진이 공격해 온다면……. 응, 이건 반칙이네.'

료는 속으로 한숨을 내쉬고 고개를 흔들었다. 마법진의 공격을 의식할 필요가 없는 상황, 혹은 그런 상태로 만들어야 했다.

'몸으로도 검으로도 그건 불가능해……. 그렇다면 마법으로 어떻게든 할 수밖에 없겠네.'

기본적으로 쓰는 마법은 〈아이스 실드〉……. 테니스 라켓 크기의 얼음 방패가 움직이며 적의 공격을 요격해 주는 마법이다. 최근에는 〈아이스 월〉만 사용했기 때문에 별로 나올 차례가 없었지만…… 무엇이 어디서 도움이 될 진 아무도 모르는 법이다.

'아마 괜찮을 거야……. 일단 해 보자. 우선 망가진 갑옷 재구축. 〈아이스 아머〉.'

마음속으로 〈아이스 아머〉의 등 장갑을 재구축했다.

"흠…… 등은 보이질 않으니…… 〈재밍〉을 하지 못했군."

"그럴 거라 생각했어요."

등 장갑 재구축을 방해하려던 수령이 씨익 웃으며 실패했음을 고백했다.

그리고 예상했다는 듯한 얼굴의 료.

이 수준의 싸움이 되자 마법의 구축 단계부터 밀고 당기기가 시작되고 있었다.

그리고 다시 한번…… 거의 틈을 두지 않고 수령이 검을 내리친다. 그것을 다시 료가 받아냈다. 조금 전과 마찬가지로…….

"으윽."

료의 배후 마법진에서 다시 돌창이 발사되었고, 료의 〈아이스 아머〉의 등 장갑이 부서졌다.

〈아이스 실드 개량〉이라고 할 수 있는 마법을 통한 요격은 실패한 것이다. 하지만 아까 전 기습에 비하면 등에 닿는 대미지는 상당히 경감되었다.

'위력이 약했나? 그렇다면 출력을 올려서 수를 늘린다! 얼음일 필요는 전혀 없으니까 공기 중의 수증기 상태 그대로도 괜찮아. ……좋아, 〈아이스 실드 개량 2〉 완성.'

"어떻게 된 거지? 또 등 장갑이 부서졌는데?"

고개를 갸우뚱하며 놀리듯 내뱉는 수령. 완전히 즐기고 있다.

"예상치가 낮았던 것뿐입니다. 다음번엔 문제없어요. 등 장갑조차 필요 없을 겁니다!"

"호오, 굉장한 자신감이군."

'〈아이스 아머〉.'

마음속으로 외치며 다시 〈아이스 아머〉 등 장갑을 구축했다.

"……지금 필요 없다고 하지 않았나?"

"당연히 거짓말이죠! 병사는 속고 속이는 것이라고 옛날 한 위대한 사람도 말했어요."

"그, 그렇군……."

수령은 작게 고개를 흔들며 정신을 가다듬었다.

그리고 세 번째…… 거의 틈을 두지 않고 지금까지 중 가장 날카로운 검이 날아왔다.

그걸 세 번째로 받아내는 료.

료의 뒤에서 소멸의 빛이 터진 것이 느껴졌다. 거의 같은 위력의 마법끼리 충돌하면 양쪽의 마법이 소멸한다. 그것은 물리 용어로 쌍소멸이라고 일컬어진다……. 『파이』에서 그것을 누가 명명한 것인지 료는 알 수 없지만. 쌍소멸은 빛을 발한다. 그 빛이 생겨났다는 것은…….

"후후후, 〈아이스 실드 개량 2〉가 성공한 것 같네요."

"제법이구나. 그 네이밍 센스는 좀 그렇지만…… 대체 무슨 짓을 한 거지? 자네 등에 가려서 보이지 않았는데……. 그래, 그럼 정면으로 해 볼까?"

수령은 그렇게 말하고는 뒤쪽으로 크게 거리를 벌리며 외쳤다.

"〈씰〉."

그러자 수령의 오른쪽에 마법진이 생기며 돌창이 발사되었다.

돌창은 료를 향해 날아왔고…… 료의 앞, 50센티 정도의 장소에서 쌍소멸의 빛을 발하며 사라졌다.

"안 보인다? 설마…… 공기 중의 수증기 자체를?"

"정답이에요! 잘 아셨네요!"

수령은 진심으로 놀란 모습으로 물었고, 료는 득의양양한 표정으로 대답했다.

잠시 놀라 말을 잃고 있던 수령, 하지만 얼마 지나지 않아 웃기 시작한다.

"크큭큭큭, 아하하하하!"

왜 웃고 있는지 전혀 알 수 없는 료는 의아하게 지켜보았다.

한바탕 웃은 뒤 수령이 말을 이었다.

"이거 참 재미있구나. 그 유연한 발상과 성장 속도, 아주 흥미로워. 마법 솜씨는 잘 알았다. 그럼 검은 어떤지 한번…… 볼까!"

말이 끝남과 동시에 단숨에 거리를 좁혀 내리친다.

료는 신중하게 받아쳤다. 마법진 공격은 걱정할 필요가 없다. 〈아이스 실드 개량 2〉가 기능하고 있는 이상 눈앞의 검싸움에 집중할 수 있다.

그리고 수령의 검은 집중하지 않을 수 없을 정도의 실력. 게다가 연격. 그 연격 하나하나가 무겁다!

빠르고 무겁다는, 연격으로서 최고의 특성을 갖추고 있다. 평범하게 생각하면 알겠지만 그 둘을 공존하게 만들기란 어렵다. 특히 온몸을 쓰는 검에 관해서는.

하지만 수령의 검엔 그것이 공존하고 있다.

'무릎을 굽히고 허리를 내려서 무게중심의 이동을 부드럽게 만들었어. 팔과 검의 무게만으로 때리는 게 아니기 때문에 빠른 데다가 무겁기까지 한 거야.'

그렇다. 기본 중의 기본. 무게중심을 낮추는 것. 수령의 무릎은 아예 90도 가까이 구부러져 있다. 그 때문에 무게중심의 이동이 원활했다.

농구 수비 연습에서 자주 하는 스테이 로우(stay low)에 가깝지 않을까. 결코 움직일 때의 발걸음이 빨라지는 것은 아니다. 하지만 좌우로의 무게중심 이동이 원활해진다. 한 발짝도 움직이지 않고도 한쪽의 50센티 앞까지 손이 닿게 된다……

검싸움에 있어서 무게중심의 이동은 핵심 중의 하나라고 해도 좋았다. 이른바 일족일도(검도에 있어서 한 발의 움직임만으로 공격이 가능해지는 거리를 일컫는다.)의 공간보다도 가까운 초근접전이 되면 가장 중요하다고 말할 수 있을 정도다. 검을 크게 휘두르는 공격은 할 수 없는 거리……. 검을 휘두르기보단 콤팩트하게 접은 팔과 허리의 움직임, 그리고 무게중심의 이동에 의해 베야 하는…… 그런 거리에서의 검싸움.

그 놀랍도록 부드러운 무게중심의 이동이 수령이 검에 속도와 무게를 공존시킬 수 있는 이유였다. 검의 무게, 팔의 휘두름뿐만 아니라 체중까지 실리면 무거워질 수밖에 없는 것이다.

'세라의 검도 빠르고 무겁지만 그건 풍속성 마법을 믿을 수 없는 수준까지 제어하고 있기 때문이야. 하지만 이 수령의 검은 검 자체를 이용해 속도와 무게라는 양쪽 특성을 공존시키고 있다. 굉장해…….'

료는 순수하게 혀를 내둘렀다. 검을 휘두른다는 것에 대한 이해의 깊이가 자신보다 압도적으로 위라는 것을 인식한 것이다.

하지만…….

'그래, 하지만…… 그렇다고 질 수는 없지.'

료는 수령의 검을 신중하게 계속 받아냈다.

하나하나.

방어야말로 료가 가진 검의 극치.

론도 숲에서 매일 밤 검의 스승인 듀라한에게 패해가면서…….

룬의 거리에서 매일 세라에게 모의전으로 계속 지면서…….

항상 열세인 상황을 겪어왔기에 몸에 밴 것. 패배를 통해 얻는 것도 세상에는 있는 법이다.

방어에 철저한 료의 검은 듀라한이나 세라조차도 쉽게 뚫지 못한다.

그래, 놀라울 정도로 견고하다.

"자네…… 괴물이군."

"아니, 대체 어떤 흐름에서 그런 말이 나오는 거죠?"

수령이 중얼거리듯 말했고 료가 항의의 마음을 담아 답했다. 갑자기 괴물이라는 말을 들으면 누구나 항의할 것이다.

"물론 칭찬이다."

"그, 그런가요……."

조금 납득하기 어려운 부분도 있었지만, 칭찬을 받으면 누구나 기쁜 법이다. 게다가 이 정도로 검을 다루는 남자에게서 칭찬을 받으면…….

그런 대화를 하는 중에도 두 사람의 검싸움은 계속되었다.

기본적인 구도는 수령의 공격, 료의 방어. 하지만 물론 료도 공격을 받고만 있지는 않았다. 수령의 공격에 맞춰 카운터를 걸기도 했다.

걸기도 했지만…….

'전혀 닿지 않아…….'

압도적인 차이를 느끼고 있었다. 그것은 듀라한이나 세라를 상대하는 것 이상의 차이였다.

휘두르기 전부터 검이 닿지 않겠다는 것이 느껴질 정도의 차이.

수령은 료의 방어를 괴물이라 평했지만, 료가 보기엔 수령은 괴물 외의 그 무엇도 아니었다…….

물론 노릴 수 있는 틈새는 있다.

그것은 지구력. 아마도 이대로 계속 검싸움을 하면 피로가 쌓이는 지점에서 료는 수령을 퍼포먼스로 앞지를 것이다.

이기기만 하면 된다. 그거면 되는 것인데…….

'뭔가 싫어.'

그래……. 목숨이 걸린 이 상황에서 료는 그런 생각을 하고 말았다. 이 정도의 남자다. 힘으로, 혹은 기술로 앞지르고 싶다.

그것은 쓸데없는 생각.

품지 말아야 할 마음.

하지만 료는 즐거웠다. 나아가 눈앞의 남자를 뛰어넘고 싶다고 생각하고 말았다.

눈앞의 남자를 **이기고** 싶은 것이 아니라 **뛰어넘고** 싶다.

그 둘은 비슷하지만 다르다.

생명을 주고받는 상황에서는 버려야만 하는 것.

그래, 그것은 료도 머리로는 알고 있었다.

그래, 그것은 료도 이해하고 있었다.

그래, 그것은 료도…… 하지만 마음에 거짓말은 할 수 없었다.

순수한 마음.

어떤 의미로는 모든 낭비를 없애버린 것.

최종적으로 다른 것은 아무것도 생각하지 않게 되고…… 료의 모든 생각이 하나로 모여들었다.

……눈앞의 남자를 뛰어넘고 싶다.

"윽……."

수령의 중얼거림도 이미 료의 귀에 들리지 않았다.

수령을 뛰어넘는 데 필요한 정보는 모두 들어오고 있다. 그리고 무의식적으로 처리된다.

료는 그저 검을 휘둘렀다.

더 빨리.

더 힘차게.

더 정확하게.

"안개……?"

료의 검과 팔…… 몸 전체가 처음에는 미세한 안개를 흩뿌리고 있는 것처럼 보였다. 그러나 그렇지 않다는 것을 수령은 금세 깨달았다.

휘두른 뒤에 흩뿌려진다.

"물을 분사해서 검속을 올리고 있다……."

깨달은 순간, 료가 내려치는 검의 무게도 증가했다는 것을 알아차렸다.

떨어진 곳에서 검싸움을 보는 사람이 있었다면 아름답다고 느꼈을지도 모른다.

무너진 천장에서 쏟아지는 빛이 미세한 물 미립자에 반사되고 있기 때문이었다.

세라가 풍속성 마법의 정밀한 마법 제어를 검술에 활용하는 것이 『풍장』이라면, 료가 이르려고 하는 경지는 그것의 수속성 마법 버전이라고 할 수 있는 것이었다.

다만 벡터는 정반대.

세라의 풍장은 풍속성 마법으로 검을 **누른다.**

료의 『수장(水裝)』이라고도 할 수 있는 이것은 수속성 마법의 반동으로 검을 **튕겨낸다.**

풍장이 돛을 단 요트를 바람으로 밀어 앞으로 나아가게 하는 거라면, 수장은 제트나 스크루로 물을 뒤로 밀어낸 그 반동으로 앞으로 나아나게 한다……. 그런 차이였다.

물론 료는 거의 무의식이었다.

다만 눈앞의 남자를 뛰어넘고 싶다……. 그 한결같은 마음으로 가진 모든 것을 총동원한 결과.

검을 휘두르는 한 번 한 번의 낭비가 줄어든다.

몸의 모든 움직임의 낭비가 줄어든다.

검을 휘두르는 한 번 한 번이 수속성 마법에 의해 가속된다.

몸의 모든 움직임이 수속성 마법에 의해 가속된다.

그 모든 게 맞물리는 순간.

서걱.

료의 횡격이 수령의 왼쪽 옆구리를 베었다.

"큭……."

수령은 무심코 신음을 흘리고는 크게 뒤로 뛰어 거리를 벌렸다.

물론 빈틈은 없다.

거리를 두지 않고 단숨에 뛰어들려던 료도 그 타이밍을 놓칠 정도로 빈틈이 없었다. 그리고 뒤로 날아간 순간 어금니를 깨무는 모습이 료에게도 보였다.

착지했을 땐 이미 베인 옆구리의 상처는 복구되기 시작했다. 마치 고성능 포션이라도 마신 것처럼.

"어금니에 포션을 넣고 있었어?"

"정답이다. 설마 이걸 쓸 날이 오다니……. 후후, 인생이란 즐거운 법이야. 이 나이에도 전혀 질리지 않는군."

놀라는 료에게 씨익 웃으며 정답이라고 답하는 수령.

"그렇다고는 해도…… 설마 이 짧은 시간에 나를 앞지르기 시작한 것은 예상 밖이었다. 방어뿐만 아니라 모든 게 다 괴물이구나."

"……칭찬으로 받아두겠습니다."

수령이 칭찬하고 료가 그것을 받아들였다. 받아들이면서도 방심은 하지 않았다. 가장 자신 있고, 가장 기본적인 중심 지점에 무라사메를 둔 채였다.

"게다가…… 계속 생각했는데…… 자네의 그 자세와 검은 머리, 내 고향 사람을 닮았어……. 게다가 그 얼음 검은 휘어져 있지."

"이제야 지적하네요. 저도 당신과 마찬가지로 다른 세계에서 왔습니다. 게다가 아무래도 일본인 같네요……. 저도 그 정도의 확신은 없었지만요."

료가 그렇게 말하자 수령은 눈을 휘둥그레 뜨고는 진심으로 놀란 기색을 보였다.

거의 10초 동안 양쪽 다 침묵.

먼저 입을 연 쪽은 수령이었다.

"확인부터 하지. 그대는 나를 죽이는 게 목적인가?"

"아뇨, 왕자 탈환이 목적입니다."

수령이 묻고 료가 답했다.

"그럼 나와 계속 싸우고 싶은가? 나도 이제 슬슬 체력이 떨어질 것 같은데."

"······윌리 전하의 확보가 최우선입니다."

우선순위를 틀려서는 안 된다. 이것은 모든 일에 있어서, 어떤 상황에 있어서도 가장 중요한 것이다. 이 부분을 틀리면 모든 것이 돌이킬 수 없게 되고 만다.

물론 종종 그런 것들을 모두 망각의 저편으로 던져 버리고, 승리조차 뒷전으로 하고 눈앞의 남자를 뛰어넘는 것만을 추구한 수속성 마법사도 있긴 하지만······.

수령은 고개를 끄덕이고는 검을 갈무리했다.

"그렇다면 싸우지 않겠다. 왕자는 데려가도록 해라."

"네?"

그 전개는 료에게도 예상 밖이었다. 실력을 뛰어넘었다고 해도 어느 정도의 교섭은 필요할 거라 생각했기 때문이었다. 그런데 이렇게까지 깔끔하게 전투가 종결되다니······.

"내가 이 세계로 전생하기 전에 한 남자가 먼저 전생했다는 말을 들었지."

료가 윌리 전하 곁으로 가야 하나 말아야 하나 고민하는 사이, 수령이 이야기를 시작했다.

"이야기를 들려준 사람은 스스로를 『미카엘 가명』이라고 자칭하는, 천사 역할을 하는 사람이라고 했다."

"미카엘! 그 사람은 잘 지내고 있나요?"

"그런 존재가 병 같은 것에 걸릴 것 같지는 않다만."

그렇게 말한 수령이 웃었다.

"물론 건강했다. 앞서 전생시킨 남자가 자신을 『미카엘 가명』이라고 불렀기에 그 이름을 쓰기로 했다던데……. 그렇게 부른 건 자네겠지?"

"확실히 마음속으로 미카엘이라고 부르긴 했지만…… 가명은…… 아. 그 가명 말이죠. 아아, 네, 제가 이름을 붙인 게 맞네요."

료는 묘하게 이해가 가지 않는 부분을 느끼면서도, 미카엘 본인이 그 이름을 마음에 들어한 것 같아 그 부분은 살짝 기뻤다.

"나는 이 대륙의 서쪽 끝에 전생했는데…… 어느새 중앙연방에 뿌리를 내리게 됐지. 내 전전생은 하산 사바흐였고, 전생에선 그 전생이었다는 것을 깨닫는 사건이 있었고…… 그리고 암살 교단을 만들었다."

"산의 노인……."

료가 하산 사바흐의 이명을 말하자 수령이 웃었다.

"그래, 맞아. 이번 생에선 토속성 마법을 쓸 수 있었지. 그것을 단련하면서 연금술도 마침 좋은 스승을 만나 함께 단련했다. 아, 그러고 보니 자네는…… 엘프인가 뭔가로 전생한 건가?"

갑자기 이상한 질문이 날아온 탓에 료는 의미를 알지 못했다.

"아니요, 인간일 텐데……."

"그렇군. 그런 것치고는 꽤나 젊어 보이는군. 내가 이리로 전생한 지 75년, 자네는 그보다 앞이니까…… 적잖이 늙었을 줄 알았는데."

"……네?"

이 남자는 무슨 말을 하고 있는 거지?

료는 전생한 지 20년 정도 되었을 것이다……. 론도 숲에서 지낸 시간은 아마 그 정도였다……. 그래, **아마**……. 확실히 일수를 기록하고 있었던 건 아니었으니 정확히는 모르지만…….

아니, 아무리 그래도 75년 이상이라니……. 그야 외모는 그렇게 늙지 않았잖아……?

음, 뭐, 전생한 뒤에 나이를 먹지 않았구나 하는 생각은 했지만.

당연히 그 정도면 알아차릴 수밖에. 뭔가 평범하진 않구나 생각하긴 했어.

근데 75년 이상이라는 건 너무 많지 않나?

"아, 그랬지. 미카엘이 그랬다. 시간축은 바뀔 거라고."

"……시간축?"

수령이 무언가 떠올랐다는 듯이 말했고, 덕분에 료는 혼란스러운 사고에서 되돌아올 수 있었다.

"그 하얀 세상에 나중에 온 자가 이 세상에선 훨씬 전에 전생하기도 한다더군."

"……무슨 말인가요?"

"나는 자네보다 나중에 미카엘의 곁에 갔지만, 자네가 전생한 것보다 이전 시대로 전생한 거겠지."

'그렇다면 75살 이상이 아닐 수도 있다는 거구나……. 다행이다. 아니, 뭐 딱히 백 년이든 이백 년이든 상관은 없지만. 세라는

200살이고…….'

료가 그렇게 쓸데없는 생각 속에 빠져 있는 사이에도 수령의 말은 계속되었다.

"……그렇다는 건, 우리와 같은 시대 사람이 이 세계의 수백 년 전에 전생하는 경우도 있을 수 있다는 게지."

료의 머리에 가장 먼저 떠오른 것은 카페 드 쇼콜라의 커피 세트였다.

혹은 더 이전 시대에 전생한 자가 퍼뜨린 것처럼 보이는 고개를 숙이는 문화……. 많은 사람들이 마치 현대 일본인처럼 인사를 하는 세계.

전생자의 그림자가 느껴진다!

이것이 라이트 노벨적 사고의 번뜩임일까.

"뭐, 시간축이 바뀐다는 것은 그런 것일지도 모르지."

수령은 그렇게 말하고는 알아서 결론을 내렸다.

그리고 말을 이었다.

"나는 지구에 있을 때 25살에 전생했으니 총 백 살이다. 역시 옛날처럼은 몸이 잘 움직이지 않아서 말야. 다가오는 세월에는 이길 수 없다고 할까……. 죽음이 다가오고 있는 것도 알고 있었다. 그것을 위해 거기 왕자님의 피가 필요했던 것이고."

그 말을 듣고 료는 전율했다. 아까 그게…… 그 검싸움이 쇠약해진 상태라니…….

하지만 물어본 것은 다른 것이었다.

"왜 윌리 전하의 피가……. 당신의 수명과 대체 무슨 상관이 있죠?"

료에게 그것은 당연한 의문이자 가장 신경 쓰이는 부분이기도 했다.

"음. 정확히는 저 왕자가 아니어도 된다. 저 나라, 주 왕국 왕가 직계 인간의 피라면 말이지. 저 왕가의 피를 재료 중 하나로 넣어서 연금술을 사용하면 불사가 될 수 있는 약을 생성할 수 있다."

"불사? 즉 죽지 않는 건가요?"

"그래. 게다가 치명상을 입어도 안정을 취하기만 하면 죽지 않고 낫는다. 파격적인 성능이지?"

"아니, 확실히 파격적이긴 한데…… 그런 이유로 죽이려고 한 건가요?"

"그래, 그런 이유였다."

그렇게 말한 수령이 엷게 웃었다.

수령이 웃는 순간 료는 위화감을 느꼈다.

수령을 향해서가 아니었다.

수령 맞은편의…… 벽?

료는 확실하게 인식하기도 전에 순간적으로 외치고 있었다.

"〈워터 제트 1024〉."

머리 끝에서 발꿈치까지, 이른바 몸의 후면 모두에서 뿜어내는 물의 추진력. 지금까지 했던 연습에선 한 번도 성공하지 못한 완전 고속 기동.

그것으로 료는 순식간에 윌리 전하의 곁에 다다랐다.

료가 감지한 위화감은 순식간에 방 전체로 퍼졌고, 동시에 보이는 온 벽에서 화살과 불창, 돌창, 그리고 투명화 바람창이 발사되었다. 수백 개가 넘는 공격 마법이 방 전체를 가로질렀다.

본래라면 수백이든 수천이든 료나 수령 정도의 실력이 있으면 깃털만 한 흠집도 나지 않는다.

하지만 처음에 료가 느꼈던 위화감, 그것은…….

'마법 무효화…….'

애꾸눈 어쌔신 호크 때 처음 경험했고, 아벨 호위 때 본 베히, 그러니까 베히모스에게서 두 번째로 봤었던 그 마법 무효화.

그 [글씨 강조]위화감[/글씨 강조]이었던 것이다.

그리고 아니나 다를까 료는 마법을 사용할 수 없었다. 날아오는 화살과 공격 마법을 모두 무라사메로 베어냈다.

그나마 다행인 것은 방 바로 앞쪽의 벽, 즉 윌리 전하가 눕혀진 단상 안쪽 벽에서는 아무것도 날아오지 않았다.

아무리 료라고 해도 이만한 수가 사방팔방에서 덮쳐오면 다 쳐낼 자신은 없었다. 게다가 자고 있는 윌리 전하의 몸도 지키면서 했다면 불가능했을 것이다.

하지만 3방향이라면 어떻게든 된다.

천장이 료의 〈어브레시브 제트〉에 의해 파괴된 덕택도 제법 컸다. 여기서 더해 천장에서까지 공격 마법이 쏟아졌다면 상황은 훨씬 절망적이었을 것이다.

하지만 천장에서 오지 않아도 골치 아픈 상황이긴 했다.

'이건…… 사방에서 쏟아지는 공격을 견디는 건 아무리 그 남자라도…….'

하지만 수령은 견뎌내고 있었다.

마법을 쓸 수 없는 이 상황에서 몸놀림과 검 하나로 버티고 있었다.

"굉장하다……."

료의 입에서 저도 모르게 흘러나오는 감탄사.

사람의 몸이란 궁극에 달하면 실로 굉장한 능력을 발휘하는 법이다.

료는 진심으로 감탄했다.

하지만 견뎌내고 있다는 건 그 자리에서 움직이지 못한다는 것과 마찬가지였다. 무엇보다도 수령은 100살의 나이였고, 료와 치열한 싸움을 벌인 직후다……. 피로의 극에 달해 있었다.

갑자기 더욱 공격 마법의 밀도가 높아졌다. 료가 자신과 윌리 전하에게 향하는 공격을 막기 위해 집중하려던 순간이었다. 지금까지와는 다른 이질적인, 아주 가늘고 미세한 돌창이 수령의 가슴을 관통했다.

"크윽."

그로 인해 수령의 방어에 틈이 생겼고, 투명화 풍속성 공격 마법이 수령에게 박혔다.

그 고밀도의 공격이 끝나자 사위는 거짓말처럼 조용해졌다.

료는 위화감이 사라진 것을 깨달았다.

"〈아이스 월 10층 패키지〉〈아이스 월 10층 패키지〉."

마법을 다시 사용할 수 있게 된 것을 확인한 료는 윌리 전하를 〈아이스 월〉로 감싸고 나아가 방 전체도 〈아이스 월〉로 둘러쌌다. 완전한 안전을 확보했다.

그렇게 해두고 남자에게 달려갔다.

"이봐, 정신 차려요!"

심장을 관통한 것은 가느다란 돌창이었다.

료가 달려와 말을 걸자 그 돌창은 사라지고, 사라진 곳에서 피가 뿜어져 나왔다.

료는 남자의 가슴에 손을 얹고 심장에 난 구멍을 막듯이 수분 막을 쳤다. 마찬가지로 바람 마법이 박힌 여러 곳, 거기에 손상된 혈관까지 수분 막으로 덮었다.

하지만 이것들은 회복 마법이 아니다. 구멍을 막거나 끊어진 혈관을 코팅해두고 있을 뿐이다. 그리고 수중에 포션은 없다. 료가 가지고 있던 것은 모두 콘에게 맡기고 왔다. 수령이 입에 넣고 있던 것도 조금 전에 사용했다…….

가령 포션이 있었다고 해도…… 수령의 심장에 난 상처를 고치는 것은 어려웠다. 돌창에 꿰뚫린 데다 복잡하게 훼손되어 있다. 이 정도의 상처는 〈엑스트라 힐〉이 아니면 힘들다……. 그것도 상처를 입자마자 즉시 해야 했다. 이미 상당한 피를 흘렸기 때문이다.

"정말 한심하군……. 내 부하에게 살해당하다니…… 나도 너무 늙었지."

"피는 멈췄지만 아마……."

"핫, 내 몸이니 그 정도는 알고 있다. 확실한 치명상이야. 이 상처는 포션으로도 낫지 않을 거다."

돌창에 뚫린 가슴은 보라색으로 변색돼 있었다.

료는 그 이유를 알 수 없었지만…… 창에 독이 묻어 있었나? 아니면 연금술 같은 건가?

수령은 그것이 낫지 않는 상처임을 알고 있는 것 같았다.

"그건 됐다. 지금까지 무수한 사람을 죽여 왔으니, 그 보답……이라기엔 아직 턱없이 부족하려나? ……하지만 스스로 걸어둔 함정을 부하에게 빼앗기고 그 함정에 죽는다니…… 정말 한심스러워."

수령이 자조했다.

"함정?"

"그래. 이 넓은 방에서 적을 일망타진하기 위해 걸어둔 함정이지. 20여 년 전 함정이지만…… 유지보수를 제대로 해 둬서 그런지 훌륭하게 발동됐군."

수령이 킥킥 웃는다.

"하지만 당신 가슴에 박힌 돌창만큼은 다른 거랑 달랐던 것 같던데요……?"

"아아, 이건 나탈리아의 마법이다. 어차피 『흑』에게 이끌려서 이용당한 거겠지."

료가 보기에 그 조롱은 나탈리아를 향한 것이 아닌 자기 자신을 향한 것처럼 보였다.

"아, 그래. 자네에게 부탁할 것이 하나 있다."

수령이 료를 정면으로 바라보며 말했다.

"내 연금술을 승계해주지 않겠나?"

"승계?"

료가 고개를 갸웃했다.

"그래, 그렇다고 해서 지구의 애니메이션이나 만화처럼 스킬 계승 같은 걸 할 수 있는 건 아니야. 내가 정리한 연금술에 관한 자료나 개발한 기술, 그런 것들을 자네에게 맡기고 싶다. 죽기 직전의 부탁이네. 맡아줄 수 있겠나?"

"왜 저한테?"

"당연한 걸 묻는군. 그 마법진을 띄운 공격이 멋있다고 했지? 나와 비슷한 감각을 가진 사람이 이어줬으면 하니까 말야."

"그게…… 연금술이었나요?"

"맞아. 그러니 자네도 쓸 수 있어……. 물론 습득하는 게 쉽지는 않겠지만. 피에 젖은 삶을 살았어도 술식 자체에 죄는 없으니 말야."

괴로운 것인지 수령이 몇 번인가 숨을 고른다.

치명상을 입었으니 괴로운 것은 당연했다.

"참고로 자네, 연금술 솜씨는 얼마나 되지?"

그 멋진 마법진을 할 수 있는 것이다!

'암살자의 연금술이지만, 그렇지, 술에는 죄가 없어.'

합리화를 마친 료는 마음속으로 상당히 흥분한 상태였다.

"아…… 포션이랑 매직 포션은 상급을 만들 수 있게 됐어요……."

"뭐냐, 아직 상급 포션인가? 초보자였군……. 그럼 꽤 먼 길을 걸어야겠구나."

"어…… 그런가요?"

멋진 마법전을 치를 수 있다는 희망에 기뻐했는데, 아직 무리라는 말을 들으면 당연히 우울할 수밖에 없다.

일반적인 연금술사 기준으로는 평균 이상일 텐데도…… 이 남자 수준에서 보면 초보인 듯했다.

"뭐, 어쩔 수 없지. 살아 있는 동안 어디까지 도달할지……. 그래, 연금술을 시작하고 얼마 만에 상급 포션을 만들었지?"

"아아…… 대략 반년 조금 됐으려나요?"

료가 생각하면서 대답했다.

"반년이라! 정말 초보자였구나. 허나 반년 만에 상급 포션 생성이라면 실력은 있는 것 같군. 게으름 피우지 않고 단련하면 쓸만해지겠어."

그렇게 말한 수령이 몸을 일으키려고 했다.

"아니, 그 상처로 움직이는 건 무리잖아요."

료가 황급히 수령을 부축했다.

"어차피 죽을 목숨이다. 자네에게 자료를 줘야지. 그래, 저 왕자가 누워있는 단상 안쪽, 정면의 벽까지 어깨를 빌려다오."

그렇게 말한 수령은 료의 부축을 받아 윌리 전하가 눕혀진 단상 너머, 유일하게 함정이 나오지 않은 벽까지 걸어갔다.

그리고 벽 앞에서 무어라 외자 벽에 사방 2미터의 구멍이 뚫렸다.

거기서 20여 개의 계단을 내려가자 서재 겸 서고 같은 형태의 방이 나왔다. 수령은 책상 앞 의자에 앉더니 책상 서랍에서 검은 노트 세 권을 꺼냈다.

"노트?"

"자, 이 두 권이 기본이다. 그리고 주위에 금테가 둘린 이것이 말하자면 오의지."

기본이라고 하는 두 권은 지구 기준으로 대학 노트 세 권 분량 정도의 두께였지만, 금테가 둘린 오의라고 불린 노트는, 거기서 세 배 정도의 두께를 갖고 있었다.

"하지만…… 자네 실력으로는 아직 이 기본인 두 권도 벅찰 거다……. 조급해하지 말고 애써보도록 해."

그 말을 들은 료는 기본 중 한 권의 첫 페이지를 열어보았다.

거의 이해할 수 없었다.

토종 문과인 인간이 수학 밀레니엄 문제에 도전하는 듯한 느낌……. 적혀 있는 내용을 이해하는 데 상당한 시간이 걸릴 것이라 느끼기에 충분한 내용이었다.

"그래, 저기 있는 가방에 넣어라. 내가 일찍이 폐하께서 하사받은 가방이지……."

그런 수령의 안색은 창백하게 질려 있었다.

게다가 눈도 뜨지 못하고 있다…….

"그때는 하산, 잘해주었다, 라면서 폐하께서 칭찬해 주셨어……."

수령이 희미하게 웃었다.

의식이 점차 흐릿해지고 있는 것 같았다.

그는 자신이 하산 사바흐라고 했다.

왕조 자체는 검으로 찌른 의장을 만들 정도로 미워하고 있었을지도 모르지만…… 하산이 섬긴 알프 아르슬란은 경애하고 있었던 것일까.

하지만 얼마 지나지 않아 그 표정이 일그러지고, 괴로움 섞인 말이 그의 입에서 새어 나왔다.

"하지만 놈만은…… 그놈만은 절대로 용서할 수 없다. 놈을 죽일 때까지는 죽을 수 없어!"

수령은 분노에 몸을 떨며 눈을 떴지만, 이곳이 아닌 어딘가를 보는 것 같았다.

"아직 죽을 수 없어……. 놈을 죽일 때까지는…… 아직……."

수령의 죽음이 곧 지척이라는 것을 료도 알 수 있었다.

료는 수령에게 다가가 귓가에 속삭였다.

"하산, 니잠 알물크는 제대로 암살했잖아요?"

그 말이 벼락처럼 남자를 때렸다.

그러자 수령의 표정이 지금까지와는 확연히 달라졌다.

"그랬어……. 암살은 성공했다……."

수령의 목소리는 거기서 끊겼고…… 그는 만족스러운 표정을 지으며 숨을 거두었다.

◆

료와 윌리 전하가 습격당한 장소에 도착했을 때 그곳에는 거의 아무것도 남아 있지 않았다. 누군가가 회수한 것 같았다.

일단 아무것도 남지 않았다는 것을 확인한 두 사람은 윙스톤으로 향했다. 윙스톤은 왕국 동부 최대의 도시이자 이곳에서 가장 가까운 거리이기도 했다.

로드리고 공이나 콘 등과 합류할 수 있으면 가장 좋았다. 합류하지 못하더라도 최악의 경우 마차를 고용해 윌리 전하를 왕도로 데려가고 그 후에 연락을 하는 방법도 있었다.

"아니요, 우선 어떻게든 합류를 하죠. 제 도착은 다소 늦어져도 상관없습니다."

료가 제안하자 윌리 전하는 그 제안을 일언지하에 거절하고 로드리고 공 일행과의 합류를 최우선으로 했다.

고용주의 의향이 최우선. 게다가 부하를 아끼는 행동은 보면서 순수하게 호감이 갔다.

"알겠습니다. 그렇게 하죠."

두 사람이 윙스톤에 도착해 가장 먼저 향한 곳은 모험자 길드였다.

호위 모험자 리더인 콘은 잉베리 공국의 C급 모험자다. 료가 왕국의 모험자인 것도 알고 있으니 연락 수단으로 모험자 길드를 사용했을 가능성이 있다고 판단한 것이다.

신분을 굳이 숨길 필요가 없는 이상 모험자는 길드를 적극적으로 이용했다.

"네, 잉베리 공국 C급 모험자 콘 님으로부터 D급 모험자이신 료 님 앞으로 편지를 맡아두었습니다."

접수처 직원은 료의 길드 카드를 확인한 뒤 그렇게 말하고는 안쪽에서 편지 한 통을 가져왔다. 그 안에는 일행의 숙박 장소가 적혀 있었다.

그리하여 료와 윌리 전하는 로드리고 공과 콘, 다른 호위, 모험자들과 며칠 만에 다시 만나게 되었다.

　며칠 뒤 윙스톤을 출발한 일행.

　습격 전과 비교해 몇 가지 변경된 사항이 있었다. 겉보기엔 전과 다름없었지만…….

　습격으로 인해 주 왕국이 발행한 신용장 종류를 모두 잃어버린 탓에 윌리 전하와 로드리고 공은 돈을 자유롭게 찾을 수 없는 상태가 되었다. 이 국가 발행 신용장이 있었다면 각국 상인 길드에서 현지 돈을 조달할 수 있었을 텐데…….

　덕분에 현재 료가 두 사람에게 필요한 비용을 대신 내주고 있었다.

　"죄송합니다, 료 씨."

　몇 번째인지 모를 윌리 전하의 사과.

　"아뇨, 전하, 신경 쓰지 마세요."

　료에게 감돌고 있는 것은 거물의 분위기.

　"왕도에 도착하면 대사관에서 돈을 받을 수 있는 거죠? 그러니까 괜찮아요. 지금으로선 돈이 궁하지 않으니까요."

　그랬다. 왕국 안에 들어가면 나의 세상! 마석을 판 돈이 있다!

　잉베리 공국 공도 애버딘에서 돈이 없어 절망에 사로잡힌 료는 이미 그곳에 없었다. 대신 자신감이 넘치는 료가 있었다…….

◆

데브히 제국 제도 마르크돌프.

오후, 제국 집정 한스 키르히호프 백작이 황제 루퍼트 6세에게 보고했다.

"폐하, 어제 보고드린대로 위트나쉬 건의 습격자는 암살 교단의 인물임이 확정됐습니다."

"역시 그랬군. 하지만 녀석들에게는 돈을 지불하고 그 계획을 수행하게 한 거겠지?"

한스의 보고에 루퍼트는 고개를 끄덕이며 말했다.

"네, 왕국 동부 건 말씀이시죠. 그것과는 별개의 일로 위트나쉬도 맡고 있었던 것 같습니다. 뭐, 돈만 주면 뭐든지 하는 자들이니까요……. 연합에도 돈을 받아서 제국과 연합 양쪽 일을 다 하고 있는 것 같습니다."

"정말이지 바쁜 놈들이군. 하지만 그렇게 되면 본보기를 보여 줄 순 없겠어. 위트나쉬 건은 마음에 안 들지만 왕국 동부에서의 활동은 아직 계속해줘야 하니까 말야."

그렇게 말한 루퍼트는 홍차를 한 모금 입에 머금었다.

"지당하신 말씀입니다. 그래서 어제 제안한 대로 산의 노인에게 직접 확인하기 위해 놈들의 본거지인 어번 마을에 사람을 보냈습니다."

"아아, 그리 말했었지. 만약 사실이라면 직접 수령에게 일의 진위를 따지겠다고. 놈들도 우리가 본거지를 알고 있었다는 것에 놀랐겠지?"

루퍼트가 그렇게 말하자 한스가 묘하게 그 뒷말을 머뭇거렸다.

그것은 극히 드문 일이었다.

"무슨 일이지?"

루퍼트가 재차 재촉하자 한스는 마음을 굳게 먹고 입을 열었다.

"네. 그것이…… 어떤 마을이, 전부 얼어붙어 있었습니다."

"……뭐라?"

"마을 전체가 얼어붙어 있었습니다."

그 말을 들은 루퍼트는 약 5초간 말이 없었다.

마지막으로 컵에 남은 홍차를 다 마시고 나서 천천히 입을 연다.

"천재지변인지, 우리가 모르는 마물의 짓인지……. 그게 아니라면 괴물 같은 마법사라도 있는 것인지……. 그래, 오스카가 이기지 못한 마법사가 있다고 했지."

그 말을 듣고 한스는 경악했다.

"설마…… 마을 하나를 얼어붙게 할 정도의 마법사입니까……."

"흠. 오스카도 분노하면 거리 하나쯤 업화로 태워버리는 건 일도 아니지. 그것의 얼음 버전인 거다. 그렇지만…… 설마 그 정도일 줄은 몰랐군. 오스카의 보고를 더 진중하게 들어뒀어야 했는데. 나의 실수다."

후반은 한스도 거의 알아들을 수 없을 정도의 작은 중얼거림이었다.

"한스, 시급히 그 수속성 마법사에 대해 알아보도록. 이번 정보를 황제 마법사단에게 전해 오스카에게서도 직접 그 수속성 마법사의 정보를 받아와라. 알겠나? 명령이다."

"예!"

에필로그

그곳은 새하얀 세상.

미카엘(가명)은 오늘도 여러 세계를 관리하고 있다.

손에는 평소 늘 쓰는 태블릿(돌판).

"이거 참…… 상대하기 버거운 자들과 너무 복잡하게 얽혀있군요. 살아남긴 했습니다만 괜찮을까요, 미하라 료 씨. 친구인 아벨 씨도, 이건…… 뒤얽힌 숙명은…… 풀 수 없습니다……. 그건 그렇고 붉은 마왕이라니…… 수속성 마법사인데 푸른색이 아닌 붉은색……. 피범벅이 되거나 물이 붉게 물들거나 하는 일이 생기지 않았으면 좋겠는데요."

불길한 말을 생글생글 웃으며 내뱉는 미카엘(가명)……. 역시 남들과는 다른 존재이기 때문일까.

"그러고 보니 왕도로 향하고 있었죠. 친구인 아벨 씨도 왕도로? 음? 서방의 용사도 왕도로…… 가고 있군요. 이건 왕도에서……. 아, 게다가 왕도는…… 큰 사건이 일어날 곳인데 말이죠. 하아, 역시 미하라 료 씨가 가는 길은 이렇게 되는군요……. 본인에겐 아무런 책임이 없는데도 늘 이런 곳에 자리하게 되는……. 그런 사람이 가끔 있긴 하지만 미하라 료 씨가 그런 사람이었다니, 고생이 많겠네요……."

%외전 화속성 마법사Ⅲ

외전 화속성 마법사 Ⅲ

쿠르코바 후작 부인

파티 『난사난격』과 오스카가 엠퍼러 타이거를 토벌한 지 1년이 지났다.

『대전』은 왕국의 승리로 끝났지만 연합, 왕국 모두에게 깊은 상흔이 남았다. 반대로 양국에 물자를 공급하는 입장이 된 제국은 호경기에 들끓고 있었다.

그 사이 오스카는 15세가 되어 제국 남동부 몰그룬트 공작령에서 제도 마르크돌프로 활동 거점을 옮긴 상태였다.

"후작 부인의 호위 임무⋯⋯."

이곳은 제도 마르크돌프의 모험자 길드, 길드 마스터 집무실.

오스카 눈앞에 앉아 있는 사람은 제도의 길드 마스터 모리츠 바하만. 나이 칠십이 넘은 전직 치유사다.

중앙연방에서는 거의 유일무이한 종교, 빛의 여신을 모시는 신전 세력이 힘을 갖고 있지만 제국에서는 예외적으로 힘이 별로 없었다.

그 이유는 치유사라는 직업 때문이다.

모험자든 마을의 백성이든 제국 이외에서는 신전 출신의 신관이 부상이나 병을 치유한다. 그래서 필연적으로 이들을 공급하는 신전은 존경을 받고 은연중에 힘을 가지게 된다.

하지만 제국에서는 나라 자체가 치유사로 불리는, 부상이나 병의 치유를 행할 수 있는 자들을 키우고 있다.

그 결과 신전 세력의 힘은 약했다.

물론 제국에도 신관은 존재하고 모험자 중에도 있기는 하지만 주류가 되지는 못했고, 모리츠와 같은 치유사가 모험 활동 중의 치유를 담당하는 체제가 갖춰져 있었다.

"그 왜, 얼마 전 크루코바 후작령에서 그레이터 보어 떼를 토벌했잖아. 그때 마음에 들었나 보더구나."

"아아…….”

후작 부인 자신도 말을 몰고 화살을 쏘는 매우 활동적인 여성으로, 그레이터 보어 무리를 토벌했을 때 오스카의 솜씨와 마법을 칭찬하며 매우 마음에 들어 했던 것은 확실했다.

후작 부인의 영지인 쿠르코바 후작령은 영지 전체에서 많은 분야가 발달해 있는 제국 내에서도 가장 부유한 영지 중 하나로 알려져 있었다. 또한 제국 유일의 학술 도시라고도 부를 수 있는 규모의 거리가 있어 황실 공인의 기밀도 높은 연구가 그곳에서 상당수 진행되고 있다는 소문이 돌았다.

크루코바 후작 부인은 교양 있고 아름답지만 남편인 후작과도 사별하고 자녀도 없어 여러모로 제국 상류층 내에서도 유명한 여성이었다.

"물론 지명 의뢰에다 후작가에서 온 것인 만큼 보수나 평가 점수 모두 최고급이다. 그리고 무엇보다 네가 원하는 **정보**가 모이기 쉬운 곳이라고도 할 수 있지."

"살롱 말입니까."

살롱이란 일반적으로는 부인들이 주최하고, 관에 교양 있는 자들을 초대해 여러 가지 이야기를 나누는…… 그런 것을 말한다.

지구에서는 1600년대 초에 프랑스에서 시작되었다고 하며 '궁정과는 별개의 사교계'라고까지 할 수 있는 곳이다. 누구의 살롱에 초대된다거나 누구의 살롱에는 더 이상 초대받지 못한다거나……. 그것은 보이지 않는 지위를 상징한다고 할 수 있을 정도였기에 유력한 살롱을 주재하는 귀족은 힘을 갖고 있었다.

다만 이 중앙연방의 살롱은 아직 일반적이지는 않았다.

쿠르코바 후작 부인의 살롱은 귀족 이외에 학자, 예술가는 물론 부유한 상인들이 초청받기도 했으며, 다양한 직업, 입장을 가진 사람들이 교류하는 장소로도 알려져 있었다.

반대로 그것은 권위를 무엇보다 귀하게 여기는 일부 대귀족들에게선 호감을 받지 못했고, 사실상 크루코바 후작 부인의 살롱에는 대귀족이 초대되는 일도 없었다.

"넌 필요하잖아? 상처 난 남자…… 보스코나의 정보가."

오스카는 제도의 길드 마스터인 모리츠에게 모든 것을 말한 상태였다.

아버지와 어머니를 죽이고, 양부모라 할 수 있는 영감님을 죽인 보스코나를 쫓아 여기까지 왔다는 것을. 물론 그것은 젊은 나이에 모험자가 되었고, 게다가 15세에 C급까지 오른 오스카에게 모리츠가 물어보았기 때문이기도 했다. 무엇이 그 원동력이냐고.

그때 모든 걸 얘기했다.

당연히 그것은 동정을 끌기 위해서가 아니라 말해 두는 편이 정보를 얻기 쉽다고 생각했기 때문이었지만, 모리츠의 표정에 떠오른 것은 슬픔과 연민이었다.

모리츠로 치면 15세의 오스카는 손자와도 같은 나이다.

그렇게 젊고 미래가 창창한 인물이 복수에 사로잡혀 있는 모습을 보는 것은 인생의 경험을 거쳐 온 이로서는 결코 달가운 일은 아니었다.

그렇다고 모리츠가 무얼 어떻게 할 수 있는 것도 아니다.

복수에 사로잡힌 인물에게 복수 같은 건 그만둬라, 복수해도 아무것도 얻을 수 없다, 복수 같은 걸 한다고 ○○가 좋아할 것 같냐 수없이 말해봐야 소용없다.

복수에 사로잡힌 자의 마음을 풀어줄 수 있는 것은 그런 말이 아니다.

복수를 잊게 할 정도의 만남이거나 혹은 복수를 이뤄냈을 때……. 그것만이 복수에 사로잡힌 마음을 풀어준다.

모리츠는 그 사실을 알고 있었다.

그렇지만 오스카 역시 제도에 올 무렵에는 표정의 변화가 꽤 생기게 되었다. 희로애락이 표정에 돌아온 것이다…… 이전보다는.

아직 또래 소년소녀에 비하면 표정 변화가 부족했지만, 이를테면 『난사난격』 등과의 관계를 통해 어느 정도 인간적인 마음을 되찾은 것일지도 모른다.

"물론 후작 부인은 중앙 정치와는 거리를 두고 살고 있다. 아이도 없고 심지어 입양조차 할 계획이 없다고 선언했지. 본인이 죽으면 이후의 후작 가문은 황실에 맡기겠다는 말까지 했으니 말야. 정치에 관여할 생각이 없다는 걸 확실하게 표명한 거겠지만…… 그렇기 때문에 후작 부인 곁에는 더 다양한 정보가 모여든다."

거기서 모리츠는 숨을 한 번 고르고 말을 이었다.

"후작 부인은 제도에서 반년을 보내고 후작령에서 반년을 보내는 생활을 하고 계시지. 네가 그레이터 보어의 토벌을 도운 것은 후작령으로 오셨을 때다. 그리고 얼마 전 제도로 돌아왔고 그 제도에 있는 동안의 호위 의뢰를 맡기고 싶다고 하는구나. 즉, 살롱이 열리는 경우도 있겠지. 어때?"

모리츠는 마지막 정보를 보충했다.

오스카는 잠시 생각한 뒤 대답했다.

"알겠습니다. 그 의뢰, 받겠습니다."

이런저런 생각을 하면서도 오스카는 후작 부인의 호위 의뢰를 맡게 되었다.

◆

"그래, 오스카, 잘 왔다."

"후작 부인, 이번에는 지명해……."

"딱딱한 인사는 됐어. 모르는 사이도 아니니까. 일단 식당으로 갈까?"

"네……?"

인사도 채 마치지 못한 오스카는 곧바로 식당으로 초대받았다.

열다섯 살이 된 오스카는 키도 170센티미터가 되어가고 있었다. 이 나이치고는 작지 않은 키라 할 수 있다.

근육은 뭐, 남들과 비슷하다고 할 수 있는 정도일까. 다소 호리호리한 인상으로 보이지만 만져보면 근육이 탄탄하다는 것을 알 수 있었다.

그런 오스카지만 후작 부인의 키는 오스카보다 컸다.

아주 미세하지만 크다……. 여성치고는 큰 키라고 할 수 있는 부류다.

20대 후반이라고 하는데, 꽉 조여진 허리와 다른 부분과의 폭력적이기까지 한 비율…… 혹은 대비는 남성의 눈길을 사로잡아 마지않았다.

하지만 오스카는 그 방면에는 아직 전혀 관심이 없었기 때문에 눈에 거슬리지는 않았다.

후작 부인에게도 남자로서의 대상이 아닌 나이 많은 동생이나 경우에 따라서는 아들 같은 느낌이었고, 이미 후작령에 있을 때도 만난 적이 있었다.

식당에 도착한 오스카는 의자에 앉게 되었다.

물론 후작 부인도 앉았다.

그러자 곧바로 두 사람을 위한 케이크와 커피가 놓였다.

"후작 부인, 이건……."

고작 모험자, 게다가 호위 의뢰를 받은 모험자가 의뢰 대상과 같은 테이블에서 간식을 먹는다……. 그렇게 생각한 오스카가 목소리를 낸 것이다.

"괜찮다. 내가 허락하지."

호위 대상이자 후작 부인의 지위에 있는 자가 그렇게 말하면 거부할 수 없었다.

오스카는 어쩔 수 없이 케이크와 커피를 마시기로 했다.

물론 후작 부인도 먹고 있다. 동시에 후작 부인은 오스카의 움직임을 주시하더니 고개를 끄덕이고는 입을 열었다.

"역시 오스카의 예절은 보기 좋구나. 영지에서 봤을 때도 생각했지만 특히 테이블 매너는 완벽해. 고풍스러운 방식이긴 하지만 그게 또 마음에 들어. 섣부르게 유행에 휩쓸리지 않고 기초, 기본을 잘 익혀서 모든 움직임이 우아해."

"칭찬해주셔서 영광입니다."

후작 부인이 칭찬했고 오스카는 황송해하며 고개를 숙인다.

물론 여섯 살부터 열 살까지 영감에게 완벽하게 습득한 교양 수업 덕분이었다

영감 역시 후작 부인과 테이블을 함께할 가능성까지 생각하진 않았겠지만, 그때 당시 이렇게 말했다.

"제국의 황제와 식사 자리를 함께해도 무시당하지 않을 몸가짐을 익혀야 한다"고.

결코 격렬하게 질책하지는 않았지만 그렇다고 해서 결코 타협하지도 않았다. 오스카와 학우였던 콘에게 귀족 앞에 나서도, 혹은 자신이 귀족이 되어도 부끄럽지 않을 몸가짐을 익히게 했다.

어린 시절 교육이 얼마나 소중한지 영감은 알고 있었던 것이다.

물론 몸가짐은 테이블 매너를 포함해 나이가 들어서도 익힐 수

있다. 하지만 몸에 배는 데 드는 시간이 전혀 다르다.

어렸을 때라면 20초면 익힐 수 있는 것이 어른이 되고 나서는 2년이 걸린다거나…… 그 정도로 차이가 나는 경우도 있었다.

인간의, 특히 뇌의 유연성 때문인 건지 혹은 고착화된 지식에 의한 여러 편견에 의한 것인지……. 그도 아니면 어중간하게 경험을 쌓은 탓에 그런 것인지……. 그것은 알 수 없었으나 젊은 시절이 배움을 익히기 쉽다는 것은 누구나 이해하고 있는 사실이었다.

"그게 오스카를 호위 의뢰로 지명한 이유 중 하나이기도 하지."

후작 부인은 고개를 끄덕이고는 말을 이었다.

"우리 기사단은 무예와 지식, 교양 모두를 겸비한 자들뿐이야. 그렇다고는 하지만 아무래도…… 겉보기에 멋있다고는 할 수 없는 남자들만 있기도 해."

기사단이니 당연하겠지만 우람한 체구의 남자들뿐이다.

"살롱 자리에는 당연히 못 나가고, 다른 귀족의 관을 방문할 때도 마차의 호위라면 모르겠지만, 관 안까지 데려가기엔 아무래도 모양이 나질 않거든."

후작 부인은 작게 한숨을 쉬었다. 지금까지 그러한 경험을 해 온 것이리라.

"여기사 같은 게 있으면 좋겠지만…… 그런 사람은 없으니까 말야."

그런 것은 이야기 속에서만 존재했다.

"오스카라면 그런 곳으로 데려가도 눈에 띄지 않을 거라 생각했다. 사실 이건 기사단의 노르베르트 생각이었지만 말야."

"기사단장이요?"

그것은 오스카에게는 의외의 사실이었다.

물론 크루코바 후작가의 기사단은 역시 후작 부인의 기사단인 만큼 훌륭한 인물들뿐이지만, 그래도 역시 기사는 기사. 주인을 몸으로 지키는 것이야말로 최고의 역할이라고 생각하는 자들이다. 그런 만큼 그 부분은 다른 사람에게는 양보하지 않는다. 오스카는 멋대로 그렇게 단정 짓고 있었다.

하지만 그중에서 톱인 기사단장이 오스카를 추천했다는 것은…….

"노르베르트는 우리 후작가를 대대로 섬기는 기사 집안이야. 그런 만큼 몸가짐에 더 까다롭지만…… 그런 노르베르트가 오스카의 예절을 극찬했지."

"그건…… 황송합니다."

"부하들의 행동 교정에 늘 고민이 많은 노르베르트가 제도에서 고용한다면 꼭 널 쓰라더구나. 나는 그걸 오스카의 몸가짐을 부하들에게 보여주고 부하들을 더 단련시키려는 목적이라고 생각했다."

후작 부인이 희미하게 미소 지었다.

오스카는 작게 한숨을 내쉬었다. 설마 자신이 기사들에게 예절을 보여야 하는 처지가 될 줄이야…….

하지만…….

"오스카에게 그것들을 알려준 영감님도 기뻐하시겠지."

후작 부인의 그 말은 오스카에게 기쁘게 와 닿았다.

오스카는 곧바로 크루코바 후작 저택에 거주하게 되었다.

외출을 하는 일 등엔 기본적으로 후작 부인을 따라다녀야 했기 때문에 당연히 옷도 새로 맞췄다.

식사는 언제나 후작 부인과 함께할 것.

살롱에도 같이 나갈 것.

후작 부인이 관에 있을 때는 자유롭게 지내도 좋지만 언제 갑작스러운 외출이 들어올지 알 수 없으니 관 안에서 지낼 것.

그런 것들이 오스카의 일상이 되었다.

후작 부인은 각종 불편을 강요하는 대신 오스카가 원하는 상처 난 남자의 정보 등을 우선적으로 수집하겠다는 약속을 해주었다.

또 부지 내에 있는 대장간을 자유롭게 사용할 권리도 부여했다.

"대장간…… 이요?"

"그래. 재작년까지는 대장장이가 있었지. 오랫동안 우리 후작가를 섬겨주던 자가. 하지만 기어이 수명이 다해 돌아가셨다……. 그 뒤로는 아무도 사용하지 않는 대장간이 되었어."

어디선가 들은 이야기였다……. 그래, 영감님 댁에서도 분명…….

'귀족들은 대장장이가 있는 게 일반적인가?'

그런 의문을 가지면서도 헴레벤에 있을 때도, 그리고 제도로 옮겨온 뒤에도 오스카는 때때로 거리의 대장장이 밑에서 일을 도우며 과거 익혔던 대장장이의 감각을 다시 되찾아 가고 있었다.

물론 후작 부인이 대장간 건에 대한 이야기를 꺼낸 것은 오스카의 그런 상황을 알고 있었기 때문이기도 했다.

오스카는 혼자가 되어 오직 철과 망치만을 마주할 시간을 가졌다. 그것은 결코 싫은 시간이 아니었다.

후작 부인이 여는 살롱은 교양 있는 자들만 초대된다. 후작 부인이 초청하는 자만 오기 때문에 적대적인 자는 없다.

몇 명의 귀족은 남성도 여성도 포함하여 다양했다.

매번 두 사람 정도의 상인.

매번 세 명 정도의 예술가나 연금술사.

스무 명이 채 되지 않는 인원이 모였고, 특별히 무슨 주제를 정해 놓고 대화하는 것도 아닌 다과회적인 대화가 오가는 경우가 많았다.

그때그때 바뀌는 예술가나 연금술사 쪽 사람들의 전문분야에 관해 대화가 오가는 경우도 많았다. 반대로 말하자면 살롱에 초대되는 귀족이나 상인들은 그런 전문적인 분야에 대해서도 이야기할 수 있을 정도의 교양을 갖춘 사람이라는 뜻이기도 했다.

오스카는 예술이나 연금술에 관한 지식이 많지 않았다.

영감 밑에서 교양을 갖추었다고는 하지만 어디까지나 그것은 귀족에게는 상식적인 지식. 몸가짐은 귀족 안에 있어도 매우 세련된 축에 속했지만 귀족 수준의 교양이라고 부를 만한 지식은 갖고 있지 않았다.

그래서 기본적으로 조용히 앉아서 다른 사람들의 이야기를 듣는 경우가 많았다.

"흥미롭군요.""그렇군요.""그건 다시 말해 ○○라는 건가요?"

그저 고개를 끄덕이는 것만으로는 대화를 꺼낸 상대를 불쾌하게 할 우려가 있다.

정말 듣고 있는지 하는 의문이 드는 것이다.

그런 때에 위와 같은 간단한 맞장구를 치는 것만으로 상대방은 안심하고, 그리고 기쁜 얼굴로 이야기를 이어간다. 맞장구를 치면서 몇 번 고개를 끄덕이는 게 포인트다.

그렇게 상대를 기분 좋게 만들어주면서 오스카는 다양한 분야의 다양한 정보를 접해 나갔다.

후작 부인의 살롱은 틀림없이 당시 제국의 정상급 교양이 모이는 자리였고, 그곳에서 오가는 대화는 오스카의 지적 성장을 상당히 이끌어주었다.

◆

크루코바 후작 부인을 불편하게 생각하는 귀족은 제국 내에도 있다.

본인이 얼마나 인격적으로 훌륭하든, 많은 사람들의 호감을 받든, 그런 것과는 상관없는 것이다. 그저 자산을 가지고 있는 것만으로 질투하고 부러워하고…… 그리고 빼앗으려는 자들이 나온다.

사람의 습성이란 무서운 것이다.

"새로운 광산의 채굴 허가가 날 것 같다고? 정말이냐?"

"네. 개발부 관료에게서 온 확실한 정보입니다, 아버지."

이곳은 제도의 라티모어 백작저.

"일났군. 그 철광산을 우리 영토로 인정받기 위해 뿌린 돈이 얼만데…… 다 헛수고가 되게 생겼잖아!"

"관료들이 말하길 이대로라면 크루코바 후작 부인이 낸 소유권 인증과 개발 허가 절차가 이 한 달 안에 거의 확실히 통과될 거라고 하더군요."

"으음……."

아들이 가져온 정보에 라티모어 백작은 초조했다.

인접한 영지인 쿠르코바 후작 영내에서 새로 발견된 철광석 광산……. 하지만 지하에서 철광석이 자신의 영지 내로 펼쳐져 있을 것이 거의 확실했기에 자신이야말로 정당한 소유자가 되어야 한다. 적어도 백작은 그렇게 생각하고 있었다.

철광석은 철을 만들기 위해 꼭 필요한 물건이며 제국 전역은 물론이고 중앙연방 어디를 가나 수요가 많았다.

물론 금광산, 은광산도 가치가 높지만 애초에 산출량이 적은 데다 제국 내에서 발견될 경우 기본적으로 황실의 것이 되어 버린다.

그에 비해 철광산은 나름대로 수가 많기 때문에 영지 귀족의 소유가 되는 경우가 대부분이다. 하물며 후작이나 백작이라면 웬만한 일이 없는 한 발견한 영지 귀족의 것이 되는데…… 문제가 되는 것은 이번처럼 경계 근처에서 발견된 경우다.

거의 크루코바 후작 영내에 있지만 가능성으로 보자면…… 라티모어 백작 영내에까지 광상이 확대되었을 가능성은 있었다.

그렇기 때문에 라티모어 백작이 광산 채굴권을 주장하는 것도 완전히 부정되지는 않았지만…….

"이번 일은 황제 폐하의 재가에 의한 거랍니다."

"으…… 또 시작이군…….'"

현 황제 루퍼트 6세는 즉위 이래 많은 귀족들을 무너뜨려 왔다.

지금 이전까지의 황제도 귀족과 불화가 깊은 사람은 많았지만, 그들과 비교해도 루퍼트의 개역은 가혹할 정도였다.

물론 귀족들로서는 반발감을 느꼈지만, 거기서 끝이었다. 아무런 행동으로 옮길 수 없었다.

황제가 거느리고 있는 군사력이 압도적이었기 때문이다.

결국 요구를 관철할 수 있는지 여부는 힘을 가졌는지의 여부에 달린 것이다.

군사력이라는 이름의 힘이라고 해도 좋다.

경제력이라는 이름의 힘이라고 해도 좋다.

아니면 모략이라는 이름의 힘이라고 해도 좋다.

책상을 사이에 두고 하는 교섭이라는 것은 마지막 서명을 하는 장소에 지나지 않으며, 대화 등으로 뭔가가 결정되는 일은 없었다. 한 치의 양보 없는 교섭 같은 것은 '힘'이 동등할 경우에만 생길 수 있는 지극히 희귀한 케이스에 지나지 않는다.

그리고 황제는 거대한 군사력을 가지고 있고, 그것을 배경으로 막대한 부라는 경제력을 손에 쥐고 있으며, 심지어 그림자 군이라 불리는 모략을 소화하는 조직마저 가지고 있다…….

그런 존재를 향해 누가 감히 반항할 수 있을까…….

"후작 부인은 중앙 정치와 거리를 두고, 나아가 확실하게 황제를 지지하고 있습니다. 후작가냐 우리냐 어느 쪽에 귀속시키는가 하는 문제가 된다면 황제 입장에서는……."

"음, 후작가가 되겠지."

라티모어 백작은 그야말로 벌레 씹은 듯한 얼굴로 인정했다.

"하지만 후작 부인은 남편이 없고 아이도 없습니다."

"응?"

아들이 갑자기 꺼낸 내용에 백작은 잠시 따라가지 못했다. 남편도 아이도 없는 것은 사실이고 누구나 아는 일이다.

"제국의 법에서는 후계자가 정해지지 않은 상태에서 당주가 사망할 경우 귀속을 다투는 안건이 있으면 그 권리를 포기하게 되어 있지요."

"즉…… 지금 후작 부인이 죽…… 아니, 변고가 생기면 그 철광산이 쿠르코바 후작가에 귀속될 일은 없다?"

"네, 당연히 다른 쪽인 우리 라티모어 백작가에 귀속될 것입니다."

거기까지 들은 백작이 히죽 웃었다.

"후작 부인이 되면 장식품도 훌륭한 것들을 달고 있겠지……. 그렇다면 도둑이 그걸 노리고 덤벼들 수도 있겠군?"

"물론 그럴 수 있죠. 아무리 제도라지만 낮에는 몰라도 밤에는 무슨 일이 일어날지 모르니까요."

그렇게 말한 모자는 서로 경박한 미소를 지어 보였다.

어느 시대, 어떤 세계에서도 구제불능인 인간은 존재한다.

본인들에게는 무슨 일이 일어나든 그것은 자업자득이지만, 그것에 말려드는 자들에겐 사양하고 싶은 일이었다.

그리고 오스카는 말려드는 쪽이었다.

◆

"꽤 늦어버렸구나."

후작 부인이 마차 안에서 투덜거렸다.

아는 자작부인의 병문안을 마치고 돌아오는 길. 마차 안에는 후작 부인과 오스카가 있었고, 밖에는 기마 후작령 기사 4명. 제도 내에서 평소 이동할 때와 같은 상태였다.

"하지만 자작 부인도 가기 전에 들었던 상태에 비하면 안색이 좋아 보이셨습니다."

"그래. 저 상태면 조만간 회복하겠구나."

전해들은 얘기로는 한 달도 버티지 못할 것이라고 했는데, 그것을 생각하면 맥이 빠질 정도로 상태가 좋았다.

만약 그게 아니었다면 굳이 저녁부터 병문안을 가지는 않았을 것이다.

"제도도 시간이 시간인 만큼 사람이 적구나."

후작 부인의 그 말이 무언가 방아쇠가 된 것은 아니겠지만…….

휙.

휘잉.

어디선가 날아온 화살이 기사들의 말에 박히며 기사들이 땅에 떨어졌다. 그 소리는 마차 안에 있는 후작 부인과 오스카에게도 들렸다.

"무슨 일이냐!?"

후작 부인이 외쳤다.

마차 창문을 통해 밖을 확인한 오스카는 지붕 위에서 활을 겨눈 남자를 확인했다.

"〈피어싱 파이어〉."

예전에 비해 더욱 가늘어진, 하얗게 빛나는 불꽃 화살이 활을 든 남자의 이마에 박혔다. 아무런 저항 없이 이마로 들어가 뒤통수로 빠지면서 사라진다. 남자는 지붕에서 미끄러져 떨어져 땅에 나동그라졌다.

"한 명 더. 〈피어싱 파이어〉."

이어서 조금 떨어진 지붕에 있던 남자의 이마도 〈피어싱 파이어〉로 꿰뚫었다.

"빌어먹을, 공격해!"

궁사가 이렇게 맥없이 쓰러지리라고는 예상하지 못한 것일까. 마차를 향한 직접 공격을 명령하는 목소리엔 약간의 초조함이 담겨 있었다.

샛길에서 빠져나와 마차에 직접 공격을 감행한 적들의 수는 5명. 기사보다도 수가 많다. 하지만…….

"노르베르트, 모두 죽이진 마라. 두 명은 산 채로 잡도록."

이미 냉정해진 후작 부인의 목소리가 울려 퍼졌다.

후작가 기사단장 노르베르트가 직접 이끄는 정예 4명이다. 적 다섯 명 정도에게 뒤지지 않는다, 그것을 확신하고 내리는 지시.

오스카도 이미 여유를 되찾은 상태였다. 다른 활 공격이나 원거리 마법 공격에만 의식을 집중해 마차 안에서 후작 부인의 몸을 지키고 있었다.

격렬하면서도 짧은 전투 후, 적 안에서 구령을 내리던 리더로 보이는 사내와 또 한 명을 기절시켜 붙잡았다.

"뭐랄까……. 이렇게 말하긴 좀 그렇지만…… 허무할 정도군."

석연찮은 표정으로 후작 부인은 그렇게 중얼거렸다.

오스카는 아무 말도 하지 않았다. 감정면에서는 동의하지만 그렇다고 완벽한 습격을 당해도 곤란하다.

"그렇지, 오스카."

"네, 후작 부인."

"그래, 그거야. 그 후작 부인."

"네?"

후작 부인은 오른손 검지를 하나 세우고 말을 이었다.

"오스카에게 나를 마리아라고 부르는 걸 허락하마."

"……네?"

"오~, 오스카, 축하한다."

축하해준 사람은 기사단장 노르베르트다.

"으음…… 그게 무슨…….'"

오스카는 이해가 가지 않았다.

"기사단은 물론 관 사람들도, 그리고 영지민도 나를 마리아라고 부른단다. 퍼스트네임이 마리아니까 말야. 하지만 오스카에게는 굳이 말하지 않아서 그동안은 계속 후작 부인이라고 불렀지?"

"네."

"그러니 앞으로…… 공식적인 자리에서는 어렵겠지만 그 이외
는 물론 살롱에서도 마리아라고 부르도록 하렴."

"아, 알겠습니다…… 마리아님."

오스카가 그렇게 부르자 크루코바 후작 부인 마리아는 만족스
럽게 고개를 끄덕였다.

그리고 두 사람을 지켜보는 기사단장 노르베르트도 기쁘게 고
개를 끄덕였다. 오스카가 명실상부한 관의 동료가 되었다고 생각
했기 때문이었다.

"그럼 노르베르트, 잡은 적 두 명을 데리고 가서 심문하도록."

"알겠습니다."

그리하여 붙잡힌 두 명의 적은 후작 저택 부지 내에서 심문을
받게 되었다.

다음 날 아침.

"마리아 님, 어젯밤의 적에 관해 드릴 보고가 있습니다."

"그래, 말해 보거라."

아침 식사 후 커피를 마시며 후작 부인은 기사단장 노르베르트
에게서 보고를 받았다.

"어이없이 자백을 했는데…… 라티모어 백작에게서 돈을 받았
답니다."

"예상대로이긴 한데…… 그렇게 간단하게 의뢰인이 누군지 밝

혀도 되는 건가?"

마리아는 작게 고개를 흔들며 그렇게 답했다.

귀족을 상대로 한 습격 의뢰의 경우, 여러 번의 중개를 거쳐 누가 의뢰를 냈는지 제3자는 물론 맡은 자들도 알 수 없는 상태로 두는 것이 보통이었다.

그런데도 습격자들은 의뢰주를 알고 있었다…….

"의뢰를 맡은 후 의뢰한 자의 뒤를 밟았다고 합니다…….”

"그래……. 그런 걸로 들키다니, 뭐라 할 말이 없군…….”

결국 마리아는 관자놀이를 손가락으로 누르기 시작했다. 어쩌면 허술한 습격에 그와 비슷한 정도로 허술한 의뢰인이 붙어있었던 것에 대해 두통을 느꼈는지도 모른다.

"제도 내에서 일어난 소동에 관해서는 어디로 신고해야 하더라?"

"네, 제도 수비대입니다.”

마리아의 물음에 노르베르트가 답했다.

제도 내에서의 소동, 분쟁은 귀족, 평민을 막론하고 제도 수비대가 1차적인 창구가 된다. 이후 귀족이 관여하고 있는 경우라면 귀족원이나 추밀원, 혹은 황성이 나오는 식이다.

"미안한데 노르베르트, 내 대리로 오전 중에 신고 좀 해 주게. 잡은 두 사람을 데려가고.”

"알겠습니다.”

◆

제도의 어느 곳.

"너무나도 허술하군…….”

"라티모어 백작으로는 저 정도가 한계가 아닐지…….”

"아니, 그걸 떠나서 조금 더 여러 가지 방식이 있지 않은가, 보통은…….”

공작의 말에는 분노와 씁쓸함을 넘어 진심으로 어처구니가 없다는 느낌만 남아 있었다.

"놈이 적어도 후작 부인에게 상처라도 입히고 관 안에 됐다면…… 얼마든지 방법이 있었을 텐데. 예를 들면 교단을 사용해 독살을 한다든가……, 정말이지 쓸모없군.”

그 공작의 중얼거림에 보좌관이 쓴웃음을 지었다.

"라티모어 백작은 우리가 목적한 바를 모르니 어쩔 수 없지 않겠습니까.”

"당연하지. 가장 두려워해야 할 것이 바로 무능한 아군이다. 저런 놈이랑 함께하면 아무리 완벽한 계획이라도 실패할 거야.”

그렇게 말한 공작이 크게 한숨을 내쉬었다.

"어쩔 수 없군……. 그 계획에 포함할까…….”

그 작은 중얼거림은 옆에 있는 보좌관에게도 들리지 않을 정도로 작았다.

습격

"새로 지은 뮤젤 후작저 피로연?"

"네, 그런 것 같습니다."

크루코바 후작 부인 마리아가 도착한 편지를 한 번 읽고 고개를 갸웃했다.

크루코바 후작저의 집사장인 에카르트가 공손하게 고개를 끄덕였다.

뮤젤 후작은 제국에서도 다섯 손가락 안에 드는 권세를 자랑하는 대귀족 중의 대귀족이다. 특히 황제파도 반황제파도 아니다. 그런 위치다 보니 절묘한 거리감으로 인해 많은 귀족들과 관계를 맺고 있었다.

하지만 확실히 말해 쿠르코바 후작가와의 관계는 깊지 않았다.

마리아도 특히 제국의 대귀족가와는 깊은 관계를 맺지 않으려고 했기 때문에 뮤젤 후작과도 친하지 않았다. 물론 황실 주최 연회 등에서 인사를 나누는 일은 있지만…… 반대로 말하자면 딱 그 정도의 관계.

그런 자신에게 왜 피로연 안내장이?

"뮤젤 후작이 제도 외곽에 웅장하고 화려한 별장을 지으셨다는 것은 유명한 이야기지요."

"음, 그건 들었지."

"이건 소문인데, 그 별장을 황실에 헌정한다는 이야기가 있습니다. 그래서 이 피로에는 황제 폐하께서도 행차하신다고 들었습니다."

"황제 폐하께서 보러 오신다고…… 그 모습을 많은 귀족들에게 보여주기 위해 평소 접점이 없는 나 같은 자들에게도 안내장을 보내온 건가. 그렇군, 그런 거라면 납득이 되는구나."

그렇게 말한 마리아가 웃었다.

딱히 마리아는 뮤젤 후작을 싫어하는 것이 아니다. 다만 뮤젤 후작을 포함해 제국 중추와 관련된 대귀족들과 엮이고 싶지 않을 뿐이다.

물론 지니고 있는 자산과 작위로 말하자면 크루코바 후작가는 틀림없는 대귀족, 그것도 제국 유수의 대귀족에 포함되지만……

그날 오후 크루코바 후작 저택에서는 평소보다 작은 살롱이 열리고 있었다.

보통 15명 안팎의 사람들이 모이는데, 그날은 귀족 부인 두 명이 초대받았을 뿐이다. 살롱이라기보다는 다과회라고 해야 할까.

어느 정도 이야기를 나눈 후 마리아가 말을 꺼냈다.

"그러고 보니 뮤젤 후작 별장의 피로연에 황제 폐하께서 행차하신다던데."

"역시 마리아 씨예요. 소문이 빠르군요."

그렇게 답한 사람은 숀드라 자작부인 베르타 이르크나.

젊고 활발하지만 제대로 된 교양을 갖춘 살롱 멤버이자 마리아와 스스럼없는 친구 사이였다.

"피로하는 별장을 황실에 바치는 건 사실인 것 같아요. 그래서 황제 폐하께서 행차하시는 것도 본격적으로 정해졌다고요. 그 소식이 알려지면서 많은 귀족들이 피로연에 어떻게든 참석해 보려고 여러 인맥에 손을 뻗고 있다나 봐요."

"저희 가문에도 그런 문의가 왔어요."

베르타의 정보에 깊은 한숨을 내쉬며 작은 목소리로 덧붙인 사람은 로이터 남작 부인 엘라 케텔라였다.

"엘라 쪽은 제국 서기관이죠. 예전에 뮤젤 후작이 서기관장을 맡았으니 어떻게 좀 안 되겠느냐, 뭐 이런 건가요?"

"네에……."

베르타가 몇 번 고개를 끄덕이더니 엘라에게 갔다는 문의의 이유를 짐작했다.

"저희 가문에 그런 힘이 있을 리가 없는데 말이죠……."

"아하하……."

작게 한숨을 쉬며 중얼거리는 엘라의 말에 쓴웃음 짓는 베르타.

두 사람이 주고받는 대화를 마리아는 미소를 지으며 지켜보고 있었다.

마리아에게 두 사람은 마음 터놓을 수 있는 동료이자 소중한 친구였다. 그래서 지금까지도 이렇게 가끔 다과회를 열거나 상담을 했다.

◆

오스카는 황실에 헌상될 별장을 보며 웅장하다기보단 화려하다는 인상을 받았다. 석조로 된 3층 구조, 창문이 무척 많은 건물이라 더욱 화려하게 느껴졌는지도 모른다.

하지만 아름다운 것도 분명한 사실. 그리고 오스카가 그 거대함에 놀란 것 또한 사실이었다.

"크네요……."

"음. 말로 듣기는 했지만 이 정도일 줄은……."

오스카뿐만 아니라 마리아도 그 거대함에 놀라고 있었다.

제국 귀족의 기준으로 봐도 거대한 건축물인 듯했다.

"마리아 님, 왜 뮤젤 후작은 이런 걸 황실에 헌정하는 걸까요? 직접 사용하시면 좋을 텐데요."

오스카의 소박한 의문이 흐뭇한 것인지 대답하는 마리아는 웃고 있었다.

"오스카가 그렇게 생각하는 건 정상이란다. 글쎄…… 자신의 힘과 권세를 모두에게 보여주려는 걸 수도 있고…… 황실에게 자신을 가벼이 여기지 말라고 어필하는 걸 수도 있고……. 정확히는 나도 모르겠구나."

"그런 거군요……."

오스카는 평생을 걸려도 알 수 없을 것 같았다…….

"그럼 들어갈까? 오스카, 에스코트를 해다오."

"네, 마리아님."

피로연…… 즉, 파티에 남녀가 방문할 때에는 남성이 여성을 에스코트하는 것이 관례였다.

물론 여성이 '에스코트를 시키는' 것이고, '에스코트하도록 허락하는' 것이기 때문에 주도권이 어느 쪽에 있는지는 말할 필요도 없었다.

남성은 그저 여성의 시종에 불과했다.

오스카도 물론 그런 것을 잘 이해하고 있었기에 크루코바 후작 부인 마리아를 꽃이라 여기고, 자신은 액자임을 자각하며 에스코트하고 있었다.

그것은 몸가짐 모든 곳에서 나타났다. 그래서 오스카의 에스코트를 받은 마리아는 유난히 더 아름다워 보였다.

"이거, 크루코바 후작 부인 아닙니까. 잘 오셨습니다."

"뮤젤 후작, 오늘은 초대해 주셔서 감사합니다."

입구에서는 뮤젤 후작이 직접 나와 들어온 손님들을 맞이하고 있었다. 후작 정도의 고위 귀족이 이런 대접을 하는 경우는 흔치 않았다.

하지만 뮤젤 후작은 안에 앉아 거드름을 피우기보단 소탈하게 마주하는 것을 좋아하는 귀족이었다.

물론 사람이 좋다는 뜻은 아니다. 사람 좋은 대귀족이라면 이 제국에서는 살아남을 수 없다.

표준 이상으로 교활하고, 여러 속임수를 쓰는 것도 마다하지 않는 인물이지만…….

굳이 따지자면 소탈한 타입이라는 얘기였다.

마리아가 한차례 별장의 아름다움을 칭찬하자 다음 손님이 입구로 들어온 것이 보였다.

"아, 공작님이 오신 것 같으니 저는 안으로 가보지요."

마리아는 그렇게 말하고는 오스카의 에스코트를 받아 안으로 들어갔다.

뮤젤 후작은 마리아를 배웅한 뒤 새로 별장에 들어온 인물을 마중 나갔다.

그것은 제국 귀족 중에서도 명문 중의 명문, 몰그룬트 공작이었다.

마리아와 오스카, 두 사람이 들어선 넓은 홀은 댄스홀이라고 부를 수 있을 정도로 넓었다. 2층까지 천장이 뚫려 있었고, 그 높은 천장에는 여러 개의 찬란한 샹들리에가 장식되어 있다.

"봐라, 오스카. 그리핀과 베히모스가 서로 발톱을 겨누고 있구나."

겉으로는 온화해 보이는 뮤젤 후작과 몰그룬트 공작의 대화를 보던 마리아가 전설상의 생물에 비유하며 오스카에게 속삭였다.

"두 분 사이가 안 좋으십니까?"

"그래…… 좋지는 않지."

오스카의 물음에 마리아는 살짝 미소를 지으며 그렇게 답했다.

"둘 다 대귀족으로서 많은 귀족을 파벌로 거느리고 있는 수장……. 틈틈이 상대 진영에서 눈에 띄는 귀족을 빼돌리기 바쁘단다."

"두 분이 그리핀과 베히모스라면 황제 폐하는……."

"글쎄, 폐하께서는…… 드래곤?"

"그렇군요……."

두 사람에 비해서도 한 단계 위인 듯했다…….

물론 모두 이미 전설상의 생물이기 때문에 강함을 비교할 수는 없겠지만, 오스카가 가진 인상으로 보면 드래곤은 역시 최강이라는 이미지였다.

"오, 드디어 황제 폐하가 납셨구나."

마리아가 그렇게 말하자 바깥에 유난히 큰 마차와 근위병들이 나타난 것이 보였다.

오스카가 처음 본 황제는 압도적인 존재감을 발산하고 있었다.

누구도 눈을 뗄 수 없는 매력과 동시에 근접하기 어려운 위압감, 그 둘이 공존하는 느낌을 오스카는 처음 경험하고 있었다.

밤에 켜진 불을 향해 다가가는 나방이라고 해야 할까……. 불에 이끌리지만 다가가면 스스로의 몸이 불타버리고 만다.

어디까지나 별장의 피로연이었고 황제도 은밀히 다녀가는 형태였기에 정식 알현 등은 당연히 없었다.

물론 이곳에 있는 자들 중에 황제 루퍼트 6세의 얼굴을 모르는 자는 없었기에 다들 나서서 황제에게 인사를 하고 있었다. 황제 루퍼트도 약간의 미소와 함께 많은 귀족들과 인사를 나누고 있었다.

그런 루퍼트의 눈에 마리아가 비쳤다. 루퍼트는 잠시 눈을 크게 뜨더니 마리아에게 다가왔다.

"마리아, 오랜만이군."

"루퍼트 폐하, 오랜만에 뵙습니다."

마리아가 예의를 갖춰 우아하게 인사했다.

그 오른쪽 뒤에 있던 오스카도 정중한 자세로 그를 맞았다.

"이게 얼마 만인지……. 그 자가 죽은 뒤로 한 번 만났었나?"

"네. 황후님께서는 생전 신세를 많이 졌습니다."

"마리아의 빠른 성장을 즐겁게 이야기했던 시간이 그립구나. 그러고 보니 후작령의 발전이 눈부시다 들었다. 누구나 배울 수 있는 학술 도시로서 제국 전역에서 우수한 인재들이 모여들고 있다고?"

"황실의 지원 덕분이지요."

"이쪽은 그 '배' 연구를 진행하기 위해서다. 신경 쓰지 마라."

루퍼트는 그렇게 말하며 웃더니 마리아 뒤에서 예를 갖추고 있는 오스카를 바라보았다.

"호오…… 호위치고는 몸가짐이 완벽하군. 어디서 찾았지? 살롱인가?"

루퍼트는 우아하게, 그러면서도 기품 있는 모습으로 예를 갖춘 오스카를 보며 마리아를 칭찬했다.

곁에 있는 자에 의해 주인이 평가받는다……. 그것은 어느 시대, 어떤 세계에서도 변하지 않는다.

"아니요, 예전 영지 문제 해결을 도와줬던 모험자 오스카입니다. 이래 봬도 C급 모험자인 실력가지요."

"아직 나이가 젊어 보이는데. 오스카라고 했나, 나이가 몇 살이지?"

"네, 올해 열다섯 살이 되었습니다, 폐하."

"15살에 C급이라니 대단하군! 게다가 그 행동거지…… 역시 마리아는 좋은 것을 알아보는 눈을 갖고 있구나."

"칭찬해 주셔서……."

그때, 루퍼트가 잠시 턱에 손을 얹고 생각에 잠기더니 말을 꺼냈다.

"마리아, 당장은 아니다만…… 언젠가 피오나에게 살롱을 경험하게 해줄 수는 없겠나?"

"피오나 황녀를요?"

피오나 황녀는 현재 아홉 살.

루퍼트의 막내딸이자 제11 황녀.

그리고 정비였던 프레데리카 비가 낳은 마지막 아이였다. 프레데리카는 피오나를 낳은 후 얼마 지나지 않아 세상을 떠났다.

〈힐〉이나 〈큐어〉라고 하는, 신의 기적이라고도 할 수 있는 치유 마법이 있는 이 세계에서도 젊은 나이에 사망하는 경우는 있다……. 게다가 황제의 제1 황비가.

"피오나는 프레데리카가 어떤 사람이었는지 모른다. 마리아는 말하자면 프레데리카의 마지막 제자…… 같은 존재지. 두 사람이 만나게 되면 피오나도 뭔가 얻는 게 있지 않을까 싶구나. 아무래도 검 하나에만 매진하느라 여자다운 일은 아무것도 하지 못했으니……. 물론 그건 그거대로 상관은 없지만 말야. 피오나가 하고 싶은 걸 하게 해주겠다고 결심한 건 바로 나니까."

이렇게 말한 루퍼트의 얼굴은 황제의 얼굴이 아닌 아버지의 얼굴이었다.

피오나 황녀가 검을 휘두르는 것을 좋아하는 것은 유명한 이야기였다.

마리아도 고개를 끄덕이며 답했다.

"저도 가만히 있는 성미가 아니었으니…… 피오나 님과는 이야기가 맞을지도 모르겠군요. 다만 괜찮으시겠어요? 제 살롱에 드나들게 되면 여러모로……."

"괜찮다. 피오나에게 무슨 소릴 지껄이는 놈이 있다면 내가 전력으로 때려눕힐 테니. 불평하는 놈도 말이지. 뭐, 당장은 아니야. 열 살이 되고 나서의 이야기다. 생각해보도록 해."

"알겠습니다."

그 순간이었다.

땅이 크게 흔들렸다.

그리고 쩌저적, 하는 소리가 위에서 들려왔다.

오스카가 위를 향한 순간…… 별장이 무너져 내렸다.

사람은 죽음을 각오하는 상황에 몰리면 사고가 빨라진다.

일종의 '존'에 들어간 상태다.

물론 『파이』에만 있는 특별한 사건이 아닌, 지구에 사는 인류도 경험할 수 있는 지극히 평범하고도 흔한 것.

일류 선수가 되면 의식적으로 이 '존'에 들어갈 수 있다고 한다. 하지만 선수가 아닌 보통의 일반인이라도, 죽음을 목전에 둔 상황에 빠지면 사고가 빨라진다. 물론 생각이 가속화되고 시간의 흐름이 천천히 느껴지긴 하지만 자신의 몸의 움직임이 빨라지는 것은 아니다.

몸의 움직임은 평소와 같고 생각만 가속한다.

구체적으로는 자신이 처한 상황을 순식간에 이해하게 된다.

왜 죽기 직전인지 알게 된다.

어떻게 하면 그 상황을 벗어날 수 있을지 생각하게 된다.

사람에 따라 순식간에 대답에 도달하는 사람도 있고, 이건 안돼, 이쪽도 안 돼, 이거면 될까? 그런 식의 문답을 이어가며 생각하는 사람도 있다……. 그것은 사람마다 제각각.

어느 쪽이든 사고는 가속된다.

오스카의 사고도 가속화되고 있었다.

아무리 봐도 이대로라면 떨어지는 지붕에 깔려 죽는다.

빠르게 밖으로 도망칠까……. 아니, 시간에 맞출 수 없다.

〈물리 장벽〉이라면 늦지 않을까……? 늦지 않겠지만 3층과 천장까지 모든 것이 무너진다면 너무 무거워서 부서질 것이다.

그렇다면 화속성 마법으로 태워버릴까……. 태우는 데 시간이 걸릴 것이고, 떨어지기 전까지 모두 태워 버리기에는 대상이 너무 컸다.

필요한 것은 한순간에 녹일 수 있는…… 만지는 순간 대상을 증발시켜 버릴 수 있는…… 그런 마법이었다.

"〈피어싱 파이어 확산 연사〉."

〈피어싱 파이어〉는 초고온의 플라즈마 상태이기 때문에 섭씨

1억도 미만……. 그렇기에 대부분의 것을 순식간에 증발시켜 버린다.

하지만 평상시 사용할 땐 미세한 바늘과 같이 사용하고 있다. 이번에는 그게 아니라 가능한 한 넓은 범위로 쏘았다.

확산시킨 만큼 위력이 떨어진다면 연사하면 된다!

눈이 멀 정도로 밝은 빛이 여러 번 생겨나며 떨어지는 3층 부분을 태워 버렸다.

만약 떨어진 장소에서 봤다면 그야말로 지상에 태양이 나타난 듯한 광경을 볼 수 있었으리라.

시간으로 따지면 겨우 5초 정도.

"큭."

모든 것이 끝난 후 오스카는 자신도 모르게 한쪽 무릎을 꿇었다.

"오스카!"

마리아가 소리치며 오스카에게 달려갔다.

"괜찮아요. 마력을 너무 많이 썼을 뿐입니다. 마리아님, 다치신 곳은?"

"아아, 괜찮아. 폐하도 멀쩡하시다. 이 홀 중앙 부근엔 부상자가 없어."

그렇게 말한 마리아가 홀 가장자리 쪽과 건물 밖을 내다보았다. 그곳은 꽤나 처참했다. 하지만 오스카가 없었다면 홀 중앙도 저 지경에 이르렀을 것이라고 생각하자 핏기가 싸악 가셨다.

오스카도 마리아의 시선을 따라 주변 상황을 파악했다.

"제 힘으로는 이 근처밖에……."

"아니, 잘했다, 오스카. 목숨을 구해줘서 고맙구나."

오스카의 나약한 말을 부정하고 감사의 말을 전한 사람은 황제 루퍼트였다.

그러나 아직 혼란은 끝나지 않았다.

"끄아아악."

"이놈들은 대체 무슨…… 크악."

건물 밖에서 그런 소리가 들려왔다.

"아직 끝나지 않은 것 같군."

그 중얼거림은 루퍼트.

그리고 문이 열리고 창문을 부수면서 적들이 침입해 왔다.

"조국의 원수!"

그렇게 외친 적들이 건물 내 귀족들에게 달려들었다.

홀 중앙에 있던 자들은 상처가 없었지만 문 근처에 있던 자들은 다친 자들이 많았다. 적의 습격에 저항이 약해진 것은 어쩔 수 없는 일이었다.

"조국?"

루퍼트가 작게 그렇게 중얼거렸다.

"폐하, 저자들이 차고 있는 망토 문장은 몬티 공국의 문장입니다."

"그렇군."

마리아가 적들의 문장을 보고 전하자 루퍼트는 무언가 납득한 기색이었다.

"몬티 공국?"

세 사람 중 이해하지 못한 것은 오스카뿐이다.

"3년 전 우리 제국이 병합한 나라다. 조국을 멸망시킨 복수…… 흔히 있는 일이지."

"네……?"

"조국을 멸망시켰다. 복수하는 건 당연해. 가능하다면 그 곧은 열망을 제국 안에서 발휘해줬다면 가장 좋았겠지만…… 무척 어려운 이야기지. 사람에겐 감정이란 게 있으니. 때로는 마음을 다잡고 제국의 힘이 되어주는 자들도 있지만, 그들처럼 복수를 하는 자들도 있다. 어쩔 수 없어."

루퍼트의 표정은 조금 쓸쓸해 보였다.

루퍼트가 즉위한 이후에도 제국은 열 개가 넘는 크고 작은 나라를 무력으로 점령해 왔다.

무력을 쓰지 않고 병합한 나라도 마찬가지다.

물론 새로 점령한 지역도 기존 지역과 동일하게 취급된다. 법도 세금도 그 밖의 일도 차별받지 않는다.

하지만 망한 나라를 아끼던 자들에게는 그런 문제가 아니었다.

이치로 생각하는 것이 아니다.

싸우고 죽어간 자들을 향한 애도…… 죽은 이들의 억울함…… 혹은 자포자기.

여러 가지 이유로 싸워야만 하는 자들이 있다. 나라가 망한다는 것은 그런 것이다.

루퍼트는 이해하고 있었다.

그런 자들이 있다는 것을.

피하기만 해서는 지나갈 수 없다는 것을.

그것이 일종의 통과의례가 된다는 것도.

"그렇다고 해서 죽어줄 의리도 없지만 말야."

루퍼트는 그렇게 말하고는 허리에 찬 검을 뽑았다. 그리고 가장 가까이 접근한 몬티 공국 잔당 중 한 명을 베고 그 자가 들고 있던 검을 빼앗아 마리아에게 던져 주었다.

"마리아, 그걸 써라."

"네!"

마리아는 피로연 때문에 드레스를 입고 있었고 무기를 착용하지 않았기 때문이었다.

이런 경우 남성은 검을 쓰는 것이 허용된다……. 대부분의 귀족은 의례용 검이지만 루퍼트는 평소 쓰는 애검이었다.

보검 레이븐.

대대로 황제가 허리에 찬다고 하는, 온 제국이 자랑스러워하는 두 자루의 전설의 검 중 하나. 그 검날은 『레이븐』이라는 이름 그대로 칠흑.

루퍼트는 레이븐을 휘둘러 달려드는 몬티 공국 잔당을 줄줄이 베어나갔다.

그 모습은 마리아를 지키면서 똑같이 잔당을 베어나가던 오스카의 눈길을 사로잡았다.

"무슨 검이……."

"게다가 루퍼트 폐하께선 화속성 마법도 쓰신다."

오스카가 무심코 중얼거리자 마리아는 루퍼트가 마법사이기도 하다는 것을 알려주었다.

하지만 루퍼트의 화려한 검솜씨가 되려 잔당들의 눈길을 사로 잡았다.

"저기 있다! 황제다!"

"그래, 황제다. 덤벼라!"

차라리 시원스러울 정도였다.

루퍼트는 씨익 웃으며 더욱 검을 휘두르는 속도를 올렸다.

그 무시무시함은 잔당의 눈길을 끌었지만, 그와 동시에 황제를 찾던 아군의 눈길도 사로잡았다.

"폐하, 협조하겠습니다!"

"오, 하르트무트냐? 희한한 곳에서 다 만나는군. 아버지의 대리 출석인가?"

"그렇게 됐습니다."

이야기하면서도 두 사람의 검은 멈추지 않았다.

공격에 가담한 하르트무트라 불린 청년의 검 역시 루퍼트 못지 않게 기세가 대단한 검이었다.

"저 사람도 대단해……."

"아까 폐하께서 하르트무트라고 하셨나? 아마 하르트무트 발테르…… 발테르 백작의 장남이겠구나. 현재 두 자리 비어 있는 황제의 12기사에 가장 가깝다는 검사이니 말야. 나도 처음 봤는데 확실히 굉장한 검이군."

루퍼트의 검이 강하다면 하루트무트의 검은 부드러웠다.

상대의 검을 받아치지 않고 흘려서 자세를 무너뜨리고, 자신은 찌른 검의 움직임을 멈추지 않고 상대를 그대로 베어버린다.

루퍼트와 하르트무트의 검은 대극점에 있으면서 동시에 아름다운 대비를 이루고 있었다.

대극이기에 아름다움이 더욱 돋보이는 것일지도 모른다.

루퍼트의 곁에 하르트무트가 합류했고, 나아가 살아남은 근위병들까지 루퍼트 주변에서 싸우기 시작하자 상황은 빠르게 수습되었다.

광기에 찬 기세라고 해야 할까. 그런 기세가 막혀버린 몬티 공국 잔당들의 검에서는 기세와 광기마저 사라지고, 남은 것은 절망뿐.

하지만 아무도 투항하려고 하지 않았다.

그럴 만도 했다.

이 정도의 일을 3년에 걸쳐 계획하고 실행한 것이다. 그런 자들이 이제 와서 목숨을 부지하려 할 리가 없다.

얼마 지나지 않아 모든 잔당이 쓰러졌다.

"배후에 대해 묻고 싶었지만 어쩔 수 없군."

"역시 폐하께서는 뒤에서 조종하는 자가 있다고 생각하십니까?"

"당연하다. 망국의 잔당이 아무렴 후작의 별장 설계까지 바꿔서 쉽게 붕괴하도록 만들었겠는가."

"그리고 뮤젤 후작이 주범도 아니겠고요."

"그렇게 알기 쉽게 일을 벌이지는 않았겠지……. 뭐, 죽은 사람도 있고 주최자로서 문책을 피할 순 없겠지만, 정말 벌해야 할 것은 주범이다."

마리아와 루퍼트의 대화는 정말 작은 목소리라서 바로 옆에 있는 오스카나 하르트무트조차도 알아들을 수 없을 정도였다.

"범죄로 인해 이익이 나는 자들을 먼저 의심해봐야겠지. 그리고 오스카의 대처가 없었다면 건물 안에 있던 사람도 거의 전멸했을 거다. 그걸 감안하면 여기 와 있는 사람 중에 주범은 없을 것 같군……."

"그렇군요."

황제의 방문으로 힘 있는 귀족들이 많이 모여 있었다.

이곳에 오지 않았고, 더구나 황제의 죽음을 바라는 대귀족이라고 하면 그리 많지 않았다.

"뭐, 여기서는 결론을 내릴 수 없을 테니 한스한테 맡겨둘까. 그놈은 이런 게 특기거든."

"한스 키르히호프 백작 말입니까? 꽤 우수한 분이라고 들었습니다."

"아아, 특히 이런 종류의 정보 싸움이라면 나 같은 건 발밑에도 못 미친다."

그렇게 말한 루퍼트가 호쾌하게 웃었다.

물론 마리아는 루퍼트의 말이 겸손이라는 것을 알았다.

호방한 성격에 외형도 호쾌한 분위기를 지닌 루퍼트이지만 모략적인 재주도 뛰어났다.

하지만 본인은 재주는 있어도 좋아하지는 않는지, 굳이 힘으로 정면돌파하는 방식을 선택하는 경우가 많다……. 프레데리카 비가 했던 말이었다.

◆

"폐하, 별장 습격 사건의 배후를 알아냈습니다."

"이상하게 빠르구나. 아직 사흘밖에 지나지 않았는데."

황제의 집무실.

황제 루퍼트 6세의 오른팔인 한스 키르히호프 백작이 서류를 들고 보고했다.

"결론부터 말하자면 흑막은 윌헬름스탈 공작이었습니다."

"아아…… 있을 법한 일이군, 확실히."

루퍼트는 그렇게 말하고는 쓴웃음을 지으며 작게 고개를 저었다.

윌헬름스탈 공작가는 황실에 적을 둔 명문가였고, 현재 제1 공작 부인은 루퍼트의 사촌 여동생이었다.

그리고 현 공작인 슈테판은 36세, 위를 향한 열망이 강한 남자라고 루퍼트는 보고 있었다.

하지만 만약 공작에서 그 이상 올라가고 싶어 한다면…… 목표로 삼을 장소는 이제 황제밖에 없는 것이다.

윌헬름스탈 공작가는 막대한 자산과 군사력을 지니고 있어 황제로서도 쉽게 어떻게 할 수 있는 상대가 아니다.

그것을 알고 있기에 이번 같은 행동을 벌인 것일지도 모른다.

"목적은 물론 폐하를 시해하는 것이겠지만 아무래도 도중에 다른 목적이 더해진 것 같습니다. 사실 그쪽을 추적해서 배후를 잡는 데 성공한 겁니다."

"도중에 목적이 추가되면 일을 그르치기 십상이지."

"그렇습니다. 그 다른 목적이라는 것은 크루코바 후작령과 라티모어 백작령의 병합이었습니다."

"양쪽을? 욕심을 과하게 부렸군……."

윌헬름스탈 공작령은 광대하다. 그중 일부는 라티모어 백작령과 경계를 맞대고 있었다. 물론 라티모어 백작령을 삼키면 그 앞의 크루코바 후작령과도 닿게 된다.

"그러고 보니 마리아가 얼마 전에 습격을 당했다고 들었는데."

"네, 라티모어 백작의 심복입니다. 다만 그것을 부추긴 것이……."

"윌헬름스탈 공작이라고……. 그렇군. 그래서 피로연 자리에 마리아가 불렸던 건가. 나와 함께 죽인 다음 라티모어 백작도 마리아 습격의 책임을 물어 무너뜨리고, 백작령과 후작령을 공작이 손에 넣는다…… 꽤 재미있군."

그렇게 말한 루퍼트가 희미하게 웃었다.

"그래서 한스. 증거는 얼마나 있지?"

"아뇨, 전혀 없습니다."

"이봐……."

너무나 망설임 없이 단언하는 한스의 말에 루퍼트가 당황했다.

증거가 없으면 아무리 황제라고 해도 쉽게 움직일 수 없다. 더구나 상대는 제국에서도 손꼽히는 대귀족 윌헬름스탈 공작이다.

"증거가 있다면 궁정 재판에 넘길 수도 있겠지만…… 이 부분은 역시 공작입니다. 물증이 전혀 남아 있지 않습니다. 있는 건 정황 증거뿐인데……."

"정황 증거만으로는 궁정 재판에 넘길 수 없다."

궁정 재판이란 쉽게 말해 제국 귀족을 위한 재판이다. 귀족 간혹은 황실이 엮인 경우 열리는 재판으로 평민이 엮인 경우에는 열리지 않는다.

또 열기 위해서는 상당한 증거가 갖춰져야 했기에 물증이 반드시 필요했다.

"그러니 이번 사안은 표면적인 경로로는 추궁할 수 없습니다."

"그렇군. 그렇다면 표면적이지 않은 루트로 한다고 하면…… 어떻게 할 거지?"

루퍼트는 이미 한스에게 다른 생각이 있다는 것을 알아차렸다.

애초에 아무 대안 없이 상사 곁으로 찾아올 무능한 자는 현 제국 정부에는 없었다.

"바라는 결과로서는 현 윌헬름스탈 공작, 즉 슈테판 공의 은거. 아들인 공자 지크하르트 공에게 공작위를 물려준다. 그리고 슈테판 공의 아내인 크리스티네 님을 그 지크하르트 공의 후견인으로 삼는다, 정도일까요?"

"호오……."

지극히 타당…… 아니, 황제 시해를 꾀한 자에 대한 처벌로 보자면 상당히 느슨한 것 같기도 하지만, 상대는 제국 굴지의 대귀족. 만약 그가 손에 쥔 군사력으로 황실에 반기라도 든다면 제국을 양분하는 내란이 될 수도 있었다.

루퍼트는 한스의 얼굴을 빤히 바라보았다. 마치 거기서 무언가를 알아내려는 것 같았다.

"좋아. 맡기도록 하지."

"감사합니다. 그러기 위해 폐하께 빌리고 싶은 것이 몇 가지 있습니다."

"마음대로 해라. 12기사를 데려가는 것도 허락하마."

이미 루퍼트는 이후의 전개를 거의 읽을 수 있었다. 그렇다면 완벽하게 수행해줄 한스에게 모든 것을 맡기는 것은 당연했다.

"명을 받듭니다."

한스는 공손하게 고개를 숙였다.

◆

제도, 윌헬름스탈 공작저 응접실.

"공작 각하, 시간을 내주셔서 감사합니다."

"황제 폐하의 오른팔인 키르히호프 백작이 찾아왔으니 말일세. 시간을 당연히 만들어서라도 내야지. 게다가 황제 12기사까지 대동했으니."

한스의 뒤에는 두 남자가 서 있었다.

한 사람은 황제 12기사 제3석 아르노 에르츠베르거. 한마디도 하지 않고 표정도 바꾸지 않은 채 서 있다.

또 한 명은 황제 12기사 제6석 펠릭스 프로이 리스트. 이쪽은 공작의 말을 듣고 빙긋 웃는다.

"요즘 제도 분위기도 영 어수선해서 말이지요."

미소 지은 한스가 커피로 손을 뻗으며 그렇게 말했다.

"아무리 어수선할지언정 우리 저택 주위를 제국 제1군이 둘러쌀 만한 일이 있을 것 같지는 않은데."

"요즘은 어디나 어수선하니까요."

다시금 한스가 미소를 지으며 그렇게 말했다.

"그럼 용건을 들어볼까?"

"공작님, 군이 말할 필요가 뭐 있겠습니까. 제가 그 일 이후 겨우 사흘 만에 여기 왔습니다. 그것만으로도 충분히 이해하셨을 텐데요?"

윌헬름스탈 공작 슈테판의 물음에 한스는 미소를 잃지 않고 그렇게 답했다.

하지만 한스의 대답에도 슈테판은 조금도 표정을 바꾸지 않고 되물었다.

"아니, 도무지 의미를 모르겠군."

이 모습엔 한스도 놀랐다.

적어도 겉으로는, 눈썹 하나 까딱하지 않고 그렇게 말한 것이다.

저택이 대군에 둘러싸이고, 제국의 정점에 군림하는 황제 12기사 두 명과 대치하고 있음에도. 역시 제국 굴지의 명문 귀족의 당주였다.

"폐하께서는 뮈젤 후작 별장의 전시 소란, 그것을 공작 각하께서 배후에서 손을 쓰신 것이라 생각하고 계십니다."

"호오……."

한스는 웃는 얼굴을 무너뜨리지 않고 말했고, 슈테판도 표정을 바꾸지 않고 답했다.

"그래서 그 책임을 묻고자 저를 이곳으로 보내신 겁니다."

"책임이라는 말을 들어도 말이지. 기억이 없는 일에 어떻게 책임을 지라는 거지?"

"그거 곤란하군요."

미소를 띤 한스가 조금도 곤란한 기색 없이 말했다.

한동안 침묵이 이어졌고, 먼저 입을 연 것은 슈테판이었다.

"윌헬름스탈 공작가로서는 아무리 황제 폐하라도 부당한 의심을 받는 것은 받아들일 수 없다."

"그렇군요."

"애초에 내가 뒤에서 조종했다는 확실한 증거라도 있나?"

"아니요, 전혀 없습니다."

한스가 딱 잘라 말했다.

이 대답에는 슈테판도 놀란 것인지 비로소 표정이 변화한다.

"증거도 없이 이런……."

"네, 그렇죠. 증거도 없이……. 하지만 공작 각하께서 뒤에서 조종하셨다는 것을 확실하게 알고 있습니다. 단념하시는 게 좋을 겁니다."

"……본인이 무슨 말을 하는지는 알고 있는 건가?"

"물론입니다."

여기까지 오자 슈테판의 표정도 분노로 바뀌고 있었다.

물론 한스는 미소를 지은 채였다.

"네놈이 지금 제국 제일의 공작을, 증거도 없이 황제 시해 미수 범으로 몰아가는 건가."

"윌헬름스탈 공작이 황제 폐하를 시해하려고 했다……. 그렇게 말하고 있습니다."

"그런 말을 듣고 우리 공작가가 가만히 있을 거라고 생각하는 건 아니겠지."

"저는 황제 폐하로부터 이 건에 대한 전권을 위임받았습니다."

완전히 분노에 찬 슈테판과 아직도 미소를 짓고 있는 한스.

"이대로라면 공작가는 모든 전력을 걸고 싸워서라도 억울함을 풀 수밖에 없다."

"그렇군요."

"네놈은 내전이 벌어져도 책임을 질 수 있다는 말인가?"

"물론입니다."

얼굴색 하나 바꾸지 않고 한스는 그렇게 답했다.

놀란 것은 뒤에 서 있던 12기사 제6석 펠릭스였지만…… 그에 대해선 아무도 신경 쓰지 않았다. 참고로 옆 제3석 아르노는 무표정한 얼굴 그대로다.

"그러나 황제 폐하께서 한 가지 제안을 하셨습니다. 슈테판 공이 공작위를 지크하르트 공에게 넘겨주고 그 후견인으로 크리스티네 님을 붙여주신다면 모두 없던 일로 하시겠답니다."

"무슨……."

그 제안은 역시 슈테판에게도 예상 밖이었다.

"그것뿐인가?"

"그것뿐입니다. 영토 양도도 없고, 추가 징세도 없으며, 새로운 부역도 없습니다. 슈테판 공께서는 공작 영내 어딘가로 거처를 옮기셔서 여생을 보내주신다면 그걸로 충분하시답니다."

슈테판은 생각했다. 지크하르트는 아직 열 살이다. 따라서 아내 크리스티네가 후견인이 된다……. 그렇다고 해도 실질적으로 슈테판이 영내를 관할하는 것엔 변함이 없었다.

이른바 원정(院政. 양위한 뒤에도 정권을 맡아서 다스리는 정치 방식.)을 펼치면 되는 것뿐이다…….

공작 영내의 어딘가 조용한 곳으로 옮겨 그곳을 새로운 영내 통치의 중심으로 삼으면 된다.

아니, 이번 기회에 다소 이르지만 지크하르트에게 통치를 배우게 하는 것도 좋을 것 같았다. 머지않아 공작위는 지크하르트에게 물려줄 생각이었으니…….

그리고 슈테판 자신은 진심으로 황제 자리를 노리고 있는 만큼…… 나쁘지 않은 제안이었다.

"확실히 우리 공작가는 내전도 불사한다. 하지만 영지민과 국민을 생각하면 나라를 어지럽히는 것은 우책. 나 한 사람이 물러남으로써 백성을 행복하게 할 수 있다고 한다면 그것도 좋은 방법일지 모르겠군."

슈테판은 그렇게 말했다.

물론 마음속으로는 전혀 그런 생각을 하지 않았지만…….

"과연 현명한 공작으로 유명한 윌헬름스탈 공. 국민을 위해 나라를 위하는 그 마음에 탄복했습니다."

한스는 그렇게 말했다.

물론 마음속으로는 전혀 그런 생각을 하지 않았지만……

이렇게 피로연의 소동은 은밀하게 타결되었다.

◆

윌헬름스탈 공작 슈테판이 갑자기 은거하고 아들 지크하르트가 공작위를 이은 지 한 달이 지났다.

열 살 난 지크하르트의 후견인으로 지크하르트의 어머니이자 슈테판의 아내인 크리스티네가 취임해 나이 어린 새 공작을 보좌하고 있었다.

슈테판은 공작 영내에 자리한 조용한 호숫가 거리 슌의 별장으로 옮겨 지내면서 겉으로는 조용히 살고 있다.

그날 밤 슈테판의 침실에 숨어든 그림자가 하나.

"누구냐!"

슈테판이 외치는 소리.

정말로 무엇을 노리고 있는 것인지 알 수 없었기에 추궁하는 소리는 크지 않았다.

만약 그것이 자신을 암살하기 위해 온 자라는 것을 알고 있었다면 큰 소리를 냈을 것이다.

"역시 윌헬름스탈 공작 각하……. 아니, 실례, 전 공작 각하."

어둠 속에서 나온 것은…….

"네놈…… 한스……."

황제 루퍼트 6세의 오른팔이라 알려진 한스 키르히호프 백작이었다.

"도대체 뭘 하는 거지?"

"상황이 정리됐으니 다음 상황으로 가기 위한 절차를 밟기 위하여."

"도대체 무슨……."

"간단히 말하자면, 크리스티네 님이 당신을 제거하는 것에 동의하셨습니다."

"뭐라고……?"

슈테판은 얼어붙어 말을 잇지 못했다.

크리스티네는 아들 지크하르트의 후견인이자 슈테판의 아내다. 지금까지 결코 부부 사이가 나빴던 것은 아니다……. 오히려 대귀족 중에서 비교한다면 당주와 정실의 사이로는 가장 좋은 부류였다.

그런데…….

"지크하르트 공이 제대로 된 공작이 되기 위해서는 당신이 하는 원정이 없어야 된다더군요."

"네놈…… 모함을 했구나!"

한스 혹은 황제가 부추긴 것이라고 생각한 것이다.

지크하르트를 위해서는 슈테판을 제거해야 한다고.

아무리 부부 사이가 나쁘지 않다고 해도 어미가 가장 사랑하는 것은 자신의 아이다.

슬프게도 이 경우엔 남편보다도…….

예로부터 어떤 가정에도 존재하는 관계가 윌헬름스탈 공작가에도 있었던 것이다……. 그저 그뿐인 이야기다.

"괜찮습니다. 당신이 돌아가신다 해도 윌헬름스탈 공작으로서 지크하르트 공의 지위는 보장한다는 서면을 저와 크리스티네 님 사이에 주고받았거든요."

"그런 멍청한……."

슈테판의 말은 도대체 무엇을 향해서였을까…….

자신을 서슴없이 버린 여성에 대해서였을까……. 아니면 그런 약속을 서면으로 남겨버린 어리석은 행위에 대해서였을까.

그런 서면을 남기면 후일 얼마든지 협박으로 사용할 수 있었다.

"네. 윌헬름스탈 공작가의 자산은 조금씩 사라져 갈 겁니다. 지크하르트 공을 공작위에서 끌어내리고 싶진 않을 테니 크리스티네 님도 동의하시겠지요."

"네놈……."

격분한 슈테판의 표정은 귀신의 형상이라고 해도 이상하지 않을 정도였다.

"이대로라면 윌헬름스탈 공작가의 힘이 너무 커지니까요. 조금씩 줄여서 폐하께 대항할 수 없을 정도가 되면, 없애버려야 할지……. 뭐, 그때가 되면 어떻게든 되겠지요. 반대로 그렇게 되면 없앨 필요조차 없을지도 모르겠군요."

한스는 그렇게 단언했다.

"용납 못 해……. 그런 일은 내가 절대로 용납하지 않겠다."

분노에 찬 슈테판은 옆에 기대어 둔 검을 들고 한스와 대치했다.

푸욱.

"윽."

단 일격이었다.

검의 움직임은 커녕 한스의 몸놀림조차 슈테판은 포착할 수 없었다.

한스는 검에 묻은 피를 털어내고 검집에 넣었다.

"애초에 당신이 멍청한 짓을 한 게 원인일 텐데요."

한스가 작게 중얼거렸다.

그때 뒤로 하나의 그림자가 다가와 보고했다.

"완료했습니다."

"좋아, 관에 불을 놔라. 전부 불태우고 철수한다."

다음 날, 전 윌헬름스탈 공작 슈테판의 죽음이 현 윌헬름스탈 공작의 후견인인 크리스티네에 의해 발표되었다.

"폐하, 모두 완료했습니다."

"음, 수고했다."

이 건에 관해 한스와 루퍼트가 주고받은 대화는 그뿐이었다.

후기

오랜만입니다. 쿠보 타다시입니다.

《수속성 마법사 제1부 중앙연방편Ⅲ》을 읽어주셔서 감사합니다.

《수속성 마법사》라는 이 이야기는 구상 전체를 통틀어 보면 적지 않은 길이입니다. 작가의 감각으로 보자면 이 제3권에서 드디어 '서장에 속도가 붙기 시작했나?' 정도의 느낌입니다.

이야기를 통해 수속성 마법사 료의 세계가 조금씩 넓어지는데, 이번 3권에서는 드디어 외국에 나갔습니다. 수백만 자 이후에 있을 완결에서 료의 세계는 대체 어디까지 펼쳐져 있을까요. 지리적인 세계가 넓어지고, 사람과의 관계도 넓어지고, 그런 것들에 의해 료도 조금씩 변화해 나가겠지만, 변화하지 않는 부분도 있겠지요.

3월에 1권을 발매하고 나서 많은 감상평을 받았습니다. 그중에는 '아이에게도 읽게 해주고 싶다'는 식의 감상도 몇 개 있었습니다. 이야기를 만드는 작가로서는 가장 기쁜 종류의 감상이자 동시에 명예로운 일이 아닐까 생각합니다.

부모가 아이에게 읽게 해주고 싶은 작품······ 최상급의 평가입니다. 정말 마음에 들고 아이에게 도움이 된다고 생각하기에 읽게 해주고 싶다고 생각하는 걸 테니까요. 정말 감사합니다.

그런 부모님들의 감상 중 공통된 점은 '읽다 보면 노력하고 싶어진다'는 것이었습니다.

물론 작품 안에 '노력, 노력, 노력이야말로 전부다!'와 같은 식의 표현이나 그와 유사한 부분이 있는 것은 아닙니다. 제가 목표로 삼고 있는 것은 즐거운 본격 판타지니까요. 하지만 료는 노력하는 것을 고생스럽게 여기지 않고, 다른 캐릭터들도 알게 모르게 노력하고 있지요. 그리고 어떤 결과를 냅니다.

즐겁게 재미있게 읽을 수도 있고, 노력하고 싶다는 마음도 들게 한다. 물론…… 제가 써놓고 자화자찬하는 것 같지만, 꽤 만족스러운 이야기가 된 것 같습니다.

제가 본 데이터와 받은 감상을 보면 이 작품은 다양한 연령대가 읽어주시고 남녀비율에도 큰 차이가 없는 것 같습니다. 많은 독자들이 즐겁게 읽어주셨으면 하는 작품이 되길 바라는 마음이었기에 감사할 따름입니다.

그런 많은 독자 여러분의 지지를 받아 3권을 내게 된 것을 이 자리를 빌어 감사의 말씀을 드립니다.

아무쪼록 앞으로도 응원 부탁드립니다.

Character References

5cm

디자인 러프

[이름] 윌리
[연령] 15세
[키] 170cm
[프로필] 주 왕국의 제8 왕자. 솔직하고 성실하며
타인에게는 상냥하지만 자신에게는 엄격한 등
성실하고 진중한 인품을 가졌다. 자국과 나이트레이
왕국과의 관계를 돈독히 하기 위해, 어떤 의미로는
인질로서 왕도에 유학을 왔다. 수속성 마법 적성이
있어 가는 길에 료의 애제자가 된다.
[특성] 수속성 마법 적성
[복장] 소국의 제8 왕자라는 신분 때문에
호사스럽지는 않지만 디자인과 센스가 좋은 의복.
[장비] 《신분 증명 플레이트》……왕족의 신분을
증명할 수 있는 연금술로 만들어진 플레이트. 항상
목에 걸고 있다. 플레이트는 엄지손가락 정도의
크기로 평소에는 옷 밑에 숨기고 있다.

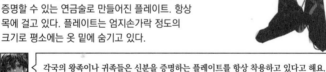

각국의 왕족이나 귀족들은 신분을 증명하는 플레이트를 항상 착용하고 있다고 해요.

아, 연금술을 말하는 거지? 리처드 왕 시절에 퍼진 거라고 들었어.

아벨, 저건 남의 걸 빼앗는다고 해도 쓸 수 없어요.

왜 그걸 나한테 말해?

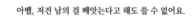

아벨이 잘못하기 전에 멈추게 하는 게 제 역할일 것 같아서요.

응, 나는 그런 짓 안 해!

Character References

[이름] 세라
[연령] 약 200세
[키] 170cm
[프로필] '서쪽 숲' 출신의 엘프이자 룬 소속
B급 모험자. 파티 『풍』의 유일한 멤버. 검과
풍속성 마법 양쪽을 다룰 수 있지만 유달리
검 실력이 뛰어나 기사단 검술 지도역을
맡을 정도.
독서가에 연금술도 어느 정도 할 수 있으며
박식하다. 오래 산 탓에 여러 인연이 있는
것 같은데……?
[특성] 풍속성 마법 적성
[장비] 《검》……파티 『풍』의 전 멤버가
만들어준 검. 레이피어를 닮은 얇은
양날검으로 희미하게 녹색으로 빛난다.
《귀걸이》……바람의 마석으로 만들어진
귀걸이.

 세라의 검은 척 보기에도 명검이지.

 예전에 같은 파티였던
여자 드워프 대장장이가 만들어준 마지막 검이었대요.

 사람에겐 여러 사연이 있는 법이구나.

전에 세라가 쓰던 검이 부러져서, 이미 수명이 다해 죽음을 목전에 둔
그 대장장이가 일어서서 절대 부러지지 않는 검을 만들어줬다고 해요.

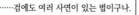 ……검에도 여러 사연이 있는 법이구나.

만화판 1화 미리보기

그것은 부모님의 부고를 알리는 전화였다. 분명

료 씨, 진정하고 들어주세요.

그때부터 이렇게 될 거라고 정해져 있었을지도

땅에 부딪히며 조금씩 멀어지는 의식 속…

무엇을 향한 것인지 알 수 없는 아주 작은 후회와

안도도 아니었다.

처음 느낀 것은 죽음에 대한 공포가 아니었다.

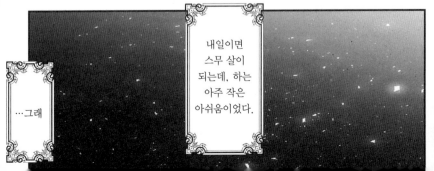

내일이면 스무 살이 되는데, 하는 아주 작은 아쉬움이었다.

…그래

"마법"이라는
새로운
즐거움도
배워나가며

아주 작은…
이곳에
온 뒤로는
그것을
생각할
겨를도 없이…

그렇지 않은
무언가와
싸우거나…

여성과
검을
맞대거나…

읽는
쪽에서
보면
판타지에
지나지
않지만

전생이란
......

내게 있어
이것은…

이것은
......

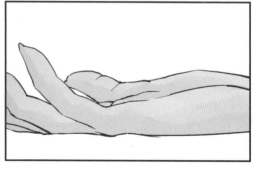

어느 쪽이냐 하면 그쪽이 더 많을지도 모르지만…

아무튼

자세한 일은 차차 이야기 하겠지만

프롤로그
제1화 제안

미하라
료 씨
맞죠?

어......

미하라 료

미하라 료 씨,
당신은...
사고를 당해
죽었습니다.

네,
맞아요

아,
다행이군요.
실로 오랜만의
방문자입니다.
당신은.

에는
라 료
가
기에
정되
니다.

당신들의
세계에서 말하는
윤회 전생
시스템의
일부입니다.

네,
기억해요.

???

?

지구가 있는
777○777
세계선에서
당신은 사망했지만,
가끔 세계선을 넘어
전생 또는
전이되는
경우가 있습니다.

지구와는
다른 세계에
지금까지의
기억을 갖고
전생해
주시겠어요?
라는
제안입니다.

그렇죠.
이해하기
어렵겠죠.
뭐, 쉽게
말하자면

네, 얼마든지.

몇 가지 질문이 있는데요.

아아 이세: 전생… 무슨 소… 같네…

네, 맞아요, 그겁니다. 요즘엔 지구에서도 유행하고 있는 건지… 덕분에 설명하기는 더 수월해졌네요.

……

당신들의 지식과 최대한 비슷하게 답하자면 천사에 더 가까워요.

아뇨, 저는 신이 아닙니다.

당신은 신인가요?

마음속을 읽을 수 있나?

그렇구나, 천…… 천사라면… 미카엘이라 해 두자.

저를
전생시키는
목적이 뭐죠?

?

당신의
전생을
결정한 것은
저희가
아닙니다.

하지만
그렇다면

전
생한
에서
하면
는
죠?

아까 료 씨가 말한
『신』에 해당하는
자들이 결정한 것
입니다.
그래서 목적은
알려지지
않았습니다.

특별히 뭔가를
해야 한다거나
사명이 부여됐다는
이야기는
듣지 못했거든요.

원하는 대
살면 됩니

알겠습니다.
전생 제안을
받아들일게요.

결정은
빠르게

원하는 대로
살아라.
이 얼마나
멋진 말인가!
응, 그렇다면
슬로 라이프를
보내야지.

미카엘
(가명)의
설명에
의하면
전생하는
곳은
검과 마법의
세계.
화약류는
아직
일반적이지
않다.

생하는
의 행성
크기는
지구와
같고
분자
조성도
같다.
리 현상에
해서도
거의
다고 한다.

아, 그거
다행이군요.
그럼 전생할
곳에 대해
설명해
드리겠습니다.

부웅

지만
구도
전에는
법이
습니다.
여러
성으로
대에는
이지
는 것
만요

네,
마법은
있습니다.

하지만
마법이 있는
세상인
거죠?

그리고
이쪽이
전생하는
세계…

이전엔
마법이
있었다고….

즉... 저는... 평생...

성 로 가야 는 요?

그리고 『파이』에서 마법 적성이란 태어날 때 부여되는 것으로 후천적으로는 얻을 수 없습니다.

신들

료 씨의 마법 적성은 창조의 범위... 이므로 흔히 말하는 『신』들의 영역입니다. 저희가 담당하는 관리 범위 밖이지요.

어디에서 살든 물은 필요합니다. 그 물을 어려움 없이 조달할 수 있는 겁니다.

그렇긴 하지만 물에 적성이 있다는 건 인간의 경우 아주 편리하지 않습니까?

그런 점에 있어서도 미하라 료 씨는 꽤 운이 좋은 편이죠.

게다가 『파이』의 인간 80%는 마법 그 자체를 사용할 수 없습니다.

미하라 료는 기본적으로 긍정적이었다.

물 걱정을 하지 않아도 되는 건 큰 이점일지도 몰라.

검과 마법의 세계라고 하면 도시조차 상하수도 등이 설비되지 않은 경우가 흔하니까.

하긴, 사람이 살아가는 데 물과 소금은 반드시 필요하잖아.

흐음

아

『파이』에서 회복은 광속성 마법의 영역입니다.

혹시 물 마법 회복 마법 겸한다

회복 계열 특징도 갖고 있다든지 뭐 그런 건……

타앗

파스슥‥‥

아 네…….

...

솔직히 기대하기는 어렵지요. 그보다는 적성이 있는 수속성 실력을 늘려가는 편이 나을 겁니다.

슈욱...

『파이』에서 마법은 총 6속성. 물, 불, 바람, 흙, 빛, 어둠. 그리고 그것에 포함되지 않는 무속성.

이 무속성 마법을 쓰면 새로운 것을 배울 수 있는 가능성이 있을 수도 있지만…… 확률이 제로가 아니라는 정도입니다.

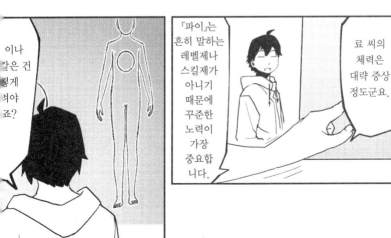

이나 같은 건 렇게 쳐야 죠?

『파이』는 흔히 말하는 레벨제나 스킬제가 아니기 때문에 꾸준한 노력이 가장 중요합니다.

료 씨의 체력은 대략 중상 정도군요.

그 밖에도
몇 가지
설명을
듣고…

저는

사람이
안 오는
곳에서
슬로
라이프를
보내고
싶어요!

그 사이에
수속성 마법을
사용하여
사냥을 익혀
나가도록 하세요.
집 주변에는
결계를
지구 단위로
반경 100미터
정도
해두었습니다.

그렇다면
론도 숲을
전생지로
할까요.

집과
두 달 치
식량은
준비해
두겠습니다.

그리고
집의 남서쪽
500미터 정도
위치에
바다가
있습니다.

수속성 마법에
익숙해지면
바다에서
소금 채취가
가능할 겁니다.
힘내세요.

지막
으로
장
요한
것을
보는
요.

마법은
어떻게
쓸 수 있는
건가요?

알겠습니다.
아,
마지막으로

해
보겠
습니다

뭐든 그렇겠지만
갑자기 잘되진
않더라도
여러 번
시도하다
보면 잘할 수
있게 되죠.
마법도
똑같습니다.

마법의
핵심은
이미지입니다.
명확한
이미지를
그린다.
그리고
경험을
축적시킨다.

……

바스락.

역시 중세의
낡은 민가
느낌…
새로 지은
것도 아닌
것 같고….

……

, 로마
대에는
욕탕도
었고,
고 하면
을 수도
있나.
1본인
로서는
어주면
정말
지…….

세 유럽에도 공중
욕탕은 존재했다.

욕조?!

아, 내가
일본인이라서
미카엘(가명)이
만들어준
걸까?
유능한
남자였구나!

※미카엘(가명)이
남자인지 아닌지는
불명.

……

우

휘

저런 곳에
드래곤
같은 게 있는
거겠지.
응,
가까이
가지 말자.

후우…

정말
와
버렸네….

이세계.

특성 : 불로

속속성의 마법사

Mizu zokusei no mahotsukai Daiichibu Chuoshokoku hen 3
by Tadashi Kubou

[수속성의 마법사 3 -중앙 연방편-]

2023년 6월 15일 1판 1쇄 발행

저　　자	쿠보 타다시
일러스트	메바루
옮 긴 이	이소정
발 행 인	유재옥
본 부 장	조병권
담당편집	정영길
편 집 1 팀	김준규 김혜연 박소연
편 집 2 팀	정영길 조찬희 박치우 정지원
편 집 3 팀	오준영 이해빈 이소의
미　　술	김보라 박민솔
라이츠담당	김정미 맹미영 이윤서
디 지 털	박상섭 김지연
발 행 처	㈜소미미디어
인쇄제작처	코리아피앤피
등　　록	제2015-000008호
주　　소	서울 마포구 토정로 222, 403호(신수동, 한국출판콘텐츠센터)
판　　매	㈜소미미디어
마 케 팅	한민지 최정연 박종욱 최원석
물　　류	허석용
전　　화	편집부 (070)4164-3962, 3963 기획실 (02)567-3388
	판매 및 마케팅 (070)4165-6888, Fax (02)322-7665

ISBN 979-11-384-1916-1
ISBN 979-11-384-1601-6 (세트)